Christina Baker Kline

Née en Angleterre, Christina Baker Kline a grandi dans le Maine, aux États-Unis. Autrice de cinq romans et d'essais, c'est avec son premier roman paru en France, *Le Train des orphelins* (2015), inspiré de l'histoire familiale de son mari, qu'elle a véritablement découvert le succès. Elle écrit ensuite *Le Monde de Christina* (2018), suivi de son nouveau roman, *Le Pays au-delà des mers* (2022). Tous ses romans ont paru chez Belfond et sont repris chez Pocket.

Retrouvez toute l'actualité de l'auteure sur :
https://christinabakerkline.com/

LE PAYS
AU-DELÀ DES MERS

ÉGALEMENT CHEZ POCKET

Le Train des orphelins
Le Monde de Christina
Le Pays au-delà des mers

CHRISTINA BAKER KLINE

LE PAYS AU-DELÀ DES MERS

Traduit de l'anglais (États-Unis)
par Marie Kempf

belfond

Titre original :
THE EXILES
publié par William Morrow, une marque de HarperCollins Publishers, New York

Ce livre est une œuvre de fiction. Les allusions à des personnes réelles, des événements, des organisations ou des lieux ont seulement pour but de donner à cette fiction un caractère réel et authentique. Les autres noms, personnages, lieux et événements dépeints ici sont le fruit de l'imagination de l'auteure ou utilisés fictivement.

ISBN : 978-2-266-33332-0
Dépôt légal : septembre 2023

Pour Hayden, Will et Eli – les trois aventuriers

« Ne considérez pas le passé comme mort et enterré,
Le passé est tout autour de nous et en nous. »

Oodgeroo Noonuccal,
poétesse aborigène

Prologue

Île Flinders, Australie, 1840

À l'arrivée des pluies, Mathinna se cachait dans le bush depuis déjà deux jours. Elle avait beau n'avoir que huit ans et peu de connaissances, elle maîtrisait l'art de la disparition. Elle explorait le village de Wybalenna et ses environs depuis qu'elle savait marcher, et ce lieu reculé de l'île Flinders, où son peuple, les Palawas, avait été exilé avant sa naissance, n'avait plus de secrets pour elle. Elle avait couru le long des crêtes de granit, creusé des tunnels dans les dunes de sable fin sur la plage, joué à cache-cache parmi les broussailles et les arbustes… Tous les animaux lui étaient familiers : les opossums, les wallabies et les kangourous, mais aussi les pademelons qui habitaient la forêt et sortaient la nuit, ainsi que les phoques qui se prélassaient sur les rochers et roulaient dans les vagues pour se rafraîchir.

Trois jours plus tôt, le gouverneur John Franklin et sa femme, lady Jane, étaient arrivés par bateau à Wybalenna, située à plus de quatre cents kilomètres de leur résidence sur l'île de Lutruwita – ou la Terre de Van Diemen[1], comme les Blancs la nommaient. Mathinna se tenait avec les autres enfants au sommet de la butte tandis que le gouverneur et son épouse remontaient la plage, accompagnés d'une demi-douzaine de serviteurs. Dans ses souliers en satin, lady Franklin ne cessait de glisser sur les galets. Agrippée au bras de son mari, elle marchait d'un pas hésitant, une expression amère sur le visage, comme si elle avait mordu dans un cardon. Les plis de son cou rappelèrent à Mathinna la chair rose d'un oiseau plumé.

La veille au soir, les anciens s'étaient installés autour du feu de camp pour discuter de la visite imminente du gouverneur et de sa femme. Les missionnaires chrétiens se préparaient depuis des jours et ils avaient même donné l'ordre aux enfants d'apprendre une danse. Comme d'ordinaire, Mathinna s'était assise dans l'ombre, en bordure du cercle, pour écouter la conversation des anciens qui déplumaient des puffins et faisaient rôtir des moules dans les braises rougeoyantes. Les Franklin étaient impulsifs et idiots, tout le monde s'accordait sur ce point. De nombreuses histoires circulaient au sujet de leurs entreprises excentriques. Il y avait eu, par exemple, celle des serpents. Lady Franklin en ayant une peur bleue, elle avait échafaudé un plan pour s'en débarrasser : un shilling serait versé pour chaque serpent mort qui leur serait remis. Naturellement, la promesse d'une telle récompense avait donné naissance à un juteux marché d'éleveurs et les Franklin y avaient laissé

1. Nom donné à la Tasmanie par les Européens jusqu'en 1855. *(Toutes les notes sont de la traductrice.)*

une petite fortune. Et il ne fallait pas oublier que s'ils étaient venus visiter l'île Flinders l'année précédente, c'était dans le but de se procurer des crânes d'Aborigènes pour enrichir leur collection – crânes obtenus en faisant bouillir les têtes de cadavres décapités pour en retirer la chair.

George Robinson, l'Anglais à la figure chevaline qui dirigeait la colonie, résidait avec son épouse dans un petit ensemble de huit maisons en brique, construit en demi-cercle, qui accueillait également les logements de ses hommes, un sanatorium et un dispensaire. Derrière ces bâtiments, on avait construit vingt cottages pour les Palawas. Les Franklin logèrent chez les Robinson cette nuit-là. Tôt le lendemain matin, ils inspectèrent la colonie tandis que leurs serviteurs distribuaient perles, billes et mouchoirs. Les indigènes furent convoqués après le déjeuner. Dans la clairière sableuse devant les bâtisses de brique, les Franklin prirent place dans deux fauteuils en acajou pour regarder, pendant une heure environ, les quelques hommes de la tribu encore en bonne santé se livrer bataille puis s'affronter dans un concours de lancer de piques. Ensuite, on fit défiler les enfants.

Mathinna dansait avec les autres, en cercle sur le sable blanc, et lady Franklin ne la quittait pas des yeux, un curieux sourire aux lèvres.

En tant que fille du chef de la tribu Lowreenne, Mathinna s'était accoutumée à être l'objet de l'attention. Plusieurs années auparavant, son père, Towterer, était mort de la tuberculose – comme bon nombre des Palawas déportés sur l'île Flinders. Mathinna était fière d'être la fille du chef, même si en réalité elle ne l'avait pas très bien connu. À l'âge de trois ans, elle avait dû quitter le cottage de ses parents pour vivre dans une maison en brique, avec le maître d'école blanc. Il lui faisait porter des bonnets en coton et des robes qui se fermaient avec des boutons et elle avait appris à lire et à écrire en anglais, ainsi qu'à utiliser un couteau et une cuillère. Elle avait quand même passé autant d'heures que possible, chaque jour, avec sa mère, Wanganip, et d'autres membres de la tribu, qui pour la plupart ne parlaient pas anglais et n'adhéraient pas aux us et coutumes britanniques.

Wanganip était décédée seulement quelques mois auparavant. Elle avait toujours eu l'île Flinders en horreur. Elle gravissait souvent la colline broussailleuse proche de la colonie pour aller fixer son regard sur la mer turquoise, en direction de sa terre natale, à une centaine de kilomètres de là. Ce lieu terrible, disait-elle à Mathinna, n'avait rien en commun avec la terre de ses ancêtres. Cette île aride où le vent était si puissant qu'il arrachait les légumes de terre et attisait les petits feux pour les changer en brasiers, où les arbres perdaient leur écorce comme les serpents leur peau, était une malédiction pour son âme. Pour leurs âmes à tous. Leur peuple était devenu maladif et fragile ; la plupart des bébés nés sur Flinders mouraient avant leur premier anniversaire. On avait promis aux Palawas une terre de paix et d'abondance. S'ils obéissaient, avaient prétendu les Britanniques, ils seraient autorisés à vivre selon leurs coutumes.

« Mais tout cela n'était qu'un mensonge ! Comme tant d'autres que nous avons bêtement crus, lui disait

Wanganip d'un ton amer. Pourtant, quel choix avions-nous ? Les Anglais nous avaient déjà tout pris. »

Mathinna avait vu le regard de sa mère briller de fureur, mais elle ne détestait pas cette île. C'était la seule terre qu'elle connaissait.

« Viens ici, petite », appela l'épouse du gouverneur à la fin de la danse, en lui faisant signe de s'approcher.

Mathinna obéit et lady Franklin l'examina attentivement avant de se tourner vers son mari.

« Quel regard expressif ! Et un joli visage, ne trouvez-vous pas ? Étonnamment séduisante, pour une indigène. »

Sir John haussa les épaules.

« J'ai du mal à les distinguer les uns des autres, pour être honnête.

— Je me demande s'il serait possible de l'éduquer…

— Elle vit avec le maître d'école, qui lui enseigne notre langue, leur expliqua Robinson en faisant un pas en avant. Elle la maîtrise déjà très bien.

— Intéressant. Où sont ses parents ?

— Elle est orpheline.

— Je vois. »

Lady Franklin se tourna à nouveau vers elle.

« Dis quelque chose. »

Mathinna fit une petite révérence. La grossièreté et l'arrogance des Anglais ne la surprenaient plus.

« Que souhaitez-vous que je dise, madame ? »

Lady Franklin écarquilla les yeux.

« Mon Dieu ! Je suis très impressionnée, monsieur Robinson. Vous transformez des sauvages en citoyens respectables.

— J'ai entendu dire qu'à Londres on affuble des orangs-outangs de costumes d'aristocrates et qu'on leur apprend à lire », fit remarquer sir John, l'air songeur.

Mathinna ne connaissait pas le mot « orang-outang », mais elle avait entendu parler de « sauvages », quand elle écoutait les anciens autour du feu de camp : des baleiniers et des chasseurs de phoques britanniques qui vivaient comme des animaux et n'avaient aucun respect pour autrui. Lady Franklin s'était certainement embrouillée.

Un petit rire échappa à Robinson.

« Ce n'est pas tout à fait la même chose. Les Aborigènes sont humains, après tout. Notre théorie est que, en modifiant l'environnement, nous pouvons changer les personnalités. C'est pourquoi nous leur apprenons à manger comme nous et nous leur enseignons notre langue. Nous nourrissons leurs âmes avec le christianisme. Comme vous pouvez le constater, ils ont accepté de porter des vêtements. Nous avons coupé les cheveux des hommes et inculqué aux femmes l'importance de la pudeur. Pour encourager le processus, nous leur avons aussi donné des noms chrétiens.

— Le taux de mortalité est très élevé, si j'ai bien compris, dit sir John. Ils sont de constitution délicate.

— C'est malheureusement inévitable. Nous les avons sortis du bush où ils ne connaissaient pas Dieu, où ils ne savaient même pas qui avait créé les arbres... »

Il poussa un léger soupir.

« Le fait est que nous devons tous mourir un jour, et nous devrions en priorité prier Dieu pour le salut de nos âmes.

— Tout à fait. Vous leur rendez un grand service.

— Comment s'appelle celle-ci ? s'enquit lady Franklin.

— Mary.
— Et quel est son prénom d'origine ?
— Son prénom d'origine ? Mathinna était son prénom aborigène. Des missionnaires l'avaient baptisée Leda, mais nous avons décidé de lui attribuer un prénom moins… fantaisiste. »

Mathinna ne se souvenait pas d'avoir été appelée Leda. Sa mère avait détesté le prénom Mary et les Palawas refusaient d'en faire usage. Seuls les Britanniques la nommaient ainsi.

« Eh bien, je la trouve charmante, déclara lady Franklin. J'aimerais la garder. »

La garder ? Mathinna tenta de croiser le regard de Robinson mais il l'évita.

« Vous voulez qu'on la ramène à la maison avec nous ? s'étonna sir John, l'air amusé. Après ce qu'il s'est passé avec le dernier ?
— Ce sera différent. Timeo était… »

Lady Franklin s'interrompit et secoua la tête.

« C'est une orpheline, c'est bien ce que vous m'avez dit ? demanda-t-elle à Robinson.
— Oui. Son père était un chef. Sa mère s'est remariée, mais elle est décédée récemment.
— Est-ce que cela fait d'elle une princesse ? »

Il esquissa un petit sourire.

« Oui, peut-être une sorte de princesse.
— Hum. Qu'en pensez-vous, sir John ? »

Son époux lui sourit benoîtement.

« Si cela vous amuse, ma chère, je suppose qu'il n'y a pas de mal.
— Je crois que l'expérience sera divertissante.

— Et si elle ne l'est pas, nous pourrons toujours la renvoyer. »

Mathinna n'avait aucune envie de quitter l'île avec ces gens ridicules. Elle ne voulait pas dire adieu à son beau-père et aux autres anciens. Ni se rendre dans un endroit étranger où personne ne la connaissait ni ne se souciait d'elle. Elle tira la main de Robinson et murmura :

« S'il vous plaît, monsieur. Je ne… »

Il se dégagea de son emprise puis se tourna vers les Franklin.

« Nous ferons les arrangements nécessaires.

— Parfait. »

Lady Franklin inclina la tête pour la jauger.

« Je préférerais l'appeler Mathinna, décida-t-elle. Ainsi, la surprise sera encore plus grande si elle parvient à acquérir les manières d'une dame. »

Un peu plus tard, comme les Franklin étaient distraits, Mathinna se glissa derrière les maisons de brique où tout le monde s'était réuni, et elle se mit en chemin. Elle portait toujours la cape cérémonielle en peau de wallaby que son père lui avait donnée avant de mourir et un collier de petits coquillages verts confectionné par sa mère. L'herbe à wallaby caressait ses mollets comme de la soie. Elle écouta les aboiements des chiens et le chant des réveilleurs, des oiseaux noirs rebondis qui gazouillaient et battaient des ailes quand la pluie arrivait. Elle inspira la fragrance familière de l'eucalyptus. Lorsqu'elle pénétra dans le bush, à l'extrémité de la clairière, elle leva les yeux. Une volée de puffins jaillit dans le ciel.

EVANGELINE

« Je n'ai jamais entendu parler d'une ancienne convict qui serait honnête. Leurs vices, qu'elles ne tentent pas de dissimuler et qui ne semblent pas leur inspirer de honte, ne peuvent être ignorés. Ces femmes sont la peste et la gangrène de la société coloniale, une offense à la nature humaine, plus infâmes que les pires brutes. Une honte pour tout le règne animal. »

James Mudie, *The Felonry of New South Wales: Being a Faithful Picture of the Real Romance of Life in Botany Bay*, 1837

St. John's Wood, Londres, 1840

Plongée dans un rêve mouvementé, Evangeline fut réveillée par un bruit. Quelqu'un toquait. Elle ouvrit les yeux. Le silence régnait dans sa chambre. Soudain, les coups retentirent à nouveau, plus insistants cette fois.

Un rayon de lumière provenant de la petite fenêtre au-dessus de son lit s'étirait sur le sol. Tout à coup, la panique s'empara d'elle : la cloche du matin avait sûrement déjà sonné et elle ne s'était pas réveillée.

Cela ne lui était jamais arrivé.

En se redressant, elle fut aussitôt prise d'un vertige et s'étendit à nouveau sur l'oreiller.

« Une minute. »

Sa bouche s'emplit de salive ; elle l'avala.

« Les enfants attendent ! s'exclama la bonne d'un ton indigné.

— Agnes, quelle heure est-il ?

— Neuf heures et demie ! »

Evangeline s'assit puis repoussa les draps. La bile remonta dans sa gorge et, cette fois-ci, elle ne parvint pas à la retenir : elle se pencha pour vomir sur le plancher.

La porte s'ouvrit en grand. Aucun moyen de dissimuler quoi que ce soit. Elle leva les yeux vers Agnes qui faisait la grimace devant la flaque visqueuse à ses pieds.

« Donne-moi une minute, s'il te plaît. »

La bonne ne bougea pas. Evangeline s'essuya la bouche d'un revers de manche.

« T'as mangé quelque chose de louche ?

— Non, je ne crois pas.

— T'as de la fièvre, alors ? »

Evangeline pressa une main contre son front. Frais et moite. Elle secoua la tête.

« Tu t'es sentie mal ces derniers jours ?

— Non, seulement ce matin.

— Hum, fit Agnes qui n'avait pas l'air convaincue.

— Je vais bien, ce n'est… »

Evangeline sentit comme un tourbillon dans son ventre. Elle déglutit avec effort.

« Non, tu n'en as vraiment pas l'air. Je vais informer Mme Whitstone qu'il n'y aura pas de leçons aujourd'hui. »

Sur un bref signe de tête, Agnes se détourna pour quitter la chambre, mais ses yeux s'arrêtèrent sur la commode.

Evangeline suivit son regard. Sur le meuble, à côté d'un miroir ovale, une bague ornée d'un rubis brillait sous les rayons du soleil, formant une tache rouge sur le mouchoir blanc où elle reposait.

Son cœur se serra. Après avoir admiré le bijou à la lueur d'une bougie la veille au soir, elle avait oublié de le ranger. Quelle sotte !

« Où t'as trouvé ça ? demanda la bonne.

— C'est… un cadeau.

— De qui ?

— D'un membre de ma famille.

— Vraiment ? »

Agnes savait très bien qu'Evangeline n'avait plus de famille. Si elle était devenue gouvernante, c'était uniquement parce qu'elle n'avait nulle part où aller.

« C'était… un héritage.

— Je ne t'ai jamais vue la porter. »

Evangeline posa les pieds sur le sol.

« Pour l'amour du ciel ! Je n'en ai pas vraiment l'occasion, s'exclama-t-elle en essayant de prendre un ton sec. Veux-tu bien me laisser tranquille, maintenant ? Je vais parfaitement bien. Je retrouverai les enfants dans la bibliothèque dans un quart d'heure. »

Agnes soutint son regard, puis sortit de la pièce en refermant la porte derrière elle.

Plus tard, Evangeline reviendrait sur ce moment et imaginerait une douzaine de variantes ; tout ce qu'elle aurait pu dire ou faire pour lancer la domestique sur une autre piste. Cela n'aurait probablement rien changé. Agnes ne l'avait jamais appréciée. Elle n'avait que quelques années de plus qu'Evangeline et était au service des Whitstone depuis près d'une décennie. Elle traitait Evangeline avec condescendance, lui rappelait sans cesse qu'elle connaissait beaucoup mieux la maisonnée qu'elle et la réprimandait quand elle transgressait une règle par erreur ou ne saisissait pas comment les choses fonctionnaient. Lorsque Evangeline avait confié à l'assistant du majordome, son seul allié dans la maison, qu'elle ne comprenait pas le mépris évident de la jeune femme à son égard, il avait répondu en secouant la tête :

« Allons, ne sois pas naïve. Avant ton arrivée, Agnes était la seule fille qui faisait l'objet de convoitises, par ici. Maintenant, c'est toi qui attires toute l'attention, y compris celle du jeune maître en personne, qui lui contait fleurette avant cela. En tout cas, c'est ce qu'elle croyait. Et en plus de ça, ton travail est facile.

— Non, mon travail n'est pas facile !

— Comparé au sien, il l'est, tu ne crois pas ? Elle frotte du linge avec de la soude et vide des pots de chambre du matin au soir. Toi, tu es payée pour ton cerveau, et non pour ton dos. Pas étonnant qu'elle soit mal disposée ! »

Une fois debout, Evangeline se dirigea vers la commode, en prenant soin d'éviter la flaque. Elle prit la bague entre ses doigts, la leva devant la fenêtre et observa, consternée, la façon dont le rubis captait la lumière et la réfractait. Elle examina ensuite la chambre. Où pourrait-elle la cacher ? Sous le matelas ? Dans sa taie d'oreiller ? Elle ouvrit le tiroir du bas de la commode pour glisser le bijou dans la poche d'une vieille robe, pliée en dessous d'habits plus récents.

Au moins, Agnes n'avait pas remarqué le mouchoir blanc sous la bague, avec les initiales en lettres cursives brodées – C. F. W., pour Cecil Frederic Whitstone – ainsi que les armoiries familiales. Evangeline coinça le mouchoir dans la ceinture de ses dessous, puis elle nettoya le sol.

Mme Whitstone surgit dans la bibliothèque alors que les enfants étaient en train de lire à voix haute un texte de leur manuel. Ils levèrent la tête, étonnés. D'ordinaire, leur mère ne venait pas les voir durant leurs leçons.

« Mademoiselle Stokes, déclara-t-elle d'un ton autoritaire qu'elle n'employait pas d'habitude, je vous prie de conclure cette leçon et de me retrouver dans le salon. Ned, Beatrice, Mme Grimsby vous a préparé un gâteau. Vous pourrez vous rendre dans la cuisine dès que vous aurez terminé. »

Les enfants échangèrent un regard curieux.

« Mais Mlle Stokes nous accompagne toujours en bas pour le thé », répondit Ned.

Sa mère lui adressa un mince sourire.

« Je suis certaine que vous trouverez le chemin tout seuls.

— Est-ce qu'on est punis ? demanda Ned.

— Bien sûr que non.

— C'est Mlle Stokes qui est punie ? s'enquit Beatrice.

— Quelle question ridicule ! »

La gorge d'Evangeline se noua.

« C'est une génoise, le gâteau que Mme Grimsby nous a fait ?

— Tu le découvriras bien assez tôt. »

Sur ce, Mme Whitstone quitta la pièce. Evangeline prit une profonde inspiration.

« Nous allons finir ce chapitre, d'accord ? »

Mais son cœur n'y était pas, et de toute façon les enfants étaient distraits par la perspective de la collation qui les attendait. Ned termina d'une voix chantante la lecture d'un paragraphe au sujet du canotage, après quoi elle leur dit en souriant :

« Très bien, les enfants, cela suffit pour aujourd'hui. Vous pouvez aller prendre votre goûter. »

Elle était là. La bague ornée d'un rubis. Elle étincelait à la lueur des lampes à huile. Mme Whitstone la tenait devant elle, à bout de bras, comme si elle l'avait découverte au cours d'une chasse au trésor.

« D'où vient ce bijou ? »

Nerveuse, Evangeline tritura le coin de son tablier, une manie qu'elle avait gardée depuis l'enfance.

« Je ne l'ai pas volée, si c'est ce que vous sous-entendez.

— Je ne sous-entends rien. Je vous pose une question. »

Evangeline entendit un bruit derrière elle et se retourna, alarmée. Un agent de police se tenait debout dans l'ombre, derrière une chaise, un carnet et un crayon en main. Il arborait une moustache tombante et portait un gilet noir ajusté ainsi qu'une matraque dans un étui.

« Monsieur », le salua-t-elle avec une petite révérence.

Son cœur cognait si fort dans sa poitrine qu'elle craignait qu'il ne l'entende. Il lui adressa un signe de tête en retour, avant de noter quelque chose dans son calepin.

« Cette bague a été trouvée en votre possession, reprit Mme Whitstone.

— Vous… vous êtes entrée dans ma chambre.

— Vous êtes une employée de cette maison. La chambre ne vous appartient pas. »

Evangeline ne savait pas quoi répondre.

« Agnes l'a aperçue sur la commode quand elle est venue voir comment vous vous portiez. Vous le savez fort bien. Et vous l'avez cachée. »

Mme Whitstone leva de nouveau le bijou devant elle et regarda le policier.

« Cette bague appartient à mon mari.

— Non, elle est à Cecil », dit Evangeline à brûle-pourpoint.

Le regard de l'agent passa de l'une à l'autre.

« Cecil ? »

Mme Whitstone la fusilla du regard.

« Le jeune M. Whitstone. Mon beau-fils.

— D'après vous, ce bijou appartient-il en effet à votre beau-fils ? »

Lorsqu'il parlait, sa moustache frémissait sous son nez proéminent. Mme Whitstone répondit avec un sourire crispé :

« Elle appartenait à la mère de mon mari. Elle est désormais la propriété de mon mari ou, peut-être, de son fils. En tous les cas, elle n'appartient certainement pas à Mlle Stokes.

— Il me l'a offerte », déclara Evangeline.

À peine quelques jours plus tôt, Cecil avait sorti une petite boîte de velours bleu de sa poche et l'avait posée sur le genou d'Evangeline.

« Ouvrez-la. »

Elle l'avait dévisagé, surprise. Cet écrin devait contenir une bague… Se pourrait-il… ? Impossible, évidemment, et pourtant… Elle s'était autorisé un petit élan d'espoir. N'affirmait-il pas constamment qu'elle était plus charmante, plus belle et plus intelligente que toutes les femmes de son cercle ? Et qu'il se moquait des attentes de sa famille ou des ridicules jugements moraux de la société ?

Lorsqu'elle avait ouvert l'écrin, elle en avait eu le souffle coupé : un anneau d'or, richement ciselé, couronné de quatre broches et, enchâssée, une gemme d'un rouge profond.

« Le rubis de ma grand-mère. Elle m'a légué cette bague à sa mort.

— Oh ! Cecil. Elle est magnifique. Mais est-ce que vous…

— Oh, non, non ! Ne mettons pas la charrue avant les bœufs, avait-il dit avec un petit rire. Pour l'instant, la voir à votre doigt me suffit. »

Quand il lui avait passé le bijou, Evangeline avait éprouvé à la fois un merveilleux sentiment d'intimité et une étrange sensation de contrainte. Elle n'en avait jamais porté auparavant : son père, qui était vicaire, ne voyait pas les parures d'un œil favorable. Cecil avait alors embrassé sa main avec douceur, puis glissé l'écrin dans la poche de son gilet avant d'en tirer un mouchoir.

« Rangez la bague là-dedans et cachez-la jusqu'à ce que je rentre de voyage. Ce sera notre secret. »

En réponse à la déclaration d'Evangeline, Mme Whitstone renifla dédaigneusement.

« C'est ridicule ! Pourquoi donc Cecil vous donnerait… »

Elle se mit à la dévisager.

Evangeline comprit qu'elle en avait trop révélé. *Ce sera notre secret.* Sauf que Cecil n'était pas là… Elle se sentait désespérée, comme prise au piège.

En voulant se défendre, elle avait dévoilé le véritable secret.

« Où se trouve le jeune M. Whitstone ? s'enquit l'agent.

— Il est à l'étranger, répondit Mme Whitstone, au moment même où Evangeline disait :

— Il est à Venise.

— Nous pourrions essayer de nous mettre en rapport avec lui, suggéra le policier. Avez-vous une adresse ? »

Mme Whitstone secoua la tête et croisa les bras.

« Ce ne sera pas nécessaire. Cette fille ment, c'est évident. »

L'agent haussa un sourcil dubitatif.

« A-t-elle proféré des mensonges par le passé ?

— Je n'en ai aucune idée. Cela ne fait que quelques mois que Mlle Stokes est chez nous.

— Cinq mois », précisa Evangeline.

Elle rassembla son courage et se tourna vers l'homme.

« J'ai fait de mon mieux pour éduquer les enfants de Mme Whitstone et leur enseigner les valeurs morales. Je n'ai jamais fait l'objet d'accusations d'aucune sorte. »

Un petit rire sec échappa à Mme Whitstone.

« Ça, c'est ce qu'elle prétend !

— Si elle ne dit pas la vérité, il sera aisé de le découvrir, affirma l'agent.

— Je n'ai pas volé la bague, je le jure, ajouta Evangeline.

— C'est noté », répondit-il en tapotant son carnet du bout de son crayon.

Mme Whitstone jaugea froidement Evangeline.

« Pour tout vous dire, j'ai des soupçons au sujet de cette fille depuis un moment déjà. Elle va et vient à de drôles d'heures, de nuit comme de jour. Elle est cachottière. Les bonnes la trouvent distante. Et maintenant nous savons pourquoi. Elle a dérobé un bijou de famille et elle pensait ne pas se faire prendre.

— Seriez-vous prête à témoigner en ce sens ?

— Absolument. »

Le ventre d'Evangeline se noua.

« Je vous en prie, le supplia-t-elle. Pourrions-nous attendre le retour de Cecil ? »

Mme Whitstone se tourna vers elle, sourcils froncés.

« Je ne tolérerai pas cette familiarité déplacée. Pour vous, c'est M. Whitstone.

— Je crois que j'ai toutes les informations qu'il me faut, mademoiselle Stokes, dit le policier. Vous pouvez nous laisser. J'ai encore quelques questions pour la maîtresse de maison. »

Au comble de l'anxiété, Evangeline les regarda à tour de rôle.

« Attendez dans votre chambre, lui ordonna Mme Whitstone, hautaine. J'enverrai quelqu'un vous chercher. »

Si Evangeline avait encore des doutes concernant la gravité de sa situation, ils s'évanouirent sur-le-champ. Dans l'escalier qui descendait aux quartiers des domestiques, elle croisa plusieurs membres du personnel de maison, et tous détournèrent le regard ou bien hochèrent la tête sèchement en guise de salut. L'assistant du majordome fut le seul à lui adresser un petit sourire nerveux. Tandis qu'elle passait sur un palier devant la chambre qu'Agnes partageait avec une autre bonne, la porte s'ouvrit et Agnes en sortit. Quand elle aperçut Evangeline, elle blêmit et tenta de s'esquiver, mais Evangeline l'attrapa par le bras.

« Tu as pris cette bague dans ma chambre. Tu n'en avais aucun droit.

— Aucun droit de récupérer un bijou volé ? Au contraire, j'ai fait mon devoir.

— Il n'était pas volé, répliqua-t-elle en lui serrant le bras, lui arrachant une grimace. Tu le sais très bien, Agnes.

— Je sais c'que j'ai vu.

— C'était un cadeau.

— Un bijou de famille, tu m'as dit. Mensonge !

— Il s'agissait pourtant bien d'un cadeau. »

Agnes se dégagea de sa poigne.

« Il s'agissait pourtant bien d'un cadeau, l'imita-t-elle. Espèce d'idiote ! C'est que le début de tes problèmes. T'es enceinte ! »

L'expression décontenancée d'Evangeline la fit rire.

« Surprise ? Trop innocente pour t'en rendre compte, on dirait. Pourtant, t'étais pas trop innocente pour passer à l'acte ! »

Enceinte. Dès que le mot fut sorti de la bouche d'Agnes, Evangeline sut qu'elle avait raison. Les nausées, l'épuisement qui s'était emparé d'elle sans raison ces derniers temps…

« Il était de ma responsabilité d'en informer la maîtresse de maison », déclara Agnes d'un ton suffisant et moralisateur.

Evangeline songea aux mots doux de Cecil, à ses mains audacieuses, à son sourire éblouissant… et à la faiblesse et à la crédulité dont elle avait fait preuve. Elle avait été si pathétique, si sotte ! Comment avait-elle pu se compromettre à ce point ? Elle qui n'avait que sa réputation… Désormais, il ne lui restait plus rien.

« Tu t'crois meilleure que nous autres, hein ? Eh bien, non ! T'as eu que c'que tu méritais, cracha Agnes en claquant la porte derrière elle. Tout le monde est au courant, tu es la risée de toute la maisonnée ! »

Elle s'avança vers l'escalier, bousculant au passage Evangeline qui fut projetée contre le mur.

Celle-ci sentit monter en elle le désespoir, comme une vague menaçant de la submerger, avec une telle puissance qu'elle ne put rien faire pour y résister. Sans réfléchir, elle se tourna vers Agnes et la poussa, fort. Avec un glapissement aigu, la bonne tomba la tête la première et s'effondra au pied des marches.

En regardant la jeune femme se remettre sur pied, Evangeline sentit sa fureur culminer puis diminuer. Elle éprouva alors un léger sentiment de honte.

Au bout de quelques secondes, le majordome et le premier valet de pied déboulèrent sur les lieux.

« Elle… elle a essayé de me tuer ! » cria Agnes, la tête dans les mains.

Immobile en haut de l'escalier, Evangeline fut envahie par un calme étonnant, et sinistre. Elle lissa son tablier, replaça une mèche rebelle derrière son oreille et regarda la suite comme si elle assistait à une pièce de théâtre : la grimace méprisante du majordome, les pleurs exagérés d'Agnes, puis l'arrivée de Mme Grimsby qui poussait des petits cris aigus et des exclamations.

C'en était fini de son temps à Blenheim Road, elle le savait. C'en était fini des manuels, de la craie blanche et des ardoises, des bavardages de Ned et Beatrice au sujet des génoises, de sa chambre exiguë avec sa minuscule fenêtre. Du souffle chaud de Cecil dans son cou. Il n'y aurait ni explications ni rédemption. Peut-être valait-il mieux participer activement à sa chute plutôt qu'en être la victime passive. Au moins, désormais, elle méritait son sort.

Dans le couloir des domestiques, à la lumière des lampes à huile, deux agents de police passèrent des fers aux poignets et aux chevilles d'Evangeline. Pendant ce temps, le policier à la moustache tombante faisait le tour des employés de maison avec son carnet.

« Elle était très réservée », dit la femme de chambre, comme si Evangeline était déjà partie.

Il lui sembla qu'ils surjouaient tous les rôles qui leur avaient été attribués : le personnel était un peu trop indigné ; les policiers, suffisants ; Agnes, grisée par l'attention que ses supérieurs lui portaient et leur apparente compassion – ce qui se comprenait.

Evangeline était toujours vêtue de son uniforme en laine peignée bleue et de son tablier blanc. On ne l'autorisa pas à emporter ses effets personnels. Comme ses mains étaient attachées devant elle et ses jambes entravées, il fallut deux agents de police pour lui faire gravir l'étroit escalier qui menait à la porte d'entrée des domestiques. Ils durent presque la porter pour la faire monter dans le fourgon de la prison.

Par cette froide et pluvieuse soirée de mars, l'intérieur du véhicule était humide et, singulièrement, sentait le mouton mouillé. Les fenêtres pourvues de barreaux métalliques n'avaient pas de vitres. Evangeline s'assit sur une planche de bois rugueuse à côté du policier moustachu tandis que les deux autres prenaient place en face. Tous deux la scrutaient. Lorgnaient-ils ses formes ou faisaient-ils simplement preuve de curiosité ?

Alors que le cocher préparait les chevaux, Evangeline se pencha pour regarder une dernière fois la demeure. Mme Whitstone se tenait à une fenêtre et soulevait le rideau de dentelle d'une main. Lorsqu'elle rencontra le regard d'Evangeline, elle le lâcha et recula précipitamment.

Les chevaux se mirent soudain à avancer sur les pavés et la voiture fut tant secouée qu'Evangeline s'arc-bouta contre le siège pour tenter d'empêcher les fers de mordre ses chevilles, en vain.

Le jour de son arrivée à St. John's Wood aussi, il faisait frais. Il bruinait. Une fois descendue du fiacre, Evangeline avait contemplé la maison de ville couleur crème sur Blenheim Road dont le numéro, 22, était indiqué par des chiffres en métal noir placés sur la porte d'entrée d'un vermillon brillant. Sa mallette en cuir contenait toutes ses possessions. Trois robes de mousseline, un bonnet de nuit et deux chemises de nuit, un assortiment de sous-vêtements, une brosse en crin de cheval et un gant de toilette. À ces effets essentiels s'ajoutait une petite collection de livres : une bible annotée par son père, ses manuels de latin, grec et mathématiques, et un exemplaire corné de *La Tempête* de Shakespeare – la seule pièce de théâtre qu'elle avait vue, un soir d'été dans un festival de plein air à Tunbridge Wells, jouée par une troupe itinérante.

Après avoir rajusté son chapeau, elle avait pris une profonde inspiration pour se donner du courage et appuyé sur la sonnette.

Aucune réponse.

Elle avait sonné une seconde fois. Alors qu'elle se demandait si elle s'était trompée de jour, la porte s'était ouverte sur un jeune homme aux yeux marron vifs et curieux. Ses cheveux châtains, épais et légèrement bouclés, retombaient sur le col de sa chemise blanche, qui pendait hors de son pantalon. Il ne portait ni cravate ni queue-de-pie. Il ne s'agissait clairement pas du majordome.

« Oui ? avait-il dit, l'air impatient. Puis-je vous aider ?

— Eh bien, je… je suis… »

Après s'être ressaisie, elle avait fait la révérence.

« Pardonnez-moi, monsieur. Peut-être devrais-je revenir plus tard. »

Il l'avait scrutée comme s'il la regardait de loin.

« On vous attend ?

— Je le croyais, oui.

— Qui vous attend ?

— La maîtresse de maison, monsieur. Mme Whitstone. Je suis Evangeline Stokes, la nouvelle gouvernante.

— Vraiment ? En êtes-vous certaine ?

— Pa… Pardon ?

— J'ignorais qu'une gouvernante pouvait se présenter sous cette forme, avait-il dit en la désignant d'un ample geste de la main. C'est tellement injuste. La mienne n'avait rien à voir avec vous. »

Evangeline en resta sidérée, comme une actrice qui aurait oublié sa réplique. En tant que fille de vicaire, elle avait eu l'habitude de se tenir un pas derrière son père pour saluer les membres de la paroisse, avant et après l'office, et l'avait accompagné lors de ses visites aux malades et aux infirmes. Elle avait ainsi rencontré toutes sortes de gens : des vanniers, des charrons, des charpentiers, des forgerons… Toutefois, elle avait très peu fréquenté les riches, qui se réunissaient dans leurs propres chapelles, entre eux. L'humour insaisissable des classes supérieures ne lui était pas familier et elle ne possédait aucun talent pour le badinage.

« Ce n'est qu'une petite plaisanterie. »

Un grand sourire aux lèvres, le jeune homme lui avait tendu la main. Elle l'avait serrée timidement.

« Cecil Whitstone. Je suis le demi-frère de vos élèves. J'ose dire que vous allez être bien occupée ! J'ai pris la place de Trevor, qui est sans aucun doute sorti pour se charger d'un des caprices de ma belle-mère. Entrez, entrez. Je m'apprêtais à sortir, mais je vais vous annoncer. »

Tandis qu'elle pénétrait dans l'entrée au sol carrelé noir et blanc, Cecil avait tendu le cou pour regarder dehors.

« Vous n'avez pas d'autres bagages ?

— Non, seulement cette valise.

— Ma parole, vous voyagez léger. »

À ce moment-là, une femme qui devait avoir dans les trente-cinq ans était arrivée par une autre porte, à l'autre bout du vestibule.

« Ah, Cecil ! Et vous devez être Mlle Stokes ? »

Occupée à attacher un chapeau de soie verte sur sa chevelure sombre, elle lui avait adressé un sourire distrait.

« Je suis Mme Whitstone. C'est une journée un peu chaotique, je le crains. Trevor aide Matthew à atteler les chevaux pour que je puisse me rendre en ville.

— On a tous plusieurs fonctions, par ici, avait confié Cecil à Evangeline d'un air conspirateur, comme s'ils étaient de vieux amis. En plus d'enseigner le latin, vous vous retrouverez bientôt à plumer des oies et à astiquer l'argenterie.

— Sornettes ! avait répliqué Mme Whitstone en arrangeant son chapeau devant un imposant miroir au cadre doré. Cecil, veux-tu bien informer Agnes de l'arrivée de Mlle Stokes ? »

Elle s'était ensuite tournée vers Evangeline :

« Agnes vous montrera vos quartiers. Les domestiques dînent à 17 heures. Vous mangerez avec eux si les leçons des enfants sont finies à temps. Vous avez l'air éreintée, ma chère. Pourquoi ne pas faire une petite sieste avant le repas ? »

Son ton indiquait qu'il ne s'agissait pas d'une question. Une fois Mme Whitstone sortie, Cecil avait décoché un sourire espiègle à Evangeline.

« Ce n'est pas le terme "éreintée" que j'aurais utilisé pour vous décrire. »

Il se tenait trop près, ce n'était pas tout à fait convenable. Elle sentait son cœur battre la chamade, ce qui ne lui arrivait jamais d'ordinaire.

« Ne devriez-vous pas, euh… faire savoir à Agnes que je suis là ? »

Il s'était tapoté le menton du bout des doigts, comme s'il y réfléchissait, avant de répondre :

« Mes courses peuvent attendre. Je vais vous montrer la maison moi-même. Ce sera un plaisir. »

L'existence d'Evangeline aurait-elle pu tourner différemment si elle avait suivi les instructions de Mme Whitstone ou, d'ailleurs, son propre instinct ? Pourquoi ne s'était-elle pas aperçue, à ce moment-là, que le sol sous ses pieds était si instable qu'il pouvait se dérober au moindre faux pas ?

Elle avait souri à Cecil tout en replaçant une mèche de cheveux rebelle dans son chignon.

« Ce serait très aimable de votre part. »

Assise dans le véhicule plein de courants d'air, elle déplaça ses poignets entravés sur son côté gauche pour toucher l'endroit où, sous son jupon, elle avait glissé le mouchoir brodé du blason. Elle suivit du bout des doigts les contours et imagina qu'elle pouvait sentir les fils formant les initiales de Cecil entremêlés aux armoiries familiales – un lion, un serpent et une couronne.

C'était tout ce qu'elle avait et qu'elle aurait jamais de lui. À part, selon toute vraisemblance, l'enfant qui grandissait dans son ventre.

L'attelage se dirigeait vers le fleuve. Dans le compartiment glacial, personne ne disait mot. Sans s'en rendre compte, Evangeline chercha à se réchauffer en se rapprochant un peu du policier assis à côté d'elle. Il lui jeta un regard en coin, une moue dégoûtée aux lèvres, puis se détourna.

Evangeline en fut ébranlée. Jamais auparavant un homme n'avait été révulsé par elle. Elle avait pris pour acquises les petites gentillesses et la sollicitude dont on avait fait preuve à son égard par le passé : le boucher qui lui donnait des morceaux de choix, le boulanger qui lui gardait la dernière miche de pain…

Elle s'apprêtait à apprendre ce que c'était d'être méprisable.

Prison de Newgate, Londres, 1840

Evangeline n'en revenait pas. Ce quartier de Londres ne ressemblait à rien de ce qu'elle connaissait. L'air chargé de fumée de charbon empestait le crottin de cheval et les légumes pourris. Des femmes enveloppées dans des châles en lambeaux rôdaient sous des réverbères, alors que des hommes se réchauffaient autour de tonneaux dans lesquels crépitait un feu. Et malgré l'heure tardive, des enfants traversaient la rue comme des flèches, dans tous les sens ; ils fouillaient dans les ordures et comparaient leurs découvertes à grands cris. Ils se trouvaient assez loin, mais Evangeline tenta de distinguer ce qu'ils tenaient en main. Serait-ce… ? Oui, il s'agissait bien d'ossements. Elle avait entendu parler de ces enfants qui gagnaient quelques pennies en ramassant des os d'animaux. On les transformait en cendres avant de les mélanger à de l'argile pour confectionner des céramiques que les dames de la bonne société exposaient dans leurs vaisseliers. À peine quelques heures plus tôt, elle aurait pu éprouver de la pitié, mais désormais elle ne ressentait plus rien.

« La voilà, dit l'un des policiers en faisant un geste vers la fenêtre. La taule. »

Evangeline se pencha pour regarder à l'extérieur.

« La taule ? répéta-t-elle.

— La prison de Newgate, répondit-il avec un sourire narquois. Votre nouveau logis. »

Elle avait lu des histoires, publiées dans des romans-feuilletons sordides, sur les dangereux criminels enfermés à Newgate. Et voilà qu'elle l'avait sous les yeux : une énorme forteresse trapue à l'ombre de St. Paul's Cathedral. Comme ils s'approchaient, Evangeline se dit que les fenêtres avaient un drôle d'air. Ce fut seulement au dernier moment, quand le cocher cria aux chevaux de s'arrêter et tira fort sur les rênes devant l'immense portail noir, qu'elle se rendit compte qu'il ne s'agissait pas de vraies fenêtres : elles étaient peintes sur la façade.

Une petite foule oisive qui attendait près de l'entrée se précipita soudain vers eux.

« Des vautours, dit le policier à la moustache tombante. Ils ne se lassent jamais du spectacle… »

Les trois agents sortirent l'un après l'autre du véhicule, en aboyant aux curieux de reculer. Evangeline resta recroquevillée dans l'étroit compartiment jusqu'à ce que l'un d'eux lui adresse un geste impatient.

« Allez ! »

Elle se déplaça en boitillant jusqu'à l'ouverture et il la tira par l'épaule. Quand elle tomba hors de la voiture, il la rattrapa comme un vulgaire sac de riz puis la lâcha sur le sol. Ses joues brûlaient de honte.

Les badauds la fixèrent tandis qu'elle recouvrait son équilibre. Les enfants écarquillaient les yeux et les adultes affichaient des grimaces de mépris.

« Quelle honte ! cracha une femme. Que Dieu ait pitié de votre âme. »

Un policier poussa Evangeline vers les grandes portes en métal, où deux gardes vinrent à la rencontre de leur groupe. Tandis qu'elle entrait à petits pas, entourée des deux gardes et suivie des policiers, elle déchiffra les mots inscrits sur le cadran solaire au-dessus de l'arche. *Venio Sicut Fur*. La plupart des prisonniers qui franchissaient ce seuil ne devaient pas connaître leur signification, au contraire d'Evangeline. *Je viens comme un voleur*.

Le portail se referma à grand fracas dans son dos. Puis elle entendit des sons étouffés, qui lui évoquèrent les miaulements de chats enfermés dans un sac. Troublée, elle tendit l'oreille.

« Les autres catins, lui dit l'un des gardes. Tu les rejoindras bientôt. »

Des catins ! Elle eut un mouvement de recul. Un petit homme frêle se dirigea vers eux d'un pas vif. Un large anneau était accroché à sa ceinture, où pendaient de nombreuses clés, comme d'énormes breloques sur un bracelet.

« Par ici. Seulement la détenue et deux d'entre vous. »

Evangeline, le policier à la moustache tombante et l'un des gardes le suivirent dans un vestibule puis empruntèrent un escalier et montèrent plusieurs étages. À cause de ses entraves, Evangeline avançait lentement ; le garde ne cessait de lui enfoncer le bout de sa matraque dans le dos. Ils parcoururent un dédale de couloirs à la faible lueur des lanternes à huile accrochées aux épais murs de pierre.

Le porte-clefs s'arrêta devant une porte en bois à deux serrures. Après avoir cherché sur son trousseau la clé dont il avait besoin, il l'inséra dans celle du haut puis dans celle du bas, avant de pousser le battant. La petite pièce, éclairée par une lampe accrochée en haut d'un mur, ne contenait qu'un bureau et une chaise. Il la traversa pour frapper à une autre porte, plus petite.

« Excusez-moi, madame. Une nouvelle prisonnière. »

Au bout d'un instant, une voix qu'Evangeline entendit à peine répondit :

« J'arrive dans un instant. »

Ils patientèrent. Appuyés contre un mur, les hommes discutèrent entre eux. Evangeline resta debout au milieu de la pièce, dans ses petits souliers. Ses aisselles étaient humides et les fers irritaient ses chevilles. Comme elle n'avait rien mangé depuis le matin, son ventre gargouillait.

La porte finit par s'ouvrir. La femme qui apparut dans l'embrasure avait de toute évidence été tirée de son sommeil. Son visage anguleux était très ridé, ses cheveux grisonnants coiffés en chignon à la va-vite. Elle portait une robe noire défraîchie.

« Allons-y, lança-t-elle avec humeur. La détenue a été fouillée ?

— Non, madame, répondit le garde.

— Procédez », lui ordonna-t-elle avec un geste de la main.

Il passa brutalement les mains sur les épaules d'Evangeline, sur ses flancs, sous ses aisselles, et même, rapidement, entre ses jambes. Elle rougit d'embarras. Lorsqu'il fit un signe de tête à la geôlière, celle-ci se dirigea vers le bureau, alluma une bougie et s'affala sur la chaise. Après avoir ouvert un large registre rempli de lignes rédigées d'une écriture minuscule, elle demanda :

« Nom ?

— Evangel…

— Pas vous, la coupa-t-elle en levant les yeux. Vous avez perdu le droit de vous exprimer. »

Evangeline se mordit la lèvre.

Le policier tira un bout de papier de la poche intérieure de son gilet et le parcourut.

« Le nom… euh… Evangeline Stokes. »

La vieille femme trempa sa plume dans un encrier avant de griffonner sur la page.

« Mariée ?

— Non.

— Âge ?

— Euh… voyons voir. Elle va sur ses vingt-deux ans.

— Elle a vingt-deux ans ou va les avoir ?

— Née au mois d'août, ça dit. Donc… vingt et un. »

La geôlière leva brusquement la tête vers lui, la plume en suspens au-dessus du papier.

« Soyez précis, sinon on va y passer la nuit. Son délit ? Soyez bref. »

Il s'éclaircit la gorge.

« Eh bien, madame, il y en a plusieurs.

— Commencez par le plus notable. »

Il soupira.

« D'abord… c'est une criminelle. De la pire espèce.

— Le chef d'accusation ?

— Tentative de meurtre. »

La geôlière leva les yeux vers Evangeline et arqua un sourcil.

« Je n'ai pas… », commença cette dernière.

La vieille femme leva la main pour lui faire signe de se taire. Puis elle inscrivit le chef d'accusation dans le registre.

« La victime ?

— Une femme de chambre employée par… euh… (Il chercha sur son papier.) Un certain Ronald Whitstone. Adresse : 22, Blenheim Road, St. John's Wood.

— Par quelle méthode ?

— Mlle Stokes l'a poussée dans l'escalier. »

Elle leva les yeux.

« Et la victime… se porte bien ?

— On dirait, oui. Elle est secouée, mais… elle va bien, je suppose. »

Du coin de l'œil, Evangeline nota un petit mouvement à l'endroit où le sol rejoignait le mur : un rat malingre se tortillait pour s'extraire d'une plinthe.

« Quoi d'autre ?

— Un bijou de famille appartenant au propriétaire de la maison a été retrouvé dans la chambre de Mlle Stokes.

— Quel genre de bijou ?

— Une bague en or ornée d'une pierre précieuse. Un rubis.

— C'était un cadeau », ne put s'empêcher de dire Evangeline.

La geôlière posa sa plume.

« Mademoiselle Stokes, vous avez déjà été réprimandée deux fois.

— Je suis désolée, mais…

— Vous ne prononcerez plus un seul mot sans qu'on vous ait directement adressé la parole. Est-ce clair ? »

Evangeline acquiesça d'un air malheureux. L'anxiété et la panique qui l'avaient tenue sur ses gardes toute la journée avaient laissé la place à une torpeur débilitante. Elle se demanda, presque d'une manière abstraite, si elle allait s'évanouir. Peut-être que oui. Les clémentes ténèbres vaudraient mieux que ce qu'elle subissait à cet instant.

« Agression et vol, dit la geôlière à l'agent de police. C'est ce dont elle est accusée ?

— Oui, madame. Elle est aussi… enceinte.

— Je vois.

— Hors mariage, madame.

— J'avais compris, monsieur l'agent, répliqua-t-elle en levant la tête. Les chefs d'accusation sont donc la tentative de meurtre et le vol. »

Il opina du chef. Elle soupira.

« Très bien. Vous pouvez partir. J'escorterai la prisonnière jusqu'à sa cellule. »

L'un après l'autre, les hommes sortirent de la pièce. La vieille femme inclina alors la tête vers Evangeline.

« Je suppose que vous avez eu une longue journée. Malheureusement, elle ne va pas s'améliorer. Je suis navrée de devoir vous le dire. »

Evangeline éprouva un profond sentiment de gratitude. De ce qu'elle avait expérimenté au cours de cette journée, c'était ce qui se rapprochait le plus de la gentillesse. Les larmes lui montèrent aux yeux et, elle eut beau faire tout son possible pour les retenir, elles commencèrent à ruisseler sur ses joues. Avec ses mains attachées, il lui était impossible de les essuyer. Pendant quelques instants, on n'entendit plus que ses sanglots étranglés.

« Il faut je vous emmène en bas, déclara finalement la geôlière.

— Ça ne s'est pas passé comme il l'a dit, lui expliqua Evangeline entre deux hoquets. Je… je n'ai pas…

— Vous gaspillez votre salive. Mon opinion n'a aucune importance.

— Mais je ne veux pas que… que vous pensiez du mal de moi. »

La geôlière laissa échapper un petit rire qui sonnait faux.

« Oh, ma petite ! C'est nouveau pour vous, tout ça.

— Oui. Totalement. »

Tandis qu'elle rangeait sa plume et refermait le registre, la vieille femme s'enquit :

« C'était par la force ?

— Pardon ?

— Est-ce qu'un homme vous a forcée ?

— Oh ! non. Non.

— Vous étiez amoureuse, alors ? »

Elle soupira et secoua la tête.

« Vous apprenez à vos dépens qu'on ne peut compter sur aucun homme, mademoiselle Stokes. Et sur aucune femme non plus. Plus tôt vous le comprendrez, mieux cela vaudra pour vous. »

Elle traversa la pièce pour ouvrir un placard dont elle sortit deux morceaux de toile de jute, une cuillère en bois et une timbale. Après avoir emballé la cuillère et la tasse dans le tissu, elle ferma le paquet avec de la ficelle, formant une boucle qu'elle accrocha aux poignets entravés d'Evangeline. Elle prit ensuite le bougeoir posé sur le bureau et un trousseau de clés dans un tiroir, avant de lui faire signe de la suivre.

« Tenez, lui dit-elle, une fois dans le couloir. Prenez ça. »

Elle lui tendit la bougie allumée, qu'Evangeline saisit maladroitement, renversant au passage de la cire chaude sur ses pouces. La chandelle dégageait une forte odeur de suif. Du gras de mouton. Elle l'avait déjà sentie lors de ses visites aux paroissiens les plus pauvres, en compagnie de son père.

Une fois que la geôlière eut déverrouillé les deux serrures, elles suivirent le corridor puis descendirent l'escalier. Une fois à l'entrée principale, la vieille femme tourna à gauche dans une cour à ciel ouvert. Dans l'obscurité, Evangeline la talonna sur les pavés mouillés en faisant attention à ne pas glisser. Elle entendait de nouveau les plaintes des catins. Elle aurait voulu soulever ses jupes humides qui fouettaient ses chevilles nues, mais ses chaînes l'en empêchaient. La flamme n'éclairait pas bien loin devant elles, et le chemin qu'elles avaient parcouru était avalé par les ténèbres. À mesure qu'elles approchaient de l'autre extrémité de la cour, les cris se faisaient de plus en plus forts.

Evangeline dut elle aussi pousser un gémissement sans s'en rendre compte, car la geôlière lui lança un regard par-dessus son épaule et dit :

« Vous vous y ferez. »

Elles descendirent un autre escalier puis empruntèrent un corridor. La vieille femme s'arrêta devant une porte en métal noir munie d'une grille en losanges sur sa partie supérieure et elle tendit à nouveau le bougeoir à Evangeline. Après avoir sélectionné une clé sur son trousseau, elle l'inséra dans trois serrures différentes avant de pousser le battant qui s'ouvrit sur un sombre vestibule.

Evangeline s'immobilisa, frappée par la pestilence qui lui donna un haut-le-cœur. Elle lui évoquait un souvenir lointain : l'abattoir de la boucherie de Tunbridge Wells, une pièce dans laquelle elle n'avait pénétré qu'une seule fois et où elle avait juré de ne plus jamais remettre les pieds. Si elle ne voyait pas les femmes dans les cachots, elle les entendait : des grommellements, des pleurs, le hurlement plaintif d'un nourrisson, une toux qui rappelait les aboiements d'un chien…

« Allez, venez », dit la geôlière.

Elles longèrent un passage étroit entre les cellules, seulement éclairé par la faible lueur de leur chandelle. On tapait avec des bouts de bois contre les grilles en métal des portes. Des doigts touchaient les cheveux d'Evangeline, essayaient de saisir son tablier. Elle poussa un cri et dévia sur la droite, se cognant l'épaule contre le mur de pierre.

« T'es une vraie dame, toi, hein ? lança une prisonnière d'un ton maniéré.

— Cette robe ne restera pas propre bien longtemps, lâcha une voix différente.

— T'as fait quoi, mam'zelle ?

— Ouais, t'as fait quoi ? » insista une autre.

La geôlière s'arrêta brusquement devant la porte d'un cachot. Sans un mot, elle tendit de nouveau la bougie à Evangeline pour ouvrir, ce qui provoqua des murmures et de l'agitation à l'intérieur.

« Faites de la place, ordonna la geôlière.

— C'est déjà plein, ici !

— On en a une qui est tombée ici, madame. Elle était affreusement malade. Et elle est refroidie…

— Elle prend de la place. »

La vieille femme soupira.

« Poussez-la dans un coin. J'enverrai quelqu'un la chercher demain matin.

— J'ai faim !

— Le pot de chambre est plein.

— Mettez la fille ailleurs !

— Non, c'est ici qu'elle va, répliqua la geôlière, qui se tourna vers Evangeline. Je vais retirer vos fers, soulevez vos jupes. »

Avant de s'agenouiller, elle toucha la main tremblante d'Evangeline et lui chuchota :

« Elles ne sont pas aussi méchantes qu'elles en ont l'air. Essayez de dormir un peu. »

Comme Evangeline entrait dans la sombre cellule, elle trébucha sur le seuil et s'affala, la tête la première, sur un petit groupe de détenues, son épaule s'écrasant au sol.

Un chœur d'injures s'éleva.

« Qu'est-ce qui va pas chez toi ?

— Espèce de godiche !

— Debout, empotée ! »

On lui donna un coup dans les côtes. Elle se remit sur pied tant bien que mal, en frottant ses poignets enfin libérés de leurs chaînes, puis regarda la faible lueur de la chandelle s'évanouir peu à peu dans le long couloir. Lorsque la porte du bout claqua, elle sursauta.

Une petite fenêtre grillagée en haut d'un mur laissait pénétrer la lumière terne de la lune. Tandis que ses yeux s'accommodaient à l'obscurité, elle étudia les lieux. Des dizaines de femmes occupaient ce cachot, qui faisait à peu près la taille du petit salon des Whitstone. Le sol de pierre était couvert de paille.

Elle s'appuya contre un mur puis s'accroupit. L'odeur métallique du sang, la puanteur fermentée du vomi, le relent de l'urine et des déjections assaillirent alors ses narines et lui retournèrent l'estomac. Quand de la bile remonta dans sa gorge, elle se courba pour régurgiter sur la paille.

Les détenues qui se trouvaient à proximité reculèrent en rouspétant.

« Cette sale garce a dégobillé !

— Berk, c'est dégoûtant ! »

Alors qu'elle s'essuyait la bouche avec sa manche, Evangeline marmonna :

« Je suis dés… »

Avant de rendre le peu qui restait dans son estomac. Les femmes autour lui tournèrent aussitôt le dos. Prise de vertige et exténuée, Evangeline ferma les yeux et tomba à genoux, trempant sa robe dans ses vomissures.

Elle finit par se ressaisir au bout d'un moment. Après avoir ouvert le paquet que lui avait donné la geôlière, elle glissa la timbale et la cuillère en bois dans la poche de son tablier. Elle étendit l'un des bouts de toile de jute sur la paille crasseuse, ramena ses jupons sous ses genoux, puis s'effondra sur le rectangle de tissu bien trop étroit. Ce matin-là, elle s'était réveillée dans son propre lit, dans sa chambre. Elle avait rêvé d'un avenir qui semblait alors à portée de main. Et voilà qu'elle avait tout perdu… En écoutant les autres prisonnières siffler, ronfler, grogner et soupirer, elle sombra peu à peu dans un demi-sommeil – consciente, même dans ses songes, que peu de cauchemars seraient comparables aux souffrances auxquelles elle ferait face lorsqu'elle rouvrirait les yeux.

Prison de Newgate, Londres, 1840

Le bruit de la porte du bout du couloir tira Evangeline de son sommeil. Il lui fallut quelques secondes pour se remémorer où elle se trouvait. Des pierres tachées de suie qui suintaient l'humidité, des malheureuses réunies en petits groupes… Elle avait l'impression que sa bouche était remplie de coton. Quant à ses jupons, ils étaient rigides et une odeur aigre s'en dégageait.

Il avait été si agréable de tout oublier pendant quelques heures…

L'aube passait presque inaperçue dans la geôle : la lucarne au-dessus de leurs têtes laissait à peine filtrer les rayons voilés du soleil. Elle s'accrocha à l'un des barreaux pour se lever puis étira son dos douloureux. Une odeur d'urine nauséabonde provenait d'un pot de chambre posé dans un coin. Le brouhaha qui l'avait frappée la veille reprenait : des femmes cognaient contre la grille en métal et les murs avec leurs cuillères.

Deux gardes apparurent devant la cellule avec un seau.

« Mettez-vous en rangs ! » cria l'un tandis que l'autre ouvrait la porte.

Evangeline le vit ensuite plonger une louche dans le récipient pour en verser le contenu dans la tasse que tendait une détenue. Elle tira sa timbale cabossée de la poche de son tablier et la retourna pour la vider des gravillons qui s'y étaient logés. Malgré l'humidité dans la cellule, son besoin de se soulager, ses membres douloureux et la nausée matinale, elle se fraya un chemin jusqu'à l'avant de l'attroupement. La faim l'emportait.

Quand le garde remplit son gobelet, elle tenta de croiser son regard. Ne voyait-il pas qu'elle n'avait rien en commun avec ces pauvres misérables aux visages si sales qu'elles semblaient sortir d'une mine ?

Il ne lui accorda même pas un coup d'œil.

Après s'être éloignée, elle but une gorgée de gruau froid, insipide et sans doute rance. Elle eut un haut-le-cœur mais parvint à se retenir de régurgiter.

Des prisonnières, chargées de leurs tasses et de bébés en pleurs, trébuchaient les unes sur les autres en allant chercher leur bouillie. Elles tendaient leur timbale à bout de bras vers les gardes. Quelques-unes restaient en arrière, trop malades ou abattues pour tenter d'atteindre la porte. Une femme – probablement celle dont les détenues avaient parlé à la geôlière la veille – n'avait pas bougé d'un pouce. Evangeline l'étudia du regard, mal à l'aise.

Oui, il se pouvait fort qu'elle soit morte.

Les gardes l'emmenèrent et, après leur départ, le calme revint dans le cachot. Un groupe de prisonnières se réunit dans un coin pour jouer avec des cartes qui semblaient confectionnées dans les pages arrachées d'une bible. Dans un autre coin, une femme coiffée d'un bonnet de laine lisait les lignes de la main de certaines détenues. Une fille, qui n'avait pas l'air d'avoir plus de quinze ans, berçait un nourrisson en chantonnant une comptine : *J'ai laissé mon bébé couché là pour aller cueillir des myrtilles*... À Tunbridge Wells, Evangeline avait entendu des femmes chanter cette singulière berceuse écossaise à leurs enfants. Elle racontait l'histoire d'une mère désespérée qui revenait sur ses pas après la disparition de son enfant : *J'ai cherché dans les lacs des landes puis j'ai traversé les vallées silencieuses*. Après avoir découvert les empreintes d'une loutre, le personnage trouvait la trace d'un cygne... *J'ai aperçu la brume sur la montagne mais je n'ai pas vu mon bébé, oh !* Cette chanson était un avertissement, censé inciter les jeunes mères à surveiller leur progéniture de près. Dorénavant, elle lui paraissait cruellement sinistre et l'idée de la perte, presque impossible à supporter.

Quelqu'un lui donna un coup de coude dans le dos.

« Alors, t'as fait quoi ? »

Elle se tourna pour faire face à une femme robuste avec un ventre rebondi, qui devait avoir la trentaine. Elle avait des joues rouges, un nez retroussé, et ses cheveux blonds frisés lui arrivaient un peu au-dessus des épaules.

Evangeline eut d'abord le réflexe de lui dire de se mêler de ses affaires. Toutefois, suivre son instinct ne lui avait pas franchement réussi, récemment.

« Qu'est-ce que tu as fait, toi ? »

La femme sourit, révélant une rangée de petites dents, jaunes comme des grains de maïs, avec un grand trou au milieu.

« J'ai pris mon dû à un mufle qu'avait pas payé c'qu'il avait promis. Il sera bientôt père et maintenant, il le saura jamais », dit-elle en tapotant son ventre.

Elle lui fit un clin d'œil malicieux avant de reprendre :

« Les risques du métier. Ça devait bien finir par arriver. »

Elle haussa les épaules, puis désigna l'abdomen d'Evangeline et ajouta :

« Au moins, j'ai plus de nausées. Ça dure pas longtemps, tu sais.

— Je sais, dit Evangeline, bien que ce ne fût pas le cas.

— Comment tu t'appelles ? »

Comme Evangeline hésitait, la femme poursuivit :

« Moi, c'est Olive.

— Evangeline.

— Evang-e-line, articula Olive, comme si elle prononçait ce prénom pour la première fois. C'est un prénom de la haute, ça. »

Vraiment ? Son père avait choisi ce prénom car il dérivait du mot latin *evangelium* qui signifiait « évangile ».

« Je ne crois pas.

— Aucune importance. On est toutes pareilles, ici, de toute façon, répondit Olive. J'ai été condamnée à la transportation. J'en ai pour sept ans, mais ça pourrait tout aussi bien être une condamnation à vie, d'après ce que j'ai entendu. Et toi ? »

Evangeline se souvint d'avoir lu dans le journal au fil des ans des petits articles sur les hommes incorrigibles – à l'époque, elle n'avait pas songé qu'il pouvait également s'agir de femmes – déportés sur des navires vers l'Australie. Des meurtriers et autres déviants exilés à l'autre bout du monde. C'était ainsi que les îles britanniques se débarrassaient de leurs pires criminels. Les détails donnés dans ces récits, qui lui paraissaient aussi étranges et irréels que les histoires de la mythologie grecque, lui avaient donné des frissons de plaisir horrifié : il y avait là-bas des bagnes, et des maisons de correction taillées dans le roc au milieu de nulle part, séparés de la civilisation par des kilomètres de sable et de dangereux prédateurs…

Elle n'avait jamais éprouvé de compassion pour ces hommes. Ils l'avaient bien cherché, après tout, non ? Ils étaient eux-mêmes des prédateurs.

« Je n'ai pas encore été jugée, répondit-elle.

— Eh bien, qui sait, peut-être qu'on t'y enverra pas. T'as pas tué quelqu'un, hein ? »

Evangeline aurait souhaité qu'Olive ne parle pas aussi fort. Elle hésita un instant avant de secouer la tête.

« C'était un vol ? »

Elle soupira et choisit l'accusation la moins compromettante.

« J'ai été accusée, à tort, d'avoir dérobé une bague.

— Ah ! Laisse-moi deviner. »

Olive croisa les doigts pour faire craquer ses doigts.

« Un mufle te l'a donnée en échange de faveurs. Puis il a nié.

— Non ! Ce n'était pas en échange de… »

Ou bien… l'était-ce ?

« Il est… absent, reprit-elle. Il n'était pas là quand on m'a accusée.

— D'accord… Il est au courant qu't'as un Polichinelle dans l'tiroir ? »

Evangeline n'avait jamais entendu cette expression, toutefois sa signification était évidente. Elle fit non de la tête.

Olive se caressa le menton du bout du pouce avant d'examiner Evangeline.

« T'étais la gouvernante. »

Son histoire pathétique était-elle donc si prévisible ?

« Comment le sais-tu ? »

Olive porta la main à ses lèvres et mima un feu d'artifice avec ses doigts.

« Ta façon de parler. Comme dans un livre. Mais tu fais pas des manières comme une grande dame. Dommage que tu sois pas si futée concernant la vraie vie, Evangeline. »

Olive secoua la tête puis lui tourna le dos.

La chasteté était ce qu'une femme possédait de plus précieux, Evangeline le tenait des sermons de son père. Les hommes étaient supérieurs sur presque tous les points – l'intelligence, la raison, la force, l'ingéniosité –, mais ils étaient aussi plus enclins à l'imprudence et à l'impulsivité. C'était le devoir des femmes de les modérer, disait-il toujours, pour soutenir la meilleure part de leur nature.

Elle croyait avoir assimilé cette leçon. Néanmoins, dans le petit village où elle avait grandi, à soixante kilomètres de Londres et dans un tout autre univers, elle n'avait jamais été mise à l'épreuve. La plupart des habitants de Tunbridge Wells restaient proches de leurs parents et épousaient un de leurs voisins. Ils entretenaient ainsi un réseau de relations qui se resserrait de plus en plus à chaque génération. Evangeline en était restée à l'écart. Sa mère était morte en couches et son père, un intellectuel, s'intéressait fort peu aux détails terre à terre du quotidien. Il préférait qu'Evangeline lui tienne compagnie dans la bibliothèque, où ils lisaient côte à côte, plutôt qu'elle se charge des tâches dont s'occupaient d'ordinaire les femmes. De toute façon, ce n'était pas nécessaire puisque le presbytère employait une domestique.

Il avait remarqué la vive curiosité de son unique enfant et avait par conséquent employé un précepteur pour lui enseigner le grec, le latin, Shakespeare et la philosophie. Ces heures passées dans la bibliothèque formèrent la destinée d'Evangeline de multiples façons. Elle en sortit avec une éducation bien supérieure à celle des autres villageois. Cependant, comme elle n'avait eu aucun camarade durant toutes ces années, elle restait terriblement candide. Elle n'avait aucune confidente avec qui bavarder et de qui apprendre les mœurs de leur milieu. Pour la protéger, son père avait choisi de l'isoler et, ce faisant, l'avait privée des connaissances essentielles pour survivre. Elle pouvait nommer les sept continents et identifier les constellations, mais elle en savait très peu sur le monde hors du presbytère.

Lorsque Evangeline eut vingt ans, son père tomba soudainement malade et succomba rapidement. Deux jours après les funérailles, un affable émissaire de l'évêque se présenta à sa porte pour s'enquérir de ses projets. Un jeune vicaire avec femme et enfants devait remplacer son père et emménager dans la maison. Quand pouvait-elle quitter les lieux ?

Consternée, Evangeline s'aperçut que son père n'avait pas du tout songé à ce qu'il se passerait quand il ne serait plus là. Et elle non plus. Tous les deux avaient béatement supposé qu'ils continueraient à lire ensemble dans la bibliothèque, à prendre le thé devant la cheminée… Étant donné qu'elle n'avait qu'un maigre héritage, aucune famille encore vivante et des compétences pratiques limitées, il lui restait très peu de possibilités. Le mariage était une option, mais qui pourrait-elle bien épouser ? Malgré sa beauté, aucun des célibataires de son village ne désirait demander sa main. Son tempérament ressemblait à celui de son père : elle manquait d'assurance, sa timidité était souvent prise pour de la réserve et son érudition pour du snobisme.

Evangeline se trouvait dans une position délicate, reconnut l'émissaire de l'évêque. Trop éduquée pour son rang, elle ne disposait pourtant pas des moyens ou du statut social susceptibles d'attirer un homme d'une classe supérieure. D'après lui, cela lui laissait une seule solution viable : embrasser la profession de gouvernante. Elle éduquerait de jeunes enfants et logerait avec leur famille. Il lui demanda d'énumérer ses compétences et prit des notes avec son stylo à plume. Littérature anglaise, grammaire, arithmétique, religion, grec, latin, français, un peu de dessin et de piano. Il soumit une petite annonce aux journaux de Londres et alentour :

> GOUVERNANTE. Homme d'Église RECOMMANDE UNE JEUNE DAME, l'orpheline d'un vicaire, pour la situation de GOUVERNANTE dans une famille où elle sera responsable des jeunes enfants. Elle a été formée pour ce rôle. Adresser la demande, port payé, au Rev. P.R. au 14, Dorchester Street, Tunbridge Wells.

Des enveloppes commencèrent à apparaître dans la boîte aux lettres du presbytère. Une lettre en particulier se distingua. Une certaine Mary Whitstone, qui résidait dans une rue paisible au nord-ouest de Londres, décrivait une vie confortable avec un époux avocat et deux enfants très sages, Beatrice et Ned. Les enfants avaient été élevés par une nourrice, mais il était temps pour eux de commencer leur véritable instruction. La nouvelle gouvernante aurait son propre logement, elle passerait avec ses élèves six heures chaque jour, six jours par semaine, et il se pourrait qu'elle doive accompagner la famille en vacances. Le reste de son temps serait libre. Une éducation complète, écrivait Mme Whitstone, devrait inclure des excursions occasionnelles dans des musées, à des concerts et peut-être même au théâtre. Evangeline, qui n'avait jamais connu de telles expériences, fut intriguée. Elle répondit longuement et soigneusement aux nombreuses questions de Mme Whitstone, posta sa lettre et attendit.

Malgré la candeur provinciale dont elle avait fait preuve, ou peut-être au contraire grâce à cette naïveté, la maîtresse de maison fut suffisamment impressionnée pour lui adresser une offre d'emploi : vingt livres sterling l'année, plus le gîte et le couvert. Evangeline trouvait la somme extravagante. Pour l'évêque et pour le jeune vicaire prêt à commencer sa nouvelle vie au presbytère, ce fut une véritable aubaine.

Pendant plusieurs jours, Evangeline songea à contacter quelqu'un pour demander de l'aide. Mais qui donc pourrait témoigner avec conviction de sa bonne réputation ? À Tunbridge Wells, si on lui avait accordé un minimum d'égards en tant que fille du vicaire, elle n'avait lié aucune véritable amitié puisque son père l'avait gardée principalement à la maison. Elle envisagea d'écrire à la bonne du presbytère, ou peut-être au boucher, au boulanger ou à l'un des négociants avec lesquels elle avait été en bons termes. Néanmoins, elle se doutait que la parole d'un simple villageois ne pèserait pas bien lourd dans la balance. Et, à part les Whitstone, elle ne connaissait personne à Londres.

Cecil ne s'était pas manifesté.

Pourtant, il devait être rentré de Venise et il avait probablement été informé de la situation. Une petite partie d'elle s'accrochait à l'espoir qu'il agirait avec honneur et ferait le nécessaire pour la secourir. Sans doute lui enverrait-il une lettre : « Tu as été calomniée injustement. Je leur ai tout raconté. » Peut-être même viendrait-il la sauver.

Il fallait donc qu'elle garde l'air présentable. Lorsque les geôliers apportèrent un seau d'eau propre, elle frotta son visage et son cou et passa un chiffon sous ses aisselles. Après quoi elle essuya son corsage et sépara ses cheveux avec un ongle avant de les lisser puis de les attacher avec une bande de tissu.

« Pour qui tu te débarbouilles ? s'enquit Olive.

— Personne.

— Tu penses qu'il va venir te chercher.

— Non.

— Mais tu l'espères.

— C'est un homme bon, au fond. »

Olive rit.

« Non.

— Tu ne le connais pas.

— Oh, ma pauv' fille. Ma pauvre Leenie. Il y a de grandes chances que si. »

Cecil était réellement un homme bon… En tout cas, Evangeline le croyait. Après tout, il l'avait tirée de sa solitude, dans cette demeure de Blenheim Road. Quand elle avait accepté le poste, elle ne se doutait pas qu'elle se sentirait isolée à ce point. Elle restait en général avec les enfants jusqu'à l'heure de leur souper ; lorsqu'elle était enfin libre, les autres membres du personnel avaient déjà fini leur repas et s'activaient pour servir le dîner de la famille. Mme Grimsby, la cuisinière, lui gardait une assiette de côté, qu'elle mangeait toute seule. À 19 heures, elle se retrouvait cloîtrée dans sa minuscule chambre pour la nuit.

Le soir, elle entendait souvent les domestiques jouer au black-jack ou à la dame de pique autour de la longue table de la cuisine, au bout du couloir. Leurs voix témoignaient d'une camaraderie qui ne faisait qu'accentuer son propre isolement. Les quelques fois où elle avait osé s'aventurer dans la cuisine, elle était restée debout dans un coin, mal à l'aise, tandis qu'ils l'ignoraient royalement. Pour eux, elle était une sorte de vilain petit canard : à la fois un sujet de commérages pour ses habitudes excentriques (comme celle de lire pendant les repas) et un mystère qu'ils n'avaient aucune envie de résoudre. Sa façon de parler leur rappelait sans aucun doute leurs employeurs. Lorsqu'elle retournait s'enfermer dans sa chambre, ils étaient soulagés.

Dans ce vide s'était immiscé Cecil, de trois ans son aîné et infiniment plus au fait des usages du monde. Il lui avait fait part de ses intentions au travers de petits gestes : il effleurait ses doigts du bout des siens, lui adressait un clin d'œil au-dessus de la tête des enfants, posait la main dans le creux de ses reins quand personne ne pouvait les voir…

Au fil des semaines et des mois, il était devenu de plus en plus persuasif, avec son ardeur, ses prières toujours plus séduisantes.

« Chère Evangeline ! murmurait-il. Même votre prénom est original. »

Il disait avoir étudié Chaucer à Cambridge dans l'unique dessein de retenir des vers à lui murmurer à l'oreille :

Elle était belle comme la rose de Mai.

Qu'y a-t-il de meilleur que la sagesse ? La femme. Qu'y a-t-il de meilleur que femme vertueuse ? Rien[1].

Elle était en admiration devant lui. Cet homme avait fréquenté des cafés parisiens, parcouru les canaux vénitiens en gondole et nagé dans les eaux bleues de la Méditerranée. Et puis il y avait cette mèche de cheveux châtains qui effleurait son cou, ces épaules bien dessinées sous une chemise de lin blanc impeccable, ce nez aquilin et ces lèvres charnues…

« Vous me fascinez », lui avait-il confié en tirant sur les lacets de son corset.

« Pour moi, vous êtes la seule et l'unique, avait-il soufflé dans ses cheveux.

— Mais… mais… que…

— Je vous adore. Je veux passer chaque heure de chaque jour avec vous.

— C'est… immoral.

---

1. *La Légende des dames vertueuses*, et *Les Contes de Canterbury*, Geoffrey Chaucer. Traductions de Juliette Dor et André Crépin dans *Les Contes de Canterbury et autres textes*, Robert Laffont, 2010.

— C'est moral pour nous. Pourquoi devrions-nous nous soucier des remontrances de ces enquiquineurs d'un autre temps ? »

De la même façon qu'il est presque impossible, par une chaude journée d'été, d'imaginer le froid brutal de l'hiver, Evangeline se prélassait dans la chaleur de l'affection de Cecil sans accorder de pensée à ce qu'il se passerait quand leur histoire prendrait fin. Il lui avait fait juste assez de promesses pour la convaincre qu'il partageait ses sentiments.

Garder secrets leurs rendez-vous était plus aisé qu'on aurait pu le croire. La petite chambre d'Evangeline se trouvait à l'écart des chambres des domestiques, au bout d'un couloir étroit, après la cuisine. Comme son emploi du temps différait de celui des autres employés, personne ne faisait attention à ses allées et venues. Lorsqu'elle retournait dans sa chambre entre les leçons, elle trouvait des billets glissés sous sa porte – « 18 h 30, au coin de Cavendish Avenue et Circus Road »… « Gloucester Gate, 19 heures »… « Dorset Square, à midi » – et les cachait sous son matelas. La proximité de Londres était un alibi en soi. Elle disait à la cuisinière qu'elle allait admirer les lumières sur la Tamise au crépuscule, ou explorer Regent's Park un dimanche après-midi, et elle ne mentait pas.

Le meilleur ami de Cecil était un jeune homme très aimable répondant au nom de Charles Pepperton, un ancien camarade de classe de la Harrow School. Contrairement à Cecil, dont les études le destinaient à suivre les traces de son père et devenir avocat, Charles n'avait pas besoin d'apprendre un métier. Il devait hériter du domaine familial ainsi que du siège de son père à la Chambre des lords. Tout ce qu'il avait à faire pendant les prochaines décennies, c'était cultiver les bonnes relations, épouser une aristocrate d'un âge approprié (appartenant de préférence à la famille royale) et améliorer ses compétences pour la chasse à courre sur ses terres dans le Dorset. C'est là qu'il passait le plus clair de son temps, laissant sa maison de l'opulent quartier de Mayfair – spacieuse et bien aménagée – presque toujours inhabitée.

Tôt un samedi soir, une fois les leçons terminées et M. et Mme Whitstone partis à un bal, Cecil y avait emmené Evangeline pour la première fois. D'abord timide et empruntée devant les domestiques, elle avait bien vite appris les méthodes éprouvées pour garder les secrets, dissimuler les imprudences et protéger ainsi les classes supérieures du scandale. Cecil, que les employés de la maison de Mayfair connaissaient bien, était traité avec une déférence désinvolte : on baissait discrètement les yeux et les échanges étaient soigneusement codés (« La demoiselle se joindra-t-elle à vous pour le thé ? »). Avec le temps, Evangeline s'était détendue et avait commencé à se montrer plus audacieuse. Lorsque Cecil l'attirait sur ses genoux devant le majordome, elle n'avait plus le réflexe de protester.

C'était dans le salon ombragé de la maison de Charles que Cecil lui avait offert la bague.

« Pour que vous vous souveniez de moi pendant mon voyage. Et à mon retour… »

Il avait frotté son nez dans le cou d'Evangeline. Elle s'était dégagée, un sourire timide aux lèvres, pour tenter de décrypter le sous-entendu.

« À votre retour ? »

Il avait posé un doigt sur les lèvres d'Evangeline.

« Vous la porterez de nouveau pour moi. »

Ce n'était évidemment pas une réponse à la question qu'elle posait, néanmoins c'était la seule qu'il était prêt à lui donner.

Elle s'apercevait, bien plus tard, qu'elle avait tissé de vagues liens entre les mots de Cecil et rempli les blancs avec les paroles qu'elle désirait entendre.

Prison de Newgate, Londres, 1840

Elle ne se ferait jamais à certains aspects de la vie en prison. Des cris se propageaient d'une cellule à l'autre, comme une épidémie. De violentes bagarres se déclaraient sans crier gare et se terminaient avec une détenue qui crachait des dents et du sang. Dans le bouillon tiède de midi flottaient des os de jarrets de cochon, des groins, de morceaux de sabots et des poils, et le pain était moisi et infesté de vers. Néanmoins, et à son grand étonnement, une fois le choc initial passé, Evangeline trouva la plupart des affronts et des humiliations de sa nouvelle vie plutôt faciles à endurer : les gardes agressifs, les cafards et autres parasites, la crasse omniprésente, les rats qui couraient sur la paille… Elle s'accoutuma à la proximité constante avec les autres femmes, à leur mauvaise haleine sur son visage quand elle essayait de s'endormir et à leurs ronflements. Le bruit ne cessait jamais : la porte claquait au bout du couloir, les cuillères frappées contre les barreaux produisaient un véritable vacarme, les bébés pleuraient… Elle apprit également à en faire abstraction. Quant à la puanteur du pot de chambre, qui l'avait pourtant rendue si malade à son arrivée, elle s'atténua. Evangeline s'obligea à l'ignorer.

Au cours de la période où elle avait travaillé chez les Whitstone, sa relation avec Cecil avait été si dévorante qu'elle avait à peine eu le temps de songer à sa vie d'avant. Pourtant, désormais, ses pensées se tournaient le plus souvent vers ses années passées à Tunbridge Wells. Son père lui manquait. Son tempérament doux et ses petites gentillesses. Les longues conversations qu'ils avaient le soir devant l'âtre tandis que la pluie tambourinait sur le toit. Elle réajustait la couverture sur les jambes de son père pendant qu'il lui lisait du Wordsworth ou du Shakespeare. Des vers qu'elle se récitait dorénavant à elle-même, étendue sur le sol du cachot, dans le petit espace qu'elle s'était approprié :

Il fut un temps où prés, rivières et bosquets,/Et tout spectacle familier de cette terre,/M'apparaissaient/Parés de lumière céleste[1]...
Nous sommes de l'étoffe/Dont les songes sont faits. Notre petite vie/Est au creux d'un sommeil[2]...

Lorsqu'elle fermait les yeux, Evangeline trouvait du réconfort dans les souvenirs des petites tâches routinières

1. « Ode : Pressentiments d'immortalité venant des souvenirs de la petite enfance », dans *Ballades lyriques* de William Wordsworth. Traduction de Dominique Peyrache-Leborgne et Sophie Vige, José Corti, 1997.

2. *La Tempête* de William Shakespeare. Traduction d'Yves Bonnefoy, Gallimard, 1997. (Toutes les citations suivantes de cette pièce sont issues de cette traduction.)

dont elle s'était plainte à l'époque : faire chauffer une bouilloire pour la vaisselle, entretenir le feu dans le poêle avec des pelletées de charbon, marcher jusqu'à la boulangerie par une froide matinée de février… Les plaisirs ordinaires lui paraissaient désormais inimaginables. Le thé noir sucré qu'elle dégustait l'après-midi avec du gâteau à l'abricot accompagné de crème anglaise. Son matelas bourré de plumes d'oie et de coton. Son bonnet de nuit et la douce chemise en mousseline qu'elle revêtait pour dormir. Ses gants en cuir de veau décorés de boutons de nacre, qui avaient pris la forme de ses mains au fil des années. Sa pèlerine en laine, au col en fourrure de lapin. Regarder son père assis à son bureau, une plume entre ses doigts fuselés, alors qu'il rédigeait ses sermons hebdomadaires. Les odeurs des rues de Tunbridge Wells après la pluie, au printemps : les roses et la lavande mouillées, le crottin de cheval, le foin… Sortir dans un pré à l'aube pour admirer le lever du soleil, jaune et rond comme un citron dans le ciel dégagé.

Une conversation qu'elle avait eue avec son père lui revint en mémoire. Un soir, alors qu'il était agenouillé devant la cheminée pour allumer le feu, il lui avait tendu une bûche pour lui montrer les cercles concentriques sur la tranche – les cernes – et lui avait expliqué que chacun marquait une année. Certains cercles étaient plus larges que d'autres, indiquant quel temps il avait fait. Plus clairs en hiver et foncés en été, ils fusionnaient pour donner à l'arbre un tronc solide.

Evangeline se dit qu'il pourrait en être de même pour les êtres humains. Tout comme les cernes d'un tronc d'arbre, les moments marquants et les personnes que nous avons aimées, tout ce que nous croyons avoir perdu resterait toujours là, à l'intérieur de nous, pour nous donner la force de continuer.

Comme les prisonnières n'avaient plus rien à perdre, elles n'avaient aucune honte. Elles se mouchaient dans leurs manches, s'épouillaient les unes les autres, écrasaient des puces entre leurs doigts et, sans y réfléchir à deux fois, dégageaient les rats de leur chemin à coups de pied. À la moindre provocation, elles se mettaient à jurer, et il leur arrivait souvent de chanter des chansons paillardes qui parlaient de bouchers lubriques et de serveuses aux ventres arrondis. Pour déterminer si elles pouvaient refaire usage de leurs chiffons menstruels tachés de sang, elles n'hésitaient pas à les inspecter sous le regard des autres détenues. Elles avaient des plaies suintantes ainsi que d'étranges rougeurs couvertes de croûtes. Leurs cheveux étaient emmêlés, pleins de crasse et de vermine. Leurs yeux infectés coulaient. Un bon nombre d'entre elles passaient leurs journées à tousser et à cracher ; un signe indicateur du typhus, d'après Olive.

Quand elle rendait visite aux malades et aux infirmes du village avec son père, Evangeline avait appris à réchauffer les frêles silhouettes sous des couvertures, à porter des cuillères de bouillon aux bouches des alités et à murmurer des psaumes aux mourants : *Mon âme, bénis l'Éternel, et n'oublie aucun de ses bienfaits ! C'est lui qui pardonne toutes tes iniquités, qui guérit toutes tes maladies ; c'est lui qui délivre ta vie de la fosse, qui te couronne de bonté et de miséricorde*[1]. Pourtant,

1. Toutes les citations bibliques sont extraites de la traduction de Louis Segond (révision de 1910).

elle n'avait pas compati à leur sort. Pas vraiment. Même après avoir quitté la demeure d'un paroissien souffrant, elle pouvait se détourner d'un mendiant dans la rue avec un dégoût à peine voilé.

Elle avait été si puérile ! Si aisément rebutée, si prompte à juger… Elle s'en rendait compte désormais.

Là, dans la cellule, elle ne pouvait ni fermer la porte derrière elle ni se détourner. Elle ne valait pas mieux que la plus pitoyable de ces malheureuses. Pas mieux qu'Olive, une femme au rire gras et aux manières vulgaires qui vendait son corps dans la rue. Pas mieux que la misérable qui chantonnait pour son enfant et l'avait bercé pendant des jours avant qu'on remarque qu'il était mort. Ce qu'il y avait de plus intime et honteux dans l'existence – les fluides corporels que les gens passaient leur vie à tenter de maîtriser ou de dissimuler – était ce qui les liait le plus profondément : le sang, la bile, les excréments, la salive, le pus… Evangeline était horrifiée d'être tombée aussi bas. Cependant, elle éprouvait aussi, pour la première fois, une vraie compassion pour les plus méprisables. Elle était l'une d'elles, après tout.

Lorsque deux gardes entrèrent pour prendre le nourrisson sans vie à sa mère, le silence se fit dans la geôle. Ils durent s'en emparer de force tandis que la femme se tenait debout, à murmurer une chanson d'une voix discordante, des torrents de larmes sur ses joues.

Oui, Evangeline haïssait cet endroit, mais elle haïssait encore plus la vanité, la naïveté et l'ignorance délibérée qui l'avaient amenée là.

Un matin, environ deux semaines après son arrivée à Newgate, la porte en fer du bout du couloir s'ouvrit et un garde appela :

« Evangeline Stokes !

— Ici ! » cria-t-elle pour se faire entendre au-dessus du vacarme.

Tout en se frayant un chemin jusqu'à la porte du cachot, elle baissa les yeux sur son corsage taché et sa jupe maculée de crasse. Elle pouvait sentir sa propre haleine nauséabonde et sa sueur. Elle ravala sa peur : ce qui l'attendait dehors ne pouvait pas être pire que ce qu'elle avait connu ici.

La geôlière et deux gardes équipés de matraques apparurent devant la cellule. Comme les femmes se précipitaient vers eux, l'un des gardes frappa la grille de son bâton et dit :

« Écartez-vous, laissez-la passer ! »

Dès qu'Evangeline eut atteint la porte, ils la tirèrent vers l'avant pour la faire sortir de la geôle, puis l'enchaînèrent avant de l'escorter jusqu'à un bâtiment situé de l'autre côté de la rue, la Sessions House – le tribunal. Les gardes la guidèrent dans un escalier étroit vers le sous-sol et s'arrêtèrent dans une pièce sans fenêtre qui contenait des cellules empilées les unes sur les autres, comme des cages à poules. Elles étaient toutes suffisamment larges pour que s'y tienne un adulte voûté, avec des barres métalliques de tous les côtés. On l'enferma dans l'une d'elles et, une fois que sa vision se fut ajustée, elle distingua les silhouettes d'autres prisonniers dans les cellules alentour. Elle les entendait grogner et tousser.

La chute d'un quignon de pain sur le sol la fit sursauter et elle se cogna la tête. Une vieille femme dans la cage d'à côté passa la main au travers des barreaux pour s'en emparer en gloussant.

« Ça donne sur la rue », dit-elle en pointant le plafond du doigt.

Evangeline leva les yeux. Au-dessus de l'allée étroite qui séparait les deux rangées de cellules se trouvait un trou.

« Des gens prennent pitié.

— Des inconnus jettent du pain ici ?

— Surtout des proches qui viennent pour un procès. Quelqu'un est là pour toi ? »

Evangeline l'entendait mâcher.

« J't'en donnerais bien, mais j'meurs de faim, dit la femme au bout d'un moment.

— Oh, ce n'est pas grave. Merci.

— C'est ta première fois, je suppose.

— Et ce sera la seule. »

L'autre détenue pouffa de rire.

« Moi aussi, j'ai dit ça un jour. »

Le juge l'accueillit avec une grimace écœurée. Sa perruque jaunie était légèrement de travers et une fine pellicule de poudre parsemait les épaules de sa robe. Le garde attribué à Evangeline lui avait appris en chemin que le juge avait déjà présidé une dizaine de procès dans la journée, et probablement une centaine cette semaine-là. En attendant son tour, elle s'était assise sur un banc dans le couloir et avait regardé les accusés et les condamnés entrer et sortir : pickpockets, opiomanes, prostituées, faussaires, meurtriers et malades mentaux.

Les avocats étaient réservés aux riches. Elle prit donc place seule sur le banc des accusés. Un jury entièrement composé d'hommes était assis à sa droite. Ils l'observaient avec indifférence, pour la plupart.

« Comment serez-vous jugée ? demanda le juge d'un ton las.

— Par Dieu et par mon pays, répondit-elle, comme on le lui avait indiqué.

— Avez-vous des témoins qui attesteront votre caractère ? »

Elle secoua la tête.

« Exprimez-vous à voix haute, détenue.

— Non. Pas de témoin. »

Un avocat se leva et récita les chefs d'accusation : tentative de meurtre et vol qualifié. Il lut ensuite une lettre qui détaillait les crimes scandaleux de Mlle Stokes et qu'il avait reçue d'une certaine Mme Whitstone, résidant au 22, Blenheim Road à St. John's Wood.

Le juge examina attentivement Evangeline.

« Avez-vous quelque chose à dire pour votre défense, détenue ? »

Elle fit la révérence.

« Eh bien, monsieur, je n'avais pas l'intention de… »

En proie à l'hésitation, elle s'interrompit. Non, elle en avait eu l'intention, après tout.

« La bague était un cadeau. Je ne l'ai pas dérobée. Mon… L'homme qui… »

Avant qu'elle puisse finir sa phrase, le juge balaya l'air de la main et la coupa :

« J'en ai assez entendu. »

Le jury prit seulement une dizaine de minutes avant d'annoncer son verdict : coupable.

« Condamnée, déclara le juge en abattant son marteau. Quatorze ans de bannissement dans les terres au-delà des mers. »

Evangeline agrippa la barre de bois devant elle pour ne pas tomber à genoux. Avait-elle bien entendu ? Quatorze ans ? Personne ne lui accorda de regard. Le juge fouillait dans les papiers sur son bureau.

« Faites venir le prisonnier suivant », dit-il à son huissier.

« C'est tout ? demanda-t-elle au garde.

— Oui. L'Australie. Vous serez une pionnière. »

D'après Olive, la transportation équivalait à une condamnation à vie.

« Mais… je pourrai revenir quand j'aurai purgé ma peine ? »

Il rit. Un rire sans commisération, mais pas méchant pour autant.

« C'est à l'autre bout du monde, mademoiselle. Vous pourriez tout aussi bien naviguer jusqu'au soleil. »

De retour à la prison de Newgate, alors qu'elle descendait le sombre corridor qui menait aux cellules, escortée de deux gardes, Evangeline se força à se tenir droite (autant que possible, puisqu'elle était enchaînée pieds et mains) et à respirer profondément. Des années auparavant, elle était montée au sommet du clocher de l'église de Tunbridge Wells. Tandis qu'elle grimpait l'escalier de pierre en colimaçon, dans la tour sans fenêtres, les murs se rapprochaient et les marches se faisaient plus raides. Elle voyait un rayon de lumière au-dessus de sa tête mais n'avait aucune idée de la distance qu'il lui restait à parcourir jusqu'en haut. Comme les marches formaient des cercles de plus en plus petits, elle avait craint un instant de finir enfermée de tous les côtés, incapable de bouger.

Elle éprouvait la même sensation tandis qu'elle regagnait sa geôle.

En passant devant les cachots remplis de prisonnières, elle remarqua les ongles sales et irréguliers d'une femme qui agrippait une grille, puis les grands yeux d'un bébé trop faible ou trop affamé pour pleurer. Elle entendait le martèlement des bottes des gardes, le bruit métallique de ses fers. Derrière la puanteur des excréments et de l'urine, elle distinguait l'odeur aigre du vinaigre que les gardes de rang inférieur utilisaient pour frotter les murs et le sol, deux fois par mois environ. Un liquide ruisselait vers une grille sous ses pieds. Elle avait l'impression d'être dans une pièce de théâtre – *La Tempête*, peut-être, avec son univers sens dessus dessous, son paysage chaotique et menaçant… Un vers flottait dans sa tête : *L'enfer est vide de ses diables, ils sont tous ici !*

« Vous inclue », dit l'un des gardes en la poussant en avant.

Elle s'aperçut qu'elle avait prononcé ces mots à voix haute, comme si elle les récitait à son père durant une leçon.

Tous les deux ou trois jours, qu'il pleuve ou qu'il vente, on faisait sortir un groupe de prisonnières de la cellule. Après leur avoir passé des fers, on les conduisait à un enclos vide, séparé des autres par de hauts murs surmontés de piques en fer, afin de les faire marcher en rond pendant près d'une heure.

« Combien de temps nous reste-t-il avant de partir, à ton avis ? demanda Evangeline à Olive tandis qu'elles avançaient d'un pas lourd dans l'enclos par un après-midi gris.

— Aucune idée. J'ai entendu dire qu'ils remplissent un bateau deux ou trois fois par an. Y en a un qu'est parti juste avant que j'me fasse pincer. Alors peut-être vers le milieu de l'été ? »

On était début avril.

« Je ne vois pas pourquoi ils nous envoient à l'autre bout du monde, dit Evangeline. Ce serait beaucoup plus simple et moins coûteux de nous faire purger nos peines ici.

— Tu comprends pas. C'est une combine du gouvernement. Un trafic.

— Comment ça ?

— Avant, l'Angleterre envoyait le rebut de la société en Amérique, mais après la rébellion il a fallu qu'ils trouvent une nouvelle décharge : l'Australie. En un rien de temps, il y avait neuf hommes pour une femme, là-bas. Neuf ! On ne peut pas fonder une colonie seulement avec des hommes, hein ? Personne n'y avait pensé, à ça. Alors ils ont pris n'importe quelle excuse pour nous envoyer là-bas.

— Tu ne veux quand même pas dire…

— Oh que si ! Pour eux, on est toutes déjà des pécheresses. »

Elle tapota son ventre puis ajouta :

« Regarde-nous, Leenie ! Y a aucun doute sur notre fertilité, hein ? En plus, on emmène de nouveaux citoyens à l'intérieur de nous. Ce sera un bonus si ce sont des filles. Et ça ne leur coûte pas grand-chose. Ils ont qu'à retaper quelques négriers et c'est parti !

— Des négriers ? » répéta Evangeline, incrédule.

Olive éclata de rire. La naïveté d'Evangeline était l'une de ses plus grandes distractions.

« C'est tout à fait logique, quand on y pense. Des dizaines de vaisseaux en état de naviguer qui moisissent ici, dans le port, tout ça parce que l'idée qu'on possède des êtres humains a commencé d'agiter quelques bonnes âmes au Parlement... Note bien, personne n'a ce genre d'hésitations quand il s'agit d'utiliser des ventres de femmes convicts. »

Un garde s'approcha et agrippa Olive par le bras.

« Eh, toi, arrête de répandre des commérages. »

Elle se dégagea d'un mouvement brusque.

« Pourquoi, c'est pas la vérité ? »

Il cracha sur le sol, à ses pieds.

« Comment sais-tu tout ça ? » s'enquit Evangeline après quelques tours d'enclos.

« Il suffit de traîner dans les pubs du coin après minuit. On sait jamais ce qu'un bonhomme va pouvoir révéler après quelques verres.

— Ils doivent mentir. Ou exagérer, au moins. »

Olive lui adressa un sourire compatissant.

« Ton problème, Leenie, c'est qu'tu veux pas croire c'qui est sous ton nez. C'est pour ça que tu t'es retrouvée ici, non ? »

Le dimanche matin, on conduisait les détenues jusqu'à la chapelle de la prison. Elles s'asseyaient dans le fond, derrière de grandes planches inclinées qui leur permettaient de voir le prédicateur mais pas les prisonniers masculins. Un poêle à charbon rougeoyait sous la chaire, néanmoins sa chaleur ne les atteignait pas. Pendant plus d'une heure, les femmes lourdement enchaînées se blottissaient les unes contre les autres dans leurs fines robes alors que le prédicateur les réprimandait pour leurs vices et les avertissait des possibles conséquences.

L'essentiel du sermon restait toujours le même : ils étaient de misérables pécheurs accomplissant une pénitence terrestre, et le diable attendait de voir jusqu'où ils tomberaient avant de devenir irrécupérables. Leur unique chance était de s'en remettre entièrement à l'indulgence austère de Dieu le Père et de payer le prix de leur iniquité.

Parfois, Evangeline baissait les yeux pour contempler ses mains et se perdait dans ses pensées. Ces doigts avaient cueilli des fleurs et les avaient arrangées dans un vase. Dessiné des lettres latines à la craie sur une ardoise. Effleuré le visage de Cecil, de son front à sa pomme d'Adam. Fermé les paupières de son père pour la dernière fois. Et voilà l'état dans lequel ils étaient désormais : sales, crispés, abîmés.

Jamais plus elle n'utiliserait le mot « insupportable » pour désigner quelque chose. Elle avait découvert qu'on pouvait presque tout supporter. Des petits vers blancs infestaient ses cheveux, des plaies persistantes se développaient sur sa peau à la suite de petites égratignures, une toux s'était installée dans sa poitrine. Elle était exténuée et, la plupart du temps, souffrait de maux d'estomac. Malgré tout, elle n'était pas en train de mourir. Et, dans cet endroit, cela signifiait qu'elle n'allait pas si mal que ça.

Prison de Newgate, Londres, 1840

Dans l'éternelle obscurité de la cellule, il était difficile de mesurer le temps qui passait, ou même de déterminer l'heure de la journée. Cependant, derrière la petite fenêtre grillagée, ainsi que dans l'ombre de la cour où les détenues se promenaient, il se mit à faire de plus en plus chaud. Le soleil se coucha toujours plus tard. Les nausées matinales d'Evangeline s'apaisèrent et son ventre commença à enfler. Ses seins aussi grossirent et devinrent plus sensibles au toucher. Elle essayait de ne pas trop penser à l'enfant qu'elle portait, la preuve de sa déchéance – une marque du péché aussi visible que si les griffes du diable avaient laissé des traces rouges sur sa peau.

Par une matinée ensoleillée, la porte au bout du couloir s'ouvrit à grand fracas et un garde tonna :

« Les quakeresses[1] sont là ! Préparez-vous ! »

1. Le quakerisme est un mouvement religieux protestant fondé en Angleterre au XVIIe siècle, prêchant le pacifisme, la philanthropie et la simplicité des mœurs.

Evangeline chercha Olive des yeux et la repéra quelques mètres plus loin. Olive croisa son regard et pointa du doigt la porte de la geôle : *Mets-toi là.*

Trois femmes qui portaient de longues capes grises et des bonnets en coton blanc apparurent devant le cachot, chacune chargée d'un grand sac. Celle du milieu, vêtue d'une simple robe noire et d'un châle blanc sous sa pèlerine, était plus grande et se tenait plus droite que les deux autres. Ses yeux étaient d'un bleu laiteux, son teint sans fard et, sous sa coiffe, elle avait soigneusement séparé sa chevelure grise par le milieu. Elle sourit aux prisonnières d'un air à la fois assuré et bienveillant.

« Bonjour, mes amies », dit-elle d'une voix douce.

Remarquablement, à part un bébé agité, toutes les occupantes de la cellule s'étaient tues.

« Je suis Mme Fry. Les dames qui m'accompagnent aujourd'hui sont Mme Warren, annonça-t-elle avec un signe de tête vers la gauche, et Mme Fitzpatrick. Nous sommes de la Société pour la réforme des prisonnières. »

Evangeline se pencha en avant pour bien entendre les paroles de Mme Fry.

« Chacune d'entre vous est digne de la rédemption. Nul besoin de rester à jamais ternies par vos péchés. À partir d'aujourd'hui, vous pouvez choisir de vivre vos vies avec honneur. »

Mme Fry passa deux doigts entre les barreaux pour toucher le bras d'une fillette qui la dévisageait avec de grands yeux.

« De quoi as-tu besoin ? »

La petite fille recula. Elle n'avait pas l'habitude qu'on s'adresse directement à elle.

« Aimerais-tu une nouvelle robe ? »

L'enfant acquiesça.

« Y a-t-il une pauvre âme ici qui souhaite être sauvée du péché afin d'échapper à l'affliction et la misère ? Mes amies, accrochez-vous à l'espérance. Rappelez-vous les paroles du Christ : Ouvrez la porte de votre cœur, et je vaincrai ce qui vous accable. Si vous placez votre foi dans le Seigneur, tout vous sera pardonné. »

Lorsqu'elle eut fini de parler, un garde ouvrit la porte et les détenues se bousculèrent pour faire de la place. Les quakeresses pénétrèrent dans la cellule pour distribuer des biscuits d'avoine qu'elles sortaient d'un sac en coton. Evangeline en prit un et croqua dedans. Bien qu'il soit dur et sec, il avait meilleur goût que tout ce qu'elle avait mangé ces dernières semaines.

Avec l'aide des gardes, Mme Fry identifia les nouvelles prisonnières et leur tendit à chacune un paquet fermé avec de la ficelle. Après en avoir placé un dans les bras d'Evangeline, elle lui demanda :

« Depuis combien de temps êtes-vous ici ? »

Evangeline fit une petite révérence.

« Cela fait presque trois mois, madame. »

Mme Fry pencha la tête sur le côté.

« Vous êtes… instruite. Et… vous venez du Sud ?

— De Tunbridge Wells. Mon père était vicaire là-bas.

— Je vois. Ainsi… vous avez été condamnée à la transportation ?

— Oui.

— Sept ans ?

— Quatorze », dit Evangeline avec une grimace.

Mme Fry n'eut pas l'air étonnée par cette réponse.

« Eh bien, vous avez l'air d'être en bonne santé. Le voyage dure environ quatre mois. Ce n'est pas facile, mais la plupart survivent. Vous arriverez à la fin de l'été, c'est-à-dire la fin de l'hiver, là-bas. C'est préférable à l'inverse. »

Elle marqua une pause et retroussa les lèvres.

« Pour être honnête avec vous, je ne suis pas convaincue que la déportation soit une solution adéquate. Je crois que les possibilités d'abuser de ce système sont trop nombreuses. Quoi qu'il en soit, c'est celui dont nous disposons et il nous faut faire avec… »

Elle étudia attentivement Evangeline.

« Permettez-moi de vous demander… Votre père approuverait-il… ceci ? »

Elle fit un geste vague vers son ventre rebondi. Evangeline s'empourpra.

« Peut-être cela révèle-t-il un certain manque de… jugement. Vous avez laissé un homme profiter de vous. Je vous recommande la prudence. Soyez vigilante. Les hommes n'ont pas à vivre avec les conséquences de leurs actions. Vous, si.

— Oui, madame. »

Lorsque Mme Fry et ses assistantes lui tournèrent le dos pour offrir des paquets similaires à d'autres femmes, Evangeline fouilla dans le sien et en tira plusieurs objets qu'elle inspecta : un bonnet blanc tout simple, une robe verte en coton et un tablier en toile de jute à porter au-dessus. Une fois la distribution terminée, les quakeresses aidèrent les prisonnières à revêtir leurs nouvelles tenues.

Mme Warren déboutonna la robe souillée d'Evangeline puis l'aida à retirer ses bras des manches. Evangeline était extrêmement consciente de l'odeur désagréable de ses aisselles, du goût aigre dans sa bouche, de la crasse qui maculait le bas de sa jupe. Mme Warren, elle, sentait… Elle ne sentait rien. Evangeline ne distinguait que le parfum naturel de sa peau. Néanmoins, si sa bonne samaritaine fut révulsée par son manque de propreté, elle n'en montra rien.

Mme Fry demanda ensuite si certaines d'entre elles aimeraient faire de la couture, du patchwork ou encore tricoter des bas. Evangeline leva la main. Bien qu'elle ait peu d'intérêt pour les travaux d'aiguille, une pause hors de la geôle lui ferait du bien, et être active lui manquait. Une trentaine de prisonnières furent divisées en groupes et conduites de l'autre côté de la cour principale, jusqu'à une large pièce pleine de courants d'air, remplie de tables et de bancs rudimentaires, avec de petites fenêtres ouvertes en haut du mur, côté cour. On attribua le tricot au groupe d'Evangeline, or elle ne s'y était jamais essayée. Mme Warren prit place à côté d'elle sur le banc pour l'aider à guider doucement les longues aiguilles au travers de la laine grossière. La sensation des mains douces et chaudes de cette femme sur les siennes, le toucher d'une personne qui n'était ni méprisante ni dédaigneuse la bouleversa… Evangeline fit son possible pour retenir ses larmes, en vain.

« Oh, ma chère. Je vais vous chercher un mouchoir », dit Mme Warren avant de se lever.

Tout en la regardant traverser la salle, Evangeline passa ses doigts sur le petit renflement de son abdomen et descendit jusqu'à sa hanche pour tracer les contours à peine visibles du mouchoir de Cecil sous sa nouvelle robe verte. Soudain, elle sentit une palpitation, comme si un petit poisson nageait dans son ventre.

Ce devait être le bébé. Elle eut tout à coup envie de le protéger et couvrit le bas de son ventre de ses deux mains, comme si elle tenait l'enfant lui-même.

Ce petit être naîtrait en captivité, dans le déshonneur et l'incertitude, promis à un avenir de lutte et de labeur. Néanmoins, ce qu'Evangeline avait d'abord considéré comme une plaisanterie cruelle était désormais devenu une raison de vivre. Elle n'était plus responsable seulement d'elle-même, mais d'un autre être humain. Et elle espérait de tout son cœur que cet enfant aurait l'occasion de transcender ses débuts malheureux.

Le cliquètement des serrures se fit entendre au bout du long couloir plongé dans les ténèbres. Des lanternes illuminèrent soudain le sol et les murs de pierre. Un chariot rempli de chaînes s'approchait à grand fracas. Les gardes crièrent :

« On y va ! Dépêchez-vous !

— C'est le moment, dit Olive en secouant Evangeline. Ils viennent nous chercher. »

Trois hommes se tenaient devant la porte de la cellule. L'un d'eux avait en main un morceau de parchemin et un autre levait une lanterne pour l'éclairer. Quant au troisième, il se mit à agiter son bâton entre les barreaux et lança sèchement :

« Écoutez bien ! Si vous entendez votre nom, approchez. »

Il regarda le papier du coin de l'œil.

« Ann Darter ! »

Un bruissement, des murmures, puis la fille dont le bébé avait perdu la vie se glissa jusqu'à l'avant du cachot. C'était la première fois qu'Evangeline entendait son nom.

« Si celle-ci s'en sort, ce sera un miracle, marmonna Olive.

— Maura Frindle ! »

Une femme qu'Evangeline ne connaissait pas sortit de l'ombre.

« Olive Rivers !

— C'est bon, je suis là », répondit-elle, les mains sur la grille.

L'homme passa de nouveau son bâton le long des barreaux pour la forcer à retirer ses mains.

« Et une dernière : Evangeline Stokes ! »

Evangeline glissa une mèche de cheveux derrière son oreille et se mit debout, une main posée sur son ventre.

Le garde qui tenait la lanterne la leva un peu plus pour mieux l'examiner.

« Celle-ci est appétissante.

— Elle aime pas les hommes, répliqua aussitôt Olive. Dommage pour toi.

— Y en a un qu'elle a pas dû trouver trop repoussant, fit remarquer l'homme à la lanterne, déclenchant l'hilarité de ses camarades.

— Et on voit bien où ça l'a menée », déclara Olive.

Un garde se plaça devant le groupe de détenues entravées tandis que les deux autres fermaient la marche. Ils défilèrent dans la cour avant d'emprunter un escalier et de descendre le large corridor qui menait aux quartiers de la geôlière. Cette dernière, assise derrière son bureau, ne semblait pas être de meilleure humeur que la nuit de l'arrivée d'Evangeline. La vieille femme fronça les sourcils dès qu'elle posa les yeux sur elle.

« Vous êtes trop maigre, dit-elle d'un ton accusateur, comme si Evangeline avait décidé de perdre du poids par caprice. Ce serait dommage de perdre l'enfant.

— Ça vaudrait probablement mieux pour elle, fit remarquer l'un des gardes.

— Oui, vous avez sûrement raison », soupira la vieille femme avant de rayer le nom d'Evangeline de son registre.

Une fois les détenues autorisées à sortir, les gardes menèrent la procession dans l'escalier, à un rythme lent afin d'éviter qu'elles tombent comme des dominos. Quand ils eurent passé les grandes portes noires, Evangeline eut l'impression d'être un ours qui surgit de sa grotte en clignant des yeux face à la lumière de l'aube.

Le ciel était d'un blanc éclatant, comme une mousseline neuve, et les feuilles des ormes qui bordaient la rue lui rappelaient le vert des nénuphars. Une volée d'oiseaux s'éleva soudain de l'un des arbres, tels des confettis lancés en l'air. C'était une journée ordinaire en ville : un fleuriste installait son étal, des chevaux et des bogheis descendaient Bailey Street, des hommes en gilet et chapeau haut de forme arpentaient le trottoir et un petit garçon annonçait d'une voix aiguë :

« Pâtés en croûte ! Brioches ! »

Deux dames se promenaient bras dessus bras dessous, l'une en brocart de satin couleur noix, l'autre en soie bleu pâle. Leurs manches étaient à la dernière mode, bouffantes en haut et fuselées aux poignets. Étroitement corsetées et coiffées de chapeaux retenus par un ruban en velours, elles avaient en main des ombrelles purement décoratives. Lorsqu'elle aperçut les prisonnières enchaînées, la femme vêtue de bleu se figea. Elle leva une main gantée devant sa bouche pour chuchoter à l'oreille de sa compagne, puis toutes deux se tournèrent abruptement dans la direction opposée.

Evangeline baissa les yeux sur ses lourdes chaînes et son tablier de jute. À leurs yeux, elle devait être une âme damnée, à peine humaine.

Une voiture aux fenêtres condamnées, tirée par deux chevaux noirs, s'arrêta devant leur groupe. Un des hommes parvint à faire monter toutes les détenues dans le véhicule, en les soulevant puis en les poussant à l'intérieur. Elles s'assirent deux par deux sur des planches de bois brut disposées face à face. Quand le garde verrouilla la portière, l'intérieur fut plongé dans l'obscurité la plus totale. Des ressorts grincèrent lorsqu'il prit ensuite place à côté du cocher. Evangeline tendit l'oreille pour tenter de comprendre leur échange mais ne parvint pas à distinguer la teneur de leurs propos.

Le claquement d'un fouet retentit, puis le hennissement d'un cheval. La voiture tressauta et se mit en route.

On suffoquait à l'intérieur. Les roues grinçaient sur les pavés et, à chaque virage, Olive la bousculait. Une goutte de sueur coula du front d'Evangeline jusqu'au bout de son nez. D'un geste distrait, elle trouva du bout des doigts l'extrémité du mouchoir de Cecil sous sa robe. C'était devenu une habitude. Assise sur cette planche dure dans le noir, elle écouta attentivement, en quête d'indices. Elle finit par entendre les piaillements des mouettes. Au loin, des hommes criaient. L'air sentait le sel, ils ne devaient plus être très loin de la mer. Et du négrier. Son cœur se mit à cogner dans sa poitrine.

MATHINNA

« Nous ne faisons pas prétentieusement étalage de Philanthropie. Le Gouvernement doit retirer les indigènes – sinon, ils seront chassés comme des bêtes sauvages et abattus ! »

The Colonial Times (Tasmanie),
1er décembre 1826

Île Flinders, Australie,
1840

L'air du petit matin était frais et il ne cessait de pleuvoir. À l'abri d'un pin pleureur, la peau de wallaby serrée autour de ses épaules, Mathinna regardait les fougères brunes et poilues, les nébuleux parterres de mousses, et elle écoutait le crépitement des gouttes et le chant des grillons. Ce faisant, elle caressait machinalement du bout des doigts les délicats coquillages du collier dont les deux rangs pendaient à son cou. La situation fâcheuse dans laquelle elle se trouvait occupait ses pensées. Malgré les serpents-tigres qui se cachaient sous les bûches et les araignées noires venimeuses dans leurs toiles invisibles, se trouver toute seule dans la forêt ne l'effrayait pas. Elle craignait davantage ce qui l'attendait au village.

Wanganip lui avait raconté que, avant sa naissance, des colons britanniques avaient arraché sa grande sœur Teanic des bras de leur père, alors qu'ils tentaient de le capturer. Ils avaient envoyé Teanic à la Queen's Orphan School, près de Hobart Town, et ses parents ne l'avaient plus jamais revue. Selon la rumeur, elle avait succombé à la grippe à l'âge de huit ans, mais son décès n'avait jamais été annoncé directement aux Palawas.

Mathinna ne voulait pas être enlevée comme sa sœur.

Après la mort de Wanganip, le beau-père de Mathinna, Palle, avait fait de son mieux pour la réconforter. Assis près du feu crépitant, un bras passé autour de ses épaules, il lui contait souvent des histoires sur les dieux des Palawas, si différents de celui qu'on les forçait désormais à adorer. Leurs principales divinités étaient deux frères qui descendaient du Soleil et de la Lune. Moinee avait créé la terre et les rivières. Quant à Droemerdene, il vivait dans le ciel sous l'apparence d'une étoile. C'était lui qui avait formé le premier être humain, à partir d'un kangourou, en modifiant ses genoux pour que l'homme puisse se reposer et en lui retirant sa queue encombrante.

Depuis la création du premier Palawa, leur peuple parcourait chaque jour de longues distances. De petite taille, minces et athlétiques, ils vagabondaient du bush jusqu'au bord de la mer, en franchissant le sommet des montagnes, munis de sacs tissés avec des herbes dans lesquels ils transportaient nourriture, ustensiles et outils. Enduis d'une couche de graisse de phoque pour se protéger du vent et du froid, ils chassaient le kangourou, le wallaby et d'autres bêtes, avec pour armes des lances qu'ils aiguisaient à l'aide de couteaux de pierre et des massues en bois appelées *waddies*. D'un lieu de campement à un autre, ils transportaient de l'eau dans des récipients conçus à partir de kelp, de grosses algues brunes, et maintenaient incandescents des charbons dans des paniers d'écorce. Ils mangeaient des ormeaux et des huîtres, dont les coquilles aux bords tranchants servaient ensuite à découper la viande.

Il y avait bien longtemps, leur pays s'étendait sur ce qui se nommait désormais le détroit de Bass, mais un jour la mer montante avait séparé l'île du continent. Depuis lors, les Palawas avaient vécu sur Lutruwita, complètement isolés. En général, ils trouvaient suffisamment à manger. L'eau était fraîche, la faune et la flore sauvages, abondantes. L'écorce des arbres leur servait à bâtir des huttes aux toits ronds et, une fois entortillée en longs morceaux, des pirogues. Ils confectionnaient de grands colliers, comme ceux de la mère de Mathinna, avec des coquillages vert vif de la taille de dents de lait, et ils portaient de l'ocre rouge rituelle dans leurs cheveux. De nombreux hommes de la tribu arboraient des scarifications en forme de soleil et de lune sur les épaules, les bras et le torse, gravées dans leur peau et remplies de poudre de charbon. Leurs histoires se transmettaient d'une génération à l'autre par des récits et des chants.

Contrairement aux Britanniques, lui avait dit Palle avant de cracher par terre avec mépris, les Palawas n'avaient besoin pour être contents ni de maisons en brique, ni de costumes contraignants, ni de mousquets. Ils ne convoitaient rien et ne volaient rien. Les Palawas se partageaient en douze nations, chacune formée d'une demi-douzaine de clans. Tous parlaient une langue différente, et dans aucune d'elles il n'existait de mot pour désigner la propriété. La terre faisait simplement partie d'eux.

Ou, pour être plus précis, avait-il ajouté, c'étaient eux qui faisaient partie de la terre.

Les premiers hommes blancs avaient débarqué sur leurs rivages plus de deux cents ans auparavant – des créatures d'apparence étrange, à la peau monstrueusement pâle, comme des vers blancs ou des fantômes de légende. Ils avaient l'air aussi doux que des huîtres, mais leurs lances crachaient du feu. Durant de nombreuses années, les seuls Blancs assez vigoureux pour rester l'hiver étaient les baleiniers et les chasseurs de phoques, et la plupart s'avéraient si grossiers et brutaux que les Palawas les voyaient comme des êtres moitié hommes, moitié animaux. Avec le temps, un système de troc s'était tout de même développé : les Palawas échangeaient écrevisses, puffins et peaux de kangourou contre sucre blanc, thé, tabac et rhum. Ces substances néfastes avaient pris racine dans leurs cerveaux et dans leurs ventres, et alimenté mauvaises habitudes et dépendances.

Depuis le jour de leur arrivée sur la Terre de Van Diemen – comme ils appelaient l'île –, ces envahisseurs s'étaient montrés aussi implacables que la marée montante. Ils s'étaient progressivement emparés du pays en repoussant les Palawas de plus en plus loin dans les montagnes. Les prairies et le bush, où ils chassaient le kangourou et le wallaby, étaient devenus des pâturages pour les moutons, entourés de clôtures. Les Palawas haïssaient ces stupides animaux qui leur barraient le chemin. Ils refusaient de manger leur viande puante et brûlaient les barrières qui gênaient leurs déplacements. Comme ils craignaient les bergers qui n'hésitaient pas à les attaquer lorsqu'ils s'approchaient, ils se battaient de la seule façon qu'ils connaissaient : en recourant à des embuscades et des subterfuges.

Une décennie avant la naissance de Mathinna, les tribus avaient été décimées par ce que les Blancs avaient appelé la « guerre des Noirs ». Leur peuple s'était aperçu trop tard de la malhonnêteté des hommes blancs. Ceux-ci mentaient tout en vous souriant et n'hésitaient pas une seconde à vous attirer dans des pièges. Les Palawas s'étaient battus, en vain, avec des pierres, des lances et des *waddies* contre des groupes itinérants de convicts et de colons qui avaient reçu du gouvernement britannique l'autorisation officielle de capturer ou tuer tous les indigènes en vue. Ces hommes parcouraient l'île avec des lévriers australiens et les chassaient pour le plaisir. Les Palawas continuant à leur échapper, ils adoptaient des tactiques de plus en plus cruelles. Ils camouflaient des pièges à ours sous des feuilles d'eucalyptus. Ils attachaient des hommes à des arbres pour s'en servir comme cible pendant leurs exercices de tir. Ils violaient les femmes et les réduisaient en esclavage, leur transmettaient des maladies qui les rendaient infertiles. Ils les brûlaient avec des fers rouges et écrasaient les crânes de leurs enfants contre les rochers.

Une fois la plupart des Palawas éliminés, les Blancs avaient rassemblé et transporté les survivants sur l'île Flinders. Là, on les avait forcés à s'affubler d'habits britanniques rigides aux boutons inutiles et de chaussures qui entravaient leurs pieds. On avait frotté leurs cheveux pour en retirer l'ocre rouge avant de les couper court, comme ceux des Britanniques. On les avait obligés à s'asseoir dans une chapelle sombre pour écouter des sermons au sujet d'un enfer qu'ils n'avaient jamais imaginé et un enseignement moral dont ils n'avaient nul besoin, et pour chanter des hymnes qui promettaient le salut en échange de la souffrance.

Leur séjour sur l'île Flinders devait être temporaire, on devait bientôt leur attribuer une terre rien qu'à eux – ou plutôt leur rendre une portion de leur propre territoire.

C'était dix ans auparavant. Ils attendaient toujours.

Il pleuvait à verse, désormais. Les gouttes ruisselaient le long du cou de Mathinna et se glissaient sous sa cape, si bien que sa robe en coton s'imbibait d'eau. Elle était trempée jusqu'aux os. Elle sentait venir les débuts d'un rhume et elle était si épuisée que ses yeux la piquaient. De surcroît, la faim la tenaillait. Elle aurait pu partir en quête d'œufs de cygnes, cependant on les trouvait dans les hautes herbes, à découvert.

Si elle allait sur la plage pour chercher des moules, elle serait facile à repérer depuis la crête. Restaient les puffins. Bien qu'elle n'en ait jamais attrapé, elle avait observé la méthode de Palle. Une fois qu'il avait repéré un trou dans le sol aussi large qu'une grosse coquille d'huître, il y mettait la main. Si l'air était froid, il la ressortait rapidement, car il pouvait s'agir d'un nid de serpent, mais s'il était tiède, c'était probablement un nid de puffin. Il plongeait alors la main dedans pour en tirer l'oiseau avant de lui briser le cou.

Le problème, c'était que Mathinna n'avait pas de feu. Même les anciens les plus robustes, ceux qui mordaient dans les puffins dès que la majorité des plumes étaient brûlées, ne les mangeaient pas crus.

Elle fixa son regard sur les gommiers au loin, dont l'écorce était aussi lisse et grise que le ventre d'un wallaby, et ses yeux s'emplirent de larmes. Son animal de compagnie, Waluka – un opossum albinos aux oreilles roses qu'elle avait recueilli et élevé –, lui manquait. La chaleur des bras de Palle aussi.

L'image d'huîtres fumantes tout juste retirées des charbons s'imposa à son esprit et elle saliva.

Quand elle arriva à la colonie, il ne pleuvait plus. Une partie des Palawas et quelques missionnaires allaient et venaient, mais aucun signe des Franklin. Le cœur de Mathinna se remplit d'espoir. Elle se glissa dans la salle de classe où quelques enfants apprenaient leurs leçons. Le maître d'école leva les yeux de son manuel. Il ne parut pas remarquer sa robe mouillée, la peau de wallaby souillée, ni l'effroi dans son regard. Il ne semblait pas plus surpris par son retour.

« Mary, dit-il en se levant. Viens avec moi. Ils te cherchent. »

Mer de Tasman, 1840

Lorsque le capitaine la souleva pour l'installer à bord du sloop, Mathinna jeta un regard en arrière et vit son beau-père, en haut de la colline. Son corps se découpait dans le bleu du ciel. D'une main, il protégeait ses yeux du soleil.

« Palle ! » cria-t-elle en levant le bras.

Il lui répondit de la même façon, doigts tendus.

« Palle… »

Les yeux de Mathinna s'emplirent de larmes et la silhouette devint floue.

« Ça suffit, maintenant », lâcha le capitaine.

Elle sanglota en silence tandis qu'il remontait l'ancre et dressait la voile.

Au fond d'elle-même, elle avait la certitude qu'elle ne reverrait jamais son beau-père. Elle le regarda disparaître petit à petit alors que le bateau quittait le rivage.

Après avoir craché sur le pont, le capitaine lui lança :

« On m'a dit de te traiter comme une vraie dame. Je vais faire ce qu'on m'a demandé, même si je n'ai jamais vu de dame qui ait ton allure. »

Mathinna ne répondit rien. Elle s'essuya les yeux.

Chez les Palawas, seuls les marins montaient dans les pirogues, aussi n'avait-elle jamais navigué auparavant. Elle ne s'était pas attendue aux brusques montées et descentes, au pétillement salé dans son nez, à la luminosité éblouissante du soleil, ni à l'odeur écœurante des entrailles de poissons qui pourrissaient dans un seau.

Sa bouche s'emplissait de salive. Ses yeux s'humidifiaient. Avant même que l'île Flinders ait disparu à l'horizon, elle vomit dans un récipient.

« C'est dans ta tête, lui dit le capitaine en désignant sa tempe. Calme-toi. »

Trois jours plus tôt, quand Mathinna était rentrée au village, on lui avait appris que les Franklin étaient repartis pour la Terre de Van Diemen. Ils avaient laissé derrière eux un de leurs bateaux, *Le Cormoran*, et son capitaine, tout exprès pour emmener Mathinna à Hobart Town. L'épouse de George Robinson, Maria, l'avait aidée à ranger ses maigres possessions dans une vieille malle de voyage : deux robes de coton uni de style anglais, deux culottes, une coiffe, une paire de chaussures en cuir. Avec sa cape en peau de wallaby, Mathinna forma un nid pour Waluka dans un panier en jonc que Palle avait tissé pour elle, puis elle glissa en dessous les trois colliers confectionnés par sa mère.

« Je ne crois pas que ce soit une bonne idée d'introduire un rongeur dans la résidence du gouverneur, avait dit Robinson en apercevant Waluka.

— C'est un marsupial, George, l'avait corrigé sa femme en mimant les pattes d'un kangourou. Il a une poche ventrale. Elle l'a élevé depuis sa naissance et il est bien dressé.

— Mais on dirait un rat. »

Maria avait posé la main sur le bras de son mari.

« Cette enfant doit quitter tout ce qu'elle a toujours connu. Quel mal y a-t-il à ce qu'elle garde son animal de compagnie ? »

Accroupie sur le pont du sloop, Mathinna ouvrit le panier. Elle en sortit l'un des colliers de coquillages, qu'elle enroula autour de son cou, puis elle posa Waluka sur ses genoux. Avec sa peau laiteuse, son nez rose et ses pieds allongés, il n'était pas impossible qu'il puisse faire penser un peu à un rat. Étendu sur ses cuisses, il restait mou, immobile. Elle sentait toutefois les battements de son petit cœur tandis qu'elle caressait sa poitrine d'un doigt.

« Je suis surpris qu'ils t'aient autorisée à emporter ce machin galeux », dit le capitaine.

Elle passa une main protectrice le long du dos de Waluka.

« M. Robinson a dit que je pouvais.

— T'as déjà mangé de l'opossum ? »

Elle secoua la tête.

« C'est pas mauvais. Ça a un goût d'eucalyptus. »

Plaisantait-il ? Mathinna n'aurait su le dire.

Le ciel gris lui rappelait la couleur des pierres plates de la crique et les vagues brillaient comme de l'huile. Le marin sortit une carte en lambeaux qu'il déplia avant de faire signe à Mathinna de s'approcher. Il suivit avec son index la côte d'une grande masse terrestre, jusqu'à atteindre un passage étroit tout en bas.

« C'est là qu'on va, annonça-t-il en tapotant l'endroit du bout du doigt. Le voyage durera dix jours. »

Pour Mathinna, la carte n'évoquait rien ; elle ne voyait que des lignes irrégulières sur un bout de papier. Toutefois, tandis qu'elle étudiait le dessin en lisant à voix haute les noms des villes et des régions, son index remonta le long du littoral, retraçant leur itinéraire dans le sens inverse. Il passa à côté de Port Arthur puis autour de la minuscule île Maria, traversa ensuite Four Mile Creek et contourna l'île du Cap Barren pour finalement rejoindre l'île Flinders, une petite tache dans l'océan au-dessus de la Terre de Van Diemen.

Tout en caressant les coquillages de son collier, Mathinna se remémora l'instant où sa mère l'avait placé dans ses mains.

« Ces coquillages représentent chaque personne qui a compté pour toi et chaque endroit que tu as aimé. Tu es le fil qui les relie, lui avait-elle dit, une main posée sur sa joue. Tu portes en toi les êtres et les lieux qui sont importants pour toi. Souviens-t'en et tu ne seras jamais seule, ma fille. »

Elle désirait sincèrement y croire… Cependant, elle n'était pas vraiment convaincue.

Le capitaine dormait par intermittence : il sursautait au moindre mouvement brusque de l'embarcation, au moindre claquement de voile. Elle faisait mine de ne pas le remarquer quand il se cachait derrière un tonneau pour utiliser le pot de chambre ou pour se laver les aisselles. Il n'avait probablement pas plus de trente-cinq ans mais, aux yeux de Mathinna, il semblait vieux. Bien que vulgaire, il n'était pas méchant. Il avait pour mission, disait-il, de la remettre saine et sauve au gouverneur et il comptait bien y parvenir, coûte que coûte. La plupart du temps, il la laissait tranquille dans son coin, où elle jouait avec les petits coquillages verts autour de son cou et avec Waluka. Quand il n'était pas en train de s'occuper de la grand-voile ou de planifier leur route, il s'asseyait sur l'un des côtés du bateau et sculptait des femmes nues dans du bois, à l'aide d'un petit couteau à la lame courbée.

Chaque matin, le marin accomplissait une succession de tâches : noter les indications du baromètre, vérifier qu'il n'y ait ni accroc ni déchirure dans la voile, clouer les planches qui bougeaient et épisser les cordages. Il laissait traîner un appât à l'arrière du bateau et attrapait ainsi des perches à rayures rouges, des chinchards et occasionnellement un saumon. Il assommait le poisson frétillant avant de le vider rapidement avec son couteau, puis allumait un feu dans la boîte qu'il utilisait pour cuisiner. Il s'agissait d'un objet métallique à trois côtés, reposant sur quatre pattes robustes, avec un plateau inférieur sur lequel on faisait du feu et surmonté d'une grille.

Mathinna n'avait jamais mangé de poisson. Les Palawas ne pêchaient que des fruits de mer. Voir les missionnaires retirer des petits os de leurs dents les faisait bien rire. Pourtant, Mathinna salivait en humant l'odeur de la peau qui grésillait et en voyant la chair blanche qui fondait sur les arêtes.

« Goûte », lui dit le capitaine, un soir.

Il découpa quelques morceaux qu'il déposa sur une assiette en étain pour elle. Lorsqu'elle voulut en attraper des bouts avec ses doigts, le poisson se défit en épais disques de chair. Elle les glissa un par un dans sa bouche et s'émerveilla de leur saveur crémeuse. Il lui adressa un grand sourire.

« C'est meilleur que le biscuit de mer, non ? »

Le capitaine lui raconta quelques épisodes de sa vie. Il avait subtilisé des pièces de monnaie rares afin d'acheter des médicaments pour sa mère malade (en tout cas, c'était ce qu'il prétendait) et s'était ainsi retrouvé sur un navire de convicts en partance pour la Terre de Van Diemen, où il avait effectué six ans de travaux forcés à Port Arthur.

Il lui dit ensuite avoir chassé le phoque, et le cœur de Mathinna se mit à cogner dans sa poitrine. Elle n'avait pourtant remarqué chez lui aucun signe de sauvagerie.

« Vous aimez… tuer des phoques ? » s'enquit-elle.

Il haussa les épaules.

« C'est un travail difficile. Sale. Froid. Mais je n'avais pas tellement le choix, hein ? Au moins, je savais qu'on me payerait pour mon labeur. Et puis, j'ai vu pire en prison. Ce que les gens peuvent faire aux autres… tu le croirais pas. »

Pourquoi ne le croirait-elle pas ? Après tout, elle était là. On l'avait arrachée à sa famille et à tous ceux qu'elle connaissait pour satisfaire le caprice d'une dame en souliers de satin qui avait fait bouillir les têtes de ses proches et exposait leurs crânes comme des curiosités. En réalité, Mathinna savait très bien de quoi l'être humain était capable.

« Mais tout ça, c'est du passé, reprit le capitaine. Je suis de nouveau sur le droit chemin. Quand c'est le gouverneur qui te donne ton salaire et qu'il t'ordonne de sauter, tu sautes, et sans discuter ! »

En haute mer, les vagues étaient puissantes. De fines gouttelettes leur aspergeaient le visage et comme le petit sloop s'enfonçait et tanguait, le fond se remplissait d'eau. Le capitaine mit Mathinna au travail : il lui fit démêler les cordages et tenir la barre pendant qu'il ajustait les voiles. Elle apprit à nettoyer la grille en métal et à entretenir le feu dans la boîte. Lorsqu'il avait besoin de faire une pause ou une sieste, il lui confiait le rôle de sentinelle : elle devait rester à l'affût au cas où il y aurait un problème. L'action était un antidote à l'ennui et, petit à petit, elle se mit à apprécier ces tâches. Les moments où le marin dormait devinrent ses préférés. Les sens aiguisés, Mathinna balayait l'horizon du regard et alimentait le feu.

Elle commença à se charger de ces besognes sans qu'il le lui demande et lui, à compter sur le fait qu'elle s'en occuperait.

« Ils disent qu'on ne peut rien enseigner à ton peuple, mais regarde-toi », lui dit-il.

Lorsque le ciel s'assombrissait, elle s'enveloppait dans sa cape de fourrure et levait les yeux pour chercher Droemerdene, l'étincelante étoile du Sud. Elle ne s'autorisait à fermer les paupières qu'après l'avoir trouvée.

Le Cormoran pénétra dans Storm Bay en fin d'après-midi puis remonta la Derwent en direction de Hobart Town. Tandis qu'ils s'approchaient du port, entourés de mouettes qui poussaient des cris aigus, Mathinna prépara les amarres à la proue et à la poupe. Le capitaine largua la grand-voile pour ralentir le sloop avant de le guider jusqu'à un mouillage. Pendant ce temps, elle rassembla ses affaires et, après l'avoir installé dans le panier, elle couvrit Waluka de la peau de wallaby. Elle revêtit ensuite une simple robe blanche avec des petits plis sur le corsage, le vêtement qu'on lui avait demandé de réserver pour le jour de son arrivée. Elle enfila également les chaussures en cuir souple. Elle n'avait pas porté de souliers au cours du voyage et la plante de ses pieds était aussi dure que du cuir de cheval. La sensation était étrange, un peu comme si elle mettait des bonnets sur ses pieds.

Une fois sur les pavés du quai, son panier en main, elle fit quelques pas hésitants pour tenter de recouvrer son équilibre après tous ces jours en mer. Elle n'avait jamais été témoin d'un tel fourmillement d'activité. Des hommes se criaient des informations, des femmes colportaient des marchandises, des chiens aboyaient, des mouettes piaillaient, des chevaux hennissaient en secouant leur crinière… Elle avisa des chèvres et des porcs, bruyants, eux aussi. L'odeur salée des algues, un relent de crottin de cheval et la douceur terreuse des marrons chauds assaillirent ses narines. Le long d'un bâtiment, un groupe d'hommes vêtus de tenues criardes noir et jaune avaient l'air oisifs. En les examinant plus attentivement, elle s'aperçut qu'ils étaient enchaînés les uns aux autres.

Au son familier du rire du capitaine, Mathinna se retourna. Il était à quelques mètres et discutait avec deux hommes en uniforme rouge qui portaient des mousquets à l'épaule. Il la désigna d'un signe de tête.

« La voilà.

— Pas vraiment besoin de préciser…

— Où sont ses parents ?

— Elle est orpheline, répondit le capitaine.

— C'est sûrement pour le mieux. »

Le capitaine s'accroupit devant elle.

« Je dois te laisser, maintenant. Ces deux-là vont t'emmener là où tu dois aller. »

Il s'attarda un instant, comme s'il voulait ajouter quelque chose, puis désigna son panier d'un signe de tête.

« Je suis content qu'on n'ait pas été obligés de manger ton opossum. »

Les sièges de la calèche, faits de crin de cheval teint en bleu roi, étaient glissants. Mathinna dut s'agripper aux accoudoirs pour ne pas tomber. Sur les pavés couverts de boue, les sabots des chevaux produisaient un bruit de succion. Mathinna jeta un regard en arrière, vers le quai qui disparaissait alors que l'attelage s'éloignait en cahotant. Elle ne s'était jamais sentie aussi seule. Dans cet endroit surprenant, personne ne lui ressemblait. Personne.

Hobart Town, Terre de Van Diemen, Australie, 1840

Les chevaux prirent un virage puis descendirent une courte allée avant de s'arrêter brusquement devant une longue bâtisse à deux étages. De couleur crème, elle arborait des ornements bleus et une large véranda ouverte s'étendait à l'avant. L'un des soldats sauta à terre puis souleva Mathinna, mais, au lieu de la déposer par terre à côté de la calèche, il la porta jusqu'au perron.

« On m'a dit que vous étiez une vraie dame, déclara-t-il avec une considération exagérée. Il ne faudrait surtout pas que le bas de votre robe traîne dans la boue. »

Mathinna tendit le cou pour regarder autour d'elle. Bien qu'elle n'ait jamais vu un bâtiment aussi grand et majestueux, elle se sentait étonnamment à l'aise, comme si elle pénétrait dans une gravure de l'un des livres qu'elle avait lus avec le maître d'école.

Une femme corpulente d'âge moyen apparut dans la véranda. Elle était vêtue d'une robe grise avec un tablier et un bonnet blancs.

« Bonjour, Mathinna, dit-elle en inclinant la tête. Nous vous attendions. Je suis Mme Crain, l'intendante. Voici Government House. Votre nouvelle… maison. »

Le maître d'école à Flinders avait aussi une intendante, mais c'était une vieille missionnaire. Elle lui faisait son lit et préparait son petit déjeuner. Mathinna l'avait toujours ignorée. Cependant, les coutumes de ce lieu-ci ne lui étaient pas familières. Était-elle censée faire la révérence ? Mieux valait ne pas prendre de risque : elle s'inclina.

« Pas la peine de faire des belles manières avec moi, se moqua Mme Crain. Je suppose que c'est moi qui devrais m'incliner… Une princesse, à ce qu'il paraît ! »

Elle regarda les soldats en haussant les sourcils et ajouta :

« Lady Franklin et ses lubies ! »

L'un d'eux s'empara du coffre de voyage. Après l'avoir placé sur son épaule, il demanda à l'intendante :

« Où voulez-vous que je mette la malle de la demoiselle ?

— Laissez-la devant l'entrée du personnel. Je doute qu'il y ait grand-chose de récupérable là-dedans. »

Mme Crain se tourna ensuite vers Mathinna et l'étudia du regard, les sourcils froncés.

« Venez avec moi. Je vais trouver une bonne qui vous fera couler un bain. Il faut qu'on vous rende présentable avant que lady Franklin change d'avis au premier coup d'œil. »

D'après Sarah, la bonne, la vieille baignoire en bois était un ancien abreuvoir. Tout en frottant le dos et les bras de Mathinna avec un gros morceau de savon, elle lui expliqua :

« On m'a donné l'ordre de vous laver des pieds à la tête. Comme Mme Crain veut que ce soit fait rapidement, je n'ai pas eu le temps de chauffer l'eau. »

Recroquevillée dans la baignoire, Mathinna claquait des dents.

« Ensuite, vous prendrez votre souper, puis vous verrez lady Franklin, dit la jeune femme en lui levant le bras pour passer le savon en dessous. La cuisinière s'appelle Mme Wilson. C'est quelqu'un de bien. La plupart d'entre nous, les bonnes, sommes là grâce à elle. Elle était aux Cascades pendant plus de dix ans. »

Mathinna tressaillit quand Sarah pressa un tissu froid sur ses épaules.

« C'est quoi, les Cascades ?

— Ne bougez pas, il faut que je vous rince. C'est un pénitencier. Ils l'appellent la Female Factory des Cascades. C'est un lieu horrible. Mais quand même pas aussi terrible que Flinders, d'après ce que j'ai entendu. Levez le menton. »

Mathinna s'exécuta et la bonne lui frotta le cou. Elle se souvint de ce que lui avait confié le capitaine au sujet des convicts de Port Arthur. Ils étaient sans pitié. Ils posaient les yeux sur vous et vous tranchaient la gorge sans hésiter. Elle songea aux hommes qu'elle avait aperçus sur le quai, qui avançaient d'un pas traînant, les pieds enchaînés.

« Je ne savais pas qu'il y avait des dames convicts.

— On n'est pas vraiment des dames », répondit Sarah en grimaçant.

Mathinna étudia la jeune femme. Elle avait des boucles brunes et des yeux d'un bleu vif. Sa robe grise était soignée. Elle paraissait inoffensive, et pourtant…

« Vous avez tué quelqu'un ? »

Sarah rit.

« Seulement dans mon cœur. »

Elle essora la serviette et ajouta :

« Les meurtrières n'ont pas le droit de sortir pour la journée. Elles la passent dans leur cellule à tirer de l'étoupe des vieux cordages. Ça abîme les doigts. Je dirais que c'est la principale raison pour laquelle il vaut mieux ne pas commettre de meurtre. »

Après le bain, Sarah lui fit enfiler un jupon, des bas blancs et une robe en gabardine rose, avant de lisser sa chevelure avec de l'huile. Lorsqu'elle lui tendit une paire de souliers noirs rigides, Mathinna rechigna.

« Il faut que vous les mettiez, insista la bonne. Sinon, vous allez m'attirer des ennuis. »

Même si elle avait porté des vêtements anglais sur l'île Flinders, Mathinna n'avait jamais possédé de chaussures à lacets. Elle y glissa les pieds et Sarah les attacha.

Avant de quitter la pièce, la jeune femme l'inspecta de nouveau, puis elle remonta un bas et ajusta le jupon.

« Mlle Eleanor a beaucoup porté cette robe, dit-elle d'un air songeur en examinant un ourlet effiloché.

— Mlle Eleanor ?

— La fille de sir John. Cette robe lui appartenait. Vous la rencontrerez bientôt. Elle a dix-sept ans et… c'est une fille quelconque, que Dieu la bénisse. Mais au moins, maintenant, ses toilettes viennent de Londres. »

Dans la cuisine, située dans une dépendance, Mathinna détailla l'énorme foyer en pierre, les bouquets de fines herbes accrochés au plafond noir de suie, et les paniers, casseroles et poêles empilés sur les étagères.

Mme Wilson, les mains posées sur ses hanches généreuses, lança un regard sévère à Sarah.

« Tu as trouvé des poux ? Des signes de scorbut ?

— Non, elle se porte comme un charme. »

La cuisinière fit signe à Mathinna de prendre place à table, puis elle posa une assiette devant elle. Du poisson violacé, tremblotant dans de la gélatine, et des pommes de terre froides.

« Mangez, lui ordonna Mme Wilson en lui attachant une serviette autour du cou. On ne fait pas la fine bouche dans ma cuisine. »

La bonne lui serra l'épaule.

« Faites ce qu'elle vous dit et dépêchez-vous. J'ai à peine le temps de vous emmener dans votre chambre avant votre rencontre avec lady Franklin. »

Mathinna ingurgita quelques bouchées fades et gluantes, en s'empressant d'avaler pour ne pas trop en sentir le goût et la texture. Ensuite, elle suivit Sarah dans un long couloir de la maison principale. Elles passèrent devant une dizaine de pièces qui paraissaient à la fois pleines à craquer et paradoxalement vides : de hauts candélabres en argent s'élevaient de piédestaux torsadés comme des serpents-tigres, du lilas s'épanouissait dans des vases en porcelaine bleu et blanc, le bas des tentures de brocart formait comme des flaques sur les tapis… Dans des cadres dorés, des visages blafards les observaient. Les spirales vertes et or du papier peint qui couvrait les murs du corridor lui rappelèrent les volutes de fumée exhalées par les anciens assis autour du feu.

Au bout du couloir, la bonne ouvrit une porte qui donnait sur une cage d'escalier, dans le fond de la maison. Elles gravirent les marches. Les murs étaient blancs et nus.

« La salle de classe », lui indiqua Sarah tandis qu'elles passaient devant une pièce contenant un tableau noir posé sur un chevalet, une table flanquée de chaises et une petite bibliothèque. Les deux portes suivantes étaient closes. La bonne s'arrêta devant la seconde et tourna le bouton de porcelaine blanche.

Grâce à la lumière du corridor, Mathinna distingua un lit étroit sur lequel était tendue une couverture rouge décolorée, une grande armoire et un petit bureau en pin avec un tabouret. La chambre était plongée dans l'obscurité. Sur les talons de Sarah, elle pénétra dans la pièce puis se dirigea vers la fenêtre. Elle s'attendait à trouver un rideau ou un store, mais quand la bonne alluma une lampe à huile accrochée au mur, Mathinna s'aperçut que quatre larges planches étaient clouées en travers du chambranle.

Surprise, elle se tourna vers Sarah. La jeune femme souffla sur l'allumette qu'elle venait d'utiliser.

« Lady Franklin a donné l'ordre qu'on vous protège de la vue. Elle a lu quelque part que les indigènes éprouvent une nostalgie douloureuse pour la nature sauvage dont ils viennent. Et donc, si vous ne la voyez pas, vous aurez moins… le mal du pays. »

Mathinna la fixa.

« Je dois vivre ici, dans le noir ?

— Ça paraît étrange, je sais. Mais vous finirez peut-être par trouver cette chambre assez… reposante. »

Malgré tous les efforts de Mathinna, ses yeux se remplirent de larmes. Sarah se mordit la lèvre.

« Écoutez… Je vais vous laisser quelques bougies, mais il faut que vous fassiez bien attention. Le dernier n'était pas très prudent, et il a failli provoquer un incendie.

— Vous parlez de Timeo ?

— Il est parti il y a quelques mois seulement.

— Pourquoi ?

— Pourquoi ? répéta la jeune femme avant de hausser les épaules. Lady Franklin s'est lassée de lui, voilà pourquoi. »

Mathinna considéra cette réponse.

« Où est-il, maintenant ?

— Juste ciel ! Vous en avez, des questions ! Je ne sais pas. Venez, maintenant, il faut qu'on descende. Lady Franklin vous attend. »

« Avant de vous faire entrer, il faut que je vous prévienne… Les Franklin aiment collectionner des choses », lui dit Sarah avant de toquer à la porte.

Mme Crain ouvrit, l'air contrarié.

« Vous avez fait attendre madame. »

Panier en main, Mathinna pénétra dans la pièce et observa les lieux. C'était presque trop d'un coup. Dans un meuble aux portes vitrées, placé entre deux longues fenêtres, des crânes humains étaient exposés, alignés par ordre de taille. Sur le large manteau de la cheminée, sous des dômes de verre, elle découvrit un serpent prêt à attaquer, des araignées suspendues à des branches et un oiseau coloré en plein vol. Un wombat, un wallaby, un kangourou gris et un pademelon l'observaient depuis une vitrine, si réalistes qu'ils semblaient être simplement captifs.

Une collection de *waddies* et de lances recouvrait tout un mur. Mathinna se rapprocha pour mieux les observer. L'une des piques, décorée d'un motif ocre et rouge particulier, lui sembla familière.

« On m'a dit qu'elle appartenait à Towterer. »

Mathinna se retourna pour découvrir lady Franklin, assise dans un fauteuil en velours marron, le dos droit et les mains posées sur son giron. Sa chevelure grise, séparée par une raie au milieu, était ramenée en chignon derrière sa tête, et elle portait un châle bordeaux sur les épaules.

« Towterer était votre père, n'est-ce pas ? »

Mathinna acquiesça d'un signe de tête.

« J'en ferai un jour don à un musée, avec le reste de ces artefacts. Ils contribueront sans aucun doute à approfondir notre étude de la vie indigène. »

L'épouse du gouverneur lui fit signe d'approcher.

« Je suis heureuse de vous revoir, Mathinna. Qu'avez-vous dans ce panier ? »

Mathinna s'approcha pour déposer son panier au pied de lady Franklin. Cette dernière y jeta un regard et s'exclama :

« Ma parole ! Quelle drôle de créature ! De quoi s'agit-il ?

— C'est un opossum, madame.

— Il ne serait pas plus heureux s'il vivait dans la nature ?

— Il n'a jamais vécu dans la nature. Je l'ai depuis sa naissance.

— Je vois. Eh bien… je suppose qu'il peut rester, tant qu'il est en bonne santé. Il faudra faire bien attention à le garder à distance du chien de Montagu. Qu'y a-t-il d'autre, là-dedans ? »

Mathinna plongea la main sous le nid de Waluka et en tira les colliers de petits coquillages verts. Elle les démêla et en tendit un à la femme du gouverneur.

« Ah, murmura celle-ci en levant le bijou dans la lumière. Je les ai déjà vus de loin. Un ouvrage remarquable.

— Oui, madame.

— Madame Crain, saviez-vous que les Aborigènes passent des semaines, voire des mois à trouver et à assembler ses minuscules coquillages ? Ces colliers seront un digne ajout à ma collection. »

Mathinna en eut le souffle coupé. Elle avait envie d'arracher le collier de la main de lady Franklin.

« Ils sont à moi, dit-elle à brûle-pourpoint. C'est ma mère qui les a faits. »

Mme Crain claqua de la langue d'un air désapprobateur en secouant la tête, et lady Franklin se pencha, si près que Mathinna distingua quelques poils sombres sur son menton.

« Je suis certaine que ta mère serait honorée si elle savait que l'épouse du gouverneur apprécie ses colifichets. »

Sur ce, elle tendit la main, paume ouverte. À contrecœur, Mathinna lui remit les deux autres colliers. Lady Franklin se tourna alors vers l'intendante.

« J'ai hâte d'observer l'influence de la civilisation sur cette petite. Timeo s'est montré incapable de surmonter les malheureux traits de caractère de sa race. Le manque de maîtrise de soi, bien entendu, mais aussi l'obstination innée dont nous sommes témoins présentement. »

Elle jeta un regard à Mathinna et la jaugea avant de poursuivre.

« Cette fille a le teint plus clair et ses traits sont plus agréables à regarder. Plus… européens. Nous pouvons en tirer l'espoir qu'elle soit plus conciliante. Qu'elle soit capable de laisser le passé derrière elle et d'embrasser un nouveau mode de vie. Je crois que c'est possible. Elle est plus jeune que Timeo, et sans doute plus malléable. Qu'en pensez-vous, madame Crain ?

— Si vous le dites, madame.

— Qui vivra verra, déclara lady Franklin avec un soupir. Ramenez-la dans sa chambre. J'imagine que ce sera sa première nuit dans un vrai lit. »

Mathinna dormait dans un vrai lit depuis qu'elle avait trois ans – bien qu'elle ait préféré les douces peaux de kangourous sur lesquelles les Palawas se reposaient dans leurs cottages. Elle savait néanmoins que cela ne servirait à rien de le dire à lady Franklin.

Lorsque Sarah ouvrit l'armoire de la chambre à coucher, Mathinna fut surprise d'y découvrir une garde-robe complète à sa taille : des coiffes en lin, six paires de bas et trois paires de souliers, cinq robes taillées dans des tissus allant de la toile de coton au lin. Il y en avait une à carreaux bleu et blanc, une avec de petites fleurs discrètes, une autre décorée de simples rayures… Et une sixième, digne d'une princesse : une robe à la taille haute en satin écarlate avec un corsage plissé et une jupe évasée, deux couches de jupons, des manches courtes ornées de boutons blancs comme des perles et une ceinture de velours noir.

« Pour les occasions spéciales, lui précisa Sarah. Pas pour tous les jours. »

Fascinée, Mathinna caressa l'étoffe. Le satin glissa entre ses doigts.

« Y a pas de mal à l'essayer, je suppose », dit la bonne.

Elle leva la robe au-dessus de la tête de Mathinna pour l'aider à l'enfiler. Pendant que Sarah fermait les boutons dans son dos, Mathinna souleva la jupe pour la regarder retomber : elle se gonflait en dessous de la taille puis bruissait contre ses jambes. Quand la domestique ouvrit en grand la porte de l'armoire devant elle, Mathinna resta bouche bée : une fille mince aux grands yeux marron et à la courte chevelure noire la fixait, vêtue d'une robe rouge scintillante. Elle toucha la glace avant d'effleurer son propre visage. La fille dans le miroir, c'était elle.

Une fois étendue sur le matelas dur, Mathinna souffla sa chandelle puis, les yeux ouverts dans le noir, imagina le collier vert au cou de lady Franklin. Elle se remémora sa mère qui perçait des trous dans les minuscules coquillages irisés – des centaines, des milliers de coquillages – pour fabriquer des colliers. Wanganip aimait s'asseoir à l'ombre d'un gommier bleu et chanter tandis qu'elle travaillait. La mélodie lui revint et Mathinna la fredonna à voix basse.

Niggur luggarato pawé, punna munnakanna, luggarato pawé tutta watta, warrena pallunubranah, punna munnakanna, rialangana, luggarato pawé, rialanganna, luggarato...

C'est le temps du mimosa, le printemps, les oiseaux chantent, le printemps est arrivé. Les nuages sont ensoleillés, le fuchsia a fleuri, les oiseaux chantent. Tout danse car c'est le printemps…

Elle tira Waluka de son panier, au pied du lit, et le posa sur sa couverture. Elle lui caressa l'échine, plaça sa paume entre les minuscules pattes griffues, prit son ventre rond en coupe. Quand il fourra son nez humide dans son cou, elle sentit couler des larmes qui mouillèrent sa gorge et son oreiller.

Sa mère lui manquait. Palle lui manquait. L'odeur de la fumée des pipes des anciens assis autour du feu lui manquait. Elle avait vécu toute sa vie dans un endroit où elle avait été libre de se promener pieds nus, aussi loin qu'elle le souhaitait. Un endroit où elle passait des heures assise sur un rocher à regarder les phoques jouer dans les vagues, les oiseaux de lune descendre puis s'élever dans les airs comme s'ils dansaient, et le soleil glisser dans la mer scintillante. Un endroit où tout le monde la connaissait. Désormais, elle se trouvait dans ce pays étrange, loin de tout ce qui lui était familier.

Lorsqu'elle finit par fermer les paupières, elle fut de retour sur Flinders, par un jour de grand vent. Elle se frayait un chemin dans l'herbe à wallaby qui ondulait autour d'elle comme des vagues, enfonçait ses orteils dans le sable blanc, courait au sommet des collines… Elle regardait les braises rougeoyer et se tasser dans le feu de camp par une soirée fraîche, tout en écoutant la voix alanguie de Palle qui lui chantait une berceuse.

EVANGELINE

« Parmi d'autres suggestions quant à la classification des prisonnières, nous en trouvons une qui recommande que chaque femme porte un écusson numéroté. Ce numéro devait correspondre à celui indiqué sur la liste du groupe de détenues. [...] Dans le cas des convicts embarquées sur des navires pour les colonies pénitentiaires, Mme Fry recommanda non seulement que les femmes portent ces écussons, mais que les vêtements, les livres et le linge de lit soient également numérotés. [...] Afin d'avoir un système de discipline carcérale correct, elle estimait essentiel de mener constamment, avec une grande vigilance, des inspections les plus complètes possible. Elle espérait ainsi voir petit à petit les mauvaises habitudes changer pour de bon, même si cela prenait du temps. »

Mme E. R. Pitman, *Elizabeth Fry*, 1884

Le port de Londres, 1840

La voiture s'arrêta, puis les ressorts sous le siège du cocher grincèrent et le châssis s'inclina légèrement. On ouvrit soudain la porte et Evangeline grimaça, éblouie par la lumière du monde extérieur qui inondait l'habitacle jusque-là plongé dans le noir complet. Une fois accoutumée à la clarté, elle découvrit un chemin de terre, avec un attroupement à l'autre bout et, au-delà, un navire de bois noir à trois voiles ancré au loin dans le port.

« Sortez ! aboya le garde. Et pressez-vous ! »

Avec leurs fers, il leur était impossible de se déplacer rapidement. Les détenues boitillèrent une par une jusqu'à l'ouverture, où l'homme les prenait par les bras pour les tirer d'un coup sec et les faire atterrir dans la boue.

La foule se précipita vers elles : quelques garçons à l'air méchant, un vieil homme frêle avec une canne, une fillette à la chevelure bouclée accrochée à la jupe de sa mère.

« Souillons ! » cria une curieuse qui portait un bébé dans ses bras.

Plus loin devant elles, Evangeline repéra un skiff amarré à un embarcadère, avec deux marins à son bord. L'un d'eux siffla.

« Ohé ! Par ici ! »

Tandis que le garde poussait les prisonnières vers l'avant, les badauds tentèrent de leur barrer le chemin. On leur jeta divers projectiles : un chou pourri, des cailloux… Un œuf rebondit sur la jupe d'Evangeline avant de s'écraser à ses pieds.

« Infâmes gourgandines, vous devriez avoir honte ! leur lança le vieillard.

— Que Dieu ait pitié de vos âmes », déclara une femme, les mains jointes comme pour prier.

Evangeline sentit tout à coup une douleur vive sur son bras et baissa les yeux : une pierre roulait dans la terre et du sang s'écoulait de son coude.

« Bande de salauds ! s'exclama Olive en se tournant vers la foule et en agitant ses poings enchaînés. Je vais vous apprendre !

— Calme-toi ou c'est moi qui vais t'apprendre », riposta le garde en enfonçant la matraque dans sa hanche.

Sentir la terre sous ses fines semelles donna à Evangeline l'envie de se pencher pour y passer les doigts, pour en saisir une pleine poignée. C'était certainement la dernière fois que ses pieds touchaient le sol britannique.

Au loin dans le port, sur le trois-mâts, une ribambelle d'hommes penchés au-dessus du bastingage huaient et applaudissaient. De là où elle se trouvait, leurs sifflets semblaient aussi innocents que le chant des oiseaux.

Les deux marins du skiff portaient de larges pantalons et des tuniques attachés avec de la corde. Leurs avant-bras étaient couverts de tatouages. L'un d'eux avait le teint basané, tandis que l'autre était pâle avec une tignasse blond-roux. Ce dernier sauta sur le dock et adressa un grand sourire aux femmes qui approchaient.

« Bien le bonjour, mesdames !

— On est contents de s'en débarrasser, lui lança le garde.

— Elles seront bien accueillies ici.

— J'en doute pas, répliqua-t-il avec un petit rire.

— Celle-ci devrait être pas mal, une fois débarbouillée », fit remarquer le marin en désignant Evangeline d'un signe du menton.

Le garde grimaça.

« Elle a une brioche au four. »

Il fit un geste vers son ventre.

« Et celle-là aussi, dit-il en fusillant Olive du regard. En plus, cette mocheté t'arrachera les yeux. C'est une bagarreuse.

— Elle sera calmée quand on en aura fini avec elle.

— C'est que des mots, marmonna Olive. Je les connais, les types dans ton genre.

— On t'a assez entendue », riposta le marin.

Dans l'embarcation, les détenues prirent place à la proue et à la poupe, tandis que les matelots s'installaient au milieu pour ramer. Evangeline resta parfaitement immobile, à écouter le clapotis des rames qui entraient et sortaient de l'eau ainsi que le bruit d'une cloche qui sonnait au loin. Le bas de sa jupe était imbibé d'eau de mer. Alors qu'ils s'approchaient du vaisseau, elle lut le nom peint sur la coque : *Medea*.

Vu sous cet angle, le trois-mâts était si énorme que c'en était terrifiant.

Le marin aux cheveux blond-roux évaluait Evangeline sans ambages. Ses petits yeux étaient gris comme de l'eau de vaisselle et il arborait sur son biceps le tatouage rouge et noir d'une sirène aux seins nus, qui frémissait lorsqu'il tirait sur la rame. Quand il croisa le regard d'Evangeline, il lui envoya un baiser.

Au moment où leur embarcation atteignit le vaisseau, elle rebondit contre la coque et les hommes accoudés au bastingage au-dessus d'eux braillèrent encore plus fort.

Le matelot blond-roux bondit sur une étroite plate-forme, reliée à une passerelle qui menait au pont supérieur du navire. Il commença à faire sortir les prisonnières du skiff. Toujours entravées, les femmes étaient maladroites.

« Foutues chaînes, grommela Olive en se hissant. On peut savoir où vous croyez qu'on va s'échapper ?

— Surveille ton langage ou on te les enlèvera pas du voyage », répondit le marin.

Elle ricana dédaigneusement.

« Arrête de nous prendre de haut. T'étais un convict aussi, aucun doute là-dessus.

— Mêle-toi de…

— J'en étais sûre. »

Il ramena d'un coup sec la chaîne qui reliait les mains d'Olive et elle trébucha. Lorsqu'elle eut recouvré son équilibre, il la traîna vers lui, comme un chien en laisse.

« Écoute-moi bien, sale garce. Tu ferais mieux de te rappeler qui commande, ici. »

Il tira brusquement la chaîne vers le bas et elle tomba à genoux. Ensuite, il la tordit et Olive se retrouva en équilibre au bord du débarcadère.

« Ces fers sont lourds. Tout ce que j'ai à faire, c'est te lâcher. Tu couleras comme une pierre. »

Olive gémit.

« Non, s'il vous plaît.

— S'il vous plaît, monsieur. »

Elle ouvrit les mains, impuissante.

« S'il vous plaît, monsieur.

— Mon bon monsieur. »

Elle garda le silence.

Evangeline, encore dans l'embarcation derrière elle, se pencha dans sa direction.

« Olive ! Dis-le ! »

Le marin blond-roux fit un clin d'œil à son camarade. Puis il poussa les jambes d'Olive de son genou, menaçant de la faire basculer dans les flots. Les matelots au-dessus d'eux se turent. On n'entendait plus que les cris des mouettes.

« Mon bon monsieur », murmura Olive.

L'homme tira sur la chaîne et la jeune femme se retrouva suspendue en l'air au-dessus de l'eau. Il semblait prêt à la lâcher. Sans réfléchir, Evangeline se leva, faisant violemment tanguer le skiff, et elle cria.

« Crénom, chienne, tu veux aussi passer par-dessus bord ? » s'exclama le marin derrière elle avant de la pousser brutalement pour la forcer à se rasseoir sur le banc en bois.

Le matelot blond-roux tira la chaîne vers lui d'un coup sec et Olive s'effondra comme une masse. Durant quelques instants, elle demeura au pied de la passerelle. Ses poignets étaient tachés de sang. Son dos se soulevait et s'abaissait à un rythme rapide et Evangeline cru d'abord qu'elle riait. Puis elle remarqua que ses yeux étaient fermés. Son corps tremblait mais elle ne faisait aucun bruit.

Une fois les quatre prisonnières à bord du *Medea*, elles attendirent sur le pont principal qu'on les libère de leurs entraves. Un marin torse nu, un dragon vert et noir tatoué sur la poitrine, leva un trousseau de clés. À part Cecil, dans la lumière tamisée d'une chambre aux rideaux tirés, Evangeline n'avait jamais vu un homme sans chemise, pas même son père.

« Toi », lança-t-il en lui faisant signe de s'asseoir sur un seau retourné.

Un petit attroupement de matelots s'était formé. C'était la première fois qu'elle posait les yeux sur de tels hommes : des visages tannés et aussi ridés que des coquilles de noix, des yeux de faucon, des bras musclés couverts de dessins élaborés… Les gardes de Newgate s'étaient certes montrés méprisants envers les détenues, mais jamais ils ne s'étaient léché les lèvres, l'air réjoui, en faisant des bruits obscènes avec leur langue.

Le serrurier demanda à un autre marin de tenir la chaîne qui reliait les mains d'Evangeline, puis il se mit à genoux pour ouvrir les fers autour de ses chevilles, avant de détacher ceux qui entravaient ses poignets. Quand ses chaînes tombèrent sur le sol, les hommes alentour s'exclamèrent et applaudirent. Evangeline secoua ses mains endolories.

« Ils vont se calmer, la rassura le serrurier. C'est toujours comme ça quand un nouveau groupe arrive. »

Evangeline regarda autour d'elle.

« Où sont les autres détenues ?

— La plupart sont là, en bas. »

Il désigna d'un signe de tête une sombre ouverture carrée dans le plancher, surmontée d'une balustrade.

« Le faux-pont. Dans les entrailles. »

Les entrailles. Un frisson parcourut Evangeline.

« Sont-elles… enfermées ?

— Pas de chaînes à bord. À moins que tu fasses quelque chose pour le mériter. »

Elle fut surprise que les prisonnières aient une telle liberté de mouvement, puis elle se rendit compte que, à moins de plonger dans l'eau, il n'y avait nulle part où aller. Évidemment.

Elle ne savait pas nager, mais pendant un bref instant de folie elle envisagea de sauter.

« Je m'appelle Mickey, leur apprit un aspirant de marine une fois toutes les femmes délivrées de leurs liens. Je ne me souviendrai pas de vos noms, donc ne vous donnez pas la peine de m'en informer. Le navire restera au port encore une ou deux semaines, jusqu'à ce qu'on ait atteint notre quota. L'espace manque en bas et ça va empirer. Pour que ça reste supportable dans le faux-pont, vous ferez votre toilette sur le pont principal, à l'éponge, une fois par semaine. En gardant vos vêtements, notez bien. »

Il distribua à chacune une grossière éponge jaune, un morceau de savon, un bol et une cuillère en bois, une tasse en fer-blanc et une tunique en toile de jute grise, avant de leur montrer comment tout emballer dans leur couverture en crin de cheval.

Il pointa ensuite du doigt une pile de matelas.

« Prenez-en un chacune ! »

Ils étaient lourds. Evangeline renifla le sien : garni de paille humide, il sentait le moisi. Ce serait cependant toujours mieux que le dur sol de pierre de Newgate.

En désignant leurs pieds, Mickey reprit :

« Tant qu'il ne gèle pas, je vous conseille de marcher pieds nus sur le pont principal. En cas de grosse mer, il vaut mieux éviter de se casser la figure.

— Ça peut vraiment arriver ? demanda l'une des femmes.

— Oui, ça arrive. »

Il leur fit signe de le suivre et disparut le long de l'échelle de corde.

« Vous prendrez vite le coup de main ! » leur lança-t-il depuis le bas tandis qu'elles descendaient lentement, encombrées de leurs paquets et matelas.

Il leur désigna les quartiers des officiers, puis leur fit traverser un couloir étroit jusqu'à une autre ouverture dans le sol. Il tira une bougie de sa poche et l'alluma.

« Les enfers, c'est par ici. »

En gardant tant bien que mal leur charge volumineuse en équilibre, les femmes descendirent une échelle encore moins solide. Elles se retrouvèrent dans un espace qui ressemblait à une cave, faiblement éclairé par des lanternes qui oscillaient avec les mouvements du bateau. Quand Evangeline atteignit le dernier échelon, elle lâcha sa paillasse sur le sol et se couvrit le nez de la main. Le faux-pont empestait. Urine, excréments et… quoi ? Un animal en décomposition ? Après la pestilence de Newgate, elle s'était acclimatée si rapidement à l'air frais !

Mickey la regarda, un sourire en coin.

« Le faux-pont est juste au-dessus de la cale. Y a de l'eau sale qui mijote là en bas. Ça embaume, hein ?

À ça s'ajoutent les pots de chambre, les bougies puantes et Dieu sait quoi d'autre… Si j'étais toi, je ne mettrais pas ça sur le sol », ajouta-t-il en pointant son matelas du doigt.

Elle le ramassa sur-le-champ. L'aspirant de marine fit ensuite un geste vers les étroites couchettes.

« La nuit, près de deux cents femmes et enfants dormiront ici. Vous y serez bien au chaud ! Je vous conseille de garder votre savon et votre bol sous votre couche. Et de planquer tout ce qui est important pour vous. »

Olive s'appropria une couchette supérieure en déclarant : « J'ai besoin de mon intimité. »

Elle y grimpa avec effort, en poussant des grognements.

Evangeline déposa son matelas sur la couchette du dessous et déroula sa couverture. Elle ne pouvait ni s'asseoir ni s'étendre entièrement. L'espace mesurait environ un demi-mètre de hauteur et un demi-mètre de largeur. Malgré tout, elle était heureuse d'avoir un endroit rien que pour elle. Après avoir déballé ses affaires, elle sortit le mouchoir de Cecil, le lissa sur la couverture pour le replier de façon à dissimuler le blason et les initiales, puis le glissa sous sa paillasse, derrière sa timbale et sa cuillère en bois.

« Le capitaine dirige le navire, mais c'est le chirurgien-major qui commande à bord, leur expliqua Mickey avant de désigner le plafond du doigt. Voilà votre prochaine étape. L'une d'entre vous sait lire ?

— Oui, moi, répondit Evangeline.

— Très bien, tu iras voir le chirurgien-major en premier. C'est le docteur Dunne, sur l'entrepont. Le nom est sur la porte. »

Elle rejoignit aussitôt l'échelle qui se balançait d'un côté et de l'autre et s'y agrippa fermement. Une fois dans le couloir étroit, elle frappa à la porte où une plaque de cuivre indiquait le nom du médecin.

« Oui ? lança sèchement une voix à l'intérieur.

— On m'a dit de… Je suis une… une convict. »

Elle blêmit. C'était la première fois qu'elle s'identifiait de cette façon.

« Entrez. »

Evangeline tourna prudemment le bouton de la porte et pénétra dans la pièce. Elle était petite et lambrissée de chêne. Un homme aux courts cheveux sombres était assis à un bureau en acajou, face à la porte. Des bibliothèques l'entouraient et, sur le mur du fond, Evangeline repéra une seconde porte. L'homme leva les yeux, l'air distrait. Il devait avoir entre vingt-cinq et trente ans. Elle ne s'était pas attendue à ce que le chirurgien-major soit aussi jeune. Il portait un uniforme de la marine : une veste croisée avec des galons dorés et des boutons en cuivre.

« Fermez la porte, dit-il en lui faisant signe de s'approcher. Votre nom ?

— Evangeline Stokes. »

Il passa son index le long de la page du registre ouvert devant lui et s'arrêta sur la ligne la concernant.

« Quatorze ans. »

Elle acquiesça.

« Tentative de meurtre, vol… Ce sont de sérieuses accusations, mademoiselle Stokes.

— Je sais. »

Son regard se posa sur le col blanc impeccable du médecin et ses yeux gris-vert avant d'examiner ce qui l'entourait. Il possédait une tasse en argent à ses initiales et un presse-papiers rond en verre. Dans son dos, des ouvrages de Shakespeare étaient soigneusement alignés sur une étagère. Elle aurait pu côtoyer cet homme dans sa vie d'avant.

Après avoir refermé son registre, il lui dit :

« Commençons, si vous voulez bien. »

Le docteur Dunne ouvrit la porte derrière lui et l'invita à entrer dans une cabine plus petite au milieu de laquelle trônait un lit surélevé. Elle se tint d'abord contre le mur blanc pendant qu'il mesurait sa taille, puis son tour de taille avec un mètre ruban. Ensuite, il examina ses yeux et lui demanda de tirer la langue pendant qu'il regardait à l'intérieur de sa bouche.

« Levez les mains vers le plafond. Maintenant, tendez les mains vers l'avant. Très bien. Essayez de toucher vos orteils. »

Il toucha ensuite son abdomen, par-dessus son tablier, et positionna les mains sur son ventre comme s'il s'agissait d'un pamplemousse.

« Six mois environ. Il est presque certain que cet enfant naîtra sous ma responsabilité.

— Est-ce qu'il va bien ?

— Si la mère est en bonne santé, le bébé devrait l'être aussi, déclara-t-il avant de la parcourir du regard. Vous êtes maigre et vous avez le teint cireux, mais vos yeux sont clairs. »

Il plaça le bout le plus large d'un tube de bois creux contre la poitrine d'Evangeline puis inclina l'oreille vers l'autre extrémité. Lorsqu'il s'écarta, Evangeline demanda :

« À quoi sert cet objet ?

— C'est une façon de vérifier que vous n'avez pas la tuberculose, ou ce qu'on appelait avant "consomption". Le fléau de tous les navires. Vous n'en montrez aucun signe.

— Et si c'était le cas ?

— Vous retourneriez à Newgate, en quarantaine.

— Je ne serais pas déportée ?

— Certainement pas.

— Peut-être cela vaudrait-il mieux. »

Il rangea le petit cylindre sur une étagère derrière lui.

« C'est un long voyage. Et la vie de convict est sans aucun doute une… épreuve. Cependant, pour certains, la transportation peut être une chance.

— Je ne serai pas libérée avant très longtemps.

— C'est vrai. Mais vous êtes jeune. Et si vous avez un bon comportement, vous pourriez être libérée plus tôt. Le plus important, c'est de ne pas céder au découragement. "Quoique beaucoup nous ait été retiré, beaucoup nous reste."

— "Affaiblis par le temps et le sort, mais forts par la volonté[1]", reprit-elle, presque sans réfléchir.

— Vous avez lu Tennyson ? » s'étonna-t-il.

Elle s'empourpra.

« J'étais gouvernante.

— Voilà qui est… inattendu. »

Le docteur Dunne lui adressa un drôle de sourire, comme s'il avait du mal à assimiler cette information. Puis il recula.

1. « Ulysse », Alfred Tennyson. Traduction de Madeleine Cazamian dans *Tennyson*, Aubier-Montaigne, 1938.

« Bon, je suppose qu'il faut que j'examine vos compagnes de voyage.

— Bien entendu. »

Evangeline lissa son tablier. Elle se sentait un peu étourdie, comme si elle sortait d'une transe.

Tandis qu'elle gravissait l'échelle menant au pont principal, elle pensa aux contes pour enfants dans lesquels des êtres humains se transforment en grenouilles, en renards ou en cygnes. Le sortilège ne pouvait être enfin rompu que si quelqu'un reconnaissait qui ils étaient réellement.

C'était ce qu'elle venait d'éprouver : le temps d'un instant, elle s'était sentie considérée comme la véritable Evangeline.

À bord du *Medea*, port de Londres, 1840

En quelques jours, la routine des convicts fut établie. Elles étaient réveillées à 6 heures du matin par une série de coups de cloche et l'ouverture de l'écoutille qui laissait un rayon de lumière percer les ténèbres. Evangeline restait sur sa couchette quelques minutes, à écouter le clapotement de l'eau contre la coque. Elle sentait le vaisseau tirer sur l'ancre. Les poutres grinçaient avec le tangage du navire. Autour d'elle, les femmes sortaient peu à peu de leur sommeil, commençaient à bavarder et à gémir. Des bébés hurlaient. Olive continuait à ronfler, rarement réveillée par la cloche, aussi Evangeline prit-elle l'habitude de frapper la couchette du dessus jusqu'à ce que son amie rouspète :

« C'est bon, c'est bon, j'ai entendu ! »

Elles s'habillaient rapidement, puis glissaient tasse, bol et cuillère dans la poche de leur tablier. S'il ne pleuvait pas, les prisonnières étaient censées apporter leurs couvertures sur le pont supérieur pour les accrocher sur des filets afin de les aérer.

Après le petit déjeuner, elles se mettaient à la file pour que le chirurgien-major inspecte leurs yeux et leur bouche, après quoi il versait dans leur timbale un doigt de jus de citron vert mélangé à un peu de sucre et de vin, puis les regardait boire la potion.

« C'est pour éviter le scorbut, leur avait-il expliqué. C'est acide, mais ça vaut mieux que de perdre vos dents. »

Son travail chez les Whitstone avait beau avoir été une nouvelle expérience pour Evangeline, elle s'était accoutumée aisément à sa vie à St. John's Wood. Elle s'en remettait aux Whitstone et se soumettait à leurs fantaisies. Ils évoluaient dans le cadre d'un ordre social clairement défini. En revanche, elle n'avait pas l'habitude des êtres qui faisaient preuve de cruauté gratuite, motivés par la colère, l'ennui ou la vengeance. Des gens qui se permettaient de mal se comporter simplement parce qu'ils le pouvaient.

Elle apprit que le marin blond-roux se nommait Danny Buck. Les autres matelots l'appelaient par son nom de famille. La rumeur courait qu'il avait tranché la gorge d'une femme. Il avait lui-même été condamné à la transportation, comme l'avait deviné Olive, et s'était épris de la mer durant sa traversée. Dès qu'il avait eu fini de purger sa peine, il avait rejoint un équipage qui convoyait des femmes convicts depuis Londres jusqu'à Hobart Town, la cité portuaire de la Terre de Van Diemen, en Australie.

Par une matinée brumeuse, alors qu'elle frottait le pont à genoux, Evangeline entendit des voix en provenance du rivage. Elle se leva pour s'approcher du bastingage. Il avait plu au cours de la nuit ; l'eau avait la même nuance terne que le ciel et l'air sentait le poisson pourri. Elle s'abrita les yeux de la main mais distinguait à peine le skiff qui s'éloignait du dock. Tandis qu'il s'approchait, elle finit par reconnaître Buck et un autre matelot, entourés de quatre femmes blotties comme des pigeons qui chercheraient à se protéger de l'humidité.

La petite embarcation cogna contre le trois-mâts et on fit descendre les prisonnières. Une par une, elles gravirent la passerelle d'un pas traînant. Leurs chaînes cliquetaient. La première, une femme rebondie et débraillée, semblait avoir la trentaine. Les deux suivantes étaient plus proches en âge d'Evangeline. Quant à la dernière, aussi livide qu'un spectre, elle paraissait bien plus jeune. Sa chevelure cuivrée indisciplinée était rassemblée en chignon lâche sur sa nuque – la seule touche de couleur dans cette scène lugubre. Ignorant à la fois Buck et la foule qui se rassemblait au bastingage au-dessus d'elle, la jeune fille gardait les yeux rivés droit devant elle et avançait prudemment sur la pointe des pieds, telle une danseuse, comme si elle cherchait à éviter le plus possible de toucher les robustes marches. Vêtue d'un pantalon de garçon retenu par une ceinture en tissu, elle était aussi gracile qu'un moineau.

Buck, qui la suivait de près, frappa vigoureusement la fille sur le postérieur. Elle trébucha et manqua tomber en avant.

« On lambine pas », menaça-t-il avant d'embrasser ses doigts et de faire un clin d'œil aux hommes en haut qui sifflèrent et applaudirent.

La fille s'immobilisa soudain, le prenant de court. Il lui rentra dedans et elle se retourna alors lentement pour lui faire face, le menton relevé. Si Evangeline ne distinguait ni ses traits ni ses paroles, elle vit le regard satisfait de Buck disparaître.

Comme la rousse faisait volte-face et reprenait son ascension, l'expression de Buck changea à nouveau et passa de la consternation à la colère.

« Attention ! » cria Evangeline en s'agrippant au bastingage, mais sa voix fut engloutie par le chahut.

Lorsque la jeune fille atteignit le pont, Buck la poussa violemment ; elle trébucha sur ses entraves et fut projetée en avant. Ses chaînes l'empêchaient de lever les bras pour protéger sa tête, mais à la dernière seconde elle parvint à se tourner sur le côté et ferma les yeux quand elle toucha le sol avec un bruit sourd.

Une femme à côté d'Evangeline, sous le choc, ne put retenir une exclamation de surprise. Le tapage cessa sur-le-champ. La jeune rousse ne bougeait plus. Olive se fraya un passage entre les marins et les détenues rassemblés autour de la jeune fille, puis s'agenouilla et lui redressa le buste, un bras passé autour de ses épaules. Sur le côté de sa tête, ses boucles emmêlées étaient tachées de sang et un filet rouge coulait le long de son cou.

Buck sauta sur le pont principal et toucha du bout du pied les fers que la rousse portait aux chevilles.

« Quelle maladroite ! » s'exclama-t-il, provoquant quelques rires parmi ses camarades.

Les paupières de la jeune fille frémirent. En plaçant un bras dans son dos, Olive l'aida à se relever. Evangeline avisa ses vertèbres sous sa fine chemise et un petit croissant de lune bleu et noir tatoué sur sa nuque. Elle tremblait comme une feuille. La robe d'Olive était maculée de sang.

« Que s'est-il passé, ici ? » s'enquit le chirurgien-major en s'approchant.

L'équipage se dispersa sans un mot, en évitant son regard.

« Monsieur Buck ?

— On dirait que la prisonnière a perdu l'équilibre, monsieur. »

Le docteur Dunne le foudroya du regard, comme s'il voulait le réprimander mais ne disposait pas de suffisamment de preuves. Il souffla un grand coup.

« Faites venir le serrurier.

— À vos ordres, monsieur.

— Tout de suite, matelot. »

L'officier fit ensuite signe à Olive de s'éloigner avant de s'accroupir devant la fille.

« Comment vous appelez-vous ?

— Aucune importance.

— Je suis le chirurgien-major. Le docteur Dunne. J'ai besoin de connaître votre nom. »

Elle le dévisagea un long moment.

« Hazel.

— Hazel comment ?

— Ferguson.

— D'où venez-vous ? »

Elle sembla hésiter de nouveau.

« Glasgow.

— Je peux ? »

Il leva les paumes devant lui, en signe d'apaisement, puis tendit une main vers elle, doigts écartés. Elle le laissa prendre son menton. Il tourna sa tête d'un côté puis de l'autre pour l'examiner.

« Vous souffrez ?

— Non.

— Il faut nettoyer la blessure. Dès qu'on vous aura ôté ces fers, je regarderai ça de plus près.

— Je peux me débrouiller toute seule. »

Olive fit un pas en avant et dit à brûle-pourpoint :

« Ce matelot l'a poussée. Buck. On l'a tous vu.

— C'est vrai ? demanda le chirurgien-major à la fille.

— J'sais pas.

— Vous ne le savez pas ou vous ne voulez pas me le dire ? »

Elle haussa une de ses maigres épaules.

« Il s'en est aussi pris à moi, intervint Olive. Un véritable animal, celui-là. Vous ne devriez pas le garder sur ce bateau. »

Le docteur Dunne lui lança un regard noir.

« C'est assez, mademoiselle Rivers. »

Un grand sourire éclaira le visage d'Olive.

« Ça alors ! s'exclama-t-elle avec un signe de tête en direction de la foule. Il sait qui je suis ! »

Le chirurgien-major se leva pour lui faire face, les mains sur les hanches.

« Ne confondez pas sollicitude et connivence, détenue. On me paye pour savoir qui vous êtes. Et pour vous garder en vie. Cela dit, peut-être qu'on ne me rémunère pas suffisamment pour ce genre de prouesse. »

Evangeline ne revit la rousse qu'une fois achevées les corvées de la journée, après que les convicts avaient été escortées jusqu'au faux-pont et l'écoutille verrouillée pour la nuit. Tandis qu'elle s'approchait de son lit, un morceau de bougie en main, elle remarqua que, de l'autre côté de l'allée, la couchette du bas était désormais occupée. Elle reconnut le dos fin de la fille sous la couverture, et ses boucles répandues au-dessus. Evangeline la désigna à Olive qui marchait juste derrière elle.

Une fois sur sa couchette, Olive se pencha pour lancer :

« Salut, Hazel. »

Silence.

« Je suis allée à Glasgow, une fois. »

La silhouette en face remua un peu.

« Cette cathédrale… Qu'est-ce qu'elle est grande, hein ? Gigantesque. »

Olive siffla derrière ses dents. Hazel se tourna pour les regarder.

« Tu l'as vue ?

— Oui. Tu es loin de chez toi, dis donc. »

Comme la jeune fille ne répondait pas, elle reprit :

« Moi, c'est Olive. Et elle, c'est Evangeline. Je l'appelle Leenie. Elle est gentille, même si elle a toujours la tête dans les nuages !

— Olive, soupira Evangeline.

— Quoi ? C'est vrai.

— Je ne suis jamais allée à Glasgow, mais j'en ai entendu parler dans un roman, dit Evangeline à Hazel. *Rob Roy*. Il m'avait beaucoup plu.

— Tu vois c'que j'veux dire ? ajouta Olive. Elle essaye, que Dieu la bénisse, mais tout ce qu'elle connaît, c'est les bouquins. »

Hazel grogna. Ou peut-être était-ce un rire.

« Tu es si jeune, dit Olive. Ta mère doit te manquer. »

La rousse ricana.

« Pas vraiment, non.

— Ah, je vois. Quel âge tu as ?

— Vingt ans.

— C'est ça, oui ! Si tu as vingt ans, j'en ai soixante-quinze.

— Fermez-la ! cria une femme. Et éteignez cette bougie, ou je m'en charge !

— Occupe-toi de tes oignons ! répliqua Olive avant de s'adresser à nouveau à Hazel. Tu n'as pas plus de douze ans. »

À la lueur de la petite flamme, Evangeline vit la jeune fille jeter un regard de travers à Olive.

« J'en ai seize. Laissez-moi tranquille, maintenant. » Elle se pencha dans l'espace qui les séparait, regarda Evangeline droit dans les yeux, puis souffla la bougie.

Le vaisseau était plein. Le jour précédant le départ, Evangeline entendit des voix en provenance de l'eau et vit le skiff s'approcher du navire, avec trois femmes à son bord. Buck et un autre marin, assis au milieu comme d'ordinaire, ramaient. Sauf que ce groupe-là était différent. Ces femmes étaient assises droites comme des piquets, alors que les convicts se tenaient toujours voûtées – difficile de faire autrement quand on portait des fers. Et leurs tenues avaient l'air propres. Chacune portait une pèlerine noire et une coiffe blanche.

Lorsque l'embarcation s'arrêta le long de la passerelle, Evangeline comprit qu'il s'agissait des quakeresses. Elle reconnut la silhouette à l'avant : les mèches de cheveux gris, les yeux bleu clair. Mme Fry.

Une fois sorti du skiff, Buck fit preuve d'une galanterie tout à fait inhabituelle et maintint le bateau stable le temps que les femmes débarquent. Il prit le bras de chacune pour l'aider à descendre de l'embarcation : Mme Fry, puis Mme Warren et, pour finir, Mme Fitzpatrick. Le capitaine, qui se montrait rarement, apparut au bastingage vêtu de son uniforme de cérémonie – une casquette au bord doré et un frac noir aux boutons, galons et épaulettes dorés également. Le chirurgien-major, dans son uniforme bleu marine, se tenait à ses côtés. Tandis que les quakeresses remontaient la passerelle, les matelots retirèrent deux larges malles du skiff. Les marins rassemblés le long du bastingage gardaient le silence.

Evangeline avait presque oublié qu'il était possible pour des femmes d'être traitées avec ce genre d'égards.

Une fois sur le pont, Mme Fry s'entretint discrètement avec les officiers avant de se tourner vers le petit groupe de prisonnières qui se tenait non loin de là.

« Nous commencerons par celles qui sont présentes. »

En dépit des craquements, des cliquètements et du clapotis des vagues contre la coque, on l'entendait parfaitement. Lorsqu'elle aperçut Evangeline, elle lui fit signe de s'approcher.

« Nous nous sommes déjà rencontrées, je crois.

— Oui, madame.

— À Newgate. »

Evangeline opina du chef.

« Ah, oui, je me souviens de vous. Vous êtes instruite. Votre père était vicaire.

— Vous avez bonne mémoire, madame.

— Je me fais un devoir de me souvenir de ces détails. »

Mme Fry fit un geste vers Mme Warren, qui ouvrit un coffre pour en sortir un petit sac en toile de jute, un livre et un paquet fermé avec de la ficelle. Mme Fry plaça l'ouvrage dans les mains d'Evangeline. Une bible.

« Que ceci puisse vous être une source de réconfort. »

Evangeline passa les pouces sur la couverture bordeaux en peau de reptile. Cette sensation la ramena au premier rang de l'église de Tunbridge Wells, lorsqu'elle écoutait les sermons de son père. Tous ses discours sur le péché et la rédemption, qui lui avaient paru si théoriques à l'époque, lui revenaient douloureusement désormais.

« La plupart de ces femmes sont analphabètes. J'ai l'espoir que vous partagerez le don de la lecture avec elles, dit Mme Fry.

— Oui, madame.

— J'ai quelques petites choses pour améliorer votre confort au cours du voyage, reprit-elle en s'emparant du paquet. Un bonnet de laine pour vous protéger du froid. Vous n'en aurez pas besoin maintenant, mais vous serez contente de l'avoir plus tard. Ainsi qu'un tablier et un châle. Confectionnés pour vous par des quakeresses qui croient à la possibilité du salut. »

Elle posa le paquet avant de tendre le sac à Evangeline.

« Vous y trouverez de quoi faire une couverture. Pour votre enfant, peut-être. »

Evangeline jeta un œil à l'intérieur : un dé à coudre, des bobines de fil, un coussinet rouge où étaient piquées des épingles et des aiguilles, ainsi que des pièces de patchwork attachées avec de la ficelle.

« Souvenez-vous : nous ne sommes que des instruments, dit Mme Fry. Il vous faut travailler pour rester humble, douce et pleine d'abnégation, afin d'être digne de suivre le Seigneur Jésus, qui nous invite à venir à lui. C'est en traversant les épreuves que nous apprenons à apprécier la bienveillance.

— Oui, madame », répondit Evangeline, bien qu'elle n'ait nullement besoin de faire des efforts pour demeurer humble et désintéressée, vu les circonstances.

« Une dernière chose. »

Mme Fry tira de la malle un petit disque accroché à un cordon rouge, qu'elle lui montra. Aussi large que son pouce, il devait être en étain. Un nombre y était gravé : 171.

« Dorénavant, ce sera votre numéro, lui expliqua la quakeresse. Il sera imprimé ou cousu sur toutes vos possessions, et inscrit dans un registre que le chirurgien-major transmettra au directeur de la prison. Vous porterez cet écusson pendant la durée de votre voyage. Avec la bénédiction de Dieu. »

Evangeline fronça les sourcils, et un éclair de défi la traversa. Après tout ce qu'elle avait enduré, tout ce qu'elle avait dû accepter…

« Il y a un problème, ma chère ?

— Être identifiée par un numéro, c'est… dégradant. »

Mme Fry lui toucha la main du bout des doigts et la rassura :

« C'est pour nous assurer que vous ne vous égarez pas. Qu'on ne vous oublie pas quelque part. Penchez la tête, je vous prie », dit-elle en levant le collier.

Evangeline se fit l'impression d'être une jument indocile qu'on cherchait à harnacher. Mais elle savait que toute résistance était vaine : le cheval finissait toujours avec la bride au cou. Evangeline, elle non plus, n'y échapperait pas.

À bord du *Medea*, 1840

Tôt le matin du 16 juin, le *Medea* leva l'ancre et commença à descendre la Tamise, remorqué par un bateau à vapeur. Des mouettes criardes volaient en cercle au-dessus du vaisseau. Le drapeau national accroché à la poupe flottait dans le vent. Le fleuve clapotait, le pont tanguait, les voiles claquaient et les mâts grinçaient. En hauteur, les marins devaient crier pour se faire entendre les uns des autres. Une main après l'autre, ils grimpaient sur les cordages en se balançant comme des écureuils, pour atteindre, quatre niveaux plus haut, les plate-formes en bois et le sommet des vergues.

Tandis que le trois-mâts arrivait dans l'estuaire du fleuve, Evangeline se tenait le long du bastingage en compagnie des autres détenues. Elle caressait son disque en étain, passait la main le long du cordon et triturait le crochet métallique contre sa nuque tout en regardant s'éloigner les bâtiments en brique, les attelages et les chaumières. Sur la côte, les gens vaquaient à leurs occupations quotidiennes, sans même un regard pour le navire en partance. Ils se transformèrent peu à peu en taches minuscules.

Evangeline avait passé presque dix jours sur le *Medea* et trois mois et demi à Newgate. Quant à son séjour chez les Whitstone, il avait duré presque six mois. Avant cela, elle ne s'était jamais aventurée à plus de soixante kilomètres du village de son enfance. Tout avait changé si vite… Elle tendit la main devant elle dans la brume ; l'Angleterre lui glissait littéralement entre les doigts. Quelques vers de Wordsworth lui vinrent en tête : *Et où que je me tourne,/De nuit, de jour,/Je ne peux plus revoir ce qu'alors je voyais*[1]. Adolescente, elle avait été émue par la complainte du poète qui, devenu adulte, considérait le monde avec un regard différent et n'était plus aussi sensible à la beauté de la nature qu'au temps de l'enfance. Une révélation la frappa toutefois : la mélancolie éprouvée par le poète n'était rien comparée au sentiment provoqué par l'exil. Elle avait perdu le monde qu'elle connaissait et aimait. Et, selon toute vraisemblance, elle ne le reverrait jamais.

Partie en quête d'Olive, Evangeline finit par la trouver près de la proue, assise dans un cercle de femmes occupées à déchirer leurs bibles et à en plier les pages pour créer des cartes à jouer, ou à les tortiller afin d'en faire des papillotes pour leurs cheveux. Olive, qui tenait son disque d'étain entre les doigts, leva les yeux vers elle.

---

1. « Ode : Pressentiments d'immortalité venant des souvenirs de la petite enfance » dans *Ballades lyriques*, *op. cit.*

« À partir de maintenant, tu peux m'appeler 127. D'après ma nouvelle amie Liza, c'est un nombre premier et chanceux, va savoir ce que ça veut dire ! »

À côté d'elle, une femme grande et maigre à la chevelure noir d'encre sourit jusqu'aux oreilles.

« Numéro 79, le mien, c'est aussi un nombre premier chanceux.

— Liza est douée avec les chiffres. Elle gérait les registres d'une pension. Enfin, je ne sais pas si on est si doué que ça quand on truque les comptes et qu'on se fait prendre ! »

Cette remarque provoqua des rires dans le cercle. Assise à l'écart sur une large caisse en bois, Hazel feuilletait une bible posée sur son giron. Evangeline s'approcha.

« C'est une drôle de sensation, cette corde qu'on a autour du cou, n'est-ce pas ? »

Hazel la regarda, les yeux plissés.

« J'ai déjà dû m'habituer à pire, dans la vie. »

En moins d'une heure, la peau d'Evangeline s'était couverte de sueur et sa bouche, remplie de salive. De la bile lui monta à la gorge.

« Fixez votre regard sur cette ligne. »

Elle se tourna. Le chirurgien-major se tenait près d'elle et pointait l'horizon du doigt. Elle suivit son conseil mais avait bien du mal à se concentrer.

« Je vous en prie… Ne vous approchez pas… », dit-elle, avant de s'incliner au-dessus du garde-fou pour rendre son petit déjeuner. Le long du bastingage, d'autres détenues se penchaient pour vomir sur le côté du navire, dans les eaux quelque peu agitées.

« C'est le mal de mer, lui expliqua-t-il. Vous vous y ferez.

— Comment ?

— Fermez les yeux, mettez-vous les doigts dans les oreilles, et essayez de bouger avec le bateau. Ne luttez pas contre lui. »

Elle acquiesça et s'exécuta. Malheureusement, suivre ses recommandations ne s'avéra pas très efficace. Elle se sentit terriblement mal toute la journée, et la nuit ne lui apporta que peu de répit. Tout autour d'elle, dans l'obscurité du faux-pont, des femmes gémissaient et avaient des haut-le-cœur. Au-dessus d'elle, Olive marmonnait des injures et, juste en face, Hazel, silencieuse, était roulée en boule comme une crevette, face au mur.

Épuisée d'avoir vomi de si nombreuses fois, Evangeline se sentait au bord de l'évanouissement. Malgré tout, elle ne parvenait pas à trouver le sommeil. À nouveau, son estomac se souleva, sa bouche se remplit de salive, la vague mousseuse monta dans sa gorge. Elle avait précédemment visé le bol en bois, mais il était désormais plein à ras bord. À ce stade, elle ne s'embarrassait plus de ce genre de considérations. Elle s'inclina au bord de son lit étroit et vida son estomac, formant un petit ruisseau sur le sol.

Hazel se retourna pour lui lancer d'un ton agacé :

« Tu peux pas te retenir ? »

Exténuée, Evangeline n'avait plus la volonté de parler.

« Elle n'y peut rien, si ? » intervint Olive.

La rousse se pencha et, pendant une seconde, Evangeline crut qu'elle allait la frapper.

« Tends la main. »

Evangeline obéit et Hazel déposa une petite racine noueuse dans sa paume.

« C'est du gingembre. Gratte la peau avec tes dents et recrache-la, puis mords dedans. »

Evangeline l'approcha de son nez pour la renifler. La senteur lui rappela les délices sucrés de la période de Noël : les gâteaux couverts de glaçage, les bonbons, les biscuits au gingembre et les puddings. Elle râpa la peau avec ses dents puis la cracha par terre. Le morceau de racine fibreux avait un goût aigre. C'était comme avec le concentré de vanille, songea-t-elle : on était séduit par le parfum et trahi par la saveur.

« Mâche lentement jusqu'à ce qu'il n'y ait plus rien, lui recommanda Hazel. Puis colle-toi contre la paroi. Et rends-le-moi, c'est tout ce qu'il me reste. »

Evangeline lui tendit la racine, puis elle ferma les yeux, se boucha les oreilles et se tourna vers la cloison, se concentrant seulement sur le bout de gingembre dans sa bouche, qui s'adoucissait à mesure qu'elle le mâchait. Ainsi, elle finit enfin par s'assoupir.

Lorsque Evangeline sortit des ponts inférieurs le lendemain, quelques heures après le petit déjeuner, le *Medea* avait depuis longtemps quitté la Tamise et naviguait sur la mer du Nord. Les eaux étaient houleuses et le ciel au-dessus des voiles, d'un blanc terne. Elle distinguait une fine bande de terre au loin. Elle contempla un moment l'étendue vaste et brillante avant de s'asseoir prudemment sur un tonneau et de fermer les yeux. Autour d'elle, c'était la cacophonie : un rire de femme, les pleurs d'un bébé, les cris des marins sur les mâts, les piaillements stridents des mouettes, les bêlements d'une chèvre, le clapotis des vagues contre la coque… Il faisait frais. Elle regretta de ne pas avoir emporté sa couverture, même si elle était tachée et empestait.

« Vous avez passé une bonne nuit ? »

Evangeline cligna face à la lumière éblouissante. Le médecin l'observait de son regard gris-vert.

« Comment vous portez-vous ?

— Mieux. J'ai suivi vos conseils. Les doigts dans les oreilles et tout ça. Mais je crois que c'est le gingembre qui a fait la différence. »

Il lui adressa un sourire narquois.

« Le gingembre ?

— Oui, la racine. J'en ai mâché.

— Où l'avez-vous trouvé ?

— La rousse. Hazel. Elle m'en a donné un peu. Savez-vous où je pourrais m'en procurer davantage ?

— Non. Enfin, dans la cambuse, je suppose… J'ai toujours considéré qu'il s'agissait d'un remède de bonne femme. J'ai tendance à être suspicieux devant les guérisons miraculeuses. Mais si cela vous aide, il faut absolument continuer.

— Eh bien, je ne sais pas s'il s'agit d'une guérison miraculeuse. En tout cas, je me sens mieux. Ces bonnes femmes savent peut-être ce qu'elles font. »

Le *Medea* naviguait tantôt en affrontant de forts vents contraires et tantôt en fendant aisément les flots. Lorsqu'il longea les falaises calcaires de Douvres, tranchées aussi nettement que du nougat, les convicts se rassemblèrent sur le pont, puis le vaisseau mit le cap sur la Manche occidentale.

À Newgate, sa cellule avait été si bondée qu'Evangeline avait désespérément souhaité pouvoir se tenir à distance des autres. Pourtant elle s'apercevait désormais, à sa grande surprise, qu'elle se sentait seule. Chaque matin, elle se levait au son de la cloche et rejoignait les autres femmes qui patientaient, tasses cabossées et cuillères abîmées en main. Dans la file, les femmes plaisantaient, se plaignaient et poussaient des jurons. Après avoir bu son thé et grignoté son biscuit de mer, elle frottait le pont à genoux. Le soir, quand il faisait bon, après avoir terminé les tâches qui lui étaient attribuées et avant qu'on fasse descendre les détenues dans le faux-pont, elle se tenait souvent seule au bastingage et regardait le soleil se coucher puis les étoiles apparaître une par une, comme des bulles montant à la surface d'un vaste lac.

Un matin, elle découvrit Hazel assise toute seule dans son coin, le visage à moitié dissimulé derrière ses boucles rousses. Elle avait une bible ouverte sur ses genoux et murmurait en tapotant des mots du bout du doigt. Lorsqu'elle leva les yeux et aperçut Evangeline, elle referma brusquement le livre.

« Je peux m'asseoir avec toi ? »

Sans attendre de réponse, Evangeline prit place à côté d'elle, au bord de la caisse.

« J'ai des corvées à faire, déclara Hazel en la regardant.

— Reste encore une minute. »

Evangeline chercha un sujet de conversation.

« Je ne cesse de penser au psaume 104. "Voici la grande et vaste mer : Là se meuvent sans nombre des animaux petits et grands." Tu vois duquel il s'agit ? »

Hazel haussa les épaules. Evangeline remarqua les taches de rousseur qui parsemaient le nez de la jeune fille, ses iris du même bleu-gris que le plumage d'une palombe, ses cils épais.

« Y en a-t-il un que tu préfères ?

— Non.

— Tu es presbytérienne, n'est-ce pas ? »

À ses mots, Hazel fronça les sourcils et Evangeline ajouta aussitôt :

« Comme tu viens d'Écosse, j'ai supposé que…

— Ah. Eh bien, j'ai jamais trop été à l'église.

— Tes parents ne t'y emmenaient pas ? »

Elle parut presque amusée par la suggestion.

« Mes parents… »

Un silence inconfortable s'installa. Evangeline tenta une approche différente.

« J'ai remarqué ton tatouage, dit-elle en touchant sa propre nuque. Une lune. C'est un symbole de fertilité, c'est bien ça ? »

Hazel fit une grimace.

« J'ai vu une pièce de théâtre, une fois, raconta-t-elle. Les personnages étaient saouls et racontaient n'importe quoi. "J'étais l'homme de la lune, dans le temps." J'ai trouvé ça drôle.

— Oh ! *La Tempête.* »

Enfin un point commun !

« Tu la connais ?

— C'est l'une de mes préférées. "Ô monde neuf, ô splendide monde que peuplent de tels êtres !" »

Hazel secoua la tête.

« Je ne me rappelle pas grand-chose, honnêtement. C'était difficile à suivre. Mais j'ai ri.

— Tu sais… dans son bureau, le médecin a tout un rayon de bibliothèque rempli d'ouvrages de Shakespeare. Peut-être que je pourrais lui en emprunter.

— Oh, lire, ça ne sert pas à grand-chose. »

Ah oui, bien sûr, songea Evangeline, *elle doit être illettrée.*

« Je pourrai t'apprendre à lire, si tu veux.

— Je n'ai pas besoin de ton aide, répondit Hazel en lui jetant un regard noir.

— Je sais, mais… le voyage va être bien long, tu ne crois pas ? Ce serait certainement agréable d'avoir une activité pour s'occuper. »

Hazel se mordit la lèvre tout en caressant distraitement la couverture de la bible. Cependant, elle ne dit pas non.

Elles commencèrent par l'alphabet, vingt-six lettres sur un bout d'ardoise. Les voyelles et les consonnes, le son et le sens. Au cours des quelques jours qui suivirent, tandis qu'elles assemblaient des mots, assises l'une à côté de l'autre, Hazel partagea avec Evangeline quelques informations sur son passé. Sa mère avait été une sage-femme prospère mais quelque chose était arrivé – quelqu'un était mort, une mère, un enfant ou les deux. Elle avait perdu sa réputation et, avec elle, ses clients. Elle s'était alors tournée vers la boisson. Elle laissait sa fille toute seule la nuit. Quand Hazel avait huit ans, sa mère la mettait dehors et l'obligeait à mendier et à faire les poches dans les rues. La petite n'était pas douée pour les larcins : nerveuse et indécise, elle se faisait sans cesse attraper par la police. À son troisième passage devant le tribunal – pour le vol d'une cuillère en argent quand elle avait quinze ans –, le juge en avait eu assez. Il l'avait condamnée à la transportation. Sept ans de bannissement.

À ce moment-là, elle n'avait rien mangé depuis deux jours. Sa mère ne s'était même pas montrée à l'audience.

Evangeline étudia la jeune fille pendant un long moment. Elle savait que si elle exprimait de la pitié Hazel s'esquiverait. *M-A-N-G-E-R,* écrivit-elle sur l'ardoise. *J-O-U-R.*

Même après avoir tout perdu, la mère de Hazel avait continué à pratiquer en secret. Beaucoup de femmes désespérées avaient besoin d'aide. Elle traitait les blessures, les infections, les toux et les fièvres. Si une femme ne voulait pas avoir de bébé, elle faisait disparaître le problème. Et si, au contraire, une femme le souhaitait, elle lui montrait comment prendre soin de la vie qui grandissait en elle et la protéger. Elle retournait les bébés mal positionnés à l'intérieur du ventre et, après la naissance, enseignait aux nouvelles mères comment les allaiter. De nombreuses femmes avaient peur de se rendre à la maternité pour accoucher, à cause des histoires qu'elles entendaient sur la fièvre puerpérale, une maladie qui commençait par des sueurs et des tremblements et se terminait presque toujours par la mort, dans une agonie pleine de vomissures et de sang. Hazel secoua la tête à ce souvenir.

« Ça arrive seulement dans les hôpitaux. Pas quand les femmes accouchent chez elles avec des sages-femmes. Ils disent que c'est parce que les pauvres sont robustes, comme des animaux de ferme. »

P-A-U-V-R-E-S. F-E-R-M-E.

« Sauf que c'est pas pour ça qu'elles s'en sortent, poursuivit la jeune fille. À l'hôpital, les docteurs touchent les cadavres et ne se lavent pas les mains après. Les sages-femmes savent que c'est dangereux, mais on les écoute pas. »

Evangeline étendit les doigts sur son ventre pour y chercher les membres qui formaient des bosses juste sous la peau.

« Ta mère t'a appris le métier ? »

Hazel la dévisagea.

« Tu as peur de l'accouchement.

— Bien sûr. »

Hazel esquissa un sourire. C'était curieux sur son visage, un peu comme si un renard souriait.

« La maternité, c'était pas son fort. Mais ma mère était une bonne sage-femme. Elle l'est toujours, pour autant que je sache… »

Elle leva le menton vers Evangeline.

« Oui, elle m'a appris le métier. »

À bord du *Medea*, 1840

Voiles battantes, le *Medea* quitta la Manche pour pénétrer dans l'océan Atlantique, en direction de l'Espagne. Plus rien d'autre ne les entourait que les flots et le ciel. Accoudée au bastingage, Evangeline contemplait l'étendue quand un vers de Coleridge lui revint en mémoire : *Dans une solitude extrême,/Sur l'Océan seul je restai*[1].

Tôt le matin, la brume recouvrait la mer comme un voile de coton. Sur le pont supérieur, l'air marin était frais et chargé d'une senteur de résine, un soulagement après la puanteur du faux-pont. Les détenues se bousculaient et négociaient pour obtenir une bonne place dans la file. Si vous étiez malade, malchanceuse ou trop paresseuse et que vous arriviez en dernier, vous vous retrouviez avec la bouillie brûlée ou caillée du fond de la casserole. L'eau qu'on leur donnait à boire, stockée dans un tonneau de vin, était sale et avait le même goût que si on l'avait prise dans un fossé. Evangeline apprit

1. « La Ballade du Vieux Marin », Samuel Taylor Coleridge. Traduction de Jacques Darras, Ad Solem, 2005.

à patienter quelques minutes avant de boire, pour que le sédiment se dépose au fond.

Le gruau du petit déjeuner était censé leur suffire jusqu'au milieu de l'après-midi, quand elles formaient à nouveau une ligne pour recevoir leur ultime repas de la journée : un bouillon dilué de choux et de panais et, si elles avaient de la chance, de bœuf salé ou de morue séchée, accompagné d'un biscuit de mer et d'une tasse d'eau vaseuse.

Evangeline faisait partie d'une équipe de travail de six femmes. À tour de rôle, elles vidaient les pots de chambre, faisaient bouillir le linge sale, nettoyaient les enclos des moutons et des chèvres, ramassaient les œufs des poules dans les cages empilées sur le pont principal. Elles enroulaient des cordages trempés qu'on avait laissés tomber en tas sur le sol et frottaient le faux-pont avec des pierres, du sable et une brosse en paille. Elles devaient également nettoyer le pont et les latrines avec un mélange de citron vert et de chlorure de calcium qui leur brûlait le nez et les faisait pleurer.

Au fil des jours, Evangeline s'accoutuma au tangage et au grincement du navire, au flux et au reflux des vagues. Elle se mit à marcher comme les marins : les pieds bien à plat, en balançant les hanches et en fléchissant les genoux en fonction des impulsions du bateau. Il fallait pour cela anticiper la hauteur du pont qui ne cessait de se soulever et s'abaisser. Cela lui évoquait les pas d'une danse. Elle découvrit des poignées auxquelles s'accrocher lorsque la mer était agitée : elles étaient dissimulées partout sur le vaisseau, cachées sous des balustrades et intégrées à des échelles. Rapidement, et malgré son ventre qui ne cessait de grossir, elle fut capable de grimper d'un pont à l'autre aussi vite que n'importe quel membre de l'équipage. Et sous peu, elle sut où se placer pour ne pas être éclaboussée, comment éviter les flaques, se frayer un chemin sans trébucher entre les tonneaux de rhum et les enchevêtrements de cordages, où trouver la lumière du soleil à différents moments de la journée… Quand elle croisait des matelots, elle esquivait leurs mains baladeuses, et elle ne s'approchait jamais de leurs cabines sur l'entrepont. Elle s'habitua à la saveur du sel sur ses lèvres, qu'elle devait frotter avec du lard et de l'huile de baleine pour prévenir les gerçures. Ses mains rougirent et gagnèrent en force. Elle s'habitua également au chaos qui régnait autour d'elle : la cloche qui sonnait toutes les demi-heures, les bêlements constants des chèvres et les cris des oies, la puanteur des latrines et de la cale…

Les après-midi de beau temps, le capitaine sortait la cage rouillée de son canari orange sur le pont principal, où l'oiseau poussait des pépiements stridents pendant des heures, perché sur sa minuscule balançoire.

Elle s'habitua à cela aussi.

Tout comme elle avait un jour mémorisé les accords sujet-verbe en latin, elle apprit par elle-même le langage de la navigation. Quand on faisait face à l'avant du navire – la proue –, bâbord était à gauche, tribord à droite. L'arrière du bateau s'appelait la poupe. « Au vent » désignait naturellement la direction dans laquelle soufflait le vent, tandis que l'expression « sous le vent » indiquait l'inverse. Le poteau horizontal en bas du mât, la bôme, permettait d'orienter les voiles et de contrôler l'allure du vaisseau.

au pain sec et à l'eau. Une autre insulta le capitaine et fut enfermée dans la caisse pour une journée entière. Ses cris et ses jurons étouffés lui valurent une demi-journée de plus, ainsi qu'une douche forcée au travers du trou au-dessus de sa tête.

Evangeline s'accrochait à sa dignité comme à une bouée de sauvetage. Elle gardait profil bas, ne se mêlait pas des affaires des autres, assistait à l'office religieux, travaillait à sa couverture en patchwork et accomplissait ses corvées sans se plaindre, même quand son ventre prit du volume, et que ses pieds et ses mains gonflèrent. Après le petit déjeuner, à genoux à côté d'autres convicts, elle trempait un chiffon dans une bassine d'eau de mer, l'essorait, puis se lavait le visage, la nuque, les aisselles et les mains. Elle aérait sa couverture quotidiennement et, une fois par semaine, le jour de lessive, elle frottait ses vêtements avant de les étendre pour les faire sécher – et durcir – dans l'air salé. Pour se changer, elle tournait toujours le dos à ses camarades.

La nuit, quand l'écoutille du faux-pont était fermée, Evangeline avait l'impression d'être ensevelie. Elle finit toutefois par apprécier le temps passé sur cette couchette qui lui évoquait un cercueil, car ces instants étaient ses seuls moments d'intimité. Elle rentrait ses genoux, ramenait la couverture grossière jusqu'au-dessus de ses oreilles et fermait les paupières. Après quoi, une main posée sur son ventre proéminent, elle tentait de sentir un mouvement sous la peau tendue.

À Tunbridge Wells, par les après-midi ensoleillés, elle avait l'habitude d'attraper son chapeau accroché dans le vestibule et de sortir pour emprunter un chemin plein d'ornières qui menait à un pont de pierre enjambant un torrent. Elle marchait entre les buissons d'orties et les digitales où voletaient des papillons, puis longeait un pré parsemé de coquelicots vermillon tout en écoutant bruisser les branches des saules dans la brise… Elle se dirigeait vers une colline proche de la maison. La montée, par un sentier souvent emprunté, était facile. Elle avançait parmi les chardons violets et rencontrait des moutons si décidés à brouter les trèfles du bas-côté qu'elle devait les pousser hors du passage pour continuer. Une fois au sommet, elle contemplait les toits aux tuiles rouges du village et récitait des vers de poètes qu'elle avait lus avec son père – Wordsworth, par exemple, ou Longfellow, dont les mots renforçaient ses propres observations : *Immergé dans mes pensées, je m'allongeais,/ Et contemplais le ciel d'été,/Où les nuages semblaient voguer,/Tels des bateaux sur les flots…*

Dans les ténèbres du faux-pont, c'était sur ce sentier escarpé qu'elle se retirait. Elle contournait les petits rochers, évitait les flaques de boue, inspirait les senteurs de terre mouillée et d'herbe fraîche. Les ronces piquaient ses mollets et le soleil réchauffait son visage. Petit à petit, elle sombrait dans le sommeil, au son des lointains bêlements des moutons et des battements de son propre cœur.

Le désespoir avait déjà, par le passé, poussé la plupart de ces femmes à s'adapter ; à faire, jour après jour, des compromis pour survivre. Voler, marchander, manipuler des enfants crédules, échanger des faveurs sexuelles contre un endroit où dormir ou une bouteille de rhum… Nombre d'entre elles avaient depuis longtemps mis leur sensibilité de côté lorsqu'une transaction leur semblait nécessaire. À leurs yeux, leur corps n'était qu'un outil de plus à leur disposition. Certaines souhaitaient simplement tirer le maximum d'une mauvaise situation, en trouvant une protection là où c'était possible. D'autres étaient déterminées à prendre du bon temps au cours du trajet. Elles riaient à gorge déployée, buvaient en compagnie des marins et faisaient des plaisanteries grivoises. Il leur arrivait de frôler dangereusement l'insubordination.

Evangeline avait remarqué que quelques détenues disparaissaient du faux-pont.

« Les matelots appellent ça “prendre une épouse”, lui expliqua Olive.

— Prendre une… épouse ? »

Elle ne comprenait pas.

« Pour la durée du voyage.

— C'est immoral, non ?

— Immoral, gloussa Olive. Oh, Leenie… »

Le chirurgien-major faisait son possible pour décourager cette pratique, mais pour une convict il y avait des avantages certains à fréquenter un marin, tant qu'il n'était pas sadique ou vraiment repoussant. Elle échappait ainsi à l'enfer du faux-pont : elle pouvait dormir dans une couchette relativement confortable, ou même, en fonction du grade du marin en question, dans une cabine privée. Elle obtenait des rations supplémentaires, des couvertures, une attention particulière… Cette alliance la protégeait de la brutalité des autres hommes et même, jusqu'à un certain point, des punitions d'en haut. C'était toutefois un pari dangereux, car les actes de cruauté ou de sadisme commis par les membres de l'équipage n'entraînaient que peu de conséquences. On avait vu des femmes revenir furtivement dans le faux-pont avec des marques sur les jambes, des éraflures dans le dos, la gonorrhée, la syphilis et un tas d'autres maladies.

Après quelques semaines, et malgré son ventre d'une certaine ampleur, Olive commença à fréquenter un matelot et dormait rarement dans son propre lit. L'homme, qui répondait au nom de Grunwald, avait un torse puissant et un cou rougeaud. Son corps était couvert de nombreux tatouages et son sourire dévoilait des dents de travers.

« J'espère que ce marin est gentil avec elle », dit Evangeline à Hazel, un après-midi.

Elles étaient assises à la poupe, derrière un mur de cages à poules. Un endroit à l'écart du tumulte où elles se retrouvaient une fois leurs corvées achevées. Evangeline y travaillait sur sa couverture en patchwork, tandis que Hazel recopiait des mots de la bible à la craie sur son ardoise.

JOUR. ÉTERNEL. DIEU.

« Espérons qu'il la laisse tranquille après la naissance du bébé, le temps qu'elle se remette. »

Evangeline arrangea une section de carrés en tissus et commença à les épingler.

« Certainement qu'il le fera.

— Les hommes font ce qu'ils veulent, répliqua Hazel avec un grognement.

— Pas tous les hommes, voyons, Hazel.

— Le tien en a bien fait qu'à sa tête, non ? »

Cette remarque la piqua au vif. Evangeline se concentra sur son ouvrage : elle assemblait plusieurs épaisseurs de tissu avec de petits points avant, en tirant bien chaque fois son fil.

« Quelque chose te tracasse ?

— Pas vraiment.

— Buck ne te tourmente pas ? »

Hazel haussa les épaules.

« Je sais me défendre. »

Evangeline retourna l'étoffe pour inspecter sa rangée de points.

« Sois prudente.

— Prudente ! » se moqua Hazel.

Elle tira de la poche de son tablier un canif pliable en argent, avec un manche en nacre, et le plaça sur sa paume pour le lui montrer. Evangeline ouvrit grand la bouche.

« Où as-tu trouvé ça ?

— Je suis une voleuse, tu as oublié ?

— Oui, une piètre voleuse. Pour l'amour du ciel, cache-le. »

Elles savaient toutes les deux que si Hazel était accusée d'un larcin, elle se retrouverait enfermée dans le mitard, une pancarte autour du cou, pour le reste du voyage.

« Personne d'autre que toi n'en saura rien, dit Hazel en glissant le couteau dans sa poche. Sauf si j'ai besoin de l'utiliser. »

Un après-midi, un marin perdit pied et tomba de la vergue ; une chute d'environ sept mètres. Il atterrit près de l'endroit où Hazel et Evangeline étaient occupées à séparer des cordages mouillés. Personne ne semblait lui venir en aide. Hazel lâcha son cordage pour aller se pencher vers lui et elle murmura à son oreille. L'homme poussait des hurlements et des gémissements en se tenant la jambe.

Juste à ce moment-là, le chirurgien-major surgit de l'entrepont. Lorsqu'il vit Hazel inclinée au-dessus du blessé, il lui ordonna :

« Écartez-vous, détenue. »

Hazel l'ignora et passa lentement une main le long de la jambe du marin, jusqu'à son tibia, l'explorant avec ses doigts. Un petit rassemblement s'était créé autour d'eux. Elle leva les yeux vers l'officier et lui annonça :

« Sa jambe est cassée, il faut réduire la fracture. »

Evangeline fut frappée par l'expression de la jeune fille : elle avait l'air attentive et expérimentée, ce qui lui donnait une autorité surprenante.

« C'est à moi de le déterminer », répondit le chirurgien-major.

Le marin gémit de douleur.

« Il aura besoin d'une attelle. Et de rhum, dit Hazel.

— Quelle expérience avez-vous ?

— Ma mère est herboriste. Sage-femme. »

Le docteur Dunne lui fit signe de s'éloigner.

« Levez-vous et mettez-vous là-bas. »

Après s'être accroupi pour se pencher au-dessus du matelot, il accomplit les mêmes gestes que Hazel : ses doigts descendirent le long de la jambe du blessé en la tâtant, puis il posa la main à plat sur son front. En se relevant, il lança :

« Que quelqu'un trouve une planche pour le transporter jusqu'à mes quartiers.

— Je l'avais bien dit », murmura Hazel derrière lui.

Quelques jours plus tard, au réveil, Evangeline découvrit Hazel sur le sol entre leurs couchettes, courbée au-dessus de fines herbes sèches, en train d'écraser des feuilles entre deux doigts.

« Qu'est-ce que tu fabriques ?

— Je mélange des plantes pour un cataplasme. Ce marin pourrait mourir si l'infection s'installe. »

Hazel avait vu juste : l'homme avait une fracture sérieuse à la jambe. La convict chargée de lui apporter ses repas à l'infirmerie leur avait appris que l'homme délirait à cause de la douleur, se débattait et poussait des jurons. Ils avaient dû l'attacher au lit.

« Mais le médecin sait ce qu'il faut faire, non ? » dit Evangeline.

Pour toute réponse, Hazel posa sur elle son implacable regard gris, avant de rassembler sa préparation en tas sur un morceau de tissu qu'elle noua pour en faire un petit paquet.

Tôt dans l'après-midi, Evangeline réparait une voile avec un petit groupe de femmes convicts lorsqu'elle vit le docteur Dunne monter sur le pont principal, le visage sombre, puis disparaître derrière un coin.

Après avoir posé son aiguille et son dé à coudre, elle prévint sa voisine qu'elle se rendait aux latrines. Elle le rattrapa derrière un empilement de caisses, à l'abri des regards. Il se tenait au bastingage, le menton appuyé sur ses bras croisés.

« Comment va le marin ? »

Il leva les yeux.

« Mal. »

Elle aussi croisa les bras sur le garde-fou.

« Hazel, la fille qui…

— Je sais de qui il s'agit.

— Je l'ai vue broyer des herbes médicinales. Elle m'a dit que c'était pour un cataplasme.

— Elle n'est pas médecin.

— Bien sûr que non. Mais s'il n'y a rien à perdre…

— Seulement la vie d'un homme, répliqua-t-il d'un ton sec.

— Il souffre terriblement, d'après ce que j'ai compris. Quel mal y a-t-il à essayer ? »

Il secoua légèrement la tête, puis fixa son regard sur la ligne scintillante entre ciel et mer.

De retour dans le cercle des couturières, Evangeline le vit appeler Hazel, puis se pencher vers elle tandis qu'elle sortait un petit paquet de la poche de son tablier et l'ouvrait pour qu'il puisse l'inspecter. Il émietta les herbes médicinales entre ses doigts, les renifla, les goûta du bout de la langue, puis empocha le paquet et disparut le long de l'échelle.

Peut-être le résultat était-il anecdotique. Peut-être le blessé se serait-il remis dans tous les cas. Toujours est-il que, trois jours plus tard, il paressait dans un fauteuil en bois sur le pont principal, sa jambe dans une attelle posée sur un tonneau, à asticoter une convict aux boucles blondes et à rire franchement en réponse à ses reparties.

À bord du *Medea*, 1840

Le chirurgien-major avait du pain sur la planche : tous les lits de l'infirmerie étaient occupés. Insolation, mal de mer, diarrhée, délire, langues ulcéreuses, membres luxés… Il traitait la constipation avec du calomel, constitué d'un volume de chlorure pour six de mercure. Contre la dysenterie, il prescrivait de la bouillie de farine avec quelques gouttes d'une teinture d'opium et quelques gouttes de laudanum. Afin de réduire leur fièvre, il rasait la tête des femmes, un traitement qui les effrayait plus que le délire. Dans les cas de pneumonie et de tuberculose, il pratiquait des saignées.

La nouvelle du remède miracle de Hazel s'était répandue. Les convicts qui ne voulaient pas consulter le médecin, ainsi que celles qu'il renvoyait sans traitement, commencèrent à faire la queue pour la voir. Elle vola des herbes aromatiques au cuisinier et planta certaines des graines qu'elle avait introduites à bord dans une boîte remplie de fumier : de l'arnica contre les douleurs et les contusions, de la mandragore contre l'insomnie et de la menthe pouliot pour éliminer les grossesses non désirées. Pour soigner la dysenterie, elle recommandait des blancs d'œufs et du lait bouilli. En cas d'évanouissement, c'était une cuillère à soupe de vinaigre. Elle préparait une pâte avec du lard, du miel, de l'avoine et de l'œuf, destinée à apaiser les mains gercées et les pieds crevassés.

Un jour, en fin d'après-midi, alors qu'Evangeline s'était accoudée au bastingage, le docteur Dunne déclara avec humeur :

« Cette fille, Hazel, avec ses poudres et ses potions de sorcière… Je crains qu'elle ne fasse qu'aggraver les choses.

— Vous avez suffisamment à faire. Pourquoi est-ce que cela vous dérange ?

— Elle donne de faux espoirs aux femmes. »

Elle contempla les eaux claires et vertes. L'étendue était aussi lisse qu'un miroir.

« Un peu d'espoir ne peut pas faire de mal.

— Sauf si cela les encourage à se passer d'un véritable traitement médical.

— Le marin qui est tombé de la vergue s'est bien remis. Je l'ai vu grimper sur un mât.

— Corrélation, causalité… Qui sait ? »

Il pinça les lèvres.

« Il y a quelque chose chez cette fille… Une insolence. Je trouve ça… rebutant.

— Faites preuve de compassion. Imaginez-vous à cet âge-là, condamné à un tel destin… »

Il lui décocha un regard en coin.

« On pourrait dire la même chose de vous.

— Elle est bien plus jeune que moi.

— Quel âge avez-vous ?

— Vingt et un an. Enfin, plus que pour un mois. »

Elle hésita à lui retourner la question, elle n'était pas sûre que ce soit approprié.

« Et vous ?

— Vingt-six. Gardez cette information pour vous. »

Il lui adressa un sourire et elle le lui rendit.

« Hazel n'a pas eu une enfance facile. Elle n'a jamais vu… (Evangeline eut du mal à trouver les mots.)… ce qu'il y a de bon dans ce monde.

— Mais vous, si ?

— Dans une certaine mesure, oui.

— J'ai plutôt l'impression que votre vie est dure.

— Eh bien, oui… mais en vérité… commença-t-elle avant de prendre une grande inspiration. En vérité, j'ai été imprudente et impulsive. Je ne peux m'en prendre qu'à moi-même. »

Le vent se levait. La lumière du soleil se fragmentait en éclats étincelants sur les vagues. Durant quelques instants, ils gardèrent le silence.

« J'ai une question, dit-elle. Pourquoi quelqu'un choisirait d'être sur ce bateau s'il n'y est pas forcé ?

— Je me le suis souvent demandé, répondit-il avec un petit rire. L'explication la plus aisée à donner, c'est que je suis de nature fébrile. J'ai pensé que ce serait un défi intéressant à relever. Mais pour être honnête… »

Il lui raconta qu'il avait été un enfant timide. Il avait grandi à Warwick, un petit village des Midlands, avec un père médecin. En tant que fils unique, il était censé devenir son associé, puis lui succéder. Son père l'avait envoyé en pensionnat, une expérience détestable, puis à Oxford et au Royal College of Surgeons à Londres, où il s'était découvert, à sa grande surprise, une véritable passion pour la médecine. À son retour au village, après avoir acheté un charmant cottage et engagé une domestique, il avait agrandi et amélioré le cabinet médical. Vu qu'il était un bon parti, on l'invitait fréquemment à des dîners, des bals et des parties de chasse.

Et puis une catastrophe avait frappé : on avait amené au cabinet une jeune demoiselle issue d'une famille importante. Elle se plaignait de maux de ventre, était secouée de frissons et souffrait d'une forte fièvre. Le père du docteur Dunne, qui n'avait jamais eu affaire à une appendicite auparavant, avait diagnostiqué la typhoïde et prescrit de la morphine contre la douleur et un jeûne contre la fièvre, avant de la renvoyer chez elle. L'héritière était morte dans d'atroces souffrances, en vomissant du sang au milieu de la nuit, à la grande horreur de sa famille. Dans leur immense chagrin, ils avaient eu besoin d'un responsable sur qui rejeter la faute. Le médecin et son fils avaient été ostracisés ; le cabinet, ruiné.

Quelques mois plus tard, il avait reçu une lettre de son ancien compagnon de chambrée au Royal College of Surgeons. Le gouvernement britannique cherchait des médecins qualifiés pour ses vaisseaux de transport de convicts et les rémunérerait généreusement. C'était une gageure de trouver des médecins pour ces bateaux qui transportaient des femmes car, comme le lui avait écrit son ami : « Pour être franc, d'après la rumeur, ces navires sont des bordels flottants. »

« Une grossière exagération, comme je le sais maintenant, se hâta de préciser le docteur Dunne. Ou en tout cas… une exagération.

— Mais vous avez quand même signé.

— Il ne me restait plus rien au village. J'aurais dû tout reconstruire à un autre endroit.

— Vous regrettez votre décision ? »

Il lui adressa un sourire amer.

« Oui, tous les jours. »

C'était son troisième voyage. Il ne passait pas beaucoup de temps avec les marins, trop rustres, ni avec le grossier capitaine et son second – un alcoolique dont il avait déjà dû traiter les excès à plusieurs reprises. Il n'avait personne avec qui vraiment converser.

« Si vous pouviez faire un choix, lequel serait-ce ? » s'enquit-elle.

Un bras accoudé au bastingage, il tourna la tête vers elle.

« Ce que je ferais ? J'ouvrirais mon propre cabinet. Sans doute sur la Terre de Van Diemen. Hobart Town est encore une petite ville. Je pourrais recommencer à zéro.

— Recommencer à zéro, répéta-t-elle, une boule dans la gorge. Voilà qui me plairait. »

« Tu devrais te faire payer pour tes services, dit Olive à Hazel lors d'un des rares après-midi qu'elle passait loin de son homme. Tu laisses les gens profiter de toi.

— Et avec quoi elles me payeraient ?

— Ça, c'est pas ton problème. Tout le monde a quelque chose à échanger. »

Il s'avéra qu'Olive avait vu juste. Sous peu, Hazel fut en possession de deux couvertures en patchwork, d'une petite réserve de monnaie chapardée dans les malles des marins, de morue séchée, de biscuits d'avoine et même d'un oreiller, confectionné par une convict entreprenante qui plumait des oies pour les repas des officiers.

Hazel alluma un cierge dans un petit bougeoir en cuir muni d'une anse – un autre objet issu du troc – avant de sortir un sac qu'elle avait fourré sous sa couchette.

« Regardez-moi tout ça ! s'émerveilla Evangeline.

— Vous voulez quelque chose ? Servez-vous. »

Evangeline passa le contenu au crible, tandis qu'Olive regardait par-dessus son épaule. Deux œufs, une fourchette, une cuillère, une paire de bas, un mouchoir blanc… Mais enfin…

Evangeline prit le mouchoir et caressa la broderie du pouce.

« Qui t'as donné ça ?

— Aucune idée, répondit Hazel. Pourquoi ?

— Il est à moi.

— T'es sûre ?

— Oui, évidemment que je suis sûre. C'est un cadeau qu'on m'a fait. »

Evangeline lissa le mouchoir sur son matelas puis le plia en un petit carré.

« Qu'est-ce qu'il a de si spécial ? »

Olive tendit la main vers le bout de tissu et Evangeline la laissa le prendre. Elle l'approcha de la bougie pour l'observer.

« C'est des armoiries familiales ?

— Oui.

— Je suppose qu'il vient du mufle qui… lança Olive avec un geste vers le ventre d'Evangeline. C.F.W. Laissez-moi deviner… Chester Francis Wentworth », déclara-t-elle en prenant un accent prétentieux.

Evangeline rit.

« Presque. Cecil Frederic Whitstone.

— Cecil. Encore mieux.

— Il est au courant que tu es ici ? s'enquit Hazel.

— Je l'ignore.

— Mais il sait que tu portes son enfant ? »

Evangeline haussa les épaules. C'était une question qu'elle s'était posée maintes fois.

Hazel remit la chandelle sur le rebord de la couchette.

« Leenie… pourquoi est-ce que tu gardes ce mouchoir ? »

Evangeline songea à l'expression de Cecil lorsqu'il lui avait offert la bague. À l'enthousiasme juvénile qu'il avait exprimé à l'idée de la voir à son doigt.

« Il m'a donné une bague ornée d'un rubis qui avait appartenu à sa grand-mère. Il l'avait emballée dans ce mouchoir. Puis il est parti en vacances et le bijou a été trouvé dans ma chambre. On m'a accusée de l'avoir volé. Ils n'ont pas remarqué le mouchoir, alors je l'ai conservé.

— Il est rentré de son voyage ?

— Je suppose que oui.

— Alors pourquoi il a pas pris ta défense ?

— Je… j'ignore ce qu'il sait. »

Olive chiffonna le mouchoir dans son poing.

« Je vois pas pourquoi tu voudrais de ce bout de tissu ridicule alors qu'il t'a laissée en plan. »

Evangeline le lui reprit.

« Il ne m'a pas… »

Mais Olive n'avait pas tort : après tout, il l'avait abandonnée, non ?

Elle tritura les bords festonnés du mouchoir. Pourquoi donc désirait-elle garder ce morceau de tissu ?

« C'est… c'est tout ce qu'il me reste. »

Au moment où elle prononçait ces mots, elle sut que c'était la vérité. Ce mouchoir était le seul souvenir tangible qu'il lui restait de sa vie d'avant. Le seul objet qui lui rappelait qu'un jour elle avait été quelqu'un d'autre.

Olive hocha lentement la tête.

« Dans ce cas, tu devrais le cacher à un endroit où personne le trouvera.

— Il y a une planche mal fixée sous mon lit où je planque des petites choses, dit Hazel en repliant le mouchoir. Si tu veux, je peux le ranger là.

— Je veux bien, merci. »

La jeune fille glissa le morceau d'étoffe dans sa poche.

« Je le ferai plus tard, quand personne ne regardera. Qu'est-il arrivé à la bague ?

— Elle doit être au doigt d'une autre femme, sans aucun doute », déclara Olive.

À bord du *Medea*, 1840

Au cours des quelques semaines suivantes, le *Medea* passa au large du détroit de Gibraltar, puis de Madère, avant de franchir le tropique du Cancer, doubler les îles du Cap-Vert et poursuivre sa route vers l'équateur. En fin de matinée, le soleil était déjà brûlant et l'air, lourd et moite. Il n'y avait pas un souffle de vent. Si le navire progressait lentement, c'était en louvoyant, ce qui demandait beaucoup d'efforts aux marins. La température sur les ponts inférieurs dépassa les cinquante degrés ; il y faisait si humide que les détenues avaient l'impression de vivre dans une bouilloire.

« Ils nous font cuire vivantes », résuma Olive.

Un malaise nébuleux planait au-dessus du trois-mâts. Le nombre de malades augmenta. Certaines femmes avaient les pieds couverts de plaies noires suintantes, et tellement enflés qu'ils atteignaient le double de leur taille normale. Celles qui savaient lire ne quittaient pas leur bible et débitaient des versets de l'Apocalypse : *La mer rendit les morts qui étaient en elle, la mort et le séjour des morts rendirent les morts qui étaient en eux.*

Et du psaume 93 : *Plus que la voix des grandes, des puissantes eaux, des flots impétueux de la mer, L'Éternel est puissant dans les lieux célestes.*

Les détenues avaient le choix : elles pouvaient rester sur le pont principal et endurer l'impitoyable soleil, ou étouffer dans le faux-pont, irrespirable car la chaleur y accentuait encore la puanteur. Elles aéraient leur linge de lit, faisaient brûler du soufre et nettoyaient les surfaces avec du chlorure de chaux. Les marins, qui croyaient que la poudre à canon dissipait les vapeurs infectieuses, tiraient des coups de pistolet sur les ponts inférieurs. Le sommeil était la meilleure solution pour supporter la fournaise des entrailles du bateau. Néanmoins les convicts s'étendaient la plupart du temps sur le pont supérieur, en sueur, les paupières mi-closes face à l'implacable éclat de la lumière. À l'aide de toile de jute et de sacs de farine, elles se confectionnèrent des chapeaux pour abriter leurs visages. Certaines femmes, déjà instables au départ, se tapaient la tête contre les poteaux des couchettes ou contre les balustrades du pont principal, jusqu'à ce qu'on leur jette des seaux d'eau. Mais la plupart gardaient le silence. Parler demandait trop d'énergie. Même les animaux de ferme restaient allongés, la langue pendante.

Deux mois et demi après son départ de Londres, le *Medea* contourna les falaises dentelées et les sables immaculés du cap de Bonne Espérance, près de l'extrémité sud de l'Afrique, pour prendre la route de l'Est, vers l'océan Indien. L'état d'Ann Darter, la fille fragile dont le bébé avait péri à Newgate, s'aggrava. Lorsqu'elle décéda, Evangeline se fit un devoir d'assister à ses obsèques de fortune. La dépouille reposait sur une planche, dans un sac en toile de jute lesté et enveloppé d'un drapeau britannique. Tandis que deux matelots la maintenaient en équilibre sur le bastingage, le chirurgien-major prononça quelques mots :

« Nous confions cette détenue aux profondeurs, dans l'attente de la résurrection des corps, quand la mer rendra ses morts. »

Il adressa ensuite un signe de tête aux marins, qui firent basculer la planche. Le cadavre glissa sous le drapeau et plongea dans l'eau, où il flotta un moment avant de sombrer sous les vagues.

Evangeline fixa ce point. Les flots étaient du même noir iridescent que l'aile d'un corbeau. Une vie s'était éteinte. Et aucun des proches de cette fille, ni même aucune de ses connaissances, n'avait été présent. Combien de convicts avaient péri sur ces navires, loin de chez eux et de leur famille, sans personne pour les pleurer ?

Elle observa un requin qui nageait dans le sillage du vaisseau. Sa nageoire apparaissait par intermittence à la surface.

« Il sent la mort », lui dit Olive.

Le jour de lessive, quand le soleil disparut à l'horizon, Evangeline se trouvait encore au milieu du pont principal. Entre le mal de mer et la dysenterie, les vêtements et le linge de lit étaient davantage souillés, et les laver prenait plus de temps que d'ordinaire. Aussi c'était dans le gris du crépuscule qu'elle terminait d'essorer le coton mouillé, l'étendait sur le fil et l'accrochait avec des pinces en bois. Une lune pâle brillait au-dessus d'elle. Son dos et ses pieds la faisaient souffrir. Comme elle avait atteint son troisième trimestre de grossesse, son corps était large et ses mouvements, lents.

Tout à coup, alors qu'elle était penchée sur la lessive, elle entendit un son étrange. Un cri. Elle se releva, les sens en alerte. La grand-voile claquait au-dessus de sa tête. De l'eau clapotait à la proue.

Soudain, une voix de femme retentit : « Arrêtez ! Lâchez-moi ! »

C'était Hazel. Elle en était certaine.

Après avoir jeté sa lessive sur la corde à linge, Evangeline s'essuya les mains sur sa jupe et étudia les alentours. Pas âme qui vive. Puis un autre hurlement résonna. Elle pressa le pas vers la proue, à tribord, car il lui semblait que la voix venait de là, mais elle fut bloquée par un empilement de caisses. Sans attendre, elle fit demi-tour et longea le bastingage de l'autre côté. Elle finit par apercevoir deux silhouettes dans la pénombre.

En s'approchant, elle comprit avec horreur la scène dont elle était témoin : Hazel était penchée sur une barrique, la robe ouverte jusqu'à la taille et remontée sur les cuisses, la tête tordue sur le côté – et il y avait un homme derrière elle. Il lui fallut quelques secondes pour s'apercevoir qu'il tenait dans son poing le cordon rouge que la jeune fille portait autour du cou.

Affolée, Evangeline jeta un coup d'œil rapide autour d'elle et avisa une gaffe – une perche en bois pourvue d'un crochet en cuivre à son extrémité, qu'on utilisait pour attacher les voiles. Elle s'en empara et cria :

« Lâchez-la ! »

L'homme se tourna vers elle. C'était Buck.

« Ne sois pas stupide, gronda-t-il. Dans ton état, tu ne peux rien contre moi. »

Evangeline leva la gaffe au-dessus de sa tête.

Buck relâcha aussitôt sa victime, qui glissa sur le sol, haletante. Tandis qu'il marchait vers Evangeline, elle repéra la lame brillante et son manche irisé. Le canif de Hazel. Il avait dû le lui arracher.

Elle avança vers lui en brandissant son arme improvisée. De sa main libre, Buck tenta d'agripper la gaffe mais la manqua plusieurs fois avant d'empoigner le bout et de la tirer vers lui d'un coup sec. Evangeline s'effondra. Elle vit Hazel, derrière lui, qui couchait un tonneau à terre pour le faire rouler, en appuyant de ses deux mains. Le fût toucha Buck derrière les genoux. Quand il perdit l'équilibre, le couteau lui échappa et glissa sur le pont. Sans réfléchir, Evangeline se jeta dessus et en agrippa le manche.

Buck se hissa péniblement sur ses pieds.

Brandissant le canif devant elle, Evangeline se tourna pour lui faire face.

« Donne-moi ça. »

Il se précipita en avant et elle agita le couteau vers lui, à l'aveuglette. Alors qu'il tendait la main en direction de la lame, elle lui porta un coup au niveau du poignet et de l'avant-bras.

« Salope ! » cracha-t-il, courbé au-dessus de son membre d'où jaillissait du sang.

Buck tituba comme un animal blessé tout en jurant et en gémissant. Il essaya d'étancher l'écoulement.

« Va chercher de l'aide ! » cria-t-elle à son amie, qui se tenait désormais derrière elle.

Hazel rajusta rapidement sa tenue avant de se précipiter de l'autre côté de la proue.

Buck tomba à genoux. Sa chemise blanche était imbibée de sang. Evangeline se tenait au-dessus de lui, canif en main, et il lui fallut mobiliser tout son sang-froid pour se retenir de l'attaquer. Elle tremblait de rage et sa furie n'était pas uniquement dirigée contre Buck, mais contre tous les marins et les gardes qui traitaient les convicts plus mal encore que du bétail. Les sifflets grossiers et les attouchements, la brutalité quotidienne, les hommes qui considéraient avec arrogance qu'ils avaient droit à des privilèges… Elle en avait plus qu'assez. Elle s'aperçut également qu'elle était en colère contre Cecil. Il n'avait fait que jouer avec elle, l'avait utilisée à des fins égoïstes. La joie qu'il avait affichée en voyant le rubis de sa grand-mère au doigt d'Evangeline s'était résumée à une complaisance égocentrique : une occasion pour lui d'admirer ses deux précieux ornements, elle et la bague.

Buck pressait sa main intacte contre sa blessure en geignant. Elle l'observa avec indifférence alors qu'il berçait son bras comme un petit garçon. Peu après, elle entendit le martèlement de pas qui approchaient. Le chirurgien-major apparut, suivi de deux hommes d'équipage armés de mousquets. Lorsqu'ils aperçurent cette femme très enceinte avec une lame à la main, debout au-dessus d'un matelot blessé, ils s'immobilisèrent, bouche bée.

« Je vais prendre ce couteau, mademoiselle Stokes », dit le docteur Dunne, la main tendue.

Elle le lui donna et il le remit à l'un des marins.

« Ôtez votre chemise et déchirez-la en bandes », ordonna-t-il à l'autre homme qui s'empressa de lui obéir.

En silence, tous le regardèrent s'agenouiller devant Buck et garrotter la blessure. Quand il eut terminé, il se releva puis se tourna vers l'un des membres d'équipage.

« Y a-t-il quelqu'un au mitard ?

— Non, pas en ce moment.

— Enchaînez-le et emmenez-le en bas.

— Mais c'est elle qui m'a poignardé ! protesta Buck en levant son bras bandé.

— Oui, parce que vous l'avez attaquée.

— Allez, monsieur, tenta-t-il pour l'amadouer. C'était juste pour m'amuser un peu, c'était inoffensif.

— Ce n'était guère inoffensif, regardez-vous ! » répliqua le docteur Dunne.

Une heure après, Olive aida Hazel à se mettre au lit.

« Je suis étonnée que tu sois encore vivante, dit la première.

— Si je le suis, c'est grâce à elle », répondit la jeune fille en désignant Evangeline d'un signe de tête.

Celle-ci était étendue sur sa couchette, appuyée sur un coude.

« Y a pas si longtemps, ce genre de comportement était banal et personne sourcillait, reprit Olive en bordant Hazel.

— Oui, les hommes sont tellement plus civilisés, maintenant, ironisa Evangeline.

— Au moins, il est au mitard, fit remarquer Olive. Et il ne t'ennuiera pas de sitôt. »

Plusieurs jours après, il était toujours impossible d'ignorer que Buck s'était bien rendu coupable d'une agression : la frêle jeune fille accomplissait ses corvées en boitillant et arborait une ligne d'ecchymoses d'un violet profond sur le cou, un œil rouge tout enflé, ainsi qu'une lèvre fendue de la taille d'une saucisse.

Un marin déclara que le canif au manche de nacre lui appartenait et avait disparu quelques semaines plus tôt. Hazel expliqua au docteur Dunne que Buck s'en était servi pour la menacer, elle n'avait fait que le ramasser.

Le capitaine condamna Buck à vingt coups de fouet et vingt et un jours de mitard.

Une partie des femmes convicts vint assister à la flagellation en compagnie des marins. Lorsqu'on le fit monter sur le pont, Buck croisa le regard d'Evangeline et la fixa jusqu'à ce qu'elle détourne les yeux.

Une fois qu'il fut attaché au mât, elle se faufila hors de la foule et se rendit de l'autre côté du vaisseau, en essayant d'ignorer le sifflement du fouet et les grognements de douleur. Un jour prochain, elle donnerait naissance à son bébé, puis ce bateau accosterait et elle purgerait sa peine. Ensuite, peut-être, elle pourrait laisser toute cette histoire derrière elle. Elle serait encore jeune. Elle avait certaines compétences, après tout. Elle savait coudre, elle savait lire. Elle avait dans sa tête une cache remplie de poèmes, une chambre forte pleine des sermons de son père. Elle était capable de traduire du latin et de se rappeler en un rien de temps tous les mythes grecs étudiés dans son enfance. Tout cela devait bien compter pour quelque chose.

Elle repensa à ces deux dames raffinées qu'elle avait vues se promener dans Bailey Street, devant la prison de Newgate. Vêtues de corsets et d'habits de soie, elles étaient très attachées aux conventions et alarmées par tout ce qui sortait des limites de leur petit monde. Evangeline en savait plus sur la vie que ces femmes n'en sauraient jamais. Elle avait appris qu'elle pouvait supporter le mépris et l'humiliation – et trouver des moments de grâce au milieu du chaos. Elle avait pris conscience de sa force. Et voilà qu'elle se trouvait en chemin pour l'autre bout du monde. La gouvernante naïve qui avait passé les portes de Newgate quelques mois auparavant n'était plus. À la place, il y avait une femme nouvelle. Elle se reconnaissait à peine.

Elle s'était endurcie et avait l'impression d'être devenue aussi solide que de la pierre.

À bord du *Medea*, 1840

Dans les eaux de l'océan Indien, Evangeline découvrit des créatures dont jusque-là elle n'avait entendu parler que dans les livres : des dauphins et des marsouins qui bondissaient devant la proue et au loin, dans les embruns, des baleines à bec qui remontaient périodiquement à la surface. Un après-midi, elle remarqua des douzaines d'êtres translucides singuliers qui ondoyaient dans la mer. Certains ressemblaient à des demi-citrons, d'autres à des ombrelles qui s'illuminaient à mesure que le ciel s'assombrissait. Le vaisseau semblait glisser dans de la lave en fusion.

« Ce sont des méduses. »

Evangeline tourna la tête. Le docteur Dunne se tenait à côté d'elle, vêtu d'un pantalon noir et d'une chemise blanche au col ouvert.

« Des méduses ? répéta-t-elle avec un petit rire. C'est surprenant de vous voir sans votre uniforme. »

Il baissa les yeux sur sa tenue.

« Je viens de finir une opération chirurgicale. Une jambe gangréneuse.

— Oh mon Dieu… Vous avez dû amputer ?

— Oui, hélas. Il a attendu trop longtemps, comme ces marins ont tendance à le faire. Ils se croient invincibles. »

Le regard rivé sur la ligne de l'horizon qui tremblait dans la chaleur, elle lui demanda :

« Comment se porte M. Buck ?

— Il est assez… mécontent, comme vous pouvez l'imaginer. Ce que vous avez fait était très courageux, mademoiselle Stokes.

— Ou imprudent.

— Quand on fait preuve de courage, on est souvent imprudent. »

Elle leva les yeux pour croiser les siens. Ils étaient verts et surmontés de cils sombres. Soudain, une voix s'éleva derrière.

« Excusez-moi, monsieur. »

Le docteur Dunne se retourna sur-le-champ.

« Oui, marin ?

— Une convict est en train d'accoucher et ça n'a pas l'air de bien se passer. Pouvez-vous venir ? »

La convict en question n'était autre qu'Olive. Des heures plus tard, longtemps après qu'on eut enfermé les femmes pour la nuit, Evangeline entendait encore ses cris.

Le lendemain matin, après le petit déjeuner, Hazel et Evangeline faisaient les cent pas sur le pont.

« Ça dure beaucoup trop, déclara Hazel.

— Crois-tu pouvoir l'aider ?

— Je ne sais pas.

— Je vais le lui proposer, d'accord ? »

Evangeline descendit l'échelle à toute vitesse et pénétra dans les ténèbres de l'entrepont. Un marin posté devant les quartiers du chirurgien-major fit un pas de côté pour lui bloquer l'accès à la porte.

« Il faut que je voie le docteur Dunne.

— T'es une convict.

— Evangeline Stokes. Numéro 171. Pourriez-vous lui faire savoir que je suis là ? »

L'homme secoua la tête.

« Les convicts n'ont pas le droit d'entrer.

— C'est urgent. »

Il la dévisagea puis jeta un œil à son abdomen.

« Tu vas… commença-t-il en désignant son ventre du doigt.

— Non, non, dit-elle impatiemment. C'est… Je vous en prie, dites-lui que je suis là. »

L'homme secoua la tête.

« Il est occupé, ça ne s'entend pas ?

— Évidemment que si, ça s'entend très bien, justement. Je connais quelqu'un qui peut l'assister.

— Je suis sûr que le docteur s'en sort très bien tout seul.

— Mais…

— Arrête de me faire perdre mon temps ! la coupa-t-il tout en lui faisant signe de déguerpir. Tu le verras bien assez tôt. »

Ce jour-là, la chaleur leur parut insupportable. Le pont fraîchement lavé fumait, comme s'il s'agissait d'une plaque de cuisson. Hazel ouvrait sa bible, articulait silencieusement quelques lignes pour elle-même, puis la refermait. Evangeline travaillait à la couverture de son bébé en essayant de se concentrer sur chaque point.

Les cris d'Olive finirent par baisser de volume, avant de cesser complètement.

Evangeline regarda alors Hazel qui, la mine sombre, croisait et décroisait les doigts.

Elles n'échangèrent aucune parole. Il n'y avait rien à dire.

Le soleil glissa vers l'horizon, jusqu'à ce que son reflet forme comme une flaque lumineuse à la surface de l'eau, et disparut lentement. Quand vint le moment de faire descendre les convicts dans le faux-pont, Hazel et Evangeline s'accroupirent derrière la rangée de cages de poulets à la poupe.

Un marin passa à côté d'elles, et elles crurent d'abord qu'il ne les avait pas repérées. Malheureusement, il s'arrêta pour y regarder à deux fois.

« Hé, vous deux ! Ils sont en train de fermer l'écoutille.

— On attend le médecin, répondit Evangeline en posant les mains sur son gros ventre. Je… Le bébé arrive.

— Il est au courant que vous êtes là ?

— Pourriez-vous l'en informer ? »

Le matelot les dévisagea un instant, clairement indécis.

« Elle, elle n'a pas besoin de rester, dit-il en désignant Hazel.

— Elle est…, hésita Evangeline, incertaine quant à ce qu'elle devait révéler. Elle est sage-femme.

— Oh ! Ma tante aussi est sage-femme.

— Ah oui ? dit Evangeline avant d'afficher une grimace exagérée. Aïe, aïe, aïe. Pourriez-vous, s'il vous plaît… »

Alors qu'elles le regardaient traverser le pont puis descendre l'échelle, Hazel chuchota :

« Bien joué !

— Si seulement j'y avais pensé tout à l'heure ! »

Le marin réapparut quelques minutes plus tard, suivi d'un docteur Dunne au visage blême.

Evangeline s'avança.

« Est-ce qu'Olive…
— Elle se repose.
— Et le bébé ? s'enquit Hazel.
— Mort-né. J'ai fait ce que j'ai pu.
— Le cordon autour du cou », dit Hazel.

Il acquiesça. Il passa les mains sur les boutons de sa veste, jusqu'à celui du haut qui était ouvert et qu'il reboutonna.

« On m'a dit qu'une prisonnière était en train d'accoucher. C'était un mensonge ? »

Evangeline déglutit.

« Je crois que c'était… une fausse alerte. »

Il lui décocha un regard soupçonneux, puis se tourna vers le marin.

« Emmenez-les dans le faux-pont, toutes les deux. »

Olive apparut sur le pont l'après-midi suivant, blanche comme un linge, de profonds cernes sous les yeux. Evangeline lui apporta du thé, avec du sucre qu'elles avaient chapardé, et Hazel ajouta au breuvage des fleurs de camomille séchées qu'elle avait pilées.

« Pour apaiser tes nerfs », lui expliqua-t-elle.

Olive avait donné naissance à un petit garçon à la tignasse noire et aux ongles nacrés. Elle ne l'avait aperçu qu'un instant ; on l'avait vite recouvert d'une serviette et emporté. Elles ne demandèrent pas ce qu'il était devenu. Elles le savaient.

Olive se serra la poitrine et dit :

« Doux Jésus, j'ai mal.

— C'est simplement ton corps qui fait ce qu'il est censé faire. Je peux te donner quelque chose, proposa Hazel.

— Non, répondit-elle en secouant la tête. Je veux sentir la douleur.

— Pourquoi, Olive ? » demanda Evangeline.

Elle soupira.

« Je voulais pas de cet enfant. J'ai souhaité plusieurs fois en être débarrassée. Mais… il était parfait. Un parfait petit bébé. C'est Dieu qui me punit, conclut-elle, les larmes aux yeux.

— Non, c'est pas Dieu, affirma Hazel. C'est simplement comme ça, parfois. »

Evangeline hocha la tête. Elles gardèrent toutes le silence un instant.

« Eh bien, je ne sais pas si ça peut t'aider mais… commença finalement Evangeline, avant de prendre une grande inspiration. Quand on abat un arbre, on peut voir à quel point il est vieux grâce aux cercles concentriques à l'intérieur. Plus il y en a, plus l'arbre est robuste. Alors… j'imagine que je suis un arbre. Et chaque moment qui a compté pour moi ou chaque personne que j'ai aimée est l'un de ces cercles. (Elle plaça sa main à plat sur sa poitrine.) Tous sont là. Ils m'aident à tenir bon. »

Olive et Hazel échangèrent des regards dubitatifs.

« Je sais que ça paraît bête… Ce que j'essaye de dire, Olive, c'est que je pense que ton enfant est encore avec toi. Et il le sera toujours.

— Peut-être. »

En secouant la tête, Olive parvint à esquisser un petit sourire.

« J'ai jamais pensé être un jour comparée à un arbre, Leenie, mais de ta part, ça ne me surprend pas.

— Au moins, elle t'a fait sourire », dit Hazel.

À bord du *Medea*, 1840

Tout comme les marins, les prisonnières avaient appris à observer les variations du ciel. Ainsi, lorsqu'il vira au jaune blafard trois jours plus tard, elles surent qu'une grosse tempête se préparait. En début d'après-midi, on leur fit quitter le pont supérieur. Un vent violent agitait la mer : le navire glissait dans de profondes crevasses avant d'être porté au sommet d'une vague puis de s'enfoncer à nouveau. La foudre déchirait le ciel. Fouettés par la pluie torrentielle, les marins dérapaient sur le pont en se débattant avec les cordages et les poulies. Ils grimpaient aux haubans de misaine et se balançaient telles des mouches dans une toile d'araignée.

Dans le faux-pont du trois-mâts qui oscillait, soulevé par la houle, le plus grand chaos régnait. Les femmes tombaient de leur couchette. Elles gémissaient, en proie au mal de mer ; elles criaient et pleuraient, saisies de terreur. De l'eau s'infiltrait par les fentes du plafond et se déversait sur leurs têtes, des bibles volaient dans les airs, des enfants hurlaient… Evangeline attacha un coin de sa couverture à la tête de lit et coinça le reste tout autour d'elle pour former une sorte de hamac de fortune. Blottie contre la paroi, les doigts dans les oreilles, elle parvint contre toute attente à s'assoupir.

Quelques heures plus tard, une douleur fulgurante dans son abdomen la réveilla. Elle resta un moment immobile, indécise, à écouter le tambourinement de la pluie. Il faisait si noir qu'elle ne distinguait même pas les planches de la couchette supérieure.

« Hazel. »

Elle se pencha et tendit le doigt vers l'endroit où elle savait que la jeune fille se trouverait.

« Hazel ! chuchota-t-elle. Je crois que le moment est arrivé. »

Elle entendit un bruissement.

« Décris-moi la sensation, lui demanda Hazel d'une voix ensommeillée.

— C'est comme ce que j'ai fait à Buck. »

Son amie rit.

« Je ne plaisante pas, précisa Evangeline.

— Je sais. »

Au cours des quelques heures qui suivirent, alors que les vagues continuaient de marteler la coque et que le vaisseau tanguait toujours sur la mer agitée, Hazel l'aida à supporter ses contractions. « Inspire, lui répétait-elle. Souffle. » La douleur dans le ventre d'Evangeline montait en flèche puis déclinait. Quand on rouvrit enfin l'écoutille du faux-pont, Hazel lui fit monter les échelles.

« L'air frais te fera du bien », lui dit-elle.

Les femmes autour d'elles parlaient peu. Toutes savaient ce qui était arrivé à Olive.

Le ciel avait pris des teintes jaunes et violettes et le vent cinglait la mer sombre, rayée d'écume blanche.

Une forte odeur de sel flottait dans l'air. Alors que le bateau se soulevait et fendait les vagues, les marins resserraient les voiles en s'interpellant, du balcon avant vers le foc.

Hazel et Evangeline arpentèrent le pont. Lorsque la douleur s'intensifiait ou qu'il se mettait à pleuvoir, elles faisaient une pause. Quelques gorgées de thé, une bouchée de biscuit de mer. Des passages aux latrines. Une partie de whist pour passer le temps. Vers le milieu de l'après-midi, une clameur à la poupe attira leur attention : Buck était sorti du mitard. Les vingt et un jours étaient écoulés. Maigre et sale, il avait les cheveux hirsutes et les yeux caves. Il les toisa d'un air vicieux avant de cracher sur le pont.

« Monsieur Buck », dit une voix derrière elles.

Evangeline se retourna. Le docteur Dunne se tenait à quelques mètres, les mains croisées dans le dos.

« Restez à l'écart des prisonnières ou vous serez vite de retour au mitard. Vous êtes prévenu.

— J'ai rien fait ! » s'exclama Buck en levant les mains devant lui.

Ses lèvres se tordirent en un mauvais sourire et il déguerpit sans demander son reste.

« Chasse-le de tes pensées », recommanda Hazel à Evangeline.

Elle essaya, mais il n'était pas facile d'oublier le rictus menaçant du marin.

Le temps s'écoulait lentement. La douleur s'accentua, comme si Evangeline était serrée dans un étau brûlant. Elle tenait à peine debout.

« Je crois qu'elle est prête, annonça Hazel au chirurgien-major.

— D'accord, faites-la descendre. »

La jeune fille guida Evangeline le long de l'échelle jusqu'à l'entrepont. À l'intérieur du cabinet, derrière un paravent, elle l'aida à enfiler une blouse de coton. Après quoi, Hazel alla se planter dans un coin de la pièce, sans faire mine de partir. Le médecin ne lui dit pas un mot.

Baignant dans sa sueur, Evangeline délirait.

Le docteur Dunne commença à réclamer l'assistance de Hazel pour des petites choses. « Donnez-moi un linge humide… Épongez son front. » Elle lui apporta une bassine d'eau et un morceau de savon et, une fois qu'il se fut lavé les mains, lui tendit une serviette. Lorsqu'elle remarqua qu'Evangeline tirait sur le cordon rouge à son cou, Hazel le détacha puis le plaça sur une étagère.

Au bout de deux heures, l'accouchement ne progressait plus. Evangeline essuya ses larmes du dos de la main.

« Que se passe-t-il ?

— Il se présente par le siège, répondit le docteur Dunne en reculant sur son tabouret avant de se frotter le front avec son avant-bras.

— Ton bébé est spécial, lui expliqua Hazel en s'approchant. Il veut sortir les pieds en premier. »

Elle se tourna vers le médecin.

« Je peux aider ? Je sais comment faire pour le tourner. »

Il soupira, puis leva les mains, paumes vers le ciel, comme pour dire : *Bon, allez-y.*

Hazel, doigts écartés, palpa le ventre d'Evangeline.

« Quelque chose ne va pas avec le bébé ? » s'inquiéta celle-ci.

Elle sentit la main froide de son amie sur la sienne.

« Tout ira très bien, pour le bébé comme pour toi. Écoute-moi bien, d'accord ? Inspire. »

Elle s'exécuta.

« Expire. »

Elle souffla.

Hazel lui caressa les cheveux.

« Dirige-toi vers la douleur. Pense à elle comme à… une lumière qui guiderait ton chemin. »

Le médecin restait assis sur son tabouret, à observer.

Evangeline se soumit aux directives : elle respira, poussa quand son amie le lui demandait, et suivit la douleur comme s'il s'agissait d'une lanterne sur un sentier sinueux. Elle commença à pressentir l'arrivée des contractions, de plus en plus fortes, et se laissait porter par chaque vague de douleur jusqu'à son apogée, lorsque la souffrance devenait si aiguë qu'elle finissait par se transformer en une sorte d'euphorie. La pluie martelait le pont au-dessus de leurs têtes, étouffant les cris d'Evangeline. Elle sentit les petites mains de Hazel à l'intérieur d'elle, qui tournaient le bébé et l'encourageaient à descendre. À ce stade-là, elle ne savait plus si elle hurlait ou gardait le silence, si elle se tordait de douleur ou demeurait immobile. Et puis soudain… soudain… une délivrance. Un vide.

Le cri perçant d'un bébé.

Elle releva la tête.

Le temps s'arrêta. S'étira. Elle recouvra ses sens. Lui parvinrent le parfum de l'huile à baleine des lampes et de la graisse de mouton des bougies, l'odeur sucrée et métallique de son propre sang. Elle leva les yeux sur les larges poutres du plafond, maintenues en place par de longues pointes de fer. Et elle entendit le doux crépitement de la pluie sur le pont, les dernières gouttes de l'orage.

Debout à ses pieds, Hazel affichait son sourire de renard, des boucles auburn collées à son front moite. Son tablier était taché de sang. Dans ses bras, elle tenait un nourrisson nu dans une couverture.

« C'est une fille.

— Une fille », répéta Evangeline.

Elle se redressa sur ses coudes pour mieux la voir.

Le docteur Dunne plaça un oreiller dans son dos puis Hazel lui remit le petit paquet, léger comme une plume, et tout à coup elle rencontra les yeux sombres d'un bébé. Sa fille. La petite semblait la dévorer du regard. Avait-elle jamais été contemplée ainsi ?

« Tu as choisi un prénom ? s'enquit Hazel.

— Non, je n'ai pas osé me projeter aussi loin. »

L'enfant dans le creux de son bras, Evangeline inhala le parfum de levure de ses cheveux, caressa ses minuscules oreilles semblables à des coquillages et ses doigts qui lui faisaient penser à une anémone de mer. Avait-elle le nez de son père ? Possible.

Hazel lui fit signe d'ouvrir sa chemise, puis elle guida le nouveau-né vers le sein de sa mère et lui tapota la lèvre inférieure pour lui faire ouvrir sa minuscule bouche. Lorsque la petite s'accrocha à son mamelon, Evangeline eut l'impression qu'on tirait d'un coup sec sur un fil dans sa poitrine.

« Plus elle tétera, plus rapidement tu guériras », lui expliqua Hazel.

Comme Evangeline tenait la petite tête de son bébé dans sa main, son index rencontra une zone plus molle, au milieu du crâne. Surprise, elle leva les yeux vers le médecin. Il lui sourit.

« C'est pour que son cerveau puisse grandir. Ne vous inquiétez pas, ça se refermera.

— Pour que le cerveau puisse grandir ! Comment se fait-il que je ne le savais pas ? » s'émerveilla-t-elle.

Et elle songea à toutes les choses qu'elle n'avait jamais envisagées.

En début de soirée, elles se trouvaient toujours toutes les trois dans les quartiers du chirurgien-major. Le docteur Dunne était parti à l'infirmerie, auprès d'un marin atteint de la grippe. Evangeline tenait son bébé emmailloté dans une couverture. Quant à Hazel, assise dans un fauteuil avec le volume de *La Tempête* qu'elle avait pris sur l'étagère, elle lisait en articulant silencieusement les mots pour elle-même.

« Où en es-tu ? s'enquit Evangeline en pointant le livre du doigt.

— "Cette magie primaire, je l'ab… abjure, et quand j'aurai…" »

Elle s'interrompit.

« "Requis." Q-U se prononce comme un K. »

Hazel hocha la tête.

« Requis, répéta-t-elle. "Requis la musique du ciel, ce que je fais, en cet instant, afin qu'elle plie sous le charme de ses arpèges…"

— "Leurs sens à mon vouloir"…

— C'est sacrément difficile. "Vous m'avez appris le langage ; et tout le profit que j'en ai eu, c'est de savoir maudire."

— Bravo ! » la félicita Evangeline avec un sourire.

Hazel referma l'ouvrage.

« Comment tu te sens ?

— Endolorie. Et il fait si chaud ! Cette pièce est étouffante.

— Il fait toujours chaud ces jours-ci, même après la pluie. »

Evangeline reposa la tête sur son oreiller puis la secoua.

« Il faut que je prenne l'air. »

Elle regarda son enfant endormi dans ses bras.

« Avant qu'elle se réveille, ajouta-t-elle.

— Tu veux grimper à l'échelle maintenant ? s'étonna son amie, les sourcils froncés. Le pont sera glissant. Et il fait noir, là-dehors.

— Rien qu'une minute. »

Hazel posa le livre.

« Je vais t'accompagner, alors.

— Non, reste avec elle, s'il te plaît.

— Mais tu viens juste de…

— Je ferai attention, c'est promis. Je ne veux pas qu'elle reste seule. »

Evangeline posa les pieds à terre à côté du lit et Hazel l'aida à se lever. Soudain, elle eut le tournis et chancela en arrière.

« C'est pas une bonne idée, déclara son amie en l'étudiant du regard.

— Hazel, je t'en prie. "Faites à mes voiles le bien de votre souffle, sinon mon projet ne fut rien de bon." »

La jeune fille leva les yeux au ciel.

« "Vous voulez me gaver de vos bavardages quand je n'en ai ni l'esprit ni le cœur."

— Oh ! s'exclama Evangeline en se serrant les mains. Tu es ma meilleure élève !

— Et toi, mon meilleur professeur. Le seul, à vrai dire. »

Elle lui décocha un grand sourire qu'Evangeline lui rendit.

« Veille sur ma fille en mon absence, d'accord ?

— Elle dort. Tout ira bien. Reviens vite. »

Le ventre d'Evangeline était rond et flasque sous sa jupe, et ses pieds nus engourdis. Elle monta lentement, faisant une pause après chaque échelon pour reprendre son souffle. Une fois en haut, elle s'arrêta, les tempes battantes, et leva les yeux vers le disque de lumière dans l'obscurité veloutée. Le ciel avait beau s'être dégagé, l'air sentait encore la pluie. Elle prit une profonde inspiration et traversa le pont pour gagner le bastingage. De l'eau noire comme de l'encre bouillonnait sous le navire, scintillante sous l'éclat de la lune. Elle contempla la vaste étendue de la mer, si belle.

Un bruit soudain la fit se retourner.

Une silhouette se ruait vers elle. Un homme. Dans la faible lumière, elle reconnut ses cheveux blond-roux et ses bras nus, sa mâchoire anguleuse.

Buck.

En un instant, il fut sur elle, les mains sur ses épaules.

« Non, hoqueta-t-elle. Que faites… »

Il la poussa contre la balustrade.

« Tu vas payer. »

Elle sentit son odeur, un mélange d'alcool et de sueur. Sentit son souffle sur sa gorge. Il la projeta contre la rambarde à nouveau, avec une telle force que les clous en cuivre lui rentrèrent dans le dos. Ses jambes cédèrent, ses pieds dérapèrent. Puis, tout à coup, il l'attrapa par la taille pour la soulever, de plus en plus haut, jusqu'au-dessus du bastingage.

« Non, Non ! Qu'est-ce que…

— Arrêtez ! » hurla quelqu'un.

La voix de Hazel.

« Arrêtez ! »

Pendant un court instant, Evangeline resta suspendue sur le bois dur du garde-corps. Puis Buck la lâcha et le monde bascula. Elle poussa un hurlement alors qu'elle tombait, la tête la première, dans les ténèbres. Son bébé dormait, emmailloté, dans le cabinet du médecin et elle, elle tombait. Elle tombait dans le vide. Son esprit refusait d'y croire. Il était impossible qu'une telle chose lui arrive. Cela n'avait aucun sens.

Son épaule toucha l'eau en premier, avec un grand claquement, et elle éprouva une douleur fulgurante. Même si elle n'avait pas conscience de ce qu'elle faisait, et que ses jambes étaient emmêlées dans ses jupes, elle les remua instinctivement. *Je ne sais pas nager*, songea-t-elle, *j'ignore comment faire pour rester à la surface.*

Sa fille, sur le lit où elle lui avait donné naissance, toute seule…

J'ai laissé mon bébé couché là pour aller cueillir des myrtilles…

Elle s'enfonça lentement, mais son menton fut vite sous l'eau. Puis ses lèvres. Son nez, ses yeux. Elle tenta de discerner quelque chose dans l'obscurité floue. Le sel lui piquait les yeux. Elle remua frénétiquement les bras, se débattit dans sa robe, les yeux grands ouverts alors qu'elle luttait pour revenir à la surface, vers la lumière. Malgré tout, elle continuait à couler, flottant dans l'espace. *Dans une solitude extrême,/Sur l'Océan seul je restai.* Sa robe se souleva, comme si elle était aussi légère qu'un mouchoir… Le mouchoir blanc de Cecil ; lion, serpent, couronne… *Elle était belle comme la rose de Mai…* Tout était perdu. Perdu. La bague au rubis. Le mouchoir. Le disque d'étain sur le cordon rouge.

Dans les recoins de son esprit, elle se souvint d'une information qu'elle avait lue un jour à propos de la noyade : on est terrifié parce qu'on résiste, parce qu'on refuse d'accepter ce qui est en train d'arriver. Une fois qu'on a rendu les armes, ce n'est plus si pénible. On sombre simplement dans l'eau fraîche et on disparaît.

De nuit, de jour,/Je ne peux plus revoir ce qu'alors je voyais.

Elle ferma les paupières. Repoussant l'effroi qui l'envahissait, elle se retira plus profondément en elle-même. Elle était de nouveau à Tunbridge Wells, dans le vestibule du presbytère. Après avoir décroché son chapeau de la patère, elle ouvrit la lourde porte d'entrée pour sortir sur le perron de pierre, puis referma derrière elle. Un panier de paille au bras, elle s'engagea sur le sentier. *Il fut un temps où prés, rivières et bosquets,/Et tout spectacle familier de cette terre,/M'apparaissaient/ Parés de lumière céleste…* Elle suivit le chemin sinueux qui longeait la haie de troènes et de rosiers, jusqu'au vieux saule qui bruissait dans le vent. Elle entendit le son des cloches de l'église, les coups de bec d'un pic-vert sur un tronc, les aboiements d'un chien. Peu après, elle avait traversé le pont au-dessus du torrent qui menait à la piste de montagne rocailleuse. Dans l'herbe douce parsemée de chardons, des moutons paissaient. Son lieu préféré se trouvait juste au-delà du virage.

MATHINNA

« Les derniers Aborigènes ont été capturés il y a deux semaines environ et envoyés sur l'île Flinders, si bien que notre petite indigène est la seule à demeurer ici. Elle s'améliore, je crois, mais il faudra encore longtemps avant qu'elle soit complètement civilisée. »

Journal d'Eleanor FRANKLIN, 1840 ;
fille de sir John Franklin,
lieutenant-gouverneur de la Terre
de Van Diemen, 1837-1843

Government House, Hobart Town, 1840

Grande, les épaules voûtées, Eleanor Franklin avait un large front, des cils incolores et des cheveux jaunes, et elle était, effectivement, plutôt quelconque. Elle fut la première personne que Mathinna rencontra sur la Terre de Van Diemen à ne pas du tout s'étonner de sa présence. Sarah présenta Mathinna à Eleanor le matin suivant son arrivée, dans la nursery, et tout ce que celle-ci répondit, en désignant avec lassitude un bol d'œufs, fut :

« Oh ! Bonjour. Ils sont durs. J'ai horreur des œufs durs. »

Peu de temps après, tandis qu'elles mangeaient, elles entendirent l'intendante, Mme Crain, échanger à voix basse avec une femme âgée – Mlle Williamson, une gouvernante qui était venue d'Angleterre en même temps que la famille.

« Tenter cette expérience une fois, avec cet incorrigible garçon, fut amplement suffisant ! protesta la gouvernante. On ne peut pas s'attendre à ce que j'essaye d'éduquer un autre sauvage, c'est trop me demander !

— C'est ce que désire lady Franklin, cela ne dépend pas de moi, dit Mme Crain. Vous pouvez aborder la question avec elle, si vous le souhaitez. »

Eleanor leva alors la tête et les regarda.

« Je pourrais lui donner des cours, moi. Autant faire quelque chose de mon français, vu que je n'ai pas l'occasion de le parler. Et puis, je m'ennuie tellement, ici ! »

Ainsi donc, trois jours par semaine, Mathinna et Eleanor passaient trois heures ensemble dans la salle de classe, après le petit déjeuner. La fille du gouverneur traitait Mathinna de la même manière qu'elle traitait son chien, Sandy : avec sympathie mais aucune chaleur. Eleanor compensait ce qui lui manquait en intelligence par ses efforts : elle enseigna consciencieusement à Mathinna l'addition, la soustraction et l'écriture. Pendant toute une semaine, elle lui délivra une leçon sur l'architecture. Elle lui montra des images du style gothique, avec ses intéressantes gargouilles et ses grotesques, et du style classique, qui mettait l'accent sur les proportions et l'harmonie. À Hobart Town, la mode était au style géorgien. Un style insipide, d'après Eleanor, avec des toits en tuile et des murs extérieurs en grès. Comme Government House, le bâtiment où elles logeaient.

Eleanor lui décrivit également le fonctionnement du calendrier, comment les jours se transformaient en semaines puis en mois, puis en années. Et bien que Mathinna fût attentive, elle ne saisissait pas le principe. Sur l'île Flinders, le maître d'école gardait ouvert sur son bureau un agenda dans lequel il prenait des notes précises sur les saisons, les particularités météorologiques et ses promenades dans les environs. Or les anciens se moquaient de cette manie de rassembler des informations.

Ces colons ne savaient-ils donc pas que le temps n'avançait pas de façon linéaire, du passé vers le présent, mais qu'il était cyclique ? Que les esprits et les humains, les animaux et les plantes étaient liés à la terre, qui unissait ancêtres et descendants dans un moment éternel ? Mathinna commença à l'expliquer à Eleanor, aussi bien que ses souvenirs le lui permettaient, toutefois son interlocutrice regarda dans le vague en se triturant les ongles jusqu'à ce que Mathinna se taise.

L'étude du français eut davantage de succès. Elles s'exerçaient avec la collection de marionnettes d'Eleanor. Au bout de plusieurs semaines, leurs poupées – une princesse blonde vêtue d'une robe de bal bleu pastel et coiffée d'une tiare, et une servante en tenue bavaroise – conversaient :

« Bonjour, comment vous appelez-vous ?

— Bonjour, madame, je m'appelle Mathinna.

— Enchantée de faire votre connaissance.

— Merci, madame. Je suis moi aussi enchantée ! »

Avec le temps, Mathinna se mit à apprécier la mélodie de la langue. Elle lui paraissait logique et belle – bien plus jolie que l'anglais, qui était entaché par des contradictions exaspérantes et des formulations inélégantes. Une pièce de théâtre trouvait toutefois grâce à ses yeux. Elle commençait sur une lande écossaise avec des sorcières autour d'un chaudron, et le couple royal qui y apparaissait lui rappelait lady Franklin et sir John. Et elle aimait aussi celle qu'Eleanor avait souhaité qu'elles lisent à voix haute, qui racontait un naufrage sur une île perdue.

« Mais, bien que tu aies su apprendre, c'est un fait, déclama Eleanor dans le rôle de Miranda, il reste que ta race est vile, avec des instincts dont doivent se garder les bonnes natures, et c'est pour cela même, et à bon droit, que tu fus confiné dans ce rocher. Tu méritais bien pire qu'une prison ! »

Et Mathinna qui jouait Caliban répondait : « Comme je te disais, je suis l'esclave d'un tyran, d'un sorcier qui, par sa ruse, m'a dépossédé de cette île. »

Un matin, Eleanor fit tourner une sphère de bois et elle nomma les sept continents et les cinq océans.

« Là, dit-elle en désignant dans l'hémisphère nord une forme qui rappelait un kangourou, de l'autre côté du globe par rapport à la Terre de Van Diemen. C'est là que je suis née. »

Elle tapota Londres du bout du doigt, puis Paris, et Rome – toutes les villes importantes, lui dit-elle –, et suivit de l'index la côte dentelée de l'Afrique, jusqu'à l'extrémité sud, avant de traverser une grande étendue bleue.

« Voilà l'itinéraire que nous avons suivi pour atteindre ce lieu maudit. Nous avons passé quatre mois en mer ! »

Mathinna toucha le pays en forme de cœur. La Terre de Van Diemen. Puis, comme elle l'avait fait sur la carte du capitaine, elle retraça son propre voyage dans le sens inverse, le long du côté droit de l'île jusqu'au point minuscule où elle était née. Sur la carte du capitaine, la Terre de Van Diemen paraissait énorme et l'île Flinders, toute petite. Sur ce globe, elle n'était qu'un rocher dans l'océan, trop insignifiant pour avoir un nom. C'était comme si la terre qu'elle aimait et ceux qui la peuplaient avaient été effacés. Personne ne savait qu'ils existaient.

Dans ce nouvel endroit insolite, Waluka s'accrochait à sa maîtresse. La peur de l'animal faisait ressurgir l'instinct protecteur de Mathinna, ce qui la calmait. Il passait la plus grande partie de la journée à dormir dans une large poche de son tablier et, de temps en temps, il grimpait jusque dans son cou où il se blottissait et frottait son museau froid contre sa peau. Le soir, elle était censée le mettre dans une cage qu'on avait apportée exprès dans sa chambre, mais, après avoir fermé la porte et soufflé la bougie, elle ouvrait la grille et le laissait grimper sur son lit.

Elle passait le moins de temps possible dans sa chambre à coucher, avec sa fenêtre condamnée, où la flamme de la chandelle créait des ombres menaçantes. Les jours où il ne faisait pas trop chaud, lorsqu'elle n'étudiait pas avec Eleanor, elle flânait dans la cour pavée, Waluka dans sa poche. Elle regardait les palefreniers brosser et nourrir les chevaux, elle grattait le dos des cochons dans la porcherie et écoutait les commérages des domestiques convicts qui frottaient la lessive puis l'accrochaient sur la corde à linge à l'arrière de la demeure.

Tout le monde s'accordait généralement sur le fait que lady Franklin possédait l'entendement et l'ambition nécessaires pour gouverner cette colonie indocile, tandis que sir John, avec son titre de noblesse, apportait le prestige. Lorsque les bonnes parlaient de lui, c'était avec une sorte de condescendance. À leurs yeux, sir John était un sot qui s'attirait constamment des ennuis. Elles racontaient beaucoup d'anecdotes sur ses malheurs, comme la fois où il s'était rué hors de la maison en criant pour qu'on avance la voiture, avec seulement une moitié du visage rasé et l'autre encore couverte de mousse.

Elles se moquaient de sa façon de peigner les quelques mèches de cheveux qui lui restaient de manière à ce qu'elles lui couvrent le crâne. En gloussant, elles évoquaient son air comique lorsqu'il montait à cheval, avec sa bedaine qui débordait du pantalon et les coutures de son gilet près de se déchirer.

C'était en tant qu'explorateur que sir John avait connu la gloire. Pourtant, chacun de ses voyages avait été plus désastreux que le précédent. Une expédition au nord du Canada s'était terminée lorsque les survivants avaient dû manger leurs propres bottes, et peut-être même leurs camarades ; une autre, dans le cercle arctique, était allée de mal en pis jusqu'à ce que les membres restants abandonnent et rentrent en Angleterre. Ce fut à la vigoureuse campagne de lady Franklin qu'il dut d'être anobli, en récompense pour ces tentatives ratées.

L'attitude de lady Franklin vis-à-vis d'Eleanor était une autre source d'amusement. Eleanor était issue du premier mariage de sir John avec une femme malheureusement décédée à un très jeune âge ; lady Franklin, qui n'avait pas eu d'enfant, la tolérait mais peinait en sa présence à dissimuler son agacement. Quand elle ne pouvait pas éviter sa belle-fille, elle lui lançait des piques tout en prétendant se préoccuper d'elle : « Vous vous sentez bien ? Vous êtes pâle à faire peur. » « Ma chère, cette robe ne vous va pas du tout ! Il faut que j'en touche un mot à la couturière. »

Mathinna le constata elle-même, un jour qu'Eleanor et elles croisaient la femme du gouverneur dans un couloir.

« Votre posture, Eleanor, dit lady Franklin en ralentissant à peine. Vous ne voudriez pas qu'on vous confonde avec une fille de cuisine. »

À ces mots, Eleanor afficha la même expression que si on venait de lui envoyer un plein seau d'eau à la figure.

« Oui, madame », répondit-elle.

Une fois sa belle-mère hors de vue, elle se voûta exagérément, leva les coudes comme pour former des ailes et fléchit les genoux avant de se dandiner comme un pingouin. Mathinna éclata de rire.

Lady Franklin était si occupée, entre la réception de dignitaires, l'écriture de son journal, l'organisation de pique-niques en haut du mont Wellington et les courts séjours avec sir John, qu'elle n'avait pas de beaucoup de temps à accorder à Mathinna. Quelques fois dans le mois, elle invitait un groupe de femmes – des épouses de marchands et de fonctionnaires d'État – à prendre le thé et manger du gâteau dans le salon lambrissé de rouge et, en ces occasions, elle convoquait Mathinna pour faire étalage de ses compétences en français et de ses bonnes manières.

« Qu'aimeriez-vous dire à ces dames, Mathinna ? » lui demanda-t-elle lors de l'une de ces rencontres.

Mathinna fit consciencieusement la révérence puis répondit :

« *Je suis extrêmement heureuse de vous rencontrer toutes**[1].

— Comme vous pouvez le constater, la petite a incroyablement progressé, se vanta lady Franklin.

— Ou au moins, elle est douée pour l'imitation », fit remarquer l'une des invitées, cachée derrière son éventail.

Les dames posaient toujours de nombreuses questions. Mathinna avait-elle jamais revêtu de vrais habits avant

1. Les mots suivis d'un astérisque sont en français dans le texte.

sa venue à Hobart Town ? Mangeait-elle des serpents et des araignées ? Son père avait-il beaucoup d'épouses ? Avait-elle grandi dans une hutte ? Croyait-elle en l'occultisme ?

Elles s'émerveillaient de sa peau brune, retournaient ses mains pour inspecter ses paumes, tâtaient ses cheveux crépus et regardaient dans sa bouche pour confirmer que ses gencives étaient bien roses.

Mathinna en vint à redouter ces après-midi dans le salon. Elle n'aimait pas qu'on pose les mains sur elle, ni les entendre murmurer. Parfois, elle aurait voulu être blanche, ou invisible, afin d'éviter ces regards et ces chuchotements, ces questions impolies et condescendantes.

Quand les convives se lassaient d'elle, Mathinna s'asseyait dans un coin pour faire une partie de patience, un jeu qu'Eleanor lui avait enseigné. Tout en disposant les cartes devant elle, elle écoutait ces dames s'apitoyer sur les désagréments de leur vie, si loin de la civilisation. Elles ne parvenaient pas à se procurer ce qu'elles désiraient : des chapeaux Leghorn en paille de Toscane et des gants d'opéra pour enfants, des cadres de lit en acajou et des chandeliers en verre, du champagne et du foie gras… Elles se lamentaient de ne pas trouver d'artisans compétents ni de bons domestiques, et déploraient l'absence de divertissements comme l'opéra et le théâtre.

« C'est le bon théâtre qui nous fait défaut, précisa à ce sujet lady Franklin. Il est possible d'assister à une atroce représentation à Hobart Town chaque jour de la semaine. »

Elles s'inquiétaient aussi pour leur peau qui brûlait et se desséchait, se couvrait de cloques et de taches de rousseur, et souffrait des rougeurs et des piqûres d'insectes.

Ces Anglaises avaient tant de coutumes saugrenues ! Elles s'emprisonnaient dans des costumes élaborés : des corsets aux armatures en fanons de baleine, des chapeaux ornés de nœuds et de rubans, des souliers incommodes dont les talons pointus se disloquaient dans la boue et la terre. Elles mangeaient des repas extravagants qui irritaient leurs estomacs et les faisaient grossir. De surcroît, elles paraissaient vivre dans un état d'insatisfaction perpétuelle et ne cessaient de comparer leurs vies à celles de leurs contemporains à Londres, Paris et Milan. Pourquoi donc restaient-elles sur cette terre, se demandait Mathinna, si elles s'y sentaient aussi malheureuses ?

Tous les lundis matin sans faute, une voiture noire arrivait à Government House avec à son bord John Montagu, le ministre colonial, accompagné de son chien. Montagu était un homme dégarni qui affichait perpétuellement un air suffisant. Il portait une veste croisée au-dessus d'un gilet serré, une chemise à col montant et une cravate noire négligée. Son chien, une bête tout en muscles au long museau et aux petites oreilles pendantes, affichait son hostilité envers tout le monde sauf son maître, qui semblait ravi de cette agressivité. « Jip peut rattraper un kangourou en quatre foulées », se vantait-il à tout bout de champ. Selon la rumeur, il emmenait son chien lors de ses visites à Government House dans le but d'impressionner, voire d'intimider sir John, avec qui il entretenait une sourde rivalité.

Durant l'heure que durait la rencontre hebdomadaire entre les deux hommes, le chien rôdait dans la cour.

Un lundi, il attaqua une domestique convict qui accrochait le linge dans le jardin. Il attrapa sa jupe et la tira violemment à terre, lui fracturant le bras.

« C'est regrettable, déclara Montagu lorsqu'il apprit la nouvelle. Mais j'avais prévenu ces filles de la prison de rester hors du chemin de Jip. »

Par le passé, Mathinna s'était souvent couchée avec le ventre vide. Lorsqu'ils occupaient la Terre de Van Diemen, les Palawas avaient eu l'habitude de chasser et de chercher de quoi se sustenter du littoral jusqu'aux montagnes, mais l'île Flinders, plus petite, était principalement aride, et les missionnaires ne partageaient pas leurs victuailles. Dans la demeure du gouverneur, au contraire, les vivres abondaient, même si la plupart des aliments avaient un goût étrange. Mathinna y découvrit les côtelettes d'agneau et la purée de petits pois, les toasts froids qui tenaient droit sur un plateau en argent, et les petits grains de riz blancs qu'elle prit d'abord pour des asticots. Les Franklin buvaient à tous les repas une plante amère infusée dans de l'eau bouillante. Seul le sucre rendait le breuvage acceptable et Mathinna s'aperçut rapidement que le sucre donnait meilleur goût à tout.

Un dimanche, les Franklin demandèrent à Mathinna de se joindre à eux pour un déjeuner donné en l'honneur d'un évêque anglais, de sa femme et de leur petite fille. Autour des tourtes au faisan froides et de la cervelle de veau en gelée, l'homme d'Église demanda à Mathinna ce que les indigènes aimaient manger. Elle lui parla de la chasse aux puffins, de leur technique pour extraire les oiseaux de leurs trous avant de leur rompre le cou et de les jeter dans un feu. Elle expliqua comment ils arrachaient la plupart des plumes et crachaient le reste ensuite, lorsqu'ils mordaient dans la chair.

« Mathinna ! » s'écria Eleanor, choquée.

Sir John gloussa.

« Elle a tout à fait raison, vous savez. Pourquoi consommer certains oiseaux et pas d'autres ? Maints explorateurs ont péri à cause de ce genre de scrupules inutiles. »

Le reste de la tablée garda le silence. L'évêque affichait une expression de dégoût. Lady Franklin avait l'air horrifiée. Mathinna s'en voulut d'avoir oublié, pendant un bref instant, à quel point ces gens étaient singuliers. Elle aurait mieux fait de tenir sa langue.

« C'est faux, dit-elle à brûle-pourpoint. Je l'ai inventé. »

Après un moment de silence, l'ecclésiastique éclata de rire.

« Quelle créature étonnante ! s'exclama-t-il en se tournant vers sir John. Leur expérience est si éloignée de la nôtre que je pourrais croire tout ce qu'elle dit de son peuple.

— Peut-être est-il temps pour les filles de quitter la table ? suggéra lady Franklin. Sarah, pouvez-vous les emmener dehors pour qu'elles profitent de l'air frais ? »

Mathinna soupira. Il était déjà arrivé que lady Franklin invite les enfants de ses amis à jouer avec elle, et cela se déroulait rarement bien. Ils ne semblaient pas savoir s'ils devaient la traiter en égale, ou bien de la même manière qu'une servante, ou encore avec de la méfiance et une politesse forcée, comme si elle était un animal de compagnie susceptible de leur sauter dessus et les mordre.

Dès qu'elles furent dans le jardin, Mathinna détala et grimpa avec dextérité sur un gommier bleu. Tandis qu'elle se déplaçait en se tortillant sur les branches éléphantesques de l'arbre, la fille de l'évêque, Emily, vêtue de sa belle toilette du dimanche, frissonnait dans l'air frais. Mathinna la regarda au travers des feuilles en lambeaux et l'appela :

« Rejoins-moi !

— Ma maman ne me le permet pas. C'est trop dangereux », répondit Emily en la fixant, les yeux ronds.

Mathinna descendit.

« Tu veux faire quoi, alors ?

— Je ne sais pas.

— Tu aimerais voir mon opossum ?

— Je suppose… »

Mathinna le lui montra et Emily dit :

« Maman en a un. Mais il est mort. Elle le porte comme une fourrure autour de son cou. Il a toujours ses petits yeux noirs. »

Mathinna replaça aussitôt Waluka dans la poche de sa jupe. Il devenait clair que les choses qui la rendaient heureuse sur Flinders étaient ici considérées comme puériles, brutales et bizarres. Une jeune demoiselle n'était pas censée courir pieds nus et à moitié habillée, ni crier, le visage levé vers le ciel, ni escalader les arbres jusqu'à leur sommet, ni avoir un opossum pour animal de compagnie. Dorénavant, en présence d'inconnus, elle tiendrait Waluka à l'abri des regards. Et elle ne mentionnerait plus la chasse aux puffins. Elle garderait le silence concernant son passé.

Ce soir-là, dans l'obscurité de sa chambre, elle dansa de la même façon qu'elle l'avait fait sur le sable blanc de l'île Flinders, tout en gardant une main sur le petit dos de Waluka pour veiller à ce qu'il ne tombe pas de ses épaules. Sans doute, comme l'avait dit lady Franklin, serait-il plus facile pour elle de ne plus penser à l'île, d'oublier son peuple et leur mode de vie. Son existence dans cet endroit étrange en serait sûrement simplifiée. Et peut-être son terrible sentiment de solitude s'atténuerait-il.

Government House, Hobart Town, 1840-1841

Les Franklin donnèrent une fête sur un bateau pour les dix-huit ans d'Eleanor. Quelque temps après, à l'occasion du quarante-neuvième anniversaire de lady Franklin, sir John lui offrit une édition dédicacée d'*Oliver Twist* et un voyage à Melbourne. Puis lady Franklin organisa à son tour un grand banquet en l'honneur de son mari, pour son cinquante-cinquième anniversaire. Lorsque celui de Mme Wilson arriva, on lui accorda, avec tambour et trompettes, une journée de congé rémunérée.

Comme les Franklin ne connaissaient pas la date de naissance de Mathinna, et elle non plus, ils en avaient choisi une au hasard sur le calendrier : le 18 mai, exactement trois mois après son arrivée à Hobart Town. Quelques jours avant cette date, elle surprit Eleanor qui disait à lady Franklin :

« Mme Wilson pourrait au moins lui faire un gâteau. Elle aura neuf ans et elle est suffisamment grande pour s'en rendre compte.

— Ne sois pas stupide, répliqua sa belle-mère. Son peuple ne fait pas attention à ce genre de chose.

Ce serait comme commémorer le jour de naissance d'un animal de compagnie. »

Sauf que Mathinna se rendit parfaitement compte qu'on ignorait son anniversaire. Qu'on lui assigne une date de naissance pour ensuite lui en refuser la reconnaissance coutumière lui parut particulièrement cruel. Ce jour-là, elle révisa son français avec Eleanor. Cette dernière avait apparemment oublié que la journée revêtait une quelconque importance. Ensuite, elle mangea un déjeuner ordinaire dans la cuisine avec Mme Wilson et passa l'après-midi à vagabonder sur la propriété avec Waluka. Elle ne cessait d'espérer qu'on lui ferait la surprise d'un gâteau, mais les heures passèrent, et rien. Après le souper, qu'elle prit en solitaire, quelqu'un l'évoqua enfin. Ce fut Sarah, venue ranger du linge dans la chambre à coucher de Mathinna, qui déclara :

« J'ai entendu que c'était ton anniversaire. Personne ne dit rien pour le mien non plus… C'est juste une année de plus qui me rapproche du jour de ma libération. »

Contrairement à lady Franklin, sir John semblait sincèrement apprécier la compagnie de Mathinna. Il lui apprit à jouer au crib – qu'elle appelait le jeu du kangourou à cause de la façon dont les pions sautaient sur la planche – et la convoquait souvent en fin d'après-midi pour faire une partie. Il l'invitait également à se joindre à Eleanor et lui dans le jardin avant le petit déjeuner, à l'ombre des gommiers et des sycomores qui parsemaient la propriété, pour son petit tour du matin, comme il l'appelait. Au cours de ces promenades, il lui enseigna les noms des fleurs qu'ils avaient importées d'Angleterre : roses-thé blanches et roses, jonquilles, et lilas violets aux petites fleurs tubulaires.

Un matin, en arrivant dans le jardin, Mathinna trouva sir John à côté d'une boîte couverte d'un drap. Avec un moulinet digne d'un magicien, il ôta le tissu pour révéler une cage contenant un oiseau impressionnant, noir avec des taches jaunes sur la queue et les côtés de la tête.

« Montagu m'a offert ce satané cacatoès et je ne sais qu'en faire, dit-il en secouant la tête. Personne ne veut l'approcher. De temps à autre, il émet un bruit atroce, une sorte de… miaulement. »

Comme s'il avait reçu un signal, le volatile ouvrit le bec et un *Craaao Craaao* perçant en sortit. Sir John grimaça.

« Vous voyez ce que je veux dire ? J'ai fait quelques recherches et il s'avère que c'est un naturaliste britannique du nom de George Shaw qui a découvert cette espèce. Il l'a appelée *Psittacus funereus* parce que, eh bien, comme vous pouvez le voir, on dirait l'oiseau habillé pour des obsèques. Le nom latin pose problème si l'on veut distinguer entre le cacatoès noir à queue jaune de l'Est et celui du Sud… enfin, bref. Quoi qu'il en soit, je ne peux pas m'en débarrasser.

— Pourquoi ne pas le laisser partir ? demanda Mathinna.

— C'est tentant, vous pouvez me croire, soupira-t-il. Seulement, il paraît que les créatures comme celles-ci, élevées en captivité, perdent leur capacité à survivre dans la nature. Et je peux difficilement me permettre d'insulter Montagu alors qu'il se charge de la discipline des convicts. Mais vous, vous semblez être parvenue à apprivoiser cet… »

Il fit un geste vers la poche de Mathinna, où le corps de Waluka formait une bosse.

« La vérité, c'est que votre peuple est plus en accord avec la nature que nous, les Européens. Vous êtes plus proches de la terre. Je vous confie donc cet oiseau.

— À moi ? Que souhaitez-vous que je fasse avec ? »

Elle scruta le cacatoès à l'air maussade qui sautillait d'une patte sur l'autre derrière les barreaux. Il attrapa un cône vert avec l'une de ses pattes avant de le fouiller du bec pour en sortir les graines. Sa crête, courte et d'un noir d'encre, lui donnait un air intimidant. *Craaao.*

« Eh bien… je ne suis pas sûr. Nous allons charger une bonne de le nourrir et de nettoyer sa cage. Vous pourrez… lui parler, je suppose.

— Vous ne pouvez pas lui parler, vous ? »

Sir John secoua la tête.

« J'ai essayé, Mathinna, vraiment. Nous ne parlons pas la même langue, lui et moi. »

Mathinna se trouvait dans la salle de classe avec Eleanor, à faire des exercices de calligraphie, quand Mme Crain passa la tête dans l'entrebâillement de la porte.

« Lady Franklin souhaite voir la fille dans son cabinet de curiosités. Vêtue de la robe rouge. Sarah l'a repassée et elle l'attend dans sa chambre. »

Le ventre de Mathinna se noua.

« Qu'est-ce qu'elle me veut ? s'enquit-elle, anxieuse.

— Ce n'est pas une question à poser, restez à votre place », répondit sèchement Mme Crain en lui décochant un sourire froid.

Lorsqu'elle eut quitté la pièce, Eleanor leva les yeux au ciel.

« Vous savez bien que Jane aime vous exhiber. Pour s'attribuer le mérite de vous avoir civilisée. »

Sarah aida Mathinna à s'habiller avant de l'escorter jusqu'au rez-de-chaussée.

« Ah ! La voilà. »

Lady Franklin se tourna vers un homme fluet et voûté, en manteau de laine noire, qui se tenait à côté d'elle.

« Qu'en pensez-vous ? »

Il pencha la tête vers Mathinna.

« Des yeux extraordinaires, vous avez tout à fait raison. Et la robe est splendide sur cette peau sombre.

— Ai-je mentionné qu'elle est la fille d'un chef ?

— Oui, vous l'avez mentionné, en effet.

— Mathinna, voici M. Bock, déclara lady Franklin. Je l'ai engagé pour faire votre portrait. Pour la science autant que pour l'art. Comme vous le savez peut-être, je nourris un vif intérêt pour la recherche scientifique, précisa-t-elle à l'intention de l'artiste.

— On le devine aisément, dit-il en jetant un coup d'œil circulaire sur la ménagerie empaillée.

— Je crois que le public sera très intéressé de voir ce qu'il reste d'une population indigène proche de disparaître de la surface de la terre, ne croyez-vous pas ?

— Euh… Eh bien… »

Le haut des oreilles de M. Bock s'empourpra légèrement tandis que son regard glissait vers Mathinna. Elle jeta un coup d'œil derrière elle pour voir s'il essayait de communiquer avec quelqu'un d'autre. Il n'y avait personne.

Oh ! Il était gêné pour elle.

Lady Franklin parlait comme si la fillette n'avait pas de sentiments ou ne comprenait pas la teneur de ses propos. Mathinna croyait y être devenue insensible, mais le fait que le peintre le remarque lui fit réaliser à quel point c'était insultant.

Durant une semaine, chaque après-midi, elle resta assise pendant des heures devant le chevalet de M. Bock, dans le salon le moins fréquenté par la famille. Il gardait le silence la plupart du temps et ne lui adressait la parole que pour lui ordonner de cesser de gigoter et de regarder ailleurs, ou lui rappeler qu'elle devait se tenir droite et laisser ses mains sur son giron. D'après Sarah, il se disait que M. Bock avait été un peintre célèbre en Angleterre, avant sa condamnation à la déportation pour vol de médicaments. L'idée qu'il pourrait être un ancien convict le rendait moins intimidant aux yeux de Mathinna.

Chaque jour, lorsque M. Bock la libérait, elle quittait la pièce sans regarder l'avancement du tableau. Elle avait vu les toiles sur les murs dans les appartements de la femme du gouverneur : des Aborigènes aux traits exagérés, aux nez bulbeux et aux yeux ronds comme des soucoupes. Elle craignait de découvrir quelle apparence elle pourrait avoir sur le tableau de l'artiste.

Le vendredi, à la fin de l'après-midi, il lui annonça qu'il avait terminé. Il fit chercher lady Franklin pour qu'elle puisse jeter un œil à son travail. Tête inclinée, elle examina minutieusement l'œuvre.

« Bravo, monsieur Bock ! Vous êtes parvenu à rendre son côté malicieux. Et cette chevelure laineuse… Qu'en pensez-vous, Mathinna ? Est-ce que ce portrait vous ressemble ? »

Mathinna descendit de son siège puis s'avança vers le chevalet d'un pas mesuré. La fille du tableau lui ressemblait, en effet. Les mains posées sur son giron, les pieds nus croisés et les lèvres légèrement retroussées, elle regardait directement la personne qui admirait la peinture avec de larges yeux marron, presque noirs. Toutefois, elle ne paraissait pas malicieuse, plutôt mélancolique. Elle avait l'air préoccupé, comme si elle attendait quelque chose, quelqu'un, au-delà de la toile.

Le cœur de Mathinna se serra.

L'artiste avait capturé une réalité dont elle n'avait pas eu conscience auparavant. Pour elle, porter la robe écarlate avait été comme un jeu, une mascarade élaborée. Ni sa mère ni aucune des femmes de l'île Flinders n'aurait endossé une telle tenue. Cet habit n'avait aucun rapport avec les traditions qui avaient bercé sa petite enfance ni avec le mode de vie du peuple qu'elle aimait. Cette robe était une imposture.

La vérité, c'était que son passé était en train de s'évanouir. Un an s'était écoulé depuis son arrivée à Hobart. Elle n'arrivait plus à se représenter le visage de sa mère. Elle ne parvenait plus à se rappeler la senteur de la pluie dans la crique, ni la sensation du sable sous ses pieds, ni les expressions des anciens autour du feu. Dans son lit, la nuit, elle articulait silencieusement des mots dans sa langue maternelle, mais elle aussi était en train de disparaître. *Mina kipli, nina kanaplila, waranta liyini. Je mange, tu danses, nous chantons.* C'était le vocabulaire d'une fillette de huit ans ; elle n'avait pas de mots à y ajouter. Même les chansons qu'elle avait connues un jour lui apparaissaient désormais comme des comptines dépourvues de signification.

À se voir sur la toile, elle mesura à quel point sa vie avait changé. À quel point elle se trouvait loin du lieu qu'elle avait un jour considéré comme son foyer.

Government House, Hobart Town, 1841

D'humeur massacrante, Mme Wilson râlait en déballant la livraison du jour, une collection aléatoire d'ingrédients que même une cuisinière expérimentée comme elle était bien en peine de transformer en repas.

« Des navets et de la viande pleine de cartilage ! »

Elle s'agitait dans le petit espace près des fourneaux tel un hérisson dans son terrier.

« Seigneur, qu'est-ce que je suis censée faire de ça ? »

En fouillant dans les paniers, elle finit par dénicher du céleri et quelques carottes molles.

« Je suppose que je peux préparer une tourte aux navets, bougonna-t-elle. Et la viande… Je vais en faire frire des morceaux, je ne vois pas d'autre solution. »

Comme de coutume, Mathinna était assise dans un coin de la cuisine, à broder un motif floral : des feuilles vert foncé et des fleurs roses en forme de cloche. Waluka était allongé en travers de ses épaules, son ventre chaud comme une bouillotte lui réchauffant la nuque. Elle regarda Mme Wilson rassembler les ingrédients, mettre du saindoux dans une poêle en fonte et couper des lamelles de viande grasse pour les jeter dans la poêle. Une bonne entra avec le plateau du déjeuner de lady Franklin, ce qui exaspéra la cuisinière encore davantage.

« Ne reste pas là à bayer aux corneilles. Donne-moi ça et sors d'ici ! »

Elle débarrassa un coin de la table pour y poser le plateau en désordre et chassa la domestique de sa cuisine.

Ni elle ni Mathinna n'avaient remarqué que le saindoux avait giclé sur les charbons du foyer et les avait embrasés. La pièce se remplit tout à coup de fumée. Mme Wilson poussa un cri et battit des bras.

« Ne restez donc pas assise là ! Aidez-moi ! »

Mathinna se leva d'un bond. Une flamme avait sauté de l'âtre vers le mur et léchait désormais une serviette qui séchait en hauteur. Elle puisa d'abord de l'eau dans la barrique avec une louche pour éteindre le feu, mais la manœuvre prenait trop de temps. Elle attrapa alors une pile de linge qu'elle plongea dans le tonneau, puis tendit les bouts de tissu dégoulinants à la cuisinière, qui les utilisa pour battre les flammes. Une fois la réserve de torchons épuisée, Mathinna utilisa un petit bol pour arroser le feu. Il fallut plusieurs minutes avant qu'elles parviennent, en travaillant toutes les deux fébrilement, à maîtriser l'incendie.

Une fois le feu éteint, elles restèrent debout au milieu de la pièce, entourées de tas de torchons trempés, à examiner le mur au-dessus de la cheminée, encore plus noir que précédemment. Une main sur la poitrine, Mme Wilson lâcha un grand soupir.

« Quelle bonne idée vous avez eue, Mathinna ! On a de la chance qu'il me reste encore une cuisine où travailler. »

Mathinna l'aida à nettoyer et à ranger. Elles jetèrent le linge mouillé dans l'évier, passèrent la serpillière sur le sol devant le foyer, puis débarrassèrent la table. Lorsqu'elles eurent terminé, Mme Wilson demanda :

« Où a bien pu passer cette créature qui est toujours avec vous ? »

Instinctivement, Mathinna porta la main à son cou. Bien entendu, Waluka ne s'y trouvait plus. Il avait dû se faufiler quelque part lorsqu'elle s'était levée subitement un peu plus tôt, malheureusement elle n'en avait aucun souvenir. Elle le chercha dans le panier en jonc, sous le vieux garde-manger en bois, derrière le buffet où on rangeait les bols.

« Il s'est déniché une cachette, sans aucun doute », lui assura Mme Wilson.

Il restait pourtant introuvable.

Mathinna sentit soudain un grand froid l'envahir – une angoisse qui lui donna mal au cœur. Waluka ne s'éloignait jamais d'elle. Il avait peur de tout. Seulement, l'incendie… le tumulte… Elle tourna les yeux vers la porte, que la cuisinière avait ouverte en grand lorsque la pièce s'était emplie de fumée. Elle distinguait quelque chose… quelque chose dans la cour.

Comme en transe, elle passa le seuil et sortit dans l'air frais. Alors qu'elle se rapprochait en trébuchant sur les pavés, ses yeux restaient rivés sur la petite masse blanche.

Des poils emmêlés, un filet rouge.

Non…

Mathinna tomba à genoux devant le corps moite, un peu visqueux, désarticulé, ses yeux sans vie à demi clos.

Elle entendit un grognement animal, et puis un cri :

« Dégagez de là ! »

Elle leva la tête, sa vision rendue floue par les larmes. Le chien de Montagu courait vers elle, ventre à terre. Une chaîne cliquetait sur les pavés derrière lui et son maître le poursuivait avec de grands gestes frénétiques.

« Nom de Dieu, éloignez-vous de cette chose ou Jip vous mangera aussi ! »

Mathinna prit le petit opossum dans ses mains. Il était encore chaud.

« Waluka, Waluka », gémit-elle en se balançant d'avant en arrière. Lorsque le molosse s'arrêta devant elle en grondant, elle se leva, chancelante. Soudain, elle fit un pas vers le chien en lui montrant les dents. Un grondement puissant la traversa, si fort que tout son corps vibra. Elle hurla jusqu'à ce que le chien recule et que les domestiques convicts laissent tomber leurs paniers ; jusqu'à ce que Mme Crain surgisse par la porte de service et que Mme Wilson traverse la cour au pas de course ; jusqu'à ce que même lady Franklin apparaisse sur le balcon au-dessus du salon vert, l'air légèrement irrité, pour identifier la cause de ce tapage.

Des mois durant, Mathinna sentit le fantôme de la présence de Waluka. Le poids de son corps sur ses épaules, son ventre doux et chaud, son souffle contre sa nuque. La sensation de ses pattes sur sa peau quand il remontait l'un de ses bras pour redescendre sur l'autre. La crête osseuse de sa colonne vertébrale lorsqu'il était étendu à côté d'elle dans le lit. L'opossum avait été son dernier lien avec l'île Flinders – les battements de son cœur la reliaient à sa mère, à son père, à Palle, aux anciens autour du feu… Et désormais ce cœur ne battait plus.

Tant de pertes s'étaient empilées, les unes au-dessus des autres, et ce fardeau lui pesait énormément.

« C'était sans doute pour le mieux, avait dit lady Franklin. Ce genre d'animal sauvage n'est pas censé être domestiqué. »

Eh bien, peut-être la femme du gouverneur avait-elle raison. Il se pourrait que ce soit pour le mieux. Sans lui, peut-être arriverait-elle enfin à laisser l'île Flinders derrière elle, mettre de côté les quelques souvenirs qu'il lui restait et embrasser son nouveau rôle, celui de la fille du portrait dans la robe de satin rouge. Ce serait un soulagement de lâcher prise, songea-t-elle. Elle s'habituerait aux souliers rigides, elle avalerait sans rechigner les plats en gelée… Elle ferait la conversation en français et, pour connaître la date du jour, consulterait un calendrier. Elle était lasse de se sentir tiraillée entre deux mondes. C'était dans ce monde-ci qu'elle vivait, désormais.

HAZEL

« Quant aux femmes, c'est un triste fait mais c'est pourtant bien vrai : la grande majorité d'entre elles sont tout à fait incorrigibles. Elles sont en effet les plus indignes et les plus dépravés des êtres ! Aucune gentillesse ne peut les apaiser, aucune démonstration d'indulgence ne gagne leur reconnaissance ; et il est admis par tous qu'elles sont infiniment pires que les hommes ! »

Lieutenant BRETON,
Excursions in New South Wales,
Western Australia and Van Diemen's Land
During the Years 1830, 1831, 1832, and 1833

À bord du *Medea*, 1840

Ce dont Hazel se souviendrait le plus clairement – et qu'elle n'oublierait jamais –, c'était l'image du bas de la robe d'Evangeline penchée au-dessus du bastingage et de ses bras battant l'air. Son cri incrédule lorsqu'elle avait basculé par-dessus bord. La fureur glaciale sur les traits de Buck lorsqu'il s'était retourné, surpris par le hurlement de Hazel. Son cœur qui cognait fort dans sa poitrine, en proie à la confusion et à l'horreur.

Après la chute d'Evangeline, ce fut le chaos. Elle entendit les appels du médecin derrière elle. Vit deux hommes d'équipage se précipiter pour appréhender Buck tandis que deux autres se penchaient pour regarder en bas. Dunne retira sa veste sur-le-champ et se préparait à sauter quand le capitaine le réprimanda :

« Docteur Dunne ! Reculez, monsieur.

— Alors un membre de l'équipage doit y aller, répliqua le chirurgien-major, un nageur expérimenté…

— Je ne demanderai à aucun de mes hommes de risquer sa vie pour une convict. »

Une fois que tous les hommes eurent quitté le pont, Hazel resta au bastingage avec Dunne pendant ce qui lui parut être des heures. Ils scrutèrent l'eau scintillante, sans rien dire, démunis. Était-ce un morceau de tissu qui flottait, là, juste sous la surface ? Des cheveux ?

La mer sombre et silencieuse ne leur dévoila rien. Aucun signe d'elle. Evangeline s'en était allée.

Pendant des années, Hazel rêverait d'Evangeline sous l'eau. Les ténèbres glaciales. Le silence insondable.

Un gémissement leur parvint, en provenance de l'entrepont.

Hazel et Dunne se regardèrent. Le bébé. Ils l'avaient complètement oublié.

De retour dans le cabinet du chirurgien-major, Hazel serra le nourrisson emmailloté contre sa poitrine et tenta de le calmer.

« Il faut la nourrir.

— Du lait de chèvre devrait faire l'affaire. Nous pouvons le mélanger à de l'eau et un peu de sucre.

— Ce serait mieux de lui donner du lait maternel. »

Le recours à une nourrice était courant à Glasgow où la mortalité infantile était élevée et où les mères des enfants morts apprenaient que leur malheur pouvait au moins leur rapporter un peu d'argent. Toutefois, à bord du navire, il n'y avait pas de nourrice.

« Oui, bien sûr, mais… »

Hazel le fixa sans dire un mot. Olive avait donné naissance moins d'une semaine auparavant. Il hocha la tête : il avait eu la même pensée. Oui, il leur fallait essayer.

Dunne trouva un marin pour ouvrir la trappe du faux-pont. Un bougeoir en main, Hazel descendit le couloir étroit jusqu'à la couchette d'Olive. Depuis qu'elle avait perdu son bébé, celle-ci était morose, repliée sur elle-même. Elle avait abandonné le lit de son marin et réintégré le sien, tel un animal qui va panser ses plaies. Hazel la trouva recroquevillée sous sa couverture, face au mur. Elle ronflait légèrement.

Elle lui tapota le dos et, n'obtenant aucune réponse, saisit son épaule pour la secouer.

« Crénom, qu'est-ce qu'il y a ?

— On a besoin de toi. »

Olive se tourna. La lumière vacillante de la bougie projetait des ombres macabres sur son visage. Elle dévisagea Hazel attentivement.

« Tu… pleures ?

— C'est… c'est Evangeline. »

Olive ne posa pas d'autre question. Elle descendit de sa couchette, prit sa couverture pour la draper sur ses épaules telle une cape, puis suivit Hazel entre les rangées de femmes assoupies, sur l'échelle et jusqu'aux quartiers du chirurgien-major.

Lorsqu'elle vit Dunne bercer le nouveau-né, Olive s'arrêta net.

« C'est le bébé d'Evangeline, lui apprit Hazel.

— Je ne savais pas qu'elle était prête à…

— Tu as été un peu préoccupée. »

Le regard d'Olive passa de l'un à l'autre.

« Elle est où, alors ? »

Il n'y avait pas de manière facile de le dire.

« Elle est partie, Olive, répondit Hazel.

— Comment ça, "partie" ? »

Hazel parvenait à peine à y croire elle-même. C'était si incompréhensible…

« Buck l'a poussée par-dessus bord. »

Olive regarda Dunne comme si elle s'attendait à ce qu'il contredise Hazel.

« Hélas, j'ai bien peur que ce ne soit vrai, confirma-t-il.

— Non… lâcha-t-elle en posant une main sur son front.

— Elle est tombée et n'est jamais remontée à la surface, commença Dunne avant de déglutir. J'ai voulu plonger pour la chercher, mais…

— Pas la peine d'expliquer », l'interrompit Olive, les larmes aux yeux.

Ils gardèrent le silence un instant, pour tenter d'assimiler l'énormité de la situation. Evangeline avait été là, avec eux, et voilà qu'elle n'était plus. Sa vie avait si peu de valeur qu'on n'avait même pas essayé de la secourir.

Olive renifla avant d'essuyer une larme du dos de la main.

« Qu'ils aillent au diable ! »

Dans les bras du médecin, le bébé poussa une plainte qui ressemblait au bêlement d'un agneau.

Dunne regarda Hazel, puis de nouveau Olive.

« La petite a faim. Elle a besoin d'une nourrice. »

Olive le toisa en plissant les yeux.

« J'ai pensé… Eh bien, Mlle Ferguson et moi nous demandions…

— C'est une fille, dit Olive.

— Oui.

— Vous voulez que je le nourrisse. Que je la nourrisse.

— Oui. »

Elle le foudroya du regard.

« Vous n'avez pas pu sauver mon bébé, mais maintenant vous voulez que je sauve celui d'Evangeline ? »

Il pinça les lèvres. Il n'avait rien à répondre à cela.

« Toute cette histoire est terrible, Olive », intervint Hazel.

Olive secoua lentement la tête.

« Je crois pas qu'je peux.

— Mais…

— Vous devriez pas me le demander. Les bébés survivent sans le lait de leur mère, non ?

— Certains, oui, répondit Dunne. Beaucoup ne s'en sortent pas. »

Hazel savait que l'affection d'Olive pour Evangeline avait été sincère. Pourtant, tout comme la mère de Hazel, elle faisait passer sa survie avant tout.

« Je sais que ce ne sera pas facile. Mais… tu aurais des avantages, dit Hazel en jetant un regard à Dunne.

— Oui, confirma-t-il. De meilleures rations.

— Mon marin m'en procure déjà.

— Vous n'auriez plus jamais à nettoyer le pont. »

Un petit rire échappa à Olive.

« Je me débrouille déjà pour pas faire mes corvées. »

Elle s'éclaircit la gorge.

« Écoutez. Je voudrais aider. Vraiment. Le souci, c'est que mon marin veut que je lui revienne, et il ne voudra pas de nourrisson dans son lit.

— Tu n'as pas besoin de garder la petite avec toi, la rassura Hazel. Tu peux simplement lui donner le sein de temps en temps.

— Et où elle dormira ? »

Bonne question. L'enfant aurait besoin d'être allaitée au cours de la nuit. Si Hazel dormait avec elle dans le faux-pont, elles y seraient enfermées jusqu'au matin.

Dunne retroussa les lèvres, pensif, puis proposa :

« Mlle Ferguson peut rester avec l'enfant dans une cabine de l'entrepont et l'amener chez M. Grunwald quand il faudra l'allaiter. »

Un silence s'installa dans la pièce.

« Son bébé ne s'en tirera probablement pas, Olive, lâcha Hazel à brûle-pourpoint. Toutes les deux mortes, et sans raison… Tu lui donnerais une chance.

— Je sais même pas si j'ai encore du lait. »

Le médecin lui tendit la petite et Olive prit place sur le lit avec un profond soupir. Après quelques instants, elle ouvrit sa chemise de nuit. Hazel lui fit signe de se redresser et l'aida à positionner le nourrisson en l'inclinant légèrement. L'enfant eut peur et commença à se tortiller.

« Ça ne marche pas, s'inquiéta Olive.

— Tout va bien, l'apaisa Hazel. Il faut lui laisser un peu de temps. »

Elle tendit la main pour récupérer une goutte de lait sur son doigt puis le frotta sur les lèvres du bébé. Il agita alors la tête, le cou tendu, à la recherche de la source, et Hazel guida délicatement sa bouche jusqu'au sein d'Olive.

« C'est une drôle de sensation au début, je sais. Mais elle va s'habituer, et toi aussi. »

Olive regarda la petite qui tétait.

« Pauvre Leenie, dit-elle. Cette vie n'a jamais été pour elle, hein ? »

Hazel fut surprise d'éprouver un tel chagrin. Elle qui n'avait jamais été du genre à pleurer se retrouvait à sangloter dans son tablier. Elle prenait soin d'essuyer ses larmes avant que quiconque les remarque. Elle allait très bien, se répétait-elle. Après tout, elle connaissait à peine Evangeline. Elle n'aurait jamais dû s'autoriser à s'attacher ainsi à quelqu'un.

Pourtant, son cœur lui murmurait : *Non, tu ne vas pas bien.* Evangeline était la seule personne qui avait fait preuve de gentillesse envers elle. Hazel était écœurée.

Avant de rencontrer Evangeline, elle s'était demandé si elle aurait un jour un véritable lien affectif avec un autre être humain. Elle n'avait jamais connu cela auparavant, ou pas vraiment. Dans son enfance, elle avait ardemment souhaité ressentir la chaleur de l'amour maternel. Elle avait désespérément cherché son reflet dans les yeux de sa mère, mais n'y avait trouvé que le désir insatiable de celle-ci pour la boisson. Lorsque Hazel recherchait de la tendresse, sa mère s'éloignait. Quand elle pleurait, sa mère était agacée. Elle l'ignorait jusqu'à ce qu'elle ait elle-même besoin de quelque chose, et même dans ces moments-là il était rare que son regard se pose sur le visage de sa fille.

Avec le temps, Hazel avait fini par avoir l'impression de ne pas vraiment exister, d'être presque invisible.

Plutôt que de leur procurer des vivres, sa mère achetait du rhum. Elle sortait pendant des heures, laissant Hazel seule dans cette ruelle de Glasgow où elles occupaient une chambre froide et sombre, tandis que le feu s'éteignait. Hazel apprit à se débrouiller toute seule : elle passait Kelvingrove Park au peigne fin en quête de branches pour alimenter le poêle, elle dérobait des vêtements sur des cordes à linge dans les jardins et de quoi manger sur les tables des voisins. En chemin pour rentrer, comme elle passait à côté d'épaisses vitres derrière lesquelles brillait la lueur des bougies, elle imaginait les vies heureuses qui se déroulaient à l'intérieur, tellement éloignées de la sienne.

Avec le temps, une colère profonde s'installa en elle. C'était la seule émotion qu'elle se permettait d'éprouver. Sa rage lui servait de carapace, elle protégeait sa douceur intérieure comme la coquille d'un escargot. Amère, elle regardait de loin sa mère poser délicatement les mains sur les filles et les femmes qui venaient la consulter. Elles portaient leur honte devant elles, ces ventres gonflés révélateurs. Les yeux écarquillés par la terreur ou las de tristesse, elles craignaient que la mort ne les fauche, que leur enfant ne périsse, qu'il ne vive… Elles payaient le prix de sentiments mal placés, d'impairs commis alors qu'elles étaient ivres, ou d'avances prédatrices venues d'hommes qu'elles ne connaissaient pas – ou, pire, d'hommes qu'elles connaissaient. La mère de Hazel apaisait leurs craintes et leurs douleurs. Elle les traitait avec une gentillesse et une compassion dont elle ne faisait jamais preuve envers sa propre fille, qui l'observait dans l'ombre.

Désormais, face au bébé sans défense d'Evangeline, Hazel avait envie de se détourner, de se réfugier dans sa coquille. Elle n'était pas responsable de cette enfant, elle ne lui devait rien. Si elle choisissait de ne pas s'en occuper, personne ne lui en voudrait. Elle savait que c'était une erreur de s'autoriser à éprouver des sentiments… n'est-ce pas ? Elle se retrouvait de nouveau au même point, abandonnée.

Cependant, il s'agissait de la fille d'Evangeline. Et cette enfant était seule au monde. Comme elle.

La convict n'était pas saine d'esprit, prétendit Buck face au capitaine. Elle s'était montrée vindicative, une vraie cinglée. Il n'avait fait que la repousser alors qu'elle se jetait sur lui. C'était de la légitime défense. Il n'avait pas voulu la faire tomber par-dessus bord.

Hazel, le seul témoin, raconta au capitaine ce qu'elle avait vu.

« C'est la parole d'une détenue contre celle d'un marin, fit remarquer ce dernier, pensif.

— Je peux corroborer, intervint Dunne. Je suis arrivé juste après.

— Vous n'avez pas vraiment été témoin de la scène. »

Dunne lui adressa un sourire crispé.

« Comme vous le savez, capitaine, Buck est un criminel déjà condamné. Avec un passé violent et un mobile de vengeance. Mademoiselle Stokes venait juste de donner naissance à son bébé. Elle n'était pas en état, ni physique ni émotionnel, de l'attaquer. Et pourquoi l'aurait-elle fait ? Il avait déjà été puni pour son crime. Justice avait été rendue. »

Le meurtrier reçut trente coups de fouet, et cette fois Hazel et Olive se placèrent au premier rang en compagnie du chirurgien-major pour le regarder se tordre de douleur en gémissant. La foule se dispersa dès que les coups de fouet cessèrent. Mais tous les trois restèrent pendant qu'on détachait Buck du mât. Les rayures sur son dos gonflaient déjà et du sang s'en écoulait.

Hazel croisa son regard et il la toisa d'un air maussade.

« Que lui arrivera-t-il ? demanda-t-elle à Dunne tandis qu'on emmenait le criminel.

— Il restera au mitard jusqu'à ce qu'on accoste. Ensuite, une cour de justice décidera de son sort. Il sera certainement envoyé au pénitencier de Port Arthur, et pour longtemps. »

Se tenir là, comme une sentinelle, pour être témoin de l'humiliation et du tourment de Buck, rasséréna le cœur de Hazel. Pourtant, la douleur causée par la perte d'Evangeline n'en fut pas amoindrie.

Désormais, lui apprit Dunne, son unique tâche consisterait à prendre soin du nourrisson. Il l'installa dans une petite pièce à côté de l'infirmerie, où elle passait la nuit avec le bébé. Elle récupéra un tiroir de commode qu'elle mit près du lit, en guise de berceau. Elle avait presque oublié comment c'était de dormir sur un vrai matelas, avec des draps de coton propres et une couverture qui n'irritait pas la peau, de pouvoir allumer une lampe à huile quand elle le désirait, et faire ses besoins en privé.

À mesure que les jours passaient, Olive s'accoutuma, elle aussi, à son nouveau rôle. Lorsque les deux femmes s'asseyaient ensemble l'après-midi, Dunne leur apportait des prunes bouillies, des tartes aux fruits secs et de la viande de mouton fraîche : des mets délicats interdits aux prisonnières et à la plupart des marins, car réservés à l'état-major.

« Le capitaine est au courant que vous nourrissez les animaux ? » s'enquit un jour Olive tandis qu'elles dégustaient du thé sucré avec un nuage de lait et des tartines à la confiture de mûre.

Le médecin rit.

« Il n'a pas son mot à dire sur la question.

— Je suppose que ce sera différent une fois qu'on aura débarqué, fit remarquer Olive tout en étalant du beurre sur son toast.

— C'est certain. Profitez-en tant que vous le pouvez. »

Au début, Hazel et Dunne étaient méfiants et prenaient soin de rester cérémonieux l'un envers l'autre. Elle le trouvait toujours trop cavalier et arrogant, et lui hésitait encore à la prendre au sérieux. Néanmoins, avec le temps, il commença à s'entretenir avec elle au sujet de ses patients, et même à lui demander son opinion sur leurs traitements. Elle ignorait si elle avait gagné son respect durant l'accouchement par le siège ou si ce changement d'attitude était simplement dû au fait qu'il aimait avoir quelqu'un à qui parler. Quoi qu'il en soit, elle aimait partager ses connaissances. De nombreuses convicts avaient des symptômes d'anxiété – d'hystérie, comme disait le médecin – contre lesquels il ne connaissait aucun remède. Hazel lui suggéra de la tisane d'agripaume. Pour soulager les crampes menstruelles, elle recommanda des feuilles de framboisier réduites en poudre. Pour les évanouissements, du vinaigre. Pour refermer les coupures et les plaies, un pansement collant de toiles d'araignées.

Dunne commença à l'inviter à s'asseoir à ses côtés devant le petit feu dans son bureau avant de se retirer pour la nuit.

« Il faut donner un prénom à l'enfant, dit-il un soir. Devrions-nous l'appeler Evangeline ? »

La petite fille dans les bras de Hazel était en train de la dévisager. Hazel la releva afin de déposer un baiser sur son nez. Elle reconnaissait la courbe du nez d'Evangeline, ses larges yeux expressifs. Le père, songea-t-elle, devait lui aussi être beau. Elle secoua la tête.

« Non. Evangeline était unique. »

Tôt le lendemain matin, elle récupéra le cordon rouge avec le disque d'étain d'Evangeline, rangé sur une étagère dans le bureau du médecin, avant de descendre dans le faux-pont. Confrontée à la puanteur dont elle avait perdu l'habitude, à la toux et aux gémissements des femmes, et au malaise ambiant, Hazel faillit rebrousser chemin. À présent, alors qu'elle ne logeait pourtant qu'un étage plus haut, elle se sentait si éloignée de cet endroit que même une brève exposition faisait palpiter son cœur.

Les femmes sur les couchettes la dévisagèrent alors qu'elle passait.

« Regardez-la, elle se prend pour une grande dame depuis qu'elle dort chez l'médecin ! lança l'une d'elles d'une voix chantante.

— C'est à se demander si c'est pas elle qui a poussé la pauvre fille par-dessus bord », commenta une autre.

Une fois parvenue à sa couchette, Hazel étudia à tâtons le sol à la recherche de la planche branlante et la détacha du bout des doigts. Elle en tira son sac et passa les objets en revue : quelques cuillères, une timbale bosselée, une paire de bas… Ah, voilà. Le mouchoir d'Evangeline. Elle le glissa dans sa poche puis retourna vers l'échelle.

Dans sa chambre sur l'entrepont, elle étala le petit carré blanc sur le lit et caressa le bord festonné puis les initiales brodées dans le coin, C.F.W., pour Cecil Frederic Whitstone. Ce fin morceau de tissu avait été le réceptacle des espoirs et des rêves d'Evangeline, aussi irréalistes qu'ils aient été. Ce serait tout ce que sa fille aurait d'elle. Hazel plaça le disque d'étain sur le mouchoir, où Evangeline avait caché la bague au rubis – la bague qui avait été à l'origine de son voyage. Elle avait un jour confié à Hazel que son père, le pasteur, considérait le port de bijoux comme un vice ; les seuls ornements qu'elle avait portés étaient le rubis à son doigt et, autour de son cou, ce petit disque accroché à un fil écarlate.

Le premier, une marque de séduction, et le second, sa conséquence.

Tandis qu'elle repliait le mouchoir et le rangeait dans sa poche, elle pensa à ce qu'Evangeline avait dit au sujet des cercles à l'intérieur des troncs d'arbres : les gens qu'on aime vivent à l'intérieur de nous, même après leur départ.

Ruby.

Ce n'était pas un prénom qu'Evangeline aurait choisi. Mais Hazel y voyait une façon de guérir un cœur brisé. D'effacer une fausse accusation. De reprendre possession d'un trésor.

Ruby. Précieuse enfant.

Hobart Town,
1840

Un cri retentit, en provenance du haut d'un mât : « La Terre de Van Diemen ! »

Cette annonce déclencha un brouhaha enthousiaste sur le pont principal. Le *Medea* avait passé près de quatre mois en mer et traversé tempêtes, canicules et pluies glaciales. Les femmes ne se supportaient plus, elles en avaient plus qu'assez de la vie à bord. Elles coururent jusqu'au bastingage, mais il n'y avait pas grand-chose à voir. Rien qu'une tache floue à l'horizon.

Hazel descendit l'échelle pour aller rassembler ses affaires. Elle n'avait désormais plus de difficultés pour se faufiler sur le pont grouillant de monde et emprunter les échelles instables avec Ruby attachée sur sa poitrine. En partie grâce à la meilleure qualité de ses repas et à ses draps propres, elle était plus vigoureuse, ses yeux plus brillants, et son teint avait un peu rosi. Elle avait beau se lever deux fois dans la nuit pour porter Ruby jusqu'au lit d'Olive, elle dormait bien mieux dans sa nouvelle cabine que dans le faux-pont.

Elle toqua à la porte avant d'entrer. Dunne, assis à son bureau, écrivait dans un registre.

« Je suis content de vous voir, dit-il en se levant. Il faut que nous discutions de l'acte de naissance. Je ne l'ai pas encore rempli et, si je déclare officiellement que vous êtes la mère de Ruby, vous aurez le droit de lui rendre visite à la garderie de la prison. Le souhaitez-vous ? »

Hazel prit la petite tête tiède de Ruby dans sa main.

« Oui.

— Très bien. J'indiquerai dans le dossier que vous avez eu une infection et que vous ne pouvez pas la nourrir. On lui procurera une nourrice. Olive, si elle est d'accord. Vous serez autorisée à passer vos journées avec elle, au moins pour quelques mois. Par la suite, ils l'enverront dans un orphelinat.

— Un orphelinat ? »

Elle serra Ruby un peu plus fort.

« C'est le protocole. Mais comme vous êtes sa mère, vous pourrez la récupérer à votre sortie du pénitencier, si vous le souhaitez. »

Hazel songea aux femmes qui enviaient ses privilèges.

« Et si quelqu'un avertit les autorités que je ne suis pas sa mère ?

— Pourquoi quelqu'un ferait une telle chose ?

— Vous n'avez jamais éprouvé de jalousie, docteur Dunne ?

— Vous avez sauvé la vie de cette enfant, mademoiselle Ferguson. Je crois que vous avez mérité de devenir sa mère. »

Elle ne put retenir un sourire. Il avait raison : elle l'avait bien mérité.

« De toute façon, reprit-il, ce serait la parole d'un convict contre la mienne. »

De retour sur le pont un peu plus tard, Hazel, qui portait toujours Ruby dans son écharpe, rejoignit Olive et son marin le long du bastingage, tandis que le trois-mâts se tournait vers le port.

Ils croisèrent des baleiniers, un navire marchand et une flotte de petits bateaux. Des dauphins sautaient hors de l'eau autour d'eux et, dans le ciel, des mouettes blanches aux ailes grises criaillaient. Derrière une étroite bande de littoral, des collines de différentes nuances de vert s'élevaient avec, au loin, ce qui semblait être des lacs. Des phoques qui se prélassaient sur des affleurements rocheux lui rappelèrent les prostituées qui pique-niquaient l'été dans Kelvingrove Park, à Glasgow, les jupes remontées au-dessus des genoux et des journaux en guise d'éventail.

Au-dessus d'eux, un drapeau carré avec une moitié rouge et l'autre blanche flottait dans la brise.

« Pour prévenir toute l'île que ce vaisseau est rempli d'incorrigibles femelles. »

Le marin d'Olive leur adressa un sourire narquois.

« Il te manquera ? » demanda Hazel.

Olive donna une tape sur le derrière de l'homme.

« Lui, je ne sais pas. Mais certaines parties de lui me manqueront, c'est sûr. »

Depuis l'anse où le *Medea* avait jeté l'ancre, Hazel apercevait le quai bondé et, derrière, une haute montagne densément boisée. Accoudée au garde-corps, elle regarda Dunne monter à bord d'un canot en compagnie de deux marins. Le médecin portait sous le bras le registre où elle l'avait vu écrire le compte rendu de chaque journée, ainsi qu'un portefeuille rempli de procès-verbaux et d'autres documents – y compris l'acte de naissance de Ruby qu'il venait de compléter.

Lorsque la chaloupe revint, quelques heures plus tard, il y avait deux hommes de plus à bord : le directeur de l'administration pénitentiaire et un soldat britannique en uniforme écarlate.

Au cours des deux jours qui suivirent, on fit venir les prisonnières dans un bureau de fortune sur le pont supérieur où, après les avoir inscrites sur une liste, on les examina pour vérifier qu'elles ne souffraient d'aucune infection, avant de les interroger au sujet de leurs compétences. On leur annonça que beaucoup d'entre elles seraient envoyées quotidiennement hors des murs de la prison pour travailler dans les maisons des colons et dans les échoppes, en tant que bonnes, cuisinières, fileuses de lin, vannières, tisserandes, couturières et lavandières. D'autres effectueraient des tâches dans l'enceinte de la prison, et les insubordonnées seraient enfermées séparément.

Lorsque le directeur appela « Ferguson ! », Hazel s'avança.

Son doigt descendit le long de la page.

« Taille ?

— Un mètre cinquante-cinq, dit le soldat en tenant une règle contre son dos.

— Carrure ?

— Mince.

— Âge ?

— Dix-sept ans », répondit Hazel.

Quelques semaines plus tôt, Dunne avait fait remarquer que le mois de septembre s'était écoulé bien vite, et elle s'était aperçue que son anniversaire était passé.

Taches de rousseur. Visage ovale. Cheveux roux. Large front. Sourcils cuivrés. Yeux gris.

« Savez-vous lire et écrire ?

— Un peu.

— Métier ? »

Dunne s'approcha à ce moment-là.

« Elle a un bébé, je recommande donc qu'elle travaille à la garderie. Elle est très… compétente. »

Stupéfaite, elle croisa son regard en haussant les sourcils. Il lui décocha un sourire si furtif qu'elle fut la seule à le voir.

Douze heures plus tard, Hazel patientait sur le pont principal en compagnie des autres convicts. Elle contempla la lune, aussi jaune que le centre d'un œuf dans un ciel noir comme de la fonte. Grâce à sa lumière, elle distinguait la phalange de chaloupes qui devaient les transporter jusqu'au port. L'air était humide et frais. Comme l'équipage commençait à faire descendre les femmes dans les embarcations, elles déferlèrent vers l'avant.

« Du calme ! aboya le soldat britannique. Sinon, vous ne quitterez jamais ce navire ! Moi, ça ne me fait ni chaud ni froid de vous garder ici. Une prison est une prison. »

Il se mit à bruiner. Au bout d'un moment, Olive vint se poster à côté de Hazel et, sans un mot, tendit les bras vers le bébé. Elle avait appris à anticiper la faim de Ruby et apparaissait souvent à la porte de la chambre juste avant le réveil de la petite. Olive la serra contre elle d'un seul bras tout en déboutonnant sa blouse avec dextérité de l'autre main.

« J'arrive pas à arrêter de penser à cette pauvre Leenie en train de tomber par-dessus bord, dit-elle en observant

Ruby qui tétait. Je la reconnais sur le visage de cette petiote et ça me fend le cœur. »

Quelques minutes plus tard, Dunne se fraya un chemin jusqu'à elles. Il avait en main le paquet des quakeresses, l'aiguille, le fil et la bible que Hazel avait laissés dans ses quartiers.

« J'ignorais si vous désiriez les conserver.

— Une bible ne me servirait pas à grand-chose, pour être honnête, répondit-elle en haussant les épaules.

— Alors peut-être accepterez-vous ceci. »

Il lui tendit son exemplaire de *La Tempête*. Elle le regarda, stupéfaite.

« Mais… Docteur Dunne, il vous manquera un volume dans vos œuvres complètes.

— Il me reviendra peut-être un jour.

— Eh bien, vous savez où me trouver. »

Quand le ciel s'éclaircit, tout fut baigné dans une teinte grisâtre, alors que la pluie tombait en continu. Assise dans la chaloupe, Hazel regarda en arrière, vers le vaisseau qui flottait au loin. Il avait l'air petit et ordinaire à cette distance il ne ressemblait plus du tout à la coque terrifiante qui se dressait au-dessus d'elle lorsqu'elle l'avait vu pour la première fois, à bord du skiff, à Londres. Comme elle songeait à tout ce qu'elle avait traversé depuis ce jour-là, elle aperçut un homme maigre enchaîné, qu'on escortait le long de la passerelle vers les bateaux. C'était Buck, qu'on emmenait sur l'île, lui aussi.

Elle donna un coup de coude à Olive.

« Regarde qui voilà.

— On aurait dû l'refroidir quand on en avait la possibilité », murmura Olive.

Hobart Town,
1840

Lorsque Hazel posa les pieds sur l'appontement, ses jambes flageolèrent. Elle n'avait pas eu conscience de s'être accoutumée à ce point au rythme des vagues et, en retrouvant la terre ferme, elle se découvrit incapable de rester stable sur ses pieds. Craignant de perdre l'équilibre et de lâcher Ruby, elle se laissa tomber à genoux. Tout autour d'elle, d'autres femmes faisaient de même.

Le temps que les cent quatre-vingt-douze femmes et enfants fassent la traversée en chaloupe et descendent le ponton croulant jusqu'au quai, la moitié de la matinée s'était écoulée. Hazel contempla les mouettes qui volaient en cercle au-dessus d'eux, et le brouillard qui stagnait sur la mer. Elle écouta le faible grondement régulier de la marée qui montait sur le rivage. Une brise fraîche en provenance du large faisait virevolter sa jupe, la soulevait et s'insinuait entre ses jambes. Elle resserra la couverture autour de Ruby et son châle sur ses épaules.

Tandis qu'ils avançaient prudemment sur les pavés glissants, elle remarqua d'étranges hululements puis s'aperçut que des hommes à la mine patibulaire s'approchaient. Une fois à leur niveau, ils lorgnèrent les femmes, tirèrent sur leurs jupes, agitèrent leurs chapeaux devant leurs visages et proférèrent des injures que Hazel n'avait jamais entendues auparavant, pas même dans les rues de Glasgow.

« Visez-moi cette belle pièce de mouton… Espèces de morues… Ces salopes puent le poisson… T'as vu les grands yeux qu'elles font ? On dirait des cocottes effarouchées… Sales putains… »

Derrière Hazel, Olive maugréa :

« De vrais porcs. Ils supportent pas qu'on aille en taule plutôt que de réchauffer leurs lits ! »

Les prisonnières avançaient en traînant les pieds, tête baissée. Elles tentaient d'éviter les flaques boueuses de la route de terre battue tout en repoussant les hommes à coups de coude. Des soldats en uniformes écarlates fermaient la marche, un mousquet à l'épaule, et les surveillaient.

« Allez, plus vite ! » criaient-ils.

Les soldats poussaient rudement les détenues quand elles déviaient de leur chemin, les relevaient quand elles trébuchaient ou chutaient. Leurs mains s'attardaient souvent sur leurs tailles ou leurs postérieurs.

Droit devant, un panneau indiquait : Macquarie Street. Elles gravirent la rue en pente d'un pas lourd et passèrent devant des bâtiments du gouvernement et une église en brique avec un dôme noir et un clocher pourvu d'une horloge sur trois de ses côtés. Les femmes se lamentaient et les enfants pleurnichaient : « Encore combien de temps ? Où on va ? » Ruby s'agitait, elle aussi. Elle avait faim. Hazel tenta de la bercer dans l'écharpe pour la calmer. Son estomac à elle gargouillait également.

On ne leur avait proposé rien d'autre que du biscuit de mer avant de quitter le vaisseau et, trop gâtée par les vrais repas dont elle avait bénéficié récemment, elle avait fait la fine bouche. Elle le regrettait désormais.

Ils longèrent des maisons en grès à un étage, des petits cottages proprets et des cabanes qui paraissaient avoir été construites en un jour. Des rosiers grimpaient sur des treillages, et les fleurs aux nuances variées des cerisiers s'épanouissaient. Hazel reconnut l'odeur de la tourbe dans l'air frais matinal. Elle leva les yeux vers les affleurements rocheux de la montagne qu'elle avait avisée plus tôt dans le port, dont les cimes disparaissaient dans les nuages. La route était bordée de part et d'autre d'arbres à l'écorce gris-rose qui lui fit penser à de la peau de mouton tondu. Elle fut étonnée d'apercevoir des créatures avec des pattes toutes fines et des corps oblongs, qui ressemblaient à des oiseaux mais étaient plus grandes que des êtres humains. Elles se pavanaient dans un jardin clôturé et picoraient le sol.

Au bout d'un moment, le long défilé de femmes descendit dans une vallée. Le soleil pointa timidement hors de la couche de nuages tandis qu'elles marchaient. Elles croisèrent des masures en bois, une scierie et une brasserie. Une volée d'oiseaux verts, aussi serrés qu'une nuée de moustiques, passa à toute vitesse au-dessus de leurs têtes. La boue était plus profonde sur cette portion du chemin et, même si les pas des femmes en début de file l'avaient tassée, elle restait spongieuse et s'infiltrait par les coutures des souliers de Hazel. Après tant de mois en mer, marcher autant ne lui était plus naturel. Elle avait des courbatures dans les jambes et mal aux pieds. En outre, elle avait terriblement soif et grand besoin de soulager sa vessie.

Olive lui tapota soudain le bras.

« Regarde là-bas ! »

Dans un pré, à une centaine de mètres, il y avait un petit groupe d'animaux de couleur brune, au corps large. Leurs têtes ressemblaient à celle des cerfs et leurs oreilles, à celles des lapins. Debout sur leurs pattes arrière, ils les fixaient. L'un d'eux se tourna puis fit un bond en avant, et aussitôt les autres se mirent à sauter à sa suite, comme des balles bondissant d'un panier renversé.

« Que diable… » souffla Hazel.

Ce lieu était encore plus insolite qu'elle l'avait imaginé.

Comme le cortège avançait, un murmure se répandit à l'avant de leur colonne puis, quelques moments plus tard, une puanteur immonde envahit ses narines. Elle baissa aussitôt le regard : les femmes traversaient un pont étroit au-dessus d'un ruisselet d'eaux usées. Des rats gris en sortaient et y entraient, rapides comme l'éclair.

Olive lui toucha l'épaule.

« Lève les yeux. »

Droit devant, à l'ombre de la montagne, se dressait une forteresse sans fenêtres. L'un des soldats qui précédaient les détenues frappa à l'énorme portail en bois. Lorsque celui-ci s'ouvrit, il ordonna aux détenues et aux enfants de former deux lignes. Lentement, elles commencèrent à pénétrer dans l'enceinte, les unes derrière les autres.

Un homme mince et moustachu, en uniforme bleu, et une femme habillée d'une robe noire boutonnée jusqu'au cou se tenaient au fond de la cour déserte. Derrière eux, trois prisonnières affublées d'une tenue informe balayaient le gravier. L'une d'elles, une femme à la chevelure blanche tressée, s'interrompit dans sa tâche pour observer l'arrivée des nouvelles détenues. Quand Hazel croisa son regard, la femme posa un doigt en travers de ses lèvres.

À part le bruit métallique d'une casserole et celui, plus lointain, d'une hache qui s'abattait sur du bois, un silence lugubre régnait dans la prison.

Une fois les portes refermées derrière les convicts, l'homme à la moustache s'avança.

« Je suis M. Hutchinson, le directeur de la Female Factory des Cascades, annonça-t-il d'une voix nasillarde. Et voici Mme Hutchinson, l'intendante. Tant que vous serez incarcérées ici, vous serez sous nos ordres. »

Il s'appuyait tantôt sur un pied, tantôt sur l'autre, et parlait si bas que les femmes devaient se pencher et tendre l'oreille pour l'entendre.

« Vos effets personnels vous seront confisqués et rendus à votre libération. Sauf s'ils sont trop sales, auquel cas ils seront incinérés. Nous attendons de vous une propreté et une soumission absolues à chaque instant. Vous assisterez tous les jours à l'office dans la chapelle, à 8 heures, après le petit déjeuner, et à 20 heures, après le souper. Les retards et les absences seront punis sévèrement. Proférer des grossièretés et fumer du tabac sont des infractions encore plus graves. Nous croyons que le silence complet permet d'éviter les perturbations et les mauvaises influences. Il est donc strictement interdit de parler, rire, siffler et chanter. Si vous enfreignez cette règle, vous serez châtiées. »

Une odeur de moisissure flottait dans l'air. Hazel jeta un coup d'œil furtif autour d'elle. La cour ombragée était parsemée de flaques. Les murs s'élevaient à environ sept mètres. Ruby geignait. Sa couche pendait, trempée, et elle avait faim.

« Il y a trois classes de convicts. Vous serez affectées à l'une d'elles en fonction de votre peine, du rapport rédigé par le chirurgien-major concernant votre conduite, et de l'opinion que nous nous formerons de votre caractère. On accordera à celles d'entre vous qui en sont dignes, c'est-à-dire celles qui sont bien élevées, présentables, et qui ont des compétences utiles, le privilège de quitter le pénitencier pour travailler dans les maisons et les établissements des colons libres. »

Olive donna un coup de coude dans le dos de Hazel.

« Privilège, lâcha-t-elle d'un ton moqueur mais à voix basse. C'est un privilège d'être forcée de trimer comme une brute en étant traitée comme un chien ?

— Si vous n'accomplissez pas de façon satisfaisante les tâches qui vous sont confiées, si vous êtes insolentes, si vous vous enivrez ou tentez de vous évader, ce privilège vous sera retiré, poursuivit le directeur d'une voix monotone. Quant aux prisonnières qui ont commis des crimes, elles accompliront leurs besognes dans l'enceinte de la prison : confection et réparation de vêtements, ainsi que la lessive, dans les cuves de la cour prévues à cet effet. Si on vous déclare coupables de désobéissance, grossièreté, obscénité, insubordination, paresse, ou de trouble à l'ordre public, votre tête sera rasée et vous serez isolées dans une cellule obscure où vous aurez pour tâche de tirer de l'étoupe de vieux cordages, jusqu'à ce que vous ayez purgé votre peine.

» Celles qui tomberont enceintes pourront s'occuper de leur bébé pendant six mois à la garderie avant de passer les six mois suivants dans la cour des criminelles pour le délit de grossesse hors mariage. Les enfants plus âgés seront envoyés dans un orphelinat. Les mères qui se comportent bien pourront obtenir la permission de leur rendre visite le dimanche. »

Contrairement à Hazel, la plupart des mères apprenaient seulement à cet instant qu'elles seraient séparées de leurs enfants. Des pleurs et des exclamations retentirent dans la cour.

« Silence ! » aboya le directeur.

Ruby passa des gémissements aux cris.

« Je la nourris ? » murmura Olive.

Hazel sortit la petite de son écharpe pour la lui tendre.

« Alors, tu continueras à allaiter Ruby ?

— Non, je suis désolée, mais si j'accepte, ils feront de moi une nourrice, et je peux pas rester coincée avec des bébés toute la journée. »

Quand le directeur eut conclu son interminable discours, les femmes convicts firent la queue pour le repas de midi : un gros morceau de pain et un demi-litre d'une soupe claire. Du mouton, leur annonça-t-on, même si Hazel ne sentait rien d'autre que du gras et du cartilage. Le goût était très acide, rance. Malgré la faim qui la tenaillait, elle recracha le bouillon dans son bol. Le reste de l'après-midi, elle attendit avec les autres femmes dans la cour balayée de courants d'air en secouant légèrement Ruby qu'elle portait sur sa hanche. Elle vit les femmes disparaître une par une dans une petite maison de brique pour leur examen médical, puis en sortir un peu plus tard affublées d'un uniforme gris.

« Montrez-moi vos mains », lui ordonna l'austère médecin lorsque le tour de Hazel arriva enfin.

Elle déposa Ruby sur une chaise en bois puis tendit ses paumes.

« Levez les bras. Baissez-les. Ouvrez la bouche. »

Il lut le dossier de Hazel et arqua l'un de ses sourcils broussailleux d'un air dubitatif.

« Il est indiqué ici que votre enfant a besoin d'une nourrice. »

Elle acquiesça d'un signe de tête.

« C'est parce que vous êtes trop maigre, lui reprocha-t-il d'un ton irrité. Vous autres convicts ne prenez pas bien soin de vous, et d'autres sont obligées de porter vos fardeaux à votre place ! Qui l'allaitait sur le navire ? »

Hazel ne voulait pas impliquer Olive.

« Une femme qui a malheureusement perdu la vie.

— Voilà qui est fâcheux. »

Il ajouta une note sur la page.

« On recommande ici de vous faire travailler à la garderie. Quelles sont vos compétences ? »

Elle hésita.

« J'étais sage-femme.

— Vous avez assisté des femmes durant l'accouchement ?

— Oui. Et j'ai un peu d'expérience dans le traitement des maladies infantiles.

— Je vois. Eh bien… soupira-t-il. Le rapport du chirurgien-major est assez positif. Et nous manquons de personnel. »

Il leva les yeux de ses papiers et ajouta :

« Le matin, vous pourrez marcher avec les jeunes mères et les nourrices. J'informerai la garderie que vous serez là pour aider en salle d'accouchement si besoin.

— Je vous remercie. »

Elle prit Ruby dans ses bras et la serra contre son épaule.

« Que faites-vous ? dit-il sèchement.

— Je… je prends ma fille.

— Certainement pas. Nous nous chargerons de transporter cette enfant jusqu'à la garderie. Vous pourrez la voir demain. »

Sous le choc, le cœur de Hazel se mit soudain à tambouriner dans sa poitrine.

« Mais… elle a toujours dormi avec moi.

— C'est fini, maintenant. Vous avez renoncé à ce droit, et à tous vos droits, d'ailleurs, quand vous avez commis un délit.

— Mais…

— Ce sera tout, convict. »

Raide comme un piquet, il tendit les bras.

Elle hésita quelques secondes. Cependant, quel autre choix avait-elle ? Elle lui remit le bébé.

Il s'en empara comme s'il s'agissait d'une bûche pour la cheminée.

Tandis qu'on escortait Hazel hors de la pièce, elle s'attarda et lança un dernier regard à Ruby, qui commençait à s'agiter.

De l'autre côté du couloir, l'intendante, gantée jusqu'aux coudes, releva ses boucles au-dessus de sa nuque.

« Aucune trace de poux, indiqua-t-elle à une convict qui gribouillait des notes. Vous avez de la chance, vous pouvez garder vos cheveux », dit-elle à Hazel.

Après s'être lavée dans l'eau froide et sale d'un baquet en métal, Hazel enfila son uniforme : une robe grise et rêche, des bas noirs et une paire de robustes chaussures noires. Enfin, elle glissa discrètement le mouchoir d'Evangeline dans sa large poche de devant. L'intendante lui tendit ensuite un paquet contenant une seconde robe, un châle, un tablier, plusieurs chemises, une autre paire de bas, un chapeau de paille grossièrement confectionné et deux bouts de tissus pliés.

« Pour vos menstruations, si vous avez l'âge… précisa-t-elle. C'est le cas ?

— J'ai un bébé.

— Je ne l'aurais pas deviné. Quel dommage… Une fille aussi jeune. »

À 19 h 30, lorsque sonna la cloche annonçant le dîner, Hazel était si affamée que la soupe à la queue de bœuf lui parut presque alléchante, malgré son odeur nauséabonde. Elle l'engloutit puis se hâta de se rendre à l'office de 20 heures. Là, elle se serra avec les autres convicts sur un banc dans la chapelle obscure et écouta l'aumônier les admonester en tapant du poing sur le pupitre.

« "Serviteurs, obéissez en toutes choses à vos maîtres selon la chair, non pas seulement sous leurs yeux, comme pour plaire aux hommes, mais avec simplicité de cœur, dans la crainte du Seigneur", tonna-t-il en postillonnant. Vous qui avez des mœurs dépravées, qui vous adonnez à la débauche et à l'oisiveté, devez apprendre la décence et le sérieux ! »

Pendant qu'il déblatérait, Hazel songea aux quelques fois où, le dimanche matin, elle s'était faufilée dans St. Andrew's Cathedral, à Glasgow, pour se réchauffer. Même quand elle était petite, tous ces sermons sur le péché et le vice l'indignaient. Les règles ne semblaient pas être les mêmes pour les riches et pour les pauvres, et ces derniers étaient toujours coupables. On leur disait qu'ils devaient confesser leurs fautes pour triompher des maladies comme la typhoïde, alors que les rues étaient pleines de crasse et l'eau, infecte. Et elle avait toujours estimé que la condition des filles et des femmes était encore pire. Elles étaient comme enlisées dans la boue, sans possibilité de s'en sortir.

Quand le prêche fut enfin terminé, on divisa les détenues en groupes de douze, avant de les parquer dans de minuscules cellules qui abritaient quatre rangées de trois hamacs. Il restait à peine suffisamment d'espace pour se déplacer.

« Vous verrez qu'il y a deux seaux, les avertit le garde. Un rempli d'eau potable et un autre qui sert de pot de chambre. Vous feriez bien de vous en souvenir, ce serait dommage de se tromper. »

Les simples hamacs en toile étaient infestés de puces. Le sol, collant. La pièce empestait l'urine, le sang et les selles. Lorsque la porte se referma avec un claquement, les femmes se retrouvèrent dans l'obscurité totale. Assise sur un hamac moisi, à écouter les plaintes, les toussotements et les sanglots autour d'elle, Hazel songeait uniquement à Ruby, seule à la garderie. Avait-elle besoin d'être changée ? Pleurait-elle ? Avait-elle faim ? C'était la première nuit qu'elles passaient séparées, et Hazel se sentait démunie sans le petit corps chaud du bébé au creux de son bras.

Après avoir passé sa chemise de nuit, elle tira le mouchoir blanc de la poche de son tablier et le déplia. Elle accrocha le cordon rouge autour de son cou et glissa le disque en étain sous son vêtement, en effleurant au passage le numéro du bout du doigt : 171. Si elle ne pouvait pas être avec Ruby la nuit, elle porterait au moins l'écusson d'Evangeline. C'était étrange, mais elle avait commencé à voir cette marque de leur incarcération différemment : il s'agissait désormais pour elle d'un souvenir. Un talisman.

Les Cascades,
1840-1841

Au petit matin, le son de la cloche tira les femmes du sommeil. Elles s'habillèrent à la hâte dans les ténèbres, puis elles sortirent dans la cour de la cuisine et se mirent en rang pour recevoir leur gruau, après quoi elles durent subir un autre interminable prêche. Lorsqu'elles quittèrent enfin la chapelle, des colons libres attendaient dans la cour principale de pouvoir choisir les convicts qui viendraient travailler pour eux. Hazel se joignit au groupe de mères et de nourrices qui, près du portail, attendaient le départ pour la garderie. On leur indiqua qu'elle était située dans Liverpool Street, non loin du port.

Accompagnées d'un garde, les femmes firent le trajet de la veille dans le sens inverse. Elles sortirent de la forteresse des Cascades puis prirent à gauche et traversèrent le pont qui enjambait le ruisseau à l'odeur pestilentielle avant de se diriger vers Macquarie Street. Un brouillard épais enveloppait le sommet de la montagne et formait comme un plafond au-dessus de leurs têtes.

Des lézards verts traversaient la route, rapides comme des flèches. Des oiseaux d'un bleu vif volaient parmi les arbres. Tandis qu'elles avançaient d'un pas lourd, en silence, Hazel s'émerveilla de la beauté de ce nouveau monde : les buissons aux fleurs violettes, l'herbe dorée que la rosée faisait scintiller, les broussailles grises, douces comme des plumes… Son quartier de Glasgow lui vint en tête. Elle devait faire très attention en marchant dans les rues maculées d'une couche de particules de charbon et de fumier, et toujours rester vigilante pour éviter les ordures que les habitants jetaient par les fenêtres. La pièce exiguë dans laquelle elle logeait avec sa mère n'avait qu'une seule fenêtre qui ne s'ouvrait pas et laissait à peine filtrer la lumière et, les jours de pluie, le sol en terre battue devenait boueux. L'eau du fleuve Clyde causait tant de morts que la plupart des habitants, jeunes et vieux, préféraient boire de la bière. En Écosse, des enfants qui n'avaient parfois pas plus de six ans travaillaient dans des usines et des mines, tandis que d'autres, comme Hazel, étaient envoyés dans les rues par leurs parents pour détrousser les passants.

Malgré tout, son existence à Glasgow n'avait pas été qu'angoisse et désespoir. De nombreux aspects de cette vie lui manquaient : parcourir les tortueuses ruelles pavées qui menaient aux boutiques du West End, où elle admirait écharpes colorées, gants en cuir et rouleaux d'étoffes soyeuses ; grignoter la croûte friable d'une *Scotch pie* – une petite tourte à la viande de mouton –, puis la sentir fondre sur sa langue. Le *haggis*, accompagné de pommes de terre et de navets, et le *trifle*, un dessert à la crème et aux fruits qu'elle avait rarement eu l'occasion de déguster. La douceur beurrée des *shortbreads*, les biscuits sablés écossais. L'infusion de camomille agrémentée de miel qu'elle buvait les soirs d'hiver, après avoir soufflé sur l'eau fumante pour la refroidir. Elle se rappela soudain que sa mère mettait parfois des pommes dans un pot en terre cuite, auxquelles elle ajoutait quelques clous de girofle, un peu de sucre, du zeste de citron et un doigt de vin rouge. Après l'avoir laissé une heure dans l'âtre, elles savouraient le délicieux mélange en plongeant directement leur cuillère dans le récipient.

À la grande surprise de Hazel, sa mère lui manquait, mais ce sentiment fut aussitôt remplacé par une vague de colère. C'était sa faute si Hazel se trouvait dans ce lieu terrible. Elle ne croyait pas pouvoir un jour le lui pardonner.

Le bâtiment qui abritait la garderie était délabré. L'intérieur empestait le vomi et la diarrhée. Hazel se fraya un chemin dans le dédale de chambres exiguës, à la recherche de Ruby. Des bébés étaient couchés par groupes de trois ou quatre par berceau, sur des draps souillés et grouillants de puces. Ceux qui parvenaient déjà à se déplacer l'observaient à travers les barreaux comme des chiots en cage.

« Pourquoi sont-ils aussi silencieux ? demanda-t-elle à un garde.

— Y en a beaucoup qui sont malades, répondit-il en haussant les épaules. Et certains des plus âgés n'ont jamais appris à parler. »

Quand Hazel trouva enfin Ruby, dans un petit lit à l'étage, elle aussi était exceptionnellement calme. Hazel la prit dans ses bras pour l'emmener dans la pièce où l'on changeait les enfants. Ses selles avaient une couleur vert noirâtre.

Il n'y avait pas de médecin sur place. Ni de médicaments, ni d'autres provisions. Pas même suffisamment de linge pour les berceaux et les langes. Hazel ne pouvait rien faire d'autre que tenir le bébé dans ses bras. De temps en temps, Ruby se mettait à geindre. Hazel savait bien que la petite était affamée, seulement, aucune nourrice n'était disponible. Il fallait patienter.

Au bout d'une heure environ, une femme de toute évidence exténuée apparut et prit Ruby contre elle. Sans un mot, elle la plaça sur son bras d'un geste expert et lui mit le sein en bouche.

« Vous savez ce que vous faites, commenta Hazel.

— J'ai de la pratique.

— Combien d'enfants allaitez-vous ?

— En ce moment, quatre. J'en avais cinq, mais… »

Elle s'interrompit brièvement et une expression indéchiffrable passa sur son visage.

« Ils ne s'en sortent pas tous », reprit-elle.

Hazel hocha la tête, la gorge serrée.

« Votre rôle doit être… éprouvant, parfois.

— Oh, on s'y habitue. Quand mon bébé est mort, ils m'ont donné le choix : je pouvais aller dans la cour des criminelles et laver du linge pendant six mois ou devenir nourrice. »

Après quelques minutes, elle décrocha le bébé de son mamelon et reboutonna sa robe. La bouche de Ruby continuait de s'agiter, tandis qu'elle tournait la tête à la recherche du sein.

« Elle a encore faim, dit Hazel.

— Désolée. Cette vache n'a plus de lait. »

À la fin de la journée, Hazel s'attarda à côté du petit lit de Ruby, la gorge serrée, les larmes aux yeux.

« S'il vous plaît, laissez-moi rester avec elle. Et aider les autres aussi, supplia-t-elle le garde.

— On considérera que vous vous êtes enfuie et votre peine sera rallongée de plusieurs années, c'est ça que vous voulez ? »

Tout au long de la nuit, Hazel se tourna et se retourna dans son hamac. Le lendemain matin, elle fut la première à gravir la colline et à pénétrer dans la garderie. Ruby se portait bien, mais un autre nourrisson qui dormait dans le même berceau, un petit garçon, était décédé au cours de la nuit.

« Où est sa mère ? demanda Hazel au garde lorsqu'on emporta le petit corps.

— Beaucoup ne viennent jamais. Elles préfèrent purger leur peine dans la cour des criminelles puis aller de l'avant. Pour être honnête, je les comprends. »

Quant à celles qui étaient présentes, Hazel les trouvait apathiques, repliées sur elles-mêmes. Elles avaient le regard vide et le teint gris. Certaines jetaient à peine un œil à leur bébé.

Le petit garçon serait enterré dans un cimetière pour enfants au coin de Harrington Street et de Davey Street, lui apprit le garde, dans une boîte en bois d'eucalyptus. Ils attendraient la fin de la journée pour cela, au cas où il y aurait d'autres morts.

Ce soir-là, Hazel trouva Olive dans la cour principale avec Liza, la comptable condamnée pour fraude, et d'autres amies rencontrées récemment.

« On peut parler ?

— T'as besoin de quoi ? »

Hazel décida d'aller droit au but.

« Il faut que tu la nourrisses, Olive.

— On en a déjà discuté, j'ai pas envie de me retrouver à allaiter six porcelets.

— T'as qu'à dire au docteur que tu n'as pas assez de lait pour nourrir plus d'un bébé.

— Il paraît que c'est immonde, là-bas, répliqua-t-elle en secouant la tête.

— Si tu ne t'occupes pas d'elle, Ruby mourra.

— Dis donc, t'es aussi positive qu'un oiseau de malheur, toi ! » lui lança Olive en mimant un volatile paniqué avec ses bras.

Les autres femmes rirent. Hazel préféra les ignorer.

« Je t'en prie, la supplia-t-elle avant de prendre une profonde inspiration. Pense à Evangeline. »

Hazel savait qu'elle devrait avoir honte d'évoquer leur amie décédée, mais ce n'était pas le cas.

« Des bébés meurent tous les jours dans cet endroit, reprit-elle. Et on jette leurs corps dans une fosse commune, ils n'ont même pas droit à de vraies funérailles. »

Olive poussa un grand soupir exaspéré.

« Jésus, Marie, Joseph ! » se lamenta-t-elle en levant les yeux au ciel.

Pourtant, le lendemain matin, et tous les matins qui suivirent, quand Hazel arriva dans la cour principale, elle y trouva Olive en compagnie des mères et des nourrices, attendant le départ pour la garderie.

Un jour, alors que toutes deux remontaient Macquarie Street, Hazel repéra un buisson de sauge. Elle quitta aussitôt la file pour en cueillir rapidement quelques feuilles. Elle venait de les entortiller ensemble et de les glisser dans la poche de son tablier quand la convict qui marchait derrière elle lui demanda :

« Qu'est-ce que tu vas faire de cette plante ? »

Elle se retourna. C'était la femme à la tresse blanche qu'elle avait remarquée dans la cour le jour de leur arrivée.

« Un cataplasme. Pour soigner une éruption cutanée.

— Tu sais que ton lait est bon pour ça aussi ? »

Hazel jeta un coup d'œil à Olive, qui ricana.

« Eh bien, faut croire que j'suis un remède miracle sur pattes ! » lança-t-elle.

Cette vieille femme ne pouvait être ni une mère ni une nourrice.

« Tu es sage-femme ? s'enquit Hazel.

— Oui. Et toi ?

— Oui, moi aussi.

— Travailler à la garderie n'est pas une partie de plaisir mais je me suis dit que je pourrais m'y rendre utile. La plupart des convicts dans les salles d'accouchement et la garderie n'ont aucune expérience. Moi, si. »

Elle s'appelait Maeve. Maeve Logan. Elle venait d'Irlande, d'un comté enclavé nommé Roscommon. Elle avait toujours été quelqu'un de franc, qui n'hésitait pas à exprimer ses doléances. Certains l'avaient même accusée d'être une sorcière, et peut-être en était-elle une. Le propriétaire de son logement était décédé après qu'elle l'eut maudit parce qu'il affamait ses locataires. Bien qu'il n'y ait eu aucune preuve contre elle, Maeve avait été condamnée pour insurrection. Sept ans. Elle en avait déjà passé quatre sur la Terre de Van Diemen.

Durant les quelques semaines suivantes, quand Olive s'occupait de Ruby, Hazel commença à travailler avec

Maeve en vue d'améliorer les conditions de vie dans la garderie. Elles firent bouillir de l'eau pour laver le linge de lit, qu'elles frottèrent ensuite à l'extérieur. Elles récurèrent les sols. Elles baignèrent les bébés fiévreux dans de l'eau citronnée et donnèrent à boire à ceux qui souffraient d'urticaire une infusion à base d'herbe-aux-chats. Maeve apprit à Hazel à identifier les plantes locales et lui montra comment les utiliser. L'écorce du gommier-menthe noir pouvait être administrée en tisanes pour calmer la fièvre et les maux de tête. La sève du gommier blanc était efficace contre les brûlures. Le jus du bois de reinette apaisait les rages de dents. Quant au nectar des fleurs de l'eucryphia, il soignait les infections et autres blessures.

Certaines plantes indigènes étaient dangereuses. Dangereuses, et attrayantes. En petites quantités, elles procuraient une sensation agréable, mais si on les employait abusivement elles causaient des hallucinations, ou même la mort. C'était le cas de l'huile jaune du sassafras, et des ingrédients contenus dans l'absinthe, boisson qu'on obtenait en faisant macérer dans du brandy de l'armoise, de l'hysope, de l'anis et du fenouil. Un matin, Maeve pointa du doigt un buisson au bord de la route, orné de fleurs tombantes rose pâle en forme de clochettes.

« La trompette des anges. C'est beau, n'est-ce pas ? Si on mange de ces fleurs, on oublie tous ses problèmes. Le souci, c'est qu'elles sont mortelles à trop forte dose. C'est de là que vient le nom de la plante, car c'est la dernière chose qu'on voit avant de monter au ciel », ajouta-t-elle avec un petit rire.

Hazel eut vite fait de comprendre que la vie aux Cascades consistait principalement à attendre en rang. Les prisonnières formaient une file pour obtenir le morceau de pain quotidien et la pinte de gruau du petit déjeuner, la pinte de soupe de mouton à midi, et la soupe à la queue de bœuf agrémentée de vieux légumes le soir. Elles faisaient la queue pour entrer dans la chapelle, puis pour qu'on leur attribue un travail. Lors du rassemblement du dimanche, elles se rangeaient encore dans la deuxième cour, face au mur, pour être fouillées sans ménagement par les gardes, qui vérifiaient qu'elles ne possédaient aucun objet de contrebande.

À sa construction, le pénitencier était prévu pour deux cent cinquante femmes, or il en abritait désormais plus de quatre cent cinquante. Comme il n'y avait que huit employés, beaucoup de délits restaient impunis. Néanmoins, les détenues qui se faisaient prendre s'exposaient à une punition très sévère. Les femmes convicts introduisaient clandestinement dans l'enceinte de la prison du rhum et du vin qu'elles obtenaient en échange de faveurs lorsqu'elles travaillaient à l'extérieur. Elles enterraient à côté des bacs à lessive du tabac et des pipes, du thé et des biscuits, et les dissimulaient aussi derrière les briques. Les prisonnières les plus fortes dominaient les plus faibles : celles qui avaient perdu un enfant, qui étaient petites ou malades, dépressives ou pas très bien dans leur tête. Elles leur subtilisaient leurs rations et tout ce sur quoi elles parvenaient à mettre la main. Sur le navire, la vie avait beau avoir été déplaisante, les convicts n'étaient punies que si elles causaient une bagarre ou du chahut. Aux Cascades, n'importe quelle raison pouvait vous faire jeter dans la cour des criminelles : ramasser un bout de pain que quelqu'un avait envoyé par-dessus le mur d'enceinte, chanter, troquer, boire du rhum…

Selon les rumeurs qui couraient, il y avait déjà eu des évasions. Deux femmes auraient utilisé des cuillères aiguisées pour creuser un tunnel dans le mitard. On racontait qu'une autre avait déchiré sa couverture en bandes, les avait nouées ensemble et, grâce à cette corde, avait escaladé le mur de pierre. Toutefois, la plupart des détenues ne prenaient pas ce genre de risques. Elles purgeaient leur peine sans faire de vagues, dans l'espoir de recouvrer leur liberté avant d'être trop vieilles ou trop souffrantes pour l'apprécier.

Un dimanche, lors du rassemblement, le directeur annonça qu'une extension allait être construite. Une seconde cour pour la classe des criminelles, dans laquelle on érigerait deux rangées de blocs à un étage qui contiendraient plus de cent nouvelles cellules. Deux jours plus tard, un groupe de forçats issus des autres prisons disséminées sur l'île arriva pour commencer les travaux. Cette présence masculine permit aux femmes de troquer du gin, du rhum, du thé et du sucre, contre des faveurs et du pain frais.

Olive commença à fréquenter un groupe de détenues qui se faisait appeler « la clique des Cascades ». Elles introduisaient dans la prison du grog, du tabac, du thé et du sucre, cachés dans des seaux de charbon ou encore attachés à des balais qu'elles lançaient par-dessus les murs. Elles défilaient en exhibant leurs écharpes et culottes de soie de contrebande. La clique bravait sans vergogne les règles du directeur. Elles juraient beaucoup et buvaient comme des trous. Il leur arrivait souvent de chanter à tue-tête des chansons paillardes en prenant des voix d'hommes, et de s'interpeller les unes les autres d'un bout à l'autre de la cour. Elles raillaient aussi l'aumônier lorsqu'il passait à proximité, en lui adressant des gestes obscènes : « Hé, Holy Willie[1], ça te dit de goûter un peu à ça ? »

La plupart du temps, ces insoumises parvenaient à échapper à toute sanction, mais elles étaient tout de même nombreuses à faire des séjours dans la cour des criminelles, tout en prétendant que ce n'était qu'un faible prix à payer pour les plaisirs qu'elles s'accordaient.

Olive et Liza étaient devenues inséparables. Elles s'encourageaient l'une l'autre à braver les interdits. Olive modifia son uniforme : elle en découpa des morceaux puis recousit des ourlets, afin d'agrandir son décolleté et de dévoiler une plus grande portion de jambes. Liza, quant à elle, colorait ses lèvres avec du jus de fruits rouges et passait le contour de ses yeux au charbon de bois. Elles frottaient leur nez dans le cou de l'autre à la vue de tous et se pinçaient les fesses quand les gardes leur tournaient le dos. Elles graissèrent même la patte de l'un d'eux pour pouvoir dormir dans le même lit.

Un après-midi, comme plusieurs dizaines de membres de la clique chantaient et dansaient à grand bruit dans la cour principale, l'intendante arriva, le visage tout rouge, pour voir ce qui causait un tel remue-ménage.

« Qui est votre meneuse ? » demanda-t-elle.

D'ordinaire, la clique se calmait lorsque l'intendante se montrait, mais cette fois-là il n'en fut rien. Elles se mirent à taper du pied en criant :

---

1. Référence au poème satirique « Holy Willie's Prayer » de Robert Burns, au sujet d'un homme d'Église hypocrite.

« On est toutes ensemble ! Toutes ensemble ! Toutes ensemble !

— Vous avez l'occasion de vous désolidariser de cette bande ! cria Mme Hutchinson. Chacune d'entre vous risque d'être sévèrement punie ! »

En réponse, les femmes huèrent, applaudirent et claquèrent de la langue. À ce moment-là, Olive profita du chaos pour se glisser hors du groupe. Neuf convicts furent cependant condamnées à passer six mois dans la cour des criminelles, puis un septième mois en isolement, et deux des instigatrices virent leur peine rallongée de quelques années.

Hazel observa la scène à distance. Contrairement à ces femmes, resquiller ne l'intéressait pas. Son unique objectif était d'obtenir sa libération conditionnelle pour bon comportement aussi tôt que possible, comme cela arrivait à certaines convicts, et de démarrer une nouvelle vie, avec Ruby, quelque part où elles seraient libres et en sécurité.

En plein été, le soleil brûlant asséchait les feuilles des arbres et, sur Macquarie Street, la terre se fendillait. Au fond de la vallée, toutefois, derrière les hauts murs de la prison, l'atmosphère restait lugubre et humide. Le sol de pierre devenait souvent glissant et, lorsque le ruisseau débordait, le pénitencier était inondé d'eaux usées jusqu'à hauteur de cheville. C'était un véritable soulagement de pouvoir quitter ces lieux chaque jour et de marcher jusqu'à la garderie, en passant parmi les cottages pittoresques encerclés de palissades bien soignées et les collines dorées comme les blés, où paissaient des moutons.

Au fil des semaines et des mois, les visages changeaient dans le groupe qui se rendait à la garderie, mais leur nombre demeurait à peu près le même. Il y avait de nouvelles mères, et celles dont les bébés atteignaient six mois étaient envoyées dans la cour des criminelles pour y purger leur peine. Quand Ruby eut six mois, elle fut sevrée de force et Olive, renvoyée. Hazel, elle, put continuer de se rendre chaque jour à la garderie, grâce à ses compétences concernant la naissance et le soin des bébés malades. Consciente du regard du surveillant toujours posé sur elle, elle prenait soin de faire le tour des berceaux, de tenir les autres enfants dans ses bras et de les changer, mais son cœur ne cessait de l'attirer vers Ruby, comme s'il était relié à la petite par un fil.

« Qu'est-ce qui te rend si spéciale ? lui lança un soir la femme vulgaire et bruyante qui occupait le hamac voisin du sien aux Cascades. On se tue à la tâche pendant que toi, tu chantes des berceuses ! »

Hazel ne prit pas la peine de répondre. Elle ne s'était jamais souciée de l'opinion des autres – c'était l'un des quelques avantages du fait d'avoir été sous-estimée toute sa vie. Depuis sa plus tendre enfance, son unique préoccupation avait été de s'en sortir. Désormais, c'était la survie de Ruby qui lui importait. Rien d'autre ne comptait.

Hobart Town, 1841

Un matin, Hazel découvrit à son arrivée à la garderie que Ruby n'était plus là. Le garde lui apprit qu'on l'avait emmenée à la Queen's Orphan School, dans le quartier de New Town, à environ six kilomètres de là.

« Mais on ne m'a pas prévenue, bafouilla Hazel. Et elle n'a que neuf mois !

— La garderie est surpeuplée et un autre navire doit accoster d'ici quelques jours. Tu pourras rendre visite à ta fille à la fin de la semaine. »

Chaque minute passée auprès des petits rappelait à Hazel que Ruby était toute seule. L'inquiétude grandissait en elle tel un parasite, la rongeait tout au long de la journée et la réveillait en sursaut la nuit. Ruby, Ruby… à six kilomètres d'elle, entre les mains d'inconnus. Ses grands yeux marron. Son front haut et ses boucles brunes. Elle était désormais assez grande pour sourire lorsqu'elle apercevait Hazel, et lui tapoter les joues de ses petites mains, mais pas suffisamment pour comprendre pourquoi elles étaient séparées et ce qu'elle avait fait pour mériter cet exil.

Hazel parvenait à peine à prendre un autre bébé dans ses bras sans verser de larmes. Avant la fin de la semaine, elle demanda une autre affectation.

Ce dimanche-là, elle retrouva près de deux douzaines de convicts à la porte d'entrée des Cascades pour entreprendre la longue marche jusqu'à New Town. Certaines emportaient de petits cadeaux : des jouets ou des colifichets, obtenus grâce au troc ou confectionnés à l'aide de déchets, ou bien des habits qu'elles avaient cousus. Hazel, elle, n'apporta rien. Personne ne lui avait dit que c'était permis.

La douce lumière de la fin de matinée éclairait le mont Wellington. L'air était frais et doux. Des vergers de pommiers, des soucis jaunes et des champs de blé bordaient leur chemin. Bien que le temps fût splendide, Hazel le remarqua à peine. Elle avait l'estomac noué. Toutes ses pensées étaient tournées vers Ruby.

Les femmes gravirent une pente d'un pas lourd. La grande église paroissiale qui apparut devant elles, encadrée de deux bâtiments bas, avait l'air accueillante, avec ses jolies tourelles et ses arches en grès. À l'intérieur du presbytère, cependant, l'atmosphère était sombre et austère.

Un par un, on amena les enfants à leur mère qui les attendait.

« Ma… »

Ruby avait une grosse croûte sur le nez, des bleus sur les bras et des écorchures aux genoux.

« Ruby, Ruby, Ruby », murmura Hazel à maintes reprises.

Le trajet du retour fut un véritable supplice.

Le matin suivant, Hazel regarda une nouvelle vague de convicts, débraillées et craintives, déferler par les portes en bois des Cascades. Elle n'éprouva que de la rancœur envers elles. Davantage de femmes se battraient pour la nourriture, les hamacs et l'espace. Davantage de bébés rempliraient la garderie déjà pleine à craquer. Davantage de misère partout autour…

Hazel avait l'habitude des hivers rigoureux de Glasgow. La chambre où elle avait vécu avec sa mère était humide et traversée de courants d'air. Le vent s'y infiltrait par l'interstice sous la porte d'entrée et les fentes autour de l'encadrement de la fenêtre. Le climat généralement doux de la Terre de Van Diemen lui avait donné la fausse impression que l'hiver serait clément. L'arrivée du froid, brutale, la prit par surprise.

Par une sombre et venteuse matinée de juillet, Hazel se joignit pour la première fois aux détenues qui attendaient d'être affectées à un poste. Du verglas recouvrait les pavés de la cour et le ciel était blanc, pommelé de gris, comme de la neige sale. Les convicts se tenaient debout sur deux lignes, tels des chevaux piaffant d'impatience. Leur souffle formait de petits nuages dans l'air glacial. Quand on ouvrit la grande porte à deux battants, une douzaine de colons libres apparurent. Leurs épais manteaux et couvre-chefs en laine contrastaient fortement avec les tenues légères des prisonnières.

Hazel s'était lavé le visage et avait soigneusement attaché ses cheveux. Au-dessus de sa robe grise, elle portait un tablier blanc propre et un châle. D'après Maeve, plus une femme convict était polie et propre sur elle, meilleur était son placement. Une maison raffinée n'était pas forcément synonyme de maîtres aimables, mais, quoi qu'il en soit, les conditions de travail y seraient plus faciles. Il arrivait qu'on bénéficie même d'avantages : des rations supplémentaires, des vêtements, des chaussures… Peut-être même un jouet ou un livre dont on ne voudrait plus et qu'elle pourrait offrir à Ruby.

Les colons remontaient et descendaient les deux rangées en posant des questions : Quelles sont vos compétences ? Pouvez-vous cuisiner ? Savez-vous coudre ?

« Oui, monsieur, dit une convict non loin d'elle. J'ai été employée comme simple cuisinière et comme bonne à tout faire.

— Je suis servante de ferme, madame, répondit une autre. Je peux faire la lessive et repasser. Traire les vaches et faire du beurre. »

Une femme d'âge mûr bien en chair, vêtue d'une robe bleu marine sous un épais pardessus et coiffée d'un bonnet en fourrure, marqua une pause devant Hazel avant de continuer à avancer le long du rang. Quelques instants plus tard, elle revint.

« Comment vous appelez-vous, détenue ?

— Hazel Ferguson, madame.

— Je ne vous ai jamais vue auparavant. Quel était votre poste précédent ? »

La femme lui parut hautaine. Elle n'avait probablement jamais été convict.

« Je travaillais à la garderie.

— Vous avez un enfant ?

— Oui, une fille. Elle est à la Queen's Orphan School maintenant.

— Vous ne semblez pas avoir plus de… »

Hazel dit la vérité.

« J'ai dix-sept ans. »

La femme hocha la tête d'un air approbateur.

« Quelles sont vos compétences ? »

Hazel se mordilla la lèvre inférieure. Selon Maeve, personne ne voulait d'une infirmière ou d'une sage-femme ; on ne faisait pas suffisamment confiance aux convicts pour leur confier ces postes-là.

« Je peux remplir le rôle de bonne, madame. Et celui de femme de chambre.

— Vous avez de l'expérience avec la lessive ?

— Oui.

— Vous avez déjà travaillé en cuisine ?

— Oui, madame », répondit Hazel, bien que ce ne fût pas le cas.

La femme se tapota les lèvres du bout des doigts, songeuse.

« Je suis Mme Crain, l'intendante du gouverneur de Hobart Town. Les standards de ma maison sont exigeants. Je ne tolère aucun laisser-aller ni aucune mauvaise conduite. Suis-je claire ?

— Oui, madame.

— Si je suis venue, c'est parce que j'ai dû me séparer de la dernière domestique convict que j'aie engagée. Pour être honnête, je préférerais ne pas avoir recours à la main-d'œuvre de la prison, mais je n'ai pas le choix. Les colons libres ne sont tout simplement pas assez nombreux. »

Elle leva la main et Mme Hutchinson se hâta de les rejoindre.

« Celle-ci devrait faire l'affaire, madame Crain, lui assura-t-elle. Nous n'avons reçu aucune plainte. »

Hazel suivit Mme Crain jusqu'à une calèche aux sièges bleu vif, qui attendait devant la forteresse. Le mont Wellington était couvert de neige.

« Vous allez prendre place en face de moi aujourd'hui, dit l'intendante d'un ton brusque. À partir de demain, vous ferez le trajet en charrette avec les autres convicts, avant le lever du soleil. »

Hazel n'était plus montée dans une vraie voiture depuis ses six ans, lorsqu'elle avait visité le village balnéaire de Troon, la seule fois où sa mère et elles étaient parties en excursion. Une autre personne avait partagé le véhicule avec elles, un homme dont l'haleine empestait l'alcool et qui n'avait cessé de poser la main sur le genou de sa mère. Celle-ci avait promis qu'elles dégusteraient des *crumpets* – de petites crêpes épaisses – et des gâteaux à la crème dans un salon de thé, et qu'elles se promèneraient le long de la côte si pittoresque. Finalement, Hazel avait passé beaucoup de temps à grelotter dans le vent froid, toute seule sur la plage, pendant que sa mère « explorait les boutiques » avec son nouvel ami.

Encore une déception. Cela dit, Hazel gardait un souvenir fort agréable du trajet en voiture.

Et voilà qu'elle se trouvait assise avec Mme Crain, à faire son possible pour ne pas trembler comme une feuille.

Les chevaux trottèrent un moment sur Macquarie Street avant de tourner dans une longue allée bordée d'eucalyptus. Ils s'immobilisèrent devant une majestueuse bâtisse en grès. Deux escaliers courbés menaient à la porte d'entrée. Hazel emboîta le pas à l'intendante, qui l'emmena dans les logements des domestiques où elle se changerait avant et après sa journée de travail.

Des robes de coton bleu étaient accrochées à une barre à l'intention des bonnes, et des étagères contenaient des piles de tabliers, coiffes, sous-vêtements et bas. Mme Crain montra à Hazel l'endroit où elle se laverait le visage et les mains avant de commencer le travail, et elle lui donna un peigne – objet interdit dans l'enceinte des Cascades – pour séparer ses cheveux par le milieu en une raie bien nette, avant de les attacher et de les couvrir d'un bonnet.

Une domestique convict devait être occupée à chaque instant, lui dit Mme Crain. Elle n'était autorisée ni à bavarder, ni à rire, ni à s'asseoir, à moins que ce fût pour coudre ou polir l'argenterie.

« Ouvrir la porte d'entrée vous est formellement interdit. C'est le rôle du majordome, précisa-t-elle alors qu'elle faisait visiter la demeure à Hazel. Vous ne vous adresserez pas directement aux membres de la famille Franklin ni à leurs visiteurs. Vous utiliserez les escaliers et les couloirs à l'arrière de la maison. Faites toujours votre possible pour qu'on ne vous voie pas. »

Deux des bonnes avec lesquelles Hazel s'entretint plus tard dans la matinée lui donnèrent des conseils bien différents. Parfois, sir John vous attrapait au moment et à l'endroit où vous vous y attendiez le moins, alors il fallait toujours rester sur ses gardes. Lady Franklin tenait le personnel pour responsable de tout ce qui tournait mal. Quant à Mlle Eleanor, elle n'était pas très dégourdie et pouvait se montrer exigeante. Par exemple, elle avait une fois insisté pour qu'une domestique convict reste debout toute la nuit à coudre l'ourlet d'une robe qu'elle souhaitait porter à une fête. Tout cela pour décider, le lendemain, qu'elle préférait une autre toilette.

Elles révélèrent également à Hazel que les Franklin avaient recueilli une petite Aborigène, qui logeait dans la nursery. C'était comme une sorte d'expérience pour eux, l'une des fameuses lubies de lady Franklin.

« Cette fille, elle est comment ? s'enquit Hazel.

— Elle a l'air solitaire, la pauvre. Elle avait un animal de compagnie, une belette. Malheureusement, le clébard de Montagu l'a bouffé.

— C'était un opossum, je crois, intervint une autre. J'avais entendu dire que les indigènes ne s'exprimaient que dans un genre de charabia, mais celle-ci parle aussi bien le français que l'anglais.

— Peut-être que les plus intelligents peuvent être dressés, suggéra la première. Comme les chiens. »

Cette fillette attisait la curiosité de Hazel. Elle n'avait jamais vu d'indigène ; étaient-ils réellement si différents ? Elle préféra toutefois ne pas s'étendre sur le sujet. Elle n'allait pas commencer à jaser, ni à poser des questions ou compromettre d'une quelconque façon sa nouvelle position. Tout ce qu'elle souhaitait, c'était s'accrocher à deux mains à sa place dans cette maisonnée, purger sa peine et être libérée.

Au cours des quelques semaines qui suivirent, Hazel prit ses marques dans la maison du gouverneur. Dès son arrivée à l'aube, elle se dépêchait d'aller chercher du bois pour l'âtre, dans la cabane située derrière la cuisine. Après avoir allumé le feu, elle remplissait deux grosses bouilloires noires avec l'eau de la citerne placée dans la cuisine et les pendait à des crochets en métal au-dessus des flammes. Lorsque la cuisinière arrivait, Hazel et une autre bonne faisaient le tour du bâtiment principal pour allumer les feux dans la salle du petit déjeuner et dans les salons, afin qu'il y fasse bon lorsque sir John et lady Franklin sortiraient de leurs chambres. Les domestiques convicts balayaient ensuite le vestibule, les marches du perron et la véranda, puis dressaient la table du petit déjeuner pour la famille avant d'aller faire griller des toasts et de disposer du beurre dans de minuscules ramequins. Tandis que le gouverneur et son épouse mangeaient, les bonnes s'occupaient de leurs chambres à coucher, où elles retiraient les cendres des cheminées et en frottaient les grilles, avant d'ouvrir les fenêtres et d'aérer les matelas de plume, en les retournant et en les battant pour leur redonner forme. (Quelle différence entre ces couches duveteuses et les rudimentaires hamacs de toile des Cascades !) Elles dépoussiéraient les cadres des tableaux, les fauteuils et les étagères remplies de livres. Pour finir, elles emportaient les pots de chambre jusqu'aux toilettes extérieures, derrière les écuries, où elles les vidaient avant de les rincer avec de l'eau du puits.

Quand les Franklin avaient fini de se sustenter, Hazel débarrassait la table et lavait la vaisselle dans l'évier de pierre de la cuisine, en prenant bien garde à ne pas ébrécher la délicate porcelaine. Elle pouvait ensuite elle aussi prendre son petit déjeuner : du porridge accompagné de thé et de tartines de miel.

Après quoi, elle astiquait les chandeliers et coupait les mèches des lampes.

Tout au long de la journée, elle prenait soin de remplir les bouilloires lorsqu'elles étaient vides. Et deux fois par jour, elle s'agenouillait devant l'âtre de la cuisine pour en sortir les cendres et nettoyer la grille.

Les corvées à effectuer l'après-midi variaient de jour en jour. Le lundi, Hazel faisait le ménage dans la cuisine : elle récurait le cellier et les tiroirs, et briquait à genoux le sol de pierre, en faisant de son mieux pour ne pas se trouver sur le passage de la cuisinière. Le mardi et le mercredi étaient les jours de lessive. Dans chaque chambre, elle ôtait les draps des lits et récupérait les vêtements sales, dont elle retirait les boutons et les rubans avant de les faire tremper dans de larges cuves en cuivre. Trois domestiques convicts passaient ensuite le linge dans l'essoreuse et, inévitablement, se retrouvaient trempées jusqu'aux os. Il leur fallait enfiler des uniformes secs avant d'étendre le linge propre sur la pelouse ou de l'accrocher sur le fil.

Les chemises blanches de sir John, à moitié gelées sur la corde à linge, ressemblaient à une armée de fantômes.

On nettoyait les chambres le jeudi, et la salle à manger ainsi que les salons, le vendredi. Une fois par semaine, le vendredi matin, trois bonnes remplissaient les baignoires d'eau chaude, apportée par les garçons d'écurie, et y ajoutaient de l'huile parfumée à la lavande.

Pour la première fois de son existence, Hazel avait un emploi stable. La maison était bien rangée, il y faisait bon et un parfum de lilas flottait dans l'air. Hazel aimait entendre les bruits de la cour : le *clic-clac* des sabots des chevaux sur les pavés, le chant des coqs et les grognements des cochons. Et elle se délectait des doux fumets venant de la cuisine : les tartes aux fruits qui refroidissaient sur le plan de travail, l'agneau qui rôtissait lentement sur le tournebroche… Elle se serait considérée comme chanceuse si, pendant ce temps, Ruby n'avait pas été captive d'un orphelinat où elle dépérissait.

Chaque jour, au milieu de l'après-midi, Hazel avait droit à une pause d'un quart d'heure dans la cuisine, et elle en profitait pour se réchauffer les mains autour d'une tasse de thé sucré avec de la confiture. Elle avait commencé à collectionner des bouts de vêtements ou de draps trop usés pour être utilisés par les Franklin et, pendant les moments de calme, elle sortait les petits carrés qu'elle y avait découpés et les cousait ensemble, afin de créer une couverture en patchwork pour Ruby.

Un vendredi matin, Hazel se trouvait dans le salon vert, en train de nettoyer la grille du foyer, quand lady Franklin pénétra dans la pièce en compagnie de Mme Crain. Hazel se hâta de rassembler ses brosses et se leva pour sortir, mais lady Franklin lui fit un signe de la main et dit :

« Je préfère que vous terminiez votre tâche plutôt que de laisser des cendres dans la cheminée. »

Les deux femmes prirent place autour d'une petite table ronde pour discuter du programme de la journée. Un rétameur ambulant avait annoncé son passage et Mme Crain allait rassembler les ustensiles qui nécessitaient son intervention. Les vitrines disposées dans les appartements de lady Franklin devaient être dépoussiérées : Mme Crain pourrait-elle confier cette tâche à une bonne ? Oh, et il faudrait informer la cuisinière que sir John avait invité un convive de plus pour le dîner.

« Il faudra prévoir un marque-place pour lui. Il s'appelle… Attendez voir… »

À l'aide d'une loupe, l'épouse du gouverneur chercha l'information sur le papier qu'elle tenait en main.

« Caleb Dunne. Docteur Caleb Dunne. »

Surprise d'entendre ce nom, Hazel laissa tomber sa brosse. Mme Crain lui jeta un regard agacé.

« Sir John l'a rencontré lors d'un déjeuner, il y a quelques jours, poursuivit lady Franklin. Il a récemment emménagé à Hobart Town et vient d'ouvrir un cabinet médical. Il est célibataire, apparemment. C'est dommage, mais je ne trouve pas de jeune dame à côté de qui le placer à table…

— Mademoiselle Eleanor ? suggéra l'intendante.

— Juste ciel ! Non, répondit lady Franklin avec un petit rire. Le docteur Dunne est un intellectuel. Il a étudié au Royal College of Surgeons. Installez-le à côté de moi. »

Quand, plus tard dans la journée, Hazel croisa Mme Crain dans la cour, elle s'offrit de rester plus tard pour aider avec le dîner. L'intendante déclina sa proposition en secouant la tête.

« Nous n'employons que des colons libres pour les événements du soir. Lady Franklin ne veut pas de convicts dans la propriété après la tombée de la nuit. »

Le lendemain matin, Hazel posa nonchalamment quelques questions au sujet de la fête, mais tout ce qu'elle parvint à glaner fut que le rôti était trop cuit (d'après la cuisinière), et que les convives avaient bu ce qui restait de sherry, jusqu'à la dernière goutte (d'après Mme Crain). Aucune des deux n'avait quelque chose à dire à propos du docteur Dunne.

Le dimanche venu, tandis qu'elle patientait avec les autres mères devant les portes en bois de la prison, en attendant le départ pour l'orphelinat, Hazel admira leur sang-froid tenace, et le sien. Elles marchaient péniblement six kilomètres dans le froid, en silence, attendaient une heure voire plus pour qu'on les laisse entrer, puis passaient deux heures à tenter désespérément de rattraper le temps perdu au cours de la semaine.

On devrait déchirer nos vêtements, songeait-elle. *On devrait hurler dans les rues.*

Pendant les visites, le directeur de l'orphelinat ne les quittait pas des yeux, de peur qu'une de ces mères ne cherche à fuir avec son enfant. Il avait raison de s'inquiéter. Au fond, Hazel n'avait qu'une envie : arracher Ruby à cet endroit et prendre ses jambes à son cou. Elle passait des heures, des jours, à y penser. Songer au passage à l'acte l'exaltait. À vrai dire, elle éprouvait ce sentiment dès qu'elle s'imaginait faire quoi que ce soit.

Hazel récitait les comptines de la Mère l'Oie qu'elle se souvenait d'avoir entendues dans son enfance ; elles parlaient d'un garçon qui dégringole d'une colline et se fracture le crâne, du pont de Londres qui s'écroule, et d'un homme qui se cogne la tête en se mettant au lit et ne se lève pas le lendemain matin. Comme n'importe quel enfant d'un an, la petite Ruby babillait, enchantée par ces vers, tandis que Hazel ne pouvait s'empêcher de songer au chagrin et au malheur qu'ils contenaient. Un enfant en sang, un pont détruit, un homme qui mourait dans son lit.

Dors, mon bébé, en haut du pommier,
Si le vent souffle il va te bercer,
Si la branche casse, patatras !
Berceau, bébé, tout se retrouve en bas[1].

---

1. *Le Grand Livre de la Mère l'Oie*, Arnold Lobel. Traduction de Rose-Marie Vassalo, Flammarion, 1988.

Ces comptines lui semblaient désormais de mauvais augure. Comme des avertissements.

Chaque semaine, elle trouvait Ruby plus pâle et plus renfermée. Désormais, la petite ne s'accrochait plus à elle quand elle arrivait et ne pleurait plus à chaudes larmes lorsqu'elle s'en allait. Ruby était devenue presque indifférente, examinant Hazel froidement derrière ses cils baissés. Au bout de quelques mois, la petite fille la traitait comme une inconnue bienveillante. Elle la laissait jouer avec elle à *Trois petits chats*, mais c'était manifestement à contrecœur, comme un chaton cherche à se défaire d'une étreinte qu'il n'a pas souhaitée.

Un dimanche, Hazel découvrit des bleus sur le haut des bras de Ruby et, une autre fois, des marques rouges à l'arrière de ses jambes.

« Quelqu'un t'a fait du mal ? » s'enquit-elle, en scrutant le regard de la fillette pour tenter d'y lire la vérité.

Ruby se détourna, perturbée par le ton grave de Hazel et trop jeune pour comprendre ce qu'elle lui demandait.

Hazel alla se plaindre auprès du directeur, qui releva le menton et rétorqua d'un ton méprisant :

« Aucune marque n'apparaît sur des enfants qui ne l'ont pas mérité. »

Le cœur blessé de Hazel saignait en permanence.

Qu'est-ce que Ruby pouvait bien subir en son absence ?

Un soir, à son retour de Government House, elle trouva Olive qui l'attendait derrière la porte principale des Cascades. Hazel ne l'avait plus vue depuis un moment car, sans surprise, elle avait été condamnée à trois semaines dans la cour des criminelles pour blasphème et insubordination.

« Sois prudente. Y en a qui pensent que t'as droit à un traitement de faveur, lui dit son amie en désignant un groupe de femmes à l'autre bout de la cour. D'abord les quartiers du chirurgien-major sur le bateau, puis la garderie, et maintenant la maison du gouverneur… »

Hazel opina du chef. Elle savait bien que sa situation était meilleure que celle d'autres convicts. Leurs employeurs buvaient, les faisaient travailler comme des mules, les battaient… Et combien attendaient un enfant qu'elles n'avaient pas désiré ? Certaines en venaient à user de n'importe quel recours pour échapper à leur lieu de travail, jusqu'à sucer des tuyaux en cuivre afin d'avoir la langue bleue et des maux d'estomac qui les rendaient inaptes.

« Fais bien attention, c'est tout », lui recommanda Olive.

MATHINNA

« Il devient de plus en plus apparent que les Aborigènes de cette colonie sont, et ont toujours été, une race des plus déloyale ; et que la bienveillance et l'humanité des colons libres, dont ils ont toujours fait l'expérience, ne les ont pas civilisés le moins du monde. »

George ARTHUR, gouverneur de la Terre de Van Diemen, dans une lettre à sir George Murray, ministre de la Guerre et des Colonies, 1830

Government House, Hobart Town, 1841

Mathinna avait l'impression que l'hiver ne finirait jamais. La cour était toujours recouverte d'une fine couche de boue gelée qui se craquelait sous ses pas. Comme on ne faisait pas de feu dans sa chambre à coucher, elle était glacée jusqu'aux os. Elle se glissa à pas de loup dans le bâtiment principal à la recherche d'un endroit pour se réchauffer, mais Mme Crain la chassa de toutes les pièces. Elle finit par trouver refuge dans la cuisine.

Alors qu'elle coupait des pommes de terre tout en sirotant un verre de gin sucré, Mme Wilson lui parla de sa vie en Irlande, il y avait fort longtemps de cela. Elle avait un jour été la cuisinière d'un beau domaine situé non loin de Dublin. Elle raconta à Mathinna qu'elle avait été injustement accusée d'avoir subtilisé du linge de maison pour le vendre dans la rue. Son employeur venait de rentrer de Paris avec une malle pleine de nouveau linge, et Mme Wilson avait pensé – à tort, certes – qu'elle rendrait service à la famille en débarrassant l'ancien. Personne ne s'en serait aperçu si les serviettes de table n'avaient pas été monogrammées. Voilà où avait été son erreur :

elle aurait dû défaire les broderies. Elle croyait sincèrement que madame la baronne serait ravie de savoir que ses tissus défraîchis – des loques, en réalité – avaient trouvé une seconde vie.

« Ah oui, vous pensiez qu'elle serait ravie de savoir que la cuisinière chapardait son linge ? » lança la nouvelle bonne qui repassait un drap dans le fond de la pièce, un sourire narquois aux lèvres.

Mme Wilson leva la tête de ses patates.

« Je ne le chapardais pas, je les en débarrassais.

— Mais vous empochiez l'argent, non ?

— Ce n'est pas madame la baronne qui m'a dénoncée à la police, protesta-t-elle. Le majordome m'avait prise en grippe. Ma faute, je suppose. J'avais repoussé ses avances une fois de trop. »

La bonne sourit à Mathinna.

« Vous pensez que lady Franklin ferait quoi s'il me prenait l'envie de piquer un ou deux chemins de table ?

— Te donne pas d'grands airs ! s'exclama Mme Wilson. Tu peux parler, toi. Des cuillères en argent, d'après ce que j'ai entendu !

— Juste une.

— C'est pareil.

— J'assume, moi, au moins. »

Le regard de Mathinna passait de l'une à l'autre. Elle n'avait jamais entendu une domestique convict défier la cuisinière. La bonne lui adressa un clin d'œil.

« Je vous taquine, madame Wilson. On fait ce qu'on peut pour s'égayer par ce temps gris et froid.

— Tu as de la chance d'être ici, Hazel. Tu ferais mieux de rester à ta place. »

La bonne leva le drap et joignit les coins pour le plier.

« Aucune d'entre nous n'a vraiment de la chance d'être ici, madame Wilson. Mais je vous l'accorde.
— J'espère bien », répondit la cuisinière.

Quelques jours plus tard, alors que Mme Wilson faisait sa tournée quotidienne – à l'abattoir, la crémerie et au poulailler –, la nouvelle bonne entra à nouveau dans la cuisine avec un panier de draps. Elle prit l'un des fers noirs alignés sur une étagère, le plaça sur les charbons rougeoyants du foyer puis s'affala sur une chaise.

« Ah, mes pauvres pieds, soupira-t-elle. Cette marche depuis les Cascades est beaucoup trop longue. »

Mathinna était debout près de l'âtre, à se réchauffer les mains.

« Je croyais qu'ils vous transportaient jusqu'ici dans une charrette.
— Ils nous font marcher, maintenant. Paraît que c'est bon pour nous. Maudits bourreaux. »

Mathinna l'étudia du regard. Hazel était aussi frêle qu'un arbrisseau et avait des boucles rousses attachées sous son bonnet blanc. Comme les autres domestiques convicts, elle portait un tablier blanc sur une robe bleue.

« Ça fait longtemps que vous êtes aux Cascades ?
— Non, pas très longtemps. C'est mon premier poste à l'extérieur. »

Elle se leva et entoura sa main d'un chiffon avant d'attraper le fer chaud.

« Alors, c'est quoi, votre histoire ? »

Mathinna haussa les épaules en guise de réponse.

La bonne lécha son doigt, le posa sur la surface lisse du fer pour tester la température et s'approcha de la table à repasser. Elle posa le fer sur un dessous-de-plat.

« Où sont vos vrais parents ?

— Morts.

— Tous les deux ? »

Mathinna hocha la tête.

« J'ai un autre père, en fait. Il est toujours vivant, je pense. Sur l'île Flinders.

— C'est où, ça ? »

Mathinna traça une ligne en l'air, qui partait vers le haut.

« Une petite île. Au nord.

— Ah ! C'est de là que vous venez ?

— Oui. C'est loin d'ici. Je suis venue sur un bateau. »

Personne n'avait jamais posé ces questions à Mathinna. Ni aucune autre question, d'ailleurs. Donner ces réponses lui fit un drôle d'effet – elle s'aperçut à quel point elle en avait peu dit sur elle-même depuis son arrivée à Hobart Town. En fait, la plupart des gens ne désiraient pas en apprendre plus sur elle.

« Vous êtes toute seule, alors, c'est ça ? demanda Hazel. Enfin, il y a beaucoup de monde ici, mais personne ne prend vraiment soin de vous.

— Eh bien… il y a Mlle Eleanor…

— Ah oui, vraiment ? »

Non, pas vraiment, songea Mathinna. Elle secoua la tête et réfléchit un instant.

« Sarah se préoccupait de moi, je crois. Sauf qu'un jour elle a arrêté de venir.

— Elle est aux Cascades ?

— Oui.

— Hmm… Ses cheveux sont sombres, bouclés ?

— Oui », répondit Mathinna avec un sourire.

La bonne soupira.

« C'est Sarah Stoup. Elle est au mitard. Elle s'est fait pincer avec de l'alcool.

— Oh ! Alors ils l'obligent à tirer de l'étoupe de vieux cordages ?

— Comment le savez-vous ?

— Elle m'a dit que c'était horrible, comme travail. Une bonne raison de ne pas commettre de meurtre.

— Eh bien, elle n'a pas commis de meurtre. En fait, ils ont besoin de l'étoupe pour les navires et ils sont prêts à trouver n'importe quelle excuse pour que les convicts se chargent de cette corvée, lui expliqua Hazel en saisissant une serviette de table dans un panier à ses pieds. Je pourrais essayer de lui faire passer un message, si vous voulez.

— Non, c'est pas la peine. On ne se connaît pas si bien que ça… »

La domestique lissa la serviette sur la table à repasser.

« C'est dur d'être ici. Je viens de loin aussi, d'une île au-delà de l'océan.

— Comme Mlle Eleanor », dit Mathinna, en songeant à la grande étendue bleue sur le globe, dans la salle de classe.

Son interlocutrice eut un petit rire sans joie.

« Mlle Eleanor voyageait sur une autre sorte de bateau. »

Mathinna aimait bien cette bonne, Hazel. C'était la première à Hobart Town qui la traitait comme une vraie personne. Avec un signe de tête vers le panier, elle proposa :

« Je pourrais plier le linge.

— Non. C'est à moi de m'en charger. »

Mathinna soupira.

« J'ai fini mes devoirs. Je n'ai rien d'autre à faire.

— Si je vous laisse m'aider, je m'attirerai des ennuis. »

Hazel sortit une pile de serviettes de table du panier. « Mais… peut-être que, plus tard, je pourrai vous apprendre quelque chose. Comment préparer un cataplasme, par exemple. Ça vous servira si vous vous écorchez le genou. »

Elle pointa du doigt les herbes aromatiques accrochées au plafond.

« Il faut commencer par de la moutarde. Ou du romarin. Vous broyez la plante, puis vous la mélangez avec du lard, peut-être, ou bien des oignons ramollis. »

Mathinna leva les yeux vers les bouquets pendus au-dessus d'elles.

« Où avez-vous appris à faire ça ?

— Ma mère me l'a enseigné. Il y a longtemps.

— Elle est encore vivante ? »

Les traits de Hazel s'assombrirent. Elle se retourna vers son linge.

« J'en sais rien. »

Pour célébrer l'arrivée du printemps, il fut décidé que les Franklin organiseraient un dîner dansant dans le jardin. Lors d'une courte visite dans la salle de classe, lady Franklin annonça que les études de Mathinna seraient temporairement suspendues pour qu'Eleanor lui donne des leçons de danse.

« Si elle doit assister à la soirée, il faut qu'elle sache danser la valse, le *Scotch Reel*, le cotillon et le quadrille, dit-elle à Eleanor.

— Mais nous mémorisons les tables de multiplication, protesta Eleanor. Elle est en plein milieu.

— Oh, pour l'amour du ciel ! Apprendre à danser comptera beaucoup plus pour ses ambitions sociales que les tables de multiplication, je vous assure.

— Vous voulez dire : *vos* ambitions sociales, marmonna Eleanor.

— Je vous demande pardon ?

— Rien. Qu'en pensez-vous, Mathinna ? Aimeriez-vous apprendre à danser ?

— Je sais déjà danser », répondit Mathinna.

L'épouse et la fille du gouverneur se regardèrent.

« Ce ne sont pas les mêmes danses », déclara Eleanor.

Plusieurs jours de suite, Eleanor s'assit avec Mathinna à la table de la salle de classe et dessina les schémas des pas sur une ardoise, avec des X qui représentaient chaque participant et des flèches pour indiquer leurs déplacements. Ensuite, elles commencèrent à s'entraîner toutes les deux dans la cour, derrière le poulailler. Dans toutes les leçons qu'elle donnait à Mathinna, Eleanor s'avérait trop égocentrique pour être une enseignante inspirante, sans parler du fait qu'elle n'avait aucune curiosité intellectuelle. Elle allait d'une matière à une autre comme si elle barrait des éléments sur une liste. Pourtant, ces mêmes traits de caractère faisaient d'elle une excellente professeure de danse. Ses joues rosissaient et ses yeux brillaient lorsqu'on admirait et imitait chacun de ses pas. Elle était si jolie quand elle virevoltait ! Dès qu'elle se lassait d'une danse, elle en choisissait une autre, et c'était réglé. Elle faisait preuve d'entrain et de persévérance, et semblait ravie de passer des heures à montrer ces mouvements.

Par un après-midi ensoleillé, Eleanor convainquit un garçon d'écurie, deux bonnes, deux cochers désœuvrés et le boucher de se joindre à elles. Elle apprit que le majordome, M. Grimm, jouait du violon et le persuada de les accompagner. Il faisait bon et l'atmosphère était conviviale. En outre, pouvoir toucher la main de quelqu'un en public sans crainte des réprimandes était exaltant.

Mathinna trouvait ces danses, avec leurs pas chorégraphiés, aussi logiques que les mathématiques. Elles consistaient en une série de mouvements précis qui, effectués dans le bon ordre, produisaient le résultat attendu. Une fois qu'elle les maîtrisait, c'était comme si son corps se mouvait tout seul et, sous peu, elle commença à assister Eleanor pour rassembler les danseurs et les conduire à leur place. Elle aimait le rythme des morceaux de musique qui guidaient ses pas : *un-deux-trois-quatre, un-deux-trois... un-deux-trois-quatre, un-deux-trois...*

« Elle sera prête à temps, n'est-ce pas ? demanda lady Franklin à Eleanor une semaine avant la fête.

— Oui. Elle apprend vite.

— Il faut que sa performance soit un triomphe, Eleanor. À quoi bon l'inclure, sinon ? »

Le grand événement approchait. Plus que quatre jours. Trois jours. Deux... Mathinna observa une équipe de travailleurs venus monter une énorme tente en toile blanche dans le jardin latéral, puis y poser un plancher. Dès que ce fut fait, on chargea une demi-douzaine de domestiques convicts de la décoration, sous la direction de lady Franklin, qui ne bougeait pas le petit doigt mais pouvait repérer une chaise mal placée ou un pied de table branlant à cinq cents pas.

La musique tournait en boucle dans la tête de Mathinna. La nuit, dans son lit, elle remuait les orteils

– *un-deux-trois-quatre, un-deux-trois* – et marquait le rythme avec ses doigts. Au cours de la journée, elle dansait au lieu de marcher, tenait sa tête un peu plus haut que d'habitude et agitait les bras en l'air. Les gens de maison se montraient avec elle plus amicaux qu'auparavant. Ils souriaient quand ils la voyaient approcher dans le couloir, la complimentaient sur son jeu de jambes, l'interrogeaient à propos des différences entre une valse et un quadrille.

Seule Mme Crain, qui passait dans la cour à un moment où Mathinna révisait ses pas, émit une critique :

« N'oubliez pas qu'il s'agit de danses anglaises formelles, dit-elle d'un ton sévère. Il faut que vous vous reteniez de faire des fioritures aborigènes. »

Mathinna était perchée sur un tabouret au centre de sa chambre tandis que Hazel, à genoux, inspectait le bas de sa jupe.

La robe écarlate allait toujours à Mathinna au niveau de la taille, il avait seulement fallu la rallonger de quelques centimètres et élargir légèrement les manches.

« Fait sacrément sombre ici, bougonna-t-elle. Je vois à peine ce que je fais. »

Mathinna contemplait la raie dans les cheveux roux de Hazel et les constellations de taches de rousseur sur ses avant-bras. Autour de son cou, un pendentif rond en métal étincelait dans la faible lueur ambrée.

« C'est quoi, ça ? s'enquit-elle en le désignant.

— Quoi ? »

Hazel toucha sa gorge.

« Oh ! J'oublie parfois que je le porte. Tournez-vous, il faut que j'épingle l'arrière. Il appartenait à une amie. »

Mathinna regarda par-dessus son épaule et demanda :

« Pourquoi ce n'est pas votre amie qui le porte ? »

Hazel garda le silence un instant.

« Elle est morte, finit-elle par répondre. C'est tout ce qui me reste d'elle. Enfin, à part…

— À part quoi ?

— Oh, une ou deux petites choses. Un mouchoir, par exemple. »

En aidant doucement Mathinna à descendre de son siège, Hazel annonça :

« C'est terminé ! On va vous l'ôter et puis je coudrai le nouvel ourlet avant de partir. »

Tandis que Hazel déboutonnait la robe, Mathinna lui confia :

« Avant, je portais des colliers de coquillages verts fabriqués par ma mère, mais lady Jane me les a pris.

— Oh… Je suis désolée. Je pourrais les lui chiper, si vous voulez.

— Oh, non ! On vous mettrait au mitard comme Sarah Stoup et je ne vous reverrais plus jamais. »

Government House, Hobart Town, 1841

Le jour du bal, le temps était anormalement humide pour la saison. Sous le chapiteau, en fin de matinée, le mimosa doré piquait déjà du nez dans les vases disposés sur les tables. À midi, un rideau de brume enveloppait les arbres. C'était sir John qui avait tenu à ce que la fête se déroule en extérieur, déplorait lady Franklin devant quiconque voulait bien l'écouter. Facile pour lui d'insister, puisqu'il ne s'occupait pas du tout de l'organisation ! Vers la fin de l'après-midi, elle envoya deux domestiques convicts en ville pour trouver des éventails en papier – « Trois douzaines. Non, quatre ! » – et demanda à Hazel de lui préparer un bain à la lavande dans ses appartements.

À 18 heures, lorsque les premiers invités arrivèrent, l'air était toujours très lourd. Après s'être concertée avec Mme Crain et les musiciens, lady Franklin décida de remettre le début du bal à 20 h 30, heure à laquelle il ferait certainement plus frais.

Sir John, fringant dans son smoking aussi soyeux qu'un pelage de wombat, vint à la rencontre de sa fille et de Mathinna dans l'allée pavée devant Government House. Eleanor portait une robe décolletée en taffetas dont la couleur crème rappelait celle de ses boucles blondes.

« Comme nous sommes chics, tous les trois ! s'exclama sir John. Lady Franklin insiste pour que je danse avec vous, Mathinna. Êtes-vous prête à devenir le centre de l'attention ? »

Elle était plus que prête. Toute la journée, elle avait tremblé d'excitation à l'approche du grand événement. Elle avait appliqué une pommade à la rose qui faisait briller sa peau et des rubans de velours assortis à sa ceinture noire retenaient sa chevelure huilée. Elle portait de nouveaux bas rouges et ses souliers fraîchement cirés. Quant à sa robe écarlate, elle avait été repassée avec de l'amidon et bruissait autour de ses jambes.

« Je ne pense pas qu'elle te causera d'embarras, papa, tant qu'elle se souvient des pas, dit Eleanor.

— Ma seule inquiétude, c'est que ce soit moi qui l'embarrasse, répondit sir John avec galanterie. Franchement, je croyais que mes années de cotillon étaient derrière moi. »

Il offrit un bras à chacune et les escorta jusqu'à la tente, où Eleanor rejoignit une troupe de jeunes dames parées de toilettes aux couleurs vives. Quant à Mathinna et sir John, ils se retrouvèrent en un rien de temps encerclés par toute une foule. Mathinna avait déjà rencontré certains des convives, mais nombre d'entre eux étaient des inconnus. Elle salua les invités qu'elle reconnaissait d'un sourire et tenta d'ignorer ceux qui la fixaient avec des yeux ronds.

Une douairière, dont la chevelure faisait penser au glaçage d'un gâteau, s'approcha d'un pas chancelant.

« J'ai entendu dire que vous aviez acquis un sauvage, sir John, mais je n'osais y croire. Pourtant, le voilà… et dans une robe de bal ! »

Une douzaine de têtes pivotèrent vers Mathinna, comme un banc de poissons vers un quignon de pain. Elle sentit le rouge lui monter aux joues et prit une profonde inspiration. Lorsqu'elle leva les yeux vers sir John, il lui adressa un clin d'œil, comme pour indiquer que la grossièreté de cette femme faisait simplement partie du jeu.

« C'est une demoiselle, madame Carlisle. Et elle se prénomme Mathinna.

— Est-ce qu'il… elle nous comprend ?

— Tout à fait. D'ailleurs, je pense probable qu'elle en comprenne bien plus qu'elle ne nous le laisse croire. N'est-ce pas, Mathinna ? »

Elle savait ce que sir John lui demandait. Il désirait qu'elle les éblouisse. Avec un signe de tête majestueux, elle déclara :

« *Vous serez surpris de voir tout ce que je sais**. »

Des exclamations de surprise et quelques applaudissements retentirent.

« Extraordinaire !

— Qu'a-t-elle dit ? »

Tous les invités ne parlaient pas français, bien évidemment.

« Je crois que c'était : "Vous seriez surpris si vous pouviez voir tout ce que je sais", traduisit le gouverneur en parcourant l'assemblée du regard, l'air content de lui. Elle est culottée, cette petite.

— Charmante, commenta la douairière. Et où l'avez-vous dénichée, exactement ?

— Eh bien, c'est toute une histoire, répondit sir John. Lors d'un séjour sur l'île Flinders, nous l'avons découverte en train de cabrioler autour d'un feu de camp, sans chaussures et à peine vêtue. Une vraie primitive.

— Fascinant. Et regardez-la aujourd'hui, dans une robe en satin !

— Je ne peux pas m'empêcher de la montrer. Dites-nous encore quelques mots en français, Mathinna », demanda sir John.

Elle était un peu gênée d'être montrée ainsi en spectacle, mais puisqu'il le lui demandait, elle allait s'exécuter.

« *Vous allez voir ce que je sais faire sur la piste de danse. Je vais vous battre !**

— Sans aucun doute, ma chère, répliqua-t-il, amusé. J'aurai certainement du mal à vous suivre. Elle a pris des leçons de danse, alors que moi, je n'ai plus l'habitude !

— Elle semble être très à l'aise avec vous, fit remarquer une femme.

— En effet, c'est étonnant, mais les indigènes sont tout à fait capables de nouer des liens, acquiesça-t-il.

— Je dois dire que je suis impressionnée, avoua la douairière. Avoir sauvé cette sauvage d'une vie d'ignorance primitive et lui avoir permis d'apprécier l'art et la culture, voilà une formidable réussite. Peut-être même une réussite aussi remarquable que la conquête de l'Arctique.

— Et loin d'être aussi dangereuse !

— Cela reste à voir », répliqua-t-elle, la mine dubitative.

L'attention du gouverneur fut bientôt accaparée par une pile de gâteaux et Mathinna s'esquiva pour flâner parmi la foule. On lui tendit une petite coupe remplie d'un liquide doré, qu'elle accepta avant de se frayer un chemin vers le coin où, tout au fond de la tente, près de la piste de danse, les musiciens préparaient leurs instruments : un petit piano, un accordéon, un violon, une harpe, un grand tambour plat. Tandis qu'elle les regardait s'accorder et discuter entre eux avec une aisance familière, elle éprouva une douloureuse solitude.

Elle but une gorgée de sa boisson et sa gorge s'enflamma aussitôt, puis la chaleur s'apaisa après un instant pour laisser place à une saveur sucrée et tiède. Elle prit une nouvelle gorgée. Et vida son verre d'un trait.

« Êtes-vous prête, *ma fille** ? » s'enquit sir John en s'inclinant exagérément.

Il prit la main de Mathinna dans la sienne, gantée de blanc, afin d'ouvrir le bal. Deux par deux, les convives affluèrent pour former un grand cercle sur la large piste de danse. Ils s'alignèrent derrière sir John et Mathinna tels les animaux de l'arche de Noé. Les dames étaient aussi colorées et fragrantes que du freesia, les hommes aussi élégants que des pies dans leurs costumes sur mesure.

Mathinna redressa les épaules et releva le menton. Elle était la fille du portrait, dans sa robe de satin rouge.

Ils commencèrent par un quadrille, l'une de ses danses préférées. Guidée par son partenaire, elle exécuta chaque mouvement avec fluidité, son jeu de jambes léger et précis tandis qu'elle glissait sur le plancher. *Un-deux-trois-quatre, un-deux-trois, un-deux-trois-quatre, un-deux-trois.*

Toutefois, elle n'éprouvait plus la joie ressentie lorsqu'elle s'entraînait à maîtriser cette danse. Aux tables rondes qui entouraient la piste, les invitées papotaient derrière leurs éventails. Elles poussaient des exclamations en la regardant et la pointaient du doigt, ce que Mathinna préféra ignorer. (Après tout, elle n'était qu'une image en deux dimensions, n'est-ce pas ? Les regards et les murmures ne pouvaient pas l'affecter.) Alors qu'il tournait autour d'elle, sir John chuchota :

« Vous faites grande impression, ma chère. Vous le savez, n'est-ce pas ? Tournoyez ! Montrez-leur la vraie demoiselle que vous êtes devenue. »

À petits pas rythmés, la fille du portrait fit un tour sur elle-même et sa jupe écarlate se gonfla autour d'elle. Lorsqu'elle se rapprochait du centre du cercle avec trois autres dames, deux d'entre elles approchaient bien leurs mains des siennes, mais elles s'abstenaient de les toucher – et cela non plus ne l'atteignait pas.

À la fin du tour de danse, alors que le pianiste jouait une mélodie joyeuse, l'usage voulait que tous les danseurs se regroupent pour converser et rire, comme s'ils participaient à une pièce de théâtre. Mathinna mima l'attitude obséquieuse de lady Franklin lorsque des dignitaires de Londres leur rendaient visite : elle écarquilla les yeux et leva le menton un peu plus haut. Sir John, qui semblait reconnaître l'imitation, l'observait avec un air à la fois ravi et déconcerté.

Quelques danses plus tard, le visage du gouverneur était devenu tout rouge et il ne cessait de se tapoter le front avec un mouchoir pour tenter d'étancher la sueur qui venait tremper son col. Eleanor, qui dansait à côté d'eux, semblait soucieuse. À la fin d'un quadrille, elle prit la main de son père dans la sienne.

« Reposons-nous un peu, d'accord ?

— Je vais très bien, ma chère ! protesta-t-il alors qu'elle le guidait vers une table libre. Je ne voudrais pas ruiner vos chances avec ce bon parti.

— Ce n'est pas grave. Le docteur Dunne est peut-être beau, mais assez ennuyeux. Il n'arrête pas de parler des droits des convicts.

— Dans ce cas, je vous en prie, servez-vous de moi comme d'un prétexte pour lui échapper ! »

Sir John s'affala dans un fauteuil.

« Dis à ta mère que tu m'as forcé à quitter la piste de danse.

— Belle-mère, le reprit Eleanor. Et elle devrait me remercier, poursuivit-elle d'un ton acide. Au moins, quelqu'un prend soin de toi. »

Mathinna, désormais privée de partenaire, resta debout à côté de l'un des montants en bois du chapiteau, à regarder les animaux de Noé s'aligner pour le *Scotch Reel*. Elle accepta un autre verre du breuvage doré qu'on lui présentait sur un plateau d'argent et en but une gorgée, sentant la chaleur descendre dans sa gorge et jusque dans son ventre.

Le violoniste commença un air enjoué. Les jupes des dames se relevaient un peu alors qu'elles tournaient autour de leur partenaire. Puis la mélodie devint plus forte et plus insistante, et les femmes tapèrent dans leurs mains, en rythme, tandis que les hommes bondissaient en claquant leurs doigts gantés de blanc. Mathinna admirait de loin les participantes au teint pâle, habillées de nuances pastel, lorsqu'elle eut une révélation, comme si le brouillard se levait tout d'un coup. Oui, elle pouvait se faire passer pour la fille du portrait, vêtue d'une jolie robe en satin avec des rubans dans les cheveux. Elle pouvait maîtriser les pas du quadrille, du cotillon et du *Scotch Reel*. Elle pouvait parler le français aussi bien que l'anglais, et faire la révérence comme une princesse. Pourtant, rien de tout cela ne suffirait. Elle ne deviendrait jamais l'un d'eux, même si elle le souhaitait. Elle ne serait jamais à sa place à cet endroit.

À vrai dire, peut-être ne le désirait-elle pas…

Elle avait soudain le tournis, comme si elle venait de s'arrêter pour reprendre son souffle après avoir fait des pirouettes.

Petit à petit, sans le remarquer, Mathinna se mit à se balancer d'un côté puis de l'autre. La musique prit possession d'elle, en commençant par ses pieds. Les claquements des cordes du violon ressemblaient au battement d'un tambour. Sous sa robe, à l'abri des regards, ses petits pas imitaient ceux des danseurs. Puis le rythme gagna en force à l'intérieur d'elle, remonta de ses orteils à ses cuisses, à son ventre, à ses épaules, et courut finalement le long de ses bras jusqu'au bout de ses doigts… Les yeux clos, elle sentit la chaleur d'un feu de camp sur ses jambes et en perçut la lueur orange derrière ses paupières. Elle entendit Palle frotter une peau de tambour tandis que les anciens psalmodiaient en suivant le tempo. Une volée de puffins s'égaillait dans le ciel.

Avec des gestes désormais plus vifs, Mathinna arqua le dos. Son corps tout entier répondait à la musique. Des souvenirs qu'elle croyait oubliés lui revinrent : Droemerdene qui bondissait et virevoltait dans le ciel nocturne, Moinee qui traversait les terres en dansant, plongeait vers le sol, puis remontait vers les étoiles. Il se balançait, se courbait, tourbillonnait… Les mouvements de Mathinna étaient extatiques, ils anéantissaient tout chagrin. C'était une célébration de la vie, la sienne et celles de sa mère, de son père, de Palle, de Waluka, des anciens dont elle ne se rappelait pas et de la sœur qu'elle n'avait jamais connue…

La mélodie ralentit, puis elle prit fin.

Mathinna ouvrit les yeux.

Elle eut l'impression que tous les regards étaient tournés vers elle. Comme elle recouvrait ses sens, elle entendit le tintement de l'argent contre la porcelaine. Un rire strident. Les dames, rassemblées en petits groupes, chuchotaient derrière leurs éventails. Le visage d'Eleanor était déformé par un rictus incrédule.

Mathinna huma l'eau de rose dans l'air et, en dessous, l'odeur piquante du vinaigre. Le parfum fort du mimosa. Et dans son haleine, la fragrance de raisin de l'alcool.

Lady Franklin avançait vers elle d'un pas furieux, avec un sourire figé, et des taches rouges en haut des joues, comme sur le visage peint d'une poupée. Après s'être immobilisée devant Mathinna, elle se pencha et siffla :

« Bon Dieu, qu'est-ce que c'était que ça ? »

Mathinna la regarda dans les yeux.

« Je dansais.

— Vous voulez nous humilier ?

— Non.

— Il est évident que vous êtes ivre. Et vous… je ne sais pas, vous êtes retournée à l'état sauvage. »

Elle était si proche que Mathinna la sentait vibrer de rage. Sir John apparut derrière son épouse.

« Ma chère, peut-être vaut-il mieux laisser cette malheureuse tranquille. »

Mathinna dévisagea lady Franklin, son cou d'oiseau plumé et ses yeux rouges, puis sir John, en sueur et négligé dans son costume trop serré. À ce moment-là, elle eut l'impression d'être face à des inconnus à la fois terrifiants et grotesques. Elle cligna des yeux à toute vitesse afin de retenir ses larmes.

« *Peut-être** », dit-elle.

Lady Franklin soupira puis leva son éventail pour appeler Mme Crain.

« Dites aux musiciens d'enchaîner et emmenez cette fille dans sa chambre, ordonna-t-elle à l'intendante. Plus vite nous oublierons ce malheureux incident, mieux cela vaudra. »

Government House, Hobart Town, 1841-1842

Personne n'oublia l'incident.

Après cette soirée dansante, rien ne fut plus pareil. Au début, les différences étaient presque imperceptibles. Le lendemain de la soirée, sir John ne convoqua pas Mathinna pour sa promenade matinale. Depuis la fenêtre de la salle de classe, elle le regarda parcourir les jardins avec sa fille, les mains dans le dos et la tête baissée.

Les dames continuèrent à venir prendre le thé, mais on ne demanda plus à Mathinna de les rejoindre dans le salon. Puis, un jour, Eleanor partit pour un voyage de six semaines à Sydney sans lui dire au revoir.

Mme Crain l'informa que, dorénavant, on ne lui servirait plus le petit déjeuner dans la nursery. Elle prendrait tous ses repas dans la cuisine, avec Mme Wilson.

« J'ai ouï dire que vous aviez causé un vrai scandale, déclara la cuisinière tout en versant dans un bol une louche de flocons d'avoine cuits. Vous avez dansé comme une primitive ? »

Elle jeta un coup d'œil alentour pour s'assurer que personne ne les écoutait puis murmura :

« Moi, je trouve ça formidable. Ils ont cru qu'ils pourraient vous modeler à leur image, hein, avec quelques leçons de français et quelques jupons prétentieux. Mais vous êtes qui vous êtes ! Ils peuvent construire leurs résidences luxueuses ici et importer leurs tasses en porcelaine et leurs robes en soie de Londres, mais ils ne sont pas réellement à leur place sur cette terre, et au fond ils le savent. Ils ne comprennent rien du tout à cet endroit, ni à vous. Et ils n'y comprendront jamais rien. »

Un matin, au réveil, Mathinna découvrit que sir John et lady Franklin étaient partis passer quelques jours à Launceston, une ville sur la rive d'un fleuve située à deux jours de trajet de Hobart Town. Pendant ce temps, elle resterait à Government House aux bons soins d'un invité, un certain M. Hogsmead, originaire du Sussex.

M. Hogsmead était de taille imposante, fin comme un roseau, et il portait un pince-nez. Il ne s'intéressait à personne dans la demeure, sinon à une convict très plantureuse prénommée Eliza, que toute la maisonnée vit entrer et sortir de ses appartements à toute heure du jour et de la nuit.

En l'absence des Franklin, le personnel n'avait pas grand-chose à faire. Quand Mme Wilson trouva un groupe de domestiques convicts dans la cour en train de bavarder en se prélassant sur des tonneaux, elle leur ordonna de retirer chaque casserole et chaque louche des étagères pour briquer toute la cuisine au vinaigre et à la soude. Les bonnes aérèrent aussi le linge de lit et polirent les chandeliers jusqu'à ce qu'ils luisent. Quant aux garçons d'écurie, ils récurèrent les stalles des chevaux et les voitures.

Sans sa routine et ses leçons, Mathinna vivait un étrange purgatoire. Elle errait dans la propriété, délaissée, oubliée. Personne ne semblait s'apercevoir de sa solitude – ou, si les autres en avaient conscience, ils préféraient l'ignorer. Elle s'attardait dans la cuisine avec Mme Wilson, se pendait, la tête en bas, à une branche de l'eucalyptus au fond du jardin, jouait avec la collection de marionnettes d'Eleanor. Elle mangeait quand l'envie lui en prenait, ce qui n'arrivait pas très souvent. Elle ne se lavait pas. Parfois, elle rendait visite au perroquet de sir John. Désespéré, l'oiseau captif criait son refrain éploré : *Craaao Craaao.*

La nuit, dans sa chambre aussi obscure qu'une tombe, Mathinna écoutait le bruissement des arbres et les lamentations grinçantes des cacatoès rosalbins derrière sa fenêtre condamnée par des planches. Elle se roulait en boule pour essayer d'échapper à la solitude qui se glissait sous les couvertures et se blottissait à ses côtés. Au bout de quelques jours, elle se mit à dormir dans la chambre d'Eleanor, dont les grandes fenêtres donnaient sur le jardin. Eleanor en aurait été horrifiée, mais, puisqu'elle l'ignorait, quelle importance cela avait-il ? Mathinna restait au lit un peu plus longtemps chaque matin ; il lui devint de plus en plus difficile d'en sortir. Et lorsqu'elle finissait par se lever, en fin de matinée, c'était pour passer des heures près de la fenêtre, sur le siège tapissé, à regarder les feuilles tombantes des gommiers bleus et écouter le gazouillis des cassicans flûteurs.

Sans doute lady Franklin avait-elle raison : l'observation de la nature la rendait mélancolique. Enfin, non, elle l'était déjà avant de s'installer dans la chambre d'Eleanor…

Par un après-midi pluvieux, Mathinna se faufila dans le cabinet des curiosités de lady Franklin et contempla la lance aux ornements ocre et rouges de son père ainsi que les crânes dont l'obscurité faisait ressortir la blancheur. Elle trouva les colliers de coquillages de sa mère épinglés à un tableau derrière une vitre. Son portrait peint par M. Bock, dans la robe de satin écarlate, était accroché au mur. Durant tout le temps qu'elle avait passé avec les Franklin, jamais elle n'avait vu une autre personne à la peau brune. Elle étudia le dos de ses mains, puis ses paumes. Elle songea aux femmes qui venaient boire le thé, à leurs questions déplacées. Aux convives du bal et leurs regards horrifiés. Comment avait-elle pu ne pas se rendre compte plus tôt de cette évidence : elle n'était qu'une pièce de plus dans la collection excentrique des Franklin, à côté des crânes bouillis et des wombats empaillés.

Une marionnette dans une jolie robe. Un cacatoès dans une cage dorée.

Elle sortit dans la cour, s'approcha de la cage en fer, ouvrit la porte et tendit la main à l'intérieur. Malgré son aversion, elle éprouvait une étrange affinité avec la pauvre créature qui se trouvait séparée des siens, à la merci de gens qui n'essayaient même pas de la comprendre. L'oiseau avait la même taille et le même poids qu'une poule. Ses plumes couleur charbon étaient douces comme de la soie. Il se laissa porter jusqu'aux arbres juste au-delà du jardin, où elle le posa sur une branche. Il la regarda fixement, tête penchée sur le côté, de toute évidence perplexe. *Pourquoi m'as-tu emmené ici ? Craaao.*

Elle lui tourna le dos et rebroussa chemin.

Lorsqu'elle revint au jardin, après plusieurs heures, il n'y avait plus aucune trace du cacatoès. S'était-il envolé vers la ville ou vers le bush ? Reviendrait-il un jour ? Elle se demanda ce qu'il arriverait si elle tentait elle aussi de quitter la propriété. Quelqu'un s'en apercevrait-il ? Sans doute pas.

Mais où irait-elle ?

La lumière du petit matin lui arracha une grimace. Elle avait la tête lourde, ses oreilles bouchées lui faisaient mal et sa gorge était tellement irritée qu'elle peinait à avaler sa salive. Elle passa la journée au lit. Tantôt éveillée, tantôt assoupie, elle avait l'impression d'être un puffin enfoui dans sa tanière. Elle fixa le baldaquin à fleurs roses au-dessus d'elle tandis que les rayons du soleil déclinaient. Elle avait la gorge sèche, mais pas d'eau à proximité. Malgré la faim qui la tenaillait, elle se sentait trop faible pour bouger. Elle finit par sombrer à nouveau dans le sommeil. Quand elle rouvrit les yeux, la nuit était tombée. Fiévreuse, elle rejeta ses couvertures et se rendormit.

Au réveil, son corps était parcouru de frissons et ses dents claquaient. Il faisait un temps gris, cette fois. La pluie martelait les fenêtres à meneaux. Elle songea à l'île Flinders, au crépitement des gouttes sur les toits des cottages. La fragrance de l'herbe douce qui leur parvenait par la porte ouverte, les bébés emmaillotés dans des peaux de wallaby, sa mère qui chantait, son père qui fumait la pipe et soufflait la fumée dans l'obscurité…

Ses souvenirs partirent à la dérive, prirent une autre forme. Voilà qu'elle courait à toute allure dans les hautes herbes par une journée ensoleillée et remontait la colline jusqu'à la crête couverte d'épines où, le visage levé vers le ciel, elle sentait la chaleur des rayons sur ses paupières closes…

On toqua doucement à la porte.

« Mathinna ? Tu es là ? »

Elle ouvrit les yeux et, éblouie par la lumière jaune citron, les referma aussitôt. Milieu de matinée, sans doute.

Oui, je suis là. Elle s'éclaircit la gorge.

« Oui », répondit-elle d'une voix rauque.

La porte s'ouvrit.

« Mon Dieu, dit Hazel. Je savais bien que quelque chose clochait. »

Hazel lui apporta du bouillon d'agneau, une infusion de feuilles de sassafras et, pour traiter sa toux grasse, une pâte élaborée à partir de graines de fenugrec moulues. Quand Mathinna eut fini de se sustenter, Hazel lui prépara encore un gargarisme avec de l'eau salée. Elle revint ensuite avec un récipient rempli d'eau tiède dans lequel elle plongea des serviettes, qu'elle essora avant de les placer sur son front et sur sa poitrine pour faire diminuer la fièvre.

Une goutte d'eau coula dans le cou de Mathinna et elle ouvrit les paupières. Elle étudia le visage de Hazel : ses taches de rousseur, ses cils roux, ses iris gris clair.

« Mme Crain nous a renvoyées aux Cascades, lui raconta Hazel. Elle a dit qu'elle n'avait pas besoin de nous en l'absence des Franklin. Mais je savais qu'il fallait que je revienne. J'avais une intuition. »

Dans le mouvement de Hazel pour border la couverture, le médaillon qu'elle portait autour du cou frôla la joue de Mathinna.

Celle-ci leva la main pour le toucher.

« Il te dérange ?

— Non. J'essayais de lire ce qui est écrit dessus. »

Hazel le lui présenta.

« C'est un numéro. Cent soixante et onze. On nous les a fait porter sur le navire. Pour savoir si l'une d'entre nous disparaissait.

— Et ton amie a disparu ?

— Eh bien, on pourrait dire ça, je suppose. Elle est passée par-dessus bord. »

Hazel ôta le tissu mouillé de la tête de Mathinna puis elle lui fit reposer sa main et la couvrit.

« La fièvre est tombée. Repose-toi. »

Hazel déposa un nouveau linge frais sur son front, puis resta un long moment à la regarder.

« Je vais te confier un secret. Juste avant sa mort, mon amie a eu un bébé. Une fille. Ruby. Elle est à moi maintenant. Ils l'ont emmenée à la Queen's Orphan School, mais je pourrai la reprendre avec moi quand j'aurai obtenu ma libération conditionnelle. »

Elle caressa le bord émoussé du petit disque.

« C'est un endroit terrible, cet orphelinat.

— Je sais, dit Mathinna. Ma sœur est morte là-bas.

— C'est vrai ? »

Hazel poussa un profond soupir.

« Je suis désolée.

— C'est arrivé avant ma naissance. »

Hazel secoua lentement la tête.

« Il faut que Ruby survive. Je ne sais pas ce que je deviendrais sans elle. »

Après le départ de Hazel, Mathinna ferma de nouveau les paupières. Elle songea à tous les proches qu'elle avait perdus. La sœur qu'elle n'avait jamais connue, ses parents décédés. Son beau-père, Palle, qui l'avait regardée partir en mer depuis le haut de la crête sur l'île Flinders. Lui arrivait-il de penser à elle ? S'inquiétait-il ? Elle aurait aimé pouvoir lui faire savoir qu'elle se portait bien, malheureusement elle n'avait aucun moyen de communiquer avec lui. Du reste, elle n'était pas certaine d'aller très bien.

Government House, Hobart Town, 1842

Un matin, une semaine après que les Franklin furent rentrés de Launceston, Mathinna s'exerçait aux multiplications dans la cuisine quand Mme Crain apparut dans l'embrasure de la porte.

« Bonjour, Mathinna. Lady Franklin demande à vous voir. »

Mathinna leva la tête. Son cœur battait la chamade. C'était la première fois depuis le dîner dansant que lady Franklin la faisait appeler.

« Qu'est-ce qu'elle me veut ? »

Mme Crain retroussa les lèvres.

« Elle ne l'a pas précisé. Et vous n'avez pas à poser la question. »

Elle évitait de croiser le regard de Mathinna.

Les draperies de brocart du salon rouge étaient tirées et les lampes à huile y projetaient des ombres étranges. Mathinna dut plisser les yeux pour distinguer la silhouette de sir John, debout devant la bibliothèque, le dos tourné, les mains serrées derrière lui, aussi immobile qu'une statue. Lady Franklin avait pris place dans un fauteuil, un atlas géographique ouvert sur son giron.

« Entrez, entrez. Madame Crain, vous pouvez rester. Nous n'en aurons pas pour longtemps. »

D'un geste impatient, elle fit signe à Mathinna de s'approcher. Puis, en fermant l'ouvrage, elle lui demanda :

« Comment allez-vous ? Bien ? »

Il n'y avait qu'une seule réponse possible.

« Oui, lady Franklin.

— À quoi vous occupez-vous, ces jours-ci ?

— Elle faisait des exercices de mathématiques quand je l'ai trouvée, madame, intervint Mme Crain.

— Ah ! Très bien, Mathinna ! Je ne m'attendais pas à ce que vous étudiiez en l'absence d'Eleanor.

— Je n'ai rien d'autre à faire », rétorqua-t-elle, la mine boudeuse.

Elle n'avait jamais parlé à lady Franklin sur ce ton, mais les convenances ne paraissaient plus nécessaires, désormais.

De toute évidence, l'épouse du gouverneur ne remarqua pas son insolence. Un petit rire léger lui échappa.

« Je dis toujours que l'ennui est une grande source de motivation. Vous savez, Mathinna, certains croient que l'éducation véritable n'est pas à la portée de votre peuple. Peut-être êtes-vous en train de prouver qu'ils ont tort. Évidemment, il y a certaines… limites à ce qu'on peut apprendre et aux progrès attendus. Cela a sans aucun doute été frustrant pour vous, autant que pour nous. Certes, nous aurons essayé… et à deux reprises. »

Elle s'adressa à son mari, toujours face aux étagères.

« Souhaitez-vous participer à cette conversation, sir John ?

— J'aimerais que vous en veniez au fait », répliqua-t-il sans se retourner.

Le regard rivé sur son dos, Mathinna songea à leurs promenades matinales. Au cacatoès. *Nous ne parlons pas la même langue, lui et moi.*

Lady Franklin serra ses mains l'une contre l'autre.

« Mathinna, dans quelques mois, nous retournerons à Londres. Par "nous", j'entends sir John et moi, ainsi qu'Eleanor, bien sûr. Sir John a été rappelé. Et… après maintes considérations, et un entretien avec notre médecin de famille, nous avons décidé, à contrecœur, qu'il valait mieux que vous restiez ici. Pour votre santé. »

Voilà. Comme elle s'en était doutée, ils l'abandonnaient. D'une certaine façon, c'était un soulagement de voir ses soupçons confirmés. Malgré tout, la piètre excuse invoquée la mit en colère. Que faisaient-ils, quand elle était clouée au lit, seule et malade ? Les Franklin l'avaient arrachée au seul foyer qu'elle avait connu, et elle ne s'était pas plainte. Au contraire, elle s'était soumise à toutes leurs exigences. Malgré cela, elle n'avait compté pour eux qu'en tant qu'expérience. Et comme ils estimaient que celle-ci s'était soldée par un échec, ils en avaient fini avec elle. Elle voulait au minimum les voir mal à l'aise.

« Ma santé ? dit-elle. Mais je vais beaucoup mieux, madame.

— Oui, toutefois votre pneumonie nous inquiète. Le docteur Fowler a diagnostiqué une faiblesse pulmonaire. Les climats tempérés vous seront plus favorables.

— Le docteur Fowler ne m'a pas examinée. »

Sir John se tourna brusquement et s'éclaircit la gorge.

« Il est scientifiquement démontré que les Aborigènes, de par leur constitution, ne sont pas adaptés aux régions plus froides.

— J'ai bien peur que ce ne soit vrai, renchérit son épouse. L'Angleterre n'est pas un endroit qui convient aux indigènes.

— Il fait froid ici aussi, parfois », objecta Mathinna.

Des taches rouges étaient apparues sur le cou de lady Franklin.

« Ce n'est pas ouvert à la discussion. Notre décision est prise. »

Mathinna soutint son regard.

« Vous vous débarrassez de moi car vous pensez que je suis sauvage, comme Timeo. »

Les yeux de lady Franklin glissèrent vers sir John, qui leur tourna à nouveau le dos.

Mathinna releva le menton.

« Quand vais-je retourner sur l'île Flinders, dans ce cas ? »

Lady Franklin poussa un profond soupir.

« Nous sommes en train de prendre des dispositions pour vous. Nous vous ferons part de notre décision en temps voulu. Maintenant, madame Crain, Mathinna peut retourner à ses mathématiques. Il faut que je commence à planifier notre voyage. »

« D'un coup, comme ça ! s'exclama Mme Wilson en claquant des doigts. Repartis pour l'Angleterre ! Et maintenant, on se demande tous si le nouveau gouverneur gardera le personnel ou non. J'ai presque envie de chercher un autre emploi sur-le-champ et de les laisser se débrouiller sans cuisinière pendant les deux prochains mois. »

Hazel écrasait des herbes aromatiques avec un pilon.

« Votre erreur, c'était de vous imaginer qu'ils se donneraient la peine de penser à vous. »

Elle se tourna vers Mathinna.

« Et toi, que va-t-il t'arriver ?

— Ils vont me renvoyer sur l'île Flinders. »

Mme Wilson grimaça puis secoua la tête.

« Non, je ne crois pas. J'ai entendu qu'ils allaient te placer à la Queen's Orphan School. Mais peut-être que c'est seulement une rumeur… »

Quelques semaines plus tard, Mathinna retourna dans sa chambre après le petit déjeuner pour y chercher un livre. Aussitôt qu'elle eut ouvert la porte, elle recula d'un pas, sous le coup de la surprise. La pièce était baignée de lumière. Elle s'approcha de la fenêtre qui donnait sur le jardin et, au-delà, le bosquet d'eucalyptus et de sycomores. Elle passa la main sur le chambranle et sentit sous ses doigts les trous laissés par les clous. Elle se retourna alors pour inspecter la pièce. Rien d'autre ne paraissait avoir changé. Ses livres étaient toujours bien alignés sur l'étagère. Son lit était fait avec soin, tel qu'elle l'avait laissé un peu plus tôt. Elle tira le tiroir du haut de sa commode.

Vide.

Puis le deuxième et le troisième. Vides aussi.

Dans l'armoire, tous ses vêtements avaient disparu, sauf la robe écarlate, pendue à un crochet, solitaire.

Sans attendre, elle partit en quête de Mme Crain et la trouva dans la salle à manger principale.

« Eh oui, ma chère, c'est le grand jour ! lui lança l'intendante d'un ton enjoué qui sonnait faux. Nous avons rangé vos toilettes et vos souliers, ainsi que votre peau de wallaby, dans une jolie malle de voyage. Et vous trouverez une tartelette aux fruits secs et une pomme dans votre vieux panier. Le cocher sera bientôt là, vous devriez vous dépêcher d'aller dire au revoir à… eh bien, à qui vous voulez.

— Où sont lady Franklin et sir John ?

— Ils sont sortis, je le crains. Ils avaient un impératif ce matin, mais ils m'ont demandé de vous dire que… »

Pour la première fois, Mme Crain buta sur les mots.

« Eh bien, qu'ils sont certains que cette décision… cette nouvelle étape… est la bonne. Pour vous, et pour eux. Pour nous tous, en fait. Et que nous devons relever les défis qui nous attendent avec… avec courage. »

Mathinna sortit dans l'allée devant la maison, où l'attendait une charrette en bois aux côtés ouverts. Un petit coffre et son panier s'y trouvaient déjà. Le cocher, qui portait une veste rapiécée, patientait, appuyé contre une roue. Il la salua d'un signe de tête.

« Pas moyen de te confondre avec quelqu'un d'autre ! T'es prête ?

— Vous êtes là pour moi ? » s'étonna-t-elle.

Elle n'était jamais montée dans une charrette.

« T'es la seule Noire ici, non ? Tu vas à la Queen's Orphan School ? »

Ainsi, Mme Wilson avait vu juste. Un frisson la traversa.

« Il y a une planche pour s'asseoir à l'arrière, pas besoin de te mettre sur la paille, lui précisa-t-il en percevant son anxiété.

— Oh. »

Elle avait du mal à déglutir.

« On… on m'a dit que j'aurai le temps de faire mes adieux. »

Il haussa les épaules.

« D'accord. Tu peux prendre ton temps. Je suis pas pressé de retourner là-bas. »

Hazel accrochait des vêtements sur la corde à linge dans la cour du fond. Lorsque Mathinna lui annonça son départ, elle lâcha les habits mouillés dans un panier.

« Là, tout de suite ?

— Il y a une charrette devant la maison.

— Une charrette, répéta Hazel en secouant la tête.

— Ils m'envoient à l'orphelinat. J'ai… j'ai peur. »

Mathinna sentit son cœur se serrer comme dans un étau. Hazel soupira.

« Je sais. Mais tu es forte. Ce ne sera pas si terrible.

— Tu sais bien que si », répliqua Mathinna d'une petite voix.

Hazel la regarda dans les yeux. Elle le savait, en effet.

« J'y vais le dimanche pour voir Ruby. J'essayerai de te trouver.

— Ils ne le permettront pas, si ? »

Hazel pencha la tête sur le côté, puis désigna un tonneau d'un coup de menton.

« Assieds-toi, je reviens dans une minute. »

Mathinna s'assit et contempla les gommiers, avec leurs fleurs blanches en forme de petits bonnets et leurs feuilles allongées. Les nuages au-delà ressemblaient à du sucre filé. Un perroquet se posa tout à coup sur une branche non loin d'elle et inclina la tête, ses yeux sombres pareils à deux graines. Puis, tout aussi soudainement, il s'envola ; trait rouge dans le bleu du ciel.

« J'ai un petit présent pour toi, lui annonça Hazel en venant s'installer à côté d'elle. Je vais le glisser dans ta poche. »

Elle se rapprocha et Mathinna sentit qu'elle tirait sur son tablier.

« Mets ta main dedans. »

C'était… des petits coquillages. Attachés. Une grosse poignée. Elle regarda Hazel.

« Les trois colliers. Je les ai piqués. Je doute que lady Franklin s'en rende compte. De toute façon, je m'en fiche. Ils t'appartiennent. »

Puis Hazel lui prit la main.

« Je voudrais te raconter quelque chose avant que tu t'en ailles. »

Mathinna regarda sa main brune dans celle de Hazel, pâle et constellée de taches de rousseur. Elles faisaient presque la même taille.

« Mon amie, celle qui est morte, m'a donné une astuce pour apaiser mon anxiété. Tu penses à toi-même comme à un arbre, avec tous les cercles à l'intérieur du tronc. Chaque cercle représente une personne à laquelle tu tiens, ou un endroit. Tu les as toujours en toi, où que tu ailles. »

Mathinna se souvint de ce que sa mère lui avait dit : de se considérer soi-même comme le fil d'un collier et les gens et les lieux qu'on chérit comme les coquillages. Les deux images exprimaient sans doute la même idée : si on aime quelque chose, cette chose reste avec nous, même lorsqu'elle n'est plus là. Sa mère, son père et Palle… la colline aux épines et la plage de sable blanc sur l'île Flinders… Waluka… la sœur qu'elle n'avait jamais connue. Et même Hazel. Chacun un coquillage. Chacun un cercle du tronc d'arbre.

Peut-être serait-elle toujours différente et solitaire. Toujours en transit, en chemin vers un ailleurs, sans jamais vraiment trouver sa place… Elle en savait à la fois trop et trop peu sur le monde. Mais ce qu'elle savait, elle l'emportait dans son cœur. L'amour de sa mère. Le refuge trouvé dans les bras de son beau-père. La chaleur du feu de camp. La sensation soyeuse de l'herbe à wallaby contre ses mollets. Elle avait appris à gréer une voile et vu une bande de terre se dessiner à l'horizon depuis la pleine mer. Prononcé des mots dans des langues étrangères et porté une robe de satin écarlate. Posé pour un portrait comme la fille de chef qu'elle était.

Elle sentit sa peur se relâcher tel un poing serré qui s'ouvrait. C'était comme si elle se tenait debout au-dessus d'un précipice et basculait soudainement. Il n'y avait pas de raison d'éprouver de la crainte. Elle tombait déjà, plongeait dans les airs, et son avenir, quoi qu'il lui réserve, se précipitait à sa rencontre.

HAZEL

« Cet édifice avait beau être magnifique, il était bâti sur du sang, comme on peut d'ailleurs le dire de toute la structure civilisée de cette île. »

Oliné KEESE, *The Broad Arrow: Being Passages from the History of Maida Gwynnham, a Lifer*, 1859.

Hobart Town, Terre de Van Diemen, 1842

La date du départ des Franklin approchant, Hazel passait ses journées à ranger des draps dans des coffres en cèdre, emballer de la porcelaine dans des chiffons et répertorier l'argenterie et les figurines qu'elle rangeait dans des caisses en bois.

On annonça aux domestiques convicts que leur emploi prendrait fin lorsque les Franklin embarqueraient pour l'Angleterre. On ne savait pas encore si le nouveau gouverneur ferait usage de la main-d'œuvre des Cascades. La petite noblesse britannique était souvent effarée de découvrir que des femmes convicts, coupables d'infractions allant du vagabondage au meurtre, travailleraient au sein de leurs logis. Toutefois, employer des colons libres présentait également des inconvénients : il fallait les rémunérer et, contrairement aux détenus, s'ils décidaient de quitter leur poste, on ne pouvait rien faire pour les en empêcher.

« Les convicts sont autorisées à rendre visite uniquement à leurs propres enfants, déclara le directeur de la Queen's Orphan School quand Hazel demanda à voir Mathinna. Et même ça, c'est un privilège. »

Hazel décida de prendre quelques libertés avec la vérité.

« J'étais sa femme de chambre à la résidence du gouverneur Franklin, argumenta-t-elle.

— Cela ne fait aucune différence.

— Je lui ai promis de venir la voir. Pour m'assurer qu'elle se porte bien.

— Si vous continuez à discuter, je vous interdirai aussi de voir votre fille ! »

Elle tenta une dernière approche.

« J'ai dit aux Franklin que je garderai un œil sur elle.

— C'est peu probable. Du reste, lady Franklin est passée ici il y a seulement quelques jours », rétorqua le directeur avec dédain.

Hazel n'en revenait pas.

« Ah oui ? Pourquoi ?

— Elle ne l'a pas précisé. Qui sait, peut-être avait-elle… reconsidéré sa décision. Quoi qu'il en soit, la fillette est retournée à l'état sauvage en si peu de temps que lady Franklin est partie sans la voir.

— Qu'entendez-vous par "état sauvage" ? »

Le directeur secoua la tête, l'air désapprobateur.

« Tenter de civiliser les indigènes est une erreur. Les Franklin avaient de bonnes intentions, sans aucun doute, mais nous nous retrouvons maintenant avec une créature qui possède à la fois l'agressivité de sa race et une précocité plutôt contre-nature. Elle est devenue incontrôlable en l'espace de quelques jours seulement. Nous avons dû la séparer des autres.

— Mais… elle n'a que onze ans.

— Nous n'avions pas d'autre choix, c'est dommage », répondit-il avec un haussement d'épaules.

Plusieurs dimanches après cet entretien, Hazel patientait en compagnie d'autres mères près du portail principal des Cascades, avant le départ pour l'orphelinat, quand Mme Hutchinson lui fit signe de s'écarter du groupe.

« Le directeur veut vous voir immédiatement.

— Mais… je vais rendre visite à ma fille. »

L'intendante se contenta de se tourner vers les appartements du directeur sans dire un mot. Hazel hésita, mais elle n'avait pas le choix : elle ne pouvait pas désobéir aux ordres.

Lorsqu'elle entra, M. Hutchinson était debout derrière son bureau.

« Mademoiselle Ferguson, nous avons reçu une lettre anonyme qui nous informe que vous n'êtes pas celle que vous prétendez être. »

À ces mots, un tas de possibilités lui traversèrent l'esprit, si confuses qu'elle en eut le tournis.

« Je vous demande pardon ?

— Vous faites semblant d'être la mère d'un enfant qui n'est pas le vôtre. »

Hazel retint sa respiration.

« Mais vous avez… vous avez l'acte de naissance, dit-elle d'une voix rauque.

— En effet. C'est pourquoi nous avons entrepris une enquête. Les convicts et marins interrogés ont rapporté qu'à aucun moment durant le voyage vous ne sembliez attendre un enfant. Une détenue avec qui vous avez souvent été vue… »

Il baissa ses lunettes sur son front pour consulter la feuille sur la table devant lui.

« … une certaine Mlle Evangeline Stokes, en revanche, était sur le point d'accoucher et… Où est… »

Il fouilla dans ses papiers.

« Ah, voilà. L'acte de décès. Elle a été assassinée, apparemment. Il y a eu une enquête et… oui, voilà. Un membre de l'équipage, Daniel Buck, a été accusé du crime. Il a été placé en isolement sur le navire, et plus tard condamné à la prison à perpétuité. Vous, mademoiselle Ferguson, étiez un témoin du meurtre. »

Il lui tendit brusquement le rapport au-dessus du bureau.

« C'est bien votre nom ? »

En effet, c'était son nom. Elle acquiesça d'un signe de tête.

« N'avez-vous pas témoigné de ce que vous avez vu ?

— Si, reconnut-elle en baissant les yeux.

— N'avez-vous pas déclaré que vous étiez dans la pièce lorsque Mlle Stokes a donné naissance à… »

Il consulta la page.

« … une petite fille en bonne santé ? »

Aucun son ne sortit de la bouche de Hazel. Elle tremblait comme une feuille.

« Répondez, détenue.

— Oui, j'étais là », avoua-t-elle d'une petite voix.

Il posa le rapport sur une pile de documents.

« Les preuves sont irréfutables. Vous avez fait croire que le bébé était le vôtre afin de recevoir un traitement de faveur et d'être exemptée de travail. »

Son cœur saignait.

« Je l'ai fait pour sauver la vie du bébé.

— L'avez-vous allaité, détenue ?

— Non, monsieur, mais…

— Alors vous ne pouvez pas prétendre lui avoir sauvé la vie. La femme, ou les femmes, je suppose, qui lui ont donné le sein ont une prérogative plus légitime que vous.

— Mais monsieur…

— Ces accusations sont-elles infondées ?

— Je vous en prie, laissez-moi vous expliquer.

— Sont-elles infondées, détenue ?

— S'il vous plaît, monsieur, je… »

Le directeur leva la main pour l'arrêter. Il lança un regard à l'intendante avant de reposer les yeux sur Hazel.

« Vous êtes par la présente condamnée à trois mois d'emprisonnement dans la classe des criminelles, dont deux semaines en isolement.

— Mais… ma fille…

— Comme nous l'avons établi, cet enfant n'est pas le vôtre. Votre droit de visite est révoqué. »

Les yeux débordant de larmes, Hazel regarda le directeur, puis Mme Hutchinson. Comment une telle chose pouvait-elle arriver ?

Deux gardes lui attrapèrent brutalement les bras et la traînèrent dehors. Ils passèrent à côté du groupe où elle s'était tenue seulement quelques instants plus tôt, les autres femmes observant la scène, bouche bée.

« Je vous en prie, les supplia-t-elle. Dites à ma fille… »

Elle s'interrompit. *Dites à ma fille... quoi, au juste ? Que je ne suis pas sa mère ? Qu'elle ne me reverra peut-être jamais ?*

« Dites-lui que je l'aime », acheva-t-elle d'une voix étouffée par les sanglots.

Dans la cour des criminelles, Mme Hutchinson tendit à Hazel une bobine de fil jaune et une aiguille. Elle lui ordonna de broder la lettre C pour « criminelle » sur sa manche, le bas de son jupon et l'arrière de sa chemise. Hazel s'assit sur un tonneau pour s'atteler à la tâche, tête courbée. Tirer le fil au travers de l'étoffe grossière n'était pas évident et elle n'arrêtait pas de se piquer les doigts. Quand elle eut terminé, le fil jaune était taché de sang. Mme Hutchinson lui fit signe de se lever. Deux gardes maintinrent Hazel immobile tandis qu'un troisième sortait une large paire de ciseaux.

« Faites attention avec celle-ci, dit l'intendante. Coupez-les soigneusement.

— Quelle importance ? s'étonna l'homme aux ciseaux. On va les mélanger à de l'argile pour les briques. »

Mme Hutchinson toucha la chevelure épaisse et ondulée de Hazel.

« Je crois qu'on peut les récupérer pour une perruque. Le blond vénitien est à la mode ces temps-ci, vous savez. »

Les cellules solitaires se trouvaient au fond de la cour des criminelles, derrière un mur de pierre. Les gardes donnèrent à Hazel une couverture pleine de puces qui sentait le moisi, puis la firent entrer dans un cachot étroit. Au-dessus de la porte, un trou grillagé laissait entrer une faible lumière. Ils lâchèrent un lourd seau sur le sol, rempli de vieux cordages de chanvre amalgamés de cire et de goudron, incrustés de sel. La tâche de Hazel était de défaire les torsades de chaque cordage en torons, puis en fils, jusqu'à récupérer les fibres de chanvre qu'il fallait jeter dans un second seau en métal. Cette charpie de chanvre, appelée étoupe, serait utilisée pour calfater les coques des navires.

« Tu ferais bien de t'y mettre tout de suite. Si tu n'en démêles pas deux kilos par jour, tu recevras des coups de baguette. »

L'autre garde lui jeta un quignon de pain moisi.

« Si tu es debout à l'ouverture de la porte, le matin, tu pourras sortir dans la cour pour quelques minutes, lui lança-t-il alors qu'ils s'en allaient. Sinon, tu resteras là pour toute la journée. »

Ils fermèrent la porte avec un passe-partout.

La cellule était aussi glaciale et silencieuse qu'une tombe. Adossée au mur de pierre, dans l'obscurité, Hazel frissonnait. Elle passa la couverture graisseuse autour de ses épaules, par-dessus son châle. Le fracas des marteaux et les voix des forçats résonnaient dans la cour adjacente, sur le chantier de l'extension de la prison. Différentes odeurs envahissaient ses narines : un reste d'excréments dans le seau posé dans un coin du cachot, la moisissure qui grimpait sur les murs, son propre sang menstruel… Elle caressa le petit disque qu'elle portait à son cou, suivit chaque chiffre du bout du doigt : 1-7-1.

Elle songea à Ruby, dans son dortoir à l'orphelinat, qui attendait en vain sa venue. À Mathinna, isolée dans une pièce lugubre. À Evangeline, dans sa chute vers la mort – elle se remémora l'instant où elle avait vu le bas de sa robe, ses bras qui s'agitaient dans tous les sens…

Elle avait été incapable de les secourir, toutes les trois.

Hazel cogna sa tête contre le mur. Elle gémit sans retenue et pleura à chaudes larmes, jusqu'à ce qu'un garde frappe à la porte et lui crie que, si elle ne la fermait pas toute seule, il se chargerait de l'aider.

Le lendemain matin, sa couverture était parsemée de givre. Lorsqu'elle entendit la cloche et le cliquetis des serrures qui s'ouvraient, elle se força à se mettre debout.

Faire le tour de la cour n'était pas sans danger, car les pavés étaient couverts de verglas. Elle se traînait d'un pas mal assuré, les membres raides et douloureux, et elle voyait flou.

Elle passa le reste de la journée assise dans les ténèbres à tirer de l'étoupe des vieux cordages. Tandis qu'elle arrachait des bouts de corde de ses doigts engourdis, elle tenta de concevoir la tâche comme un jeu, qui l'aiderait à supporter le lent passage du temps, plutôt que comme une punition. *Ça, ça va ici, et ça, ça va là.* Un moyen d'échapper aux pensées qui la torturaient. Un moyen peu efficace. Elle ne cessait de songer à Ruby, seule dans son lit, qui devait ne pas comprendre pourquoi sa mère n'était pas venue la voir. Hazel bouillait de colère. Tout en travaillant, elle se demandait aussi qui avait bien pu la dénoncer. Laquelle de ses codétenues était assez jalouse et vindicative pour vouloir nuire ainsi à un enfant ?

Sa peau se fendillait, saignait. Du sel pénétrait dans les coupures et c'était comme si ses mains s'enflammaient. Elle essaya de traiter la douleur comme elle avait maintes fois encouragé les femmes en couches à le faire : penser à sa souffrance comme à une partie d'elle-même, au même titre que ses membres. Sans cette douleur, elle serait incapable d'achever sa tâche. Il fallait l'écouter et s'aider de sa respiration pour la tolérer. Rester vigilante à ses fluctuations. Demeurer en son sein.

À la fin de la journée, un garde vint peser son seau.

« Deux kilos, dit-il. Tout juste. »

Il arrivait qu'elle fasse du bruit juste pour entendre quelque chose. Elle tapait contre le mur. Décochait une chiquenaude à la surface du seau d'eau. Fredonnait des mélodies. Peut-être parviendrait-elle ainsi à noyer les pensées qui tournaient en boucle dans sa tête ; à étouffer sa peur, sa solitude et son sentiment de culpabilité.

On pouvait devenir fou, à l'isolement. Cela arrivait à certaines.

Des vers qu'elle pensait avoir oubliés lui revinrent en tête. Elle murmura des répliques de *La Tempête* qu'elle avait apprises par cœur sur le navire.

J'étais l'homme de la lune, dans le temps.

Vous pouvez me dénier d'être votre compagne, mais nullement d'être votre servante.

L'enfer est vide de ses diables, ils sont tous ici...

Que je voudrais qu'en se fermant mes yeux m'assoupissent l'esprit !

Elle en vint même à chantonner les comptines qu'elle avait partagées avec Ruby, celles qui la faisaient frémir, comme « Ring a ring o' roses »...

Parfois, lors de leurs trajets quotidiens, ou bien le soir dans leur hamac, les convicts entonnaient une chanson triste que Hazel avait jugée trop larmoyante. Pourtant, un jour, alors qu'elle s'apitoyait sur son sort dans sa sombre cellule, elle se mit à la chanter à pleins poumons :

Chaque jour, je trime dans la douleur,
Et toute la nuit reste éveillée.
Pas un sou pour mon dur labeur.
Ô combien la convict est accablée.
Si seulement on me libérait,
Je n'me laisserais plus enfermer.
Je trouverais un honnête métier,
Et convict plus jamais je ne serais.

Elle griffa ses bras de ses ongles abîmés et, si elle n'eut pas la satisfaction de voir le sang couler, elle reconnaissait son odeur et sentait sa texture fluide. Elle songea, comme souvent, à toutes ces occasions où sa mère l'avait envoyée faire les poches dans la rue, chaparder du rhum, ou subtiliser des objets qu'elle pourrait ensuite troquer contre de l'alcool.

Elle se remémora son dernier vol, celui de la cuillère en argent.

Comment une mère pouvait-elle faire une telle chose à son enfant ? La colère de Hazel était comme un charbon incandescent qui brûlait au centre de sa poitrine. Dans sa cellule sombre et froide, elle attisait la braise et la sentait rougeoyer.

Lorsque le garde ouvrit la porte, le lendemain matin, il tiqua en distinguant ses bras au travers du châle élimé. Elle baissa les yeux sur les zébrures couvertes de croûtes rouges, puis le regarda et sourit. *Très bien. Regarde comme je souffre.*

« Ça sert à rien de te faire du mal, gamine », lui dit-il en secouant la tête.

Hazel avait douze ans quand, pour la première fois, sa mère avait été trop ivre pour aider une parturiente. Heureusement, Hazel connaissait la marche à suivre. Elle avait toujours appris rapidement. « Rien ne t'échappe », disait sa mère, et il ne s'agissait pas forcément d'un compliment. Mais c'était vrai : quand une information était entrée dans sa tête, elle ne l'oubliait jamais. Des années durant, pour éviter de se retrouver seule dans leur logis, elle avait accompagné sa mère au domicile de femmes qui s'apprêtaient à donner la vie. Elle avait attentivement observé la manière de concocter des pâtes et des potions, retenu quelles herbes médicinales mélanger avec quels liquides, la recette des baumes, toniques ou remèdes. Sa mère l'autorisait à demeurer dans la pièce, à chercher l'eau et à broyer les plantes. Avec le temps, Hazel avait appris à reconnaître les différents cris et à anticiper celui qui était tant attendu : le cri du nouveau-né.

Ce fameux jour, seule avec cette femme enceinte affolée, Hazel avait fait bouillir des serviettes et l'avait confortablement installée, puis elle l'avait rassurée. Elle lui avait expliqué comment bien respirer et indiqué quand pousser et quand s'arrêter. Après avoir posé le bébé tout glissant sur le ventre de sa mère et coupé le cordon ombilical, Hazel avait encore montré à la femme comment allaiter.

C'était un garçon. Sa mère l'avait appelé Gavin, se souvint-elle, comme son bon à rien de père.

Ce jour-là, Hazel avait su qu'elle deviendrait sage-femme. Elle avait ça dans le sang, comme sa mère.

Dans les ténèbres de son cachot, à démêler des torons, elle eut une pensée pour les détenues dans les autres cellules, chacune marinant dans son chagrin et sa misère. Cet endroit était rempli de femmes qui avaient eu des enfances malheureuses, avaient été utilisées et dupées, et qui se sentaient mal-aimées. Des femmes amères, qui ne parvenaient pas à mettre leurs blessures et leur rancœur de côté pour pouvoir pardonner et enfin aller de l'avant. La vérité, c'était que Hazel pourrait attiser la braise de sa rage jusqu'au jour de sa mort si tel était son désir, mais qu'est-ce que cela lui apporterait ? Cette chaleur ne suffisait pas à la réchauffer.

Il était temps de lâcher prise. Elle n'était plus une petite fille en colère. Elle ne voulait plus se laisser dévorer par ce charbon ardent. Elle était prête à s'en débarrasser. Oui, sa mère avait été égoïste et irresponsable ; oui, elle l'avait envoyée commettre des larcins et lui avait tourné le dos après son arrestation. Mais elle lui avait aussi enseigné les compétences qui allaient la sauver.

Le garde, cet idiot sans cœur, avait raison : se faire du mal ne servait à rien.

À la fin du quatorzième jour, lorsque la porte s'ouvrit, Hazel était tapie dans un coin. Elle frotta ses doigts suppliciés et cligna des paupières, éblouie par la lumière extérieure.

« On dirait un terrier de renard, là-dedans », dit le garde en la soulevant par un bras pour la faire sortir.

Les Cascades,
1842

Bien que préférable à l'isolement, la vie dans la cour des criminelles était une autre version de l'enfer. Dans la lumière grise hivernale, Hazel rejoignit une file de convicts penchées au-dessus de cuves en pierre placées le long des murs. Leur tâche était sans fin. Elles se chargeaient non seulement de la lessive des prisonniers, mais aussi de celle des navires, de l'hôpital et de l'orphelinat. À l'aide de manches à balai, elles pêchaient les draps trempés dans un bassin d'eau chaude, les plongeaient dans un bassin de rinçage, puis encore une fois dans un bassin d'eau froide. Les détenues soulevaient donc leur lourd fardeau trois fois, tout en pataugeant jusqu'aux chevilles dans l'eau qui débordait des cuves. Elles passaient ensuite les draps dans une essoreuse, composée de deux rouleaux qu'on activait en tournant une manivelle. Pendant ce temps, un autre groupe de prisonnières accrochait la lessive sur six cordes à linge tendues au centre de la cour, dont la terre battue se transformait rapidement en boue.

Les femmes restaient trempées du matin au soir et ne cessaient de grelotter. Leurs doigts ravagés par l'étoupe se raidissaient dans l'eau et saignaient sur les draps grossiers. Comme on leur interdisait de discuter, elles communiquaient essentiellement par des gestes et des expressions. La nuit, enfermées pour plus de douze heures entre quatre murs de pierre, elles se blottissaient les unes contre les autres, telles des souris dans un égout, pour résister au froid glacial. Deux fois par jour, l'aumônier les admonestait dans une petite chapelle sombre, à l'écart des autres convicts.

Il fait pleuvoir sur les méchants des charbons, du feu et du soufre ; un vent brûlant, c'est le calice qu'ils ont en partage.

Devant eux la terre tremble, les cieux sont ébranlés, le soleil et la lune s'obscurcissent, et les étoiles retirent leur éclat.

Certaines cédèrent au désespoir. On le lisait dans leur regard sombre et voilé. Elles cessaient de brandir leurs bols pour avoir à manger et de se réserver une place aux cuves. De temps en temps, on découvrait une femme inconsciente, par terre. Quand les gardes apportaient les rations, ils traînaient le corps par les talons jusqu'à un coin de la cour, pour l'y laisser ensuite des heures durant, voire des jours, avant de revenir le chercher avec une carriole.

Hazel comprit que, pour survivre, la solution était simplement de lâcher prise. Il fallait ne pas réfléchir et se contenter de rester en mouvement, sinon l'effroi la paralyserait.

Elle évita de penser à Ruby, abandonnée à l'orphelinat, et concentra toute son attention sur le linge trempé, les taches et le morceau de savon dans sa main. Eau tiède, eau de rinçage, eau glacée, essoreuse. Dès qu'elle avait fini un cycle, elle recommençait du début. Elle ne répliquait pas lorsque les gardiens la provoquaient. Quand elle devait se rendre quelque part, elle se déplaçait à pas feutrés, tel un chat. À l'heure du déjeuner, elle rejoignait la marmite en prenant soin de ne pas attirer l'attention. Elle gardait le silence autant que possible. Elle s'était aussi rendu compte qu'elle n'avait pas besoin de réagir à chaque petite chose qui lui arrivait. Elle pouvait se contenter d'exister, laisser son esprit mijoter doucement, sans que ses pensées s'aventurent trop loin.

Un matin, un mois après son arrivée dans la cour des criminelles, Hazel était accroupie devant l'un des bassins quand elle leva les yeux pour découvrir Olive qui venait vers elle. Stupéfaite, elle se redressa.

« Salut ! lui lança Olive avec un grand sourire.

— Qu'est-ce que tu fais là ? » murmura Hazel.

Le garde leur décocha un regard furibond. Hazel posa un doigt sur ses lèvres pour faire signe à son amie de parler plus bas. Olive s'agenouilla à côté d'elle devant la cuve.

« Il fallait que j'te voie, alors j'ai sifflé pendant le rassemblement. Comme je m'y attendais, j'ai pris trois jours à la lessive. »

Elle jeta un œil autour d'elle.

« J'arrive pas à croire que j'suis de retour dans ce trou à rats. »

Elle lança un regard furtif au garde et Hazel suivit la trajectoire de ses yeux. Une convict avait glissé dans la boue et il la houspillait pour qu'elle se remette sur pied.

« Il fallait que je te dise, chuchota Olive. C'est à cause de Buck que tu as perdu Ruby. Il a demandé à son copain du navire de faire passer les registres à Hutchinson.

— Comment tu le sais ? s'enquit Hazel, pétrifiée.

— Buck était ici. Il faisait partie d'une équipe qui construisait les nouvelles cellules. Il s'en vantait. Ce qu'il y a, c'est qu'il s'est échappé. Il a escaladé le mur.

— Ça suffit, vous deux ! cria le garde. Allez, maintenant, debout ! » aboya-t-il à la femme qui tentait de se relever en la poussant dans la boue avec son pied.

Olive plongea les mains dans l'eau et grimaça.

« Crénom, elle est bigrement glacée ! J'avais oublié. »

Puis, à grand renfort d'éclaboussures pour couvrir le son de sa voix, elle poursuivit :

« Il est là, dehors, à causer de vengeance à qui veut bien l'écouter. Il dit qu'c'est juste une question de temps. »

Hazel songea au regard perçant de Buck posé sur elle lorsqu'elle avait témoigné auprès du capitaine, sur le vaisseau.

« Il veut Ruby. Il essaye de trouver quelqu'un pour la faire sortir de l'orphelinat. »

Le cœur de Hazel se serra.

« Non. Ils ne le permettraient pas. Je suis sa…

— Sauf que tu l'es pas vraiment, hein ? »

Hazel regarda les murs de pierre qui s'élevaient tout autour d'elle. La lessive étendue sur la corde, d'où s'écoulaient des gouttes glacées. La femme toujours allongée sur les pavés. À l'extérieur, Buck essayait de mettre la main sur Ruby, et elle était là. Prise au piège.

Elle chercha une solution tout au long de la journée, alors qu'elle mélangeait la lessive, la déplaçait de cuve en cuve, puis la passait dans l'essoreuse et la portait jusqu'à la corde à linge. Cette nuit-là, allongée sur la paille qui couvrait le sol de pierre de la cellule, elle garda les yeux grands ouverts dans le noir. Qui pourrait accepter d'intervenir ? Mme Crain ? Mme Wilson ? Maeve ? L'une de celles qui avaient un enfant à l'orphelinat ? Mais elle-même n'avait pas pu voir Mathinna… À cette pensée, le désespoir la submergea.

Les femmes convicts n'avaient aucun pouvoir. Et ceux qui le détenaient n'avaient aucune raison de l'aider.

Sauf… peut-être…

Elle s'assit tout à coup, saisie par une idée.

Le lendemain matin, Hazel ôta le disque d'étain de son cou pour le placer dans la main d'Olive et lui faire part de son plan.

Six semaines plus tard, quand Hazel sortit de la cour des criminelles, Olive l'attendait.

« C'est fait », lui annonça-t-elle.

Les détenues qui attendaient qu'on leur attribue un poste se tenaient dans la longue et étroite cour principale. Elles formaient deux rangées, face à face. Nerveuse, Hazel scrutait les visages des colons libres qui pénétraient les uns derrière les autres dans l'enceinte par la grande porte en bois. En bout de file, elle avisa un homme en long manteau noir, pantalon gris clair et haut-de-forme noir. Ses cheveux sombres bouclaient sur le col de sa chemise et il arborait une courte barbe.

Quand il retira son chapeau et passa la main dans sa chevelure, Hazel déglutit.

C'était Dunne.

Il commença à passer en revue les femmes alignées. Hazel croisa son regard et, en la reconnaissant, il leva un sourcil.

Elle s'avisa alors qu'un homme aux joues flasques chaussé de bottes de cuir lustrées s'arrêtait devant elle.

« Avez-vous déjà travaillé comme cuisinière ?

— Non, monsieur, marmonna-t-elle.

— Savez-vous coudre ?

— Non.

— Bon, vous faites bien la lessive, au moins ?

— Non, pas du tout, monsieur.

— Qu'est-ce que vous avez dit, détenue ? s'exclama l'inconnu en regardant alentour, en quête d'un témoin de cette impudence.

— Je ne suis pas douée pour la lessive. Monsieur.

— Vous n'avez jamais été domestique ? »

Elle secoua la tête.

« Bonne à rien ! »

La personne suivante fut une matrone qui travaillait comme intendante.

« Savez-vous broder de façon satisfaisante ?

— Absolument pas, madame », répondit Hazel.

Les narines de la femme se dilatèrent sous le coup de la frustration. Elle passa à la convict suivante.

Enfin, Dunne se trouva devant elle. Elle n'osa pas lever les yeux.

« Votre chevelure est si courte, murmura-t-il en s'approchant d'un pas. J'ai failli ne pas vous reconnaître. »

Soudain consciente de son apparence, elle se toucha la nuque nerveusement du bout des doigts. Il s'éclaircit la gorge et recula.

« J'ai un enfant à charge et il me faut quelqu'un qui prendra soin d'elle. Avez-vous de l'expérience avec les enfants, détenue ?

— Oui. »

Elle leva les yeux pour chercher dans son regard la confirmation qu'il avait bien Ruby, mais dans ce contexte il lui fallait impérativement se montrer prudente. Aussi baissa-t-elle la tête avant d'ajouter : « Monsieur.

— Quel genre d'expérience ?

— J'ai... j'ai travaillé à la garderie. Ici, aux Cascades.

— Alors vous savez quoi faire en cas d'écorchures et de nez qui coule ?

— Bien sûr.

— Et si elle se montre grincheuse ? »

Elle sourit.

« Je suis une experte.

— J'aurais besoin de quelqu'un qui lui enseigne la lecture. Savez-vous lire et écrire ?

— *Vous pouvez me dénier d'être votre compagne, mais nullement d'être votre servante* », récita-t-elle d'une voix douce.

Il ne répondit pas tout de suite. Les coins de sa bouche tressaillirent.

« Je prends ça pour un oui. »

Elle ne put résister à l'envie de lui sourire à nouveau.

Il sortit un mouchoir de sa poche et le laissa tomber aux pieds de Hazel. Elle suivit la chute des yeux ; c'était un beau mouchoir de poche carré de couleur blanche. Elle s'inclina pour le ramasser et l'agita vers le directeur.

M. Hutchinson les rejoignit d'un pas vif.

« Bonjour, monsieur… dit-il à Dunne.

— Frum. Docteur Frum. Bonjour.

— Je vois que vous avez choisi Mlle Ferguson. Puis-je vous demander pour quel type d'emploi ?

— Pour s'occuper d'une petite fille. »

Hutchinson fit une grimace exagérée.

« Cela pose-t-il un problème, directeur ?

— Eh bien… je me dois de vous avertir, docteur Frum, que cette convict pourrait ne pas être le choix le plus approprié. Elle a récemment été envoyée dans la cour des criminelles pour un délit lié à un enfant, justement.

— Puis-je savoir de quoi il s'agissait ?

— Elle s'est fait passer pour la mère d'un enfant dans le but de bénéficier d'un traitement préférentiel. Pour pouvoir travailler à la garderie. »

Dunne dévisagea Hazel, exactement comme s'il ne la connaissait pas.

« Et qu'en dit la vraie mère de l'enfant ?

— Sa vraie mère ? Il me semble qu'elle est décédée.

— Et le père ?

— Je… On ne sait rien du… père, bégaya Hutchinson.

— Si je comprends bien, cette fille… Comment vous appelez-vous ? s'enquit Dunne à brûle-pourpoint en se tournant vers elle.

— Hazel Ferguson, monsieur.

— Cette fille, Hazel Ferguson, a pris soin d'un enfant qui n'avait pas de parents.

— Eh bien, oui. Mais…

— En a-t-elle pris soin de manière satisfaisante ?

— Pour autant que je le sache, oui.

— Y a-t-il eu des plaintes relatives à sa conduite ?
— Pas à ma connaissance.
— Et en tant que directeur, vous en auriez connaissance, n'est-ce pas ?
— Je suppose que oui.
— Eh bien, monsieur Hutchinson, c'est précisément son expérience auprès d'une orpheline qui la qualifie pour travailler pour moi. Tout ce qui m'importe, c'est qu'elle remplisse bien son rôle. »

Le directeur secoua la tête et soupira.

« Si j'étais vous, son mensonge m'inquiéterait, monsieur… L'usurpation d'identité. Il y a d'autres convicts qui…
— Je crois que je vais tenter ma chance avec Mlle Ferguson », coupa Dunne.

Hazel se força à garder les yeux baissés, dans une posture de soumission, pendant qu'il réglait les détails de son nouveau poste. Elle avait l'impression qu'ils conspiraient, comme s'ils tentaient une évasion ou un braquage. Lorsque Dunne lui fit signe d'avancer, elle lui emboîta le pas, tête courbée, comme n'importe quelle domestique convict. Elle le suivit dans la rue, jusqu'à son cheval à la robe isabelle harnaché à un boghei ouvert à quatre roues. Il grimpa sur le siège du cocher et elle se hissa sur le banc derrière lui. Sans se retourner, il lui tendit un petit paquet avant d'attraper les rênes. Il fit claquer son fouet en cuir et le cheval se mit en route.

Hazel ouvrit le paquet. Il contenait le pendentif en étain d'Evangeline.

C'était une journée fraîche du début du printemps. Le disque argenté du soleil baignait les hautes herbes des deux côtés de la route d'une pâle lumière blanche.

Les branches des genêts s'étiraient vers le ciel strié de fins nuages. Tandis qu'ils remontaient la colline vers Macquarie Street, Hazel tourna la tête pour regarder les convicts, à pied ou dans des charrettes bringuebalantes derrière eux.

Dunne donna de nouveau un petit coup de fouet et le cheval accéléra. Ils distancèrent rapidement les prisonnières.

Hobart Town,
1842

Au bout d'un moment, ils quittèrent Macquarie Street pour emprunter une rue perpendiculaire, plus étroite, flanquée de petites habitations. Dunne s'engagea dans l'allée de terre battue qui menait à un cottage en grès au toit de tuiles rouges et à la porte bleue. Une pancarte accrochée à un potelet dans le jardin indiquait : *Docteur Caleb Dunne, médecin et apothicaire*. La maison voisine était dissimulée derrière une haute haie qui garantissait l'intimité.

Dunne sauta à terre, puis il libéra le cheval de son harnais et alla l'attacher à un piquet.

« Où est-elle ? » demanda Hazel.

C'était les premiers mots qu'elle prononçait depuis leur départ des Cascades.

Il se dirigea vers le perron en lui faisant signe de l'accompagner. Lorsqu'elle franchit le seuil du cottage, Hazel retint son souffle. Dunne, devant elle, tourna dans une pièce. Le cœur de Hazel s'emballa et elle se hâta à sa suite.

Elle était là. Ruby. Assise sur le sol, elle construisait une tour avec des cubes de bois.

« Oh », souffla Hazel.

La fillette leva les yeux, un cube en main.

Plus de quatre mois s'étaient écoulés depuis la dernière fois que Hazel l'avait vue. Son visage s'était allongé et affiné. Des boucles châtaines cascadaient dans son dos. Elle scruta Hazel un long moment, comme si elle ne savait pas exactement de qui il s'agissait.

« Laisse-lui un peu de temps », dit une voix de femme.

Hazel leva la tête.

« Maeve ! »

Assise dans un fauteuil à bascule, celle-ci avait deux aiguilles à tricoter en main et un tas de laine devant elle.

« Bienvenue, Hazel. Nous t'attendions.

— Que fais-tu ici ?

— Contente de voir que tes cheveux repoussent, déclara Maeve en levant une main vers sa tresse blanche, un grand sourire aux lèvres.

— C'était un petit prix à payer pour arriver ici », répondit Hazel en replaçant une courte mèche derrière son oreille.

Ruby consacrait de nouveau toute son attention à son jeu. Hazel s'agenouilla près d'elle. Elle lui tendit un cube que la fillette posa soigneusement en équilibre au sommet de la tour.

Hazel avait envie de l'étreindre mais craignait de l'effrayer.

« Oh, Ruby, comme tu es douée ! »

La petite fille la regarda.

« Maman… dit-elle.

— Oui, c'est moi », murmura Hazel en riant, les larmes aux yeux.

Dunne se tenait à côté de Hazel pendant qu'elle inspectait son cabinet, étudiait ses instruments, soulevait les couvercles des teintures et des poudres pour les renifler ou les goûter… Il lui raconta que, après la mort d'Evangeline, il en avait eu assez des navires de transport de convicts. Il lui avait toutefois fallu trois voyages de plus avant d'avoir économisé suffisamment pour ouvrir son cabinet. Près d'une année auparavant, il avait quitté son poste à bord du *Medea* et acheté ce cottage sur Campbell Street, pourvu de trois chambres à coucher, d'une cabane abritant une citerne et d'un jardin tout en longueur derrière la maison.

Il y avait de cela quelques semaines, quelqu'un avait glissé une lettre anonyme sous sa porte. On y expliquait que Buck avait dénoncé Hazel et menacé de s'emparer de Ruby. La lettre mentionnait que Maeve, une sage-femme, avait récemment obtenu sa liberté conditionnelle ; si Dunne recueillait Ruby, il pourrait employer Maeve pour s'occuper d'elle en attendant que Hazel sorte de la cour des criminelles.

Dunne avait pris rendez-vous séance tenante avec le directeur de la Queen's Orphan School et s'était présenté comme le père de Ruby, sous le nom du docteur Frum. Le directeur avait paru soulagé de lui remettre la petite : elle était souffrante et avait besoin d'une surveillance médicale que l'orphelinat ne pouvait pas lui procurer. Or, pour le directeur, un décès de moins dans son registre était toujours bon à prendre. Dès que Dunne posa les yeux sur la fillette, il comprit qu'elle était atteinte de la typhoïde. Il l'avait ramenée dans son cottage où il avait aménagé une chambre d'enfant, une pièce ensoleillée avec vue sur le jardin, avant d'engager Maeve qui logeait dans une pension sur Macquarie Street. Ils avaient tous les deux soigné Ruby jusqu'à son rétablissement. Bientôt, Maeve s'était retrouvée à l'assister dans son cabinet : elle organisait les instruments chirurgicaux, découpait des bandages dans du tissu, rencontrait les patients… Son illettrisme ne lui posait aucun problème car elle était capable de se souvenir de chaque détail des entretiens avec les malades.

« Ruby a tellement grandi, c'est incroyable, dit Dunne à Hazel. Ces années sont passées si vite.

— Pour vous, peut-être », répondit-elle.

Le lendemain matin, Hazel se tenait à l'entrée des Cascades avec les autres femmes qui se rendaient sur leurs lieux de travail. Quand Dunne arriva, elle grimpa dans son boghei sans un mot.

Lorsqu'ils parvinrent au cottage, Ruby patientait sur le perron.

« Tu es là ! » s'écria-t-elle.

Oui, je suis là ! Hazel avait envie de le crier sur tous les toits et de prendre sa fille dans ses bras. Elle n'en fit pourtant rien.

« Oui, bien sûr, répondit-elle nonchalamment en descendant du véhicule. J'ai promis que je reviendrai, et me voilà ! »

Elles passèrent la journée à jouer à cache-cache, à construire des cabanes faites de branches et de feuilles pour les fées du jardin, à lire des histoires et à boire du thé sucré dans la cuisine.

Hazel arrivait à peine à croire à sa chance. Elle allait dorénavant passer des journées entières avec Ruby. Elle allait être sa mère.

Une grande maison de poupée trônait dans la nursery. Dunne n'avait pas su résister en la voyant dans une vitrine. Elle comportait quatre niveaux et de nombreuses pièces, avec des appartements pour les domestiques au dernier étage.

« On joue ? lui proposa Ruby. Je fais la dame et toi, la bonne. D'accord ?

— D'accord. Puis-je descendre au rez-de-chaussée, madame ? demanda Hazel d'une voix aiguë, en tenant la poupée dans le grenier entre son pouce et son index. Il fait si noir, ici !

— Non, asséna Ruby en jouant la maîtresse de maison. Tu dois être punie.

— Pourquoi ?

— Tu as trop parlé pendant le souper. Et tu as couru dans le couloir.

— Combien de temps dois-je rester là-haut ?

— Deux jours. Et si tu es très vilaine, tu auras des coups de baguette.

— Oh ! »

Des coups de baguette… Le cœur de Hazel se serra.

« Mais je suis toute seule. Comment est-ce que je pourrais être vilaine ?

— Tu pourrais renverser ton porridge. Ou faire pipi au lit.

— Ça arrive à tout le monde de renverser son porridge. Et de faire pipi au lit.

— Non, juste aux filles qui sont très vilaines. »

Hazel la regarda un long moment.

« Non, ça arrive aussi parfois aux filles très gentilles. »
Ruby haussa les épaules.

« D'accord. Bon, il faut servir le thé, maintenant. »

Comme le temps se réchauffait, Hazel et Ruby plantèrent des fleurs à l'avant du jardin, et des graines de plantes médicinales dans un petit carré de terre situé entre la maison et la grange. Puis, quand les plantes eurent poussé, elles en firent une récolte qu'elles mirent à sécher dans l'abri en grès derrière la maison. Le jardin de devant se transforma bientôt en une véritable fête colorée. Les roses blanches recouvrirent leur treillis, un acacia grandit à côté de la grange, et un buisson feuillu aux fleurs rose pâle en forme de trompettes s'épanouit près de la porte d'entrée.

L'afflux de colons débarqués dans la cité portuaire assurait la prospérité du cabinet médical. Il n'était pas inhabituel que, en arrivant des Cascades, Hazel et Dunne trouvent un petit groupe de patients qui attendait déjà. Dunne avait entamé une correspondance avec une association de médecins diplômés, à Melbourne. Cela lui permettait de s'informer sur les dernières procédures médicales et d'expérimenter des techniques innovantes, ce qui ne manqua pas de se savoir.

Il se montrait tout aussi curieux des herbes médicinales cultivées par Hazel et Maeve.

« Comment utilisez-vous celle-ci ? » s'enquit-il un jour en pinçant quelques brins avant de les porter à son nez.

L'agripaume, lui expliquèrent-elles, dont les feuilles évoquaient les paumes ridées d'une vieille femme, apaisait l'anxiété. Quant à l'écorce de l'arbuste parasol, on en tirait un sirop qui calmait la toux. Bouillie, l'écorce de l'acacia mangium soulageait les inflammations cutanées. Les feuilles du fuchsia moucheté, écrasées et inhalées, dégageaient les voies nasales. L'infusion d'herbe-aux-chats était recommandée pour combattre le croup, et l'aulne rouge soignait les crises d'urticaire.

Hazel voyait bien que Dunne faisait de son mieux pour vaincre son scepticisme. Aller à l'encontre de toutes ses années d'études, pendant lesquelles on lui avait recommandé d'ignorer le monde naturel et de rejeter les remèdes non écrits des femmes, considérés comme des superstitions, n'était pas chose aisée.

Avec le temps, elle commença à exercer au cabinet aux côtés de Maeve. Dunne les chargea de l'accompagnement des femmes en couches, puis leur demanda aussi de l'assister lors des naissances. Hazel était obligée de retourner aux Cascades au coucher du soleil, mais Maeve pouvait rester toute la nuit auprès des parturientes. Dunne leur délégua bientôt la plupart des cas d'obstétrique, et il ne participait aux consultations que lorsqu'elles le réclamaient.

Hazel obtint sa libération conditionnelle sans difficultés. Plusieurs mois après qu'elle eut commencé à travailler pour Dunne, il rédigea une lettre formelle indiquant qu'il se portait garant d'elle et lui offrait un emploi rémunéré et un hébergement.

« Votre liberté conditionnelle est un privilège, pas un droit, déclara le directeur avant de la relâcher. Si vous commettez une infraction, quelle qu'elle soit, vous serez réincarcérée. C'est compris ? »

Oui, elle avait bien compris.

Comme elle lisait la lettre à l'envers sur son bureau, elle remarqua que Dunne avait signé de son véritable nom. Soit Hutchinson ne l'avait pas remarqué, soit il s'en moquait.

L'intendante rendit à Hazel le petit tas de vêtements loqueteux qu'elle possédait à son arrivée à la prison, ainsi que l'exemplaire de *La Tempête* de Dunne. Hazel sourit. Elle allait le ranger dans la bibliothèque, à sa place parmi les autres volumes de Shakespeare.

Avant de partir, elle se mit en quête d'Olive et la trouva en pleine partie de whist avec Liza. Malgré leurs passages répétés dans la cour des criminelles, elles aussi pourraient bientôt obtenir leur libération conditionnelle.

« Hutchinson est ravi de se débarrasser d'nous, dit Liza. On lui a causé assez de soucis comme ça ! De toute façon, essorer la lessive, ç'a jamais été not' fort.

— Tu t'souviens de mon marin, Grunwald ? » demanda Olive.

Hazel acquiesça d'un signe de tête.

« Il a ouvert un bistrot à Breadalbane. Il m'a demandé de tenir le bar. Je lui ai dit que je considérerais sa proposition s'il embauchait Liza pour gérer les comptes. Il va écrire des lettres à Hutchinson pour nous deux.

— Et il est au courant pour… »

Hazel les pointa du doigt tour à tour. Olive lui fit un grand sourire, révélant les trous dans sa dentition.

« Ça l'dérangera pas. Plus on est de fous, plus on rit !

— Et cette fois, je frauderai que si c'est absolument nécessaire », ajouta Liza avec un gloussement.

Olive se hissa sur ses pieds et serra fort Hazel dans ses bras.

« Prends soin de toi, lui dit-elle. Ça m'épate que tu tolères ce toubib tout coincé ! Moi, je pourrais pas. Mais bon, je suppose qu'on prend toutes notre liberté conditionnelle là où on peut l'avoir ! »

Plus tard, assise dans le boghei avec Dunne, Hazel fixa le long mur de la prison à sa gauche jusqu'à ce qu'il ait disparu, sentit le grondement sous ses pieds lorsqu'ils traversèrent le pont et fut frappée par la puanteur des eaux usées, pour la toute dernière fois. Elle en avait enfin fini avec cet endroit. Ce fut comme si elle découvrait le monde avec un regard neuf : les moutons laineux dans un pré de fleurs jaunes, les collines gris-vert au loin, les papillons bleus qui voletaient au-dessus des herbes blondes. Dans les arbres, les cassicans flûteurs riaient. Elle craignait presque de se retourner, au cas où on la poursuivrait afin de la traîner jusque dans l'enceinte des Cascades pour une infraction quelconque, réelle ou imaginaire.

Elle ne regarda pas en arrière.

Ce soir-là, après que Ruby se fut assoupie, Dunne et elle se retrouvèrent seuls dans le couloir, sans trop savoir comment se comporter. Hazel s'était préparé l'un des lits jumeaux de la chambre de Ruby. La chambre à coucher de Dunne, quant à elle, se trouvait au bout du couloir.

« Avez-vous besoin de quelque chose ? lui demanda-t-il en s'appuyant contre le chambranle de la porte.

— Non, merci. »

Hazel nota alors son avant-bras musclé sous l'impeccable chemise de coton. Les poils de sa courte barbe. Son odeur, un mélange de sueur et de savon qui n'était pas désagréable. Elle prit conscience que son cœur battait la chamade dans sa poitrine.

Quand elle s'aperçut qu'elle rougissait, elle recula. L'avait-il remarqué ? Elle n'aurait su le dire.

De retour dans la chambre de sa fille, elle récupéra le disque d'étain d'Evangeline sur son cordon rouge et l'emballa dans le mouchoir blanc. Après un dernier regard aux initiales à peine visibles et au blason familial, elle ouvrit le tiroir du haut de la commode pour glisser le petit paquet sous une pile de vêtements.

Un jour, elle le montrerait à Ruby.

Hobart Town, 1843

Hazel n'avait plus l'habitude de se sentir libre. Libre de regarder les bateaux arriver dans le port, sur un banc avec Ruby, et de sentir la brise sur son visage. De s'asseoir à l'ombre d'un if et de s'émerveiller face au vaste ciel. De peler une orange – ou deux, ou trois – avec ses doigts, puis d'en glisser les quartiers acidulés dans sa bouche. De regarder un pancake gonfler dans une poêle en fonte. D'aller se coucher quand elle le désirait, de faire la grasse matinée si elle ne se sentait pas bien, de rire aux éclats, de ranger ses affaires dans un tiroir sans crainte qu'on ne les lui vole…

Elle n'avait plus l'habitude de se sentir comme une personne à part entière, qui avait le droit de vivre dans ce monde.

Hazel se confectionna quelques corsages et plusieurs pantalons, aux jambes si larges qu'ils passaient pour des jupes tant qu'on n'y regardait pas de trop près. Sa mère en avait toujours porté car, selon elle, ils étaient plus pratiques qu'une robe lors des accouchements.

« Tu seras la dame bizarre qui porte des pantalons ! » la taquina Maeve.

Hazel lui adressa un sourire éclatant.

« Peut-être que je vais lancer la mode. »

Par un bel après-midi, Hazel emmena Ruby au marché de plein air très fréquenté qui se tenait près du front de mer. Elle aperçut un groupe de femmes convicts qui venaient juste de débarquer d'un navire et marchaient d'un pas traînant vers Macquarie Street. Aussitôt, elle se détourna en tirant Ruby par la main. Cette scène lui était insupportable.

Quelques jours plus tard, Hazel se rendit de nouveau au marché avec Ruby pour y acheter des fruits et des légumes. Elle hésitait entre les cerises et les prunes quand elle remarqua qu'on s'agitait, un peu plus loin devant elles. Le brouhaha lui rappela le bruit des feuilles d'arbres par un jour de grand vent. Plusieurs passants traversèrent la rue pour s'éloigner, tout en secouant la tête et en jetant des coups d'œil furtifs derrière eux.

« Que fait-elle donc ici, dans la bonne société ? dit une femme à une autre, alors qu'elles passaient à côté de Hazel et Ruby. Je croyais qu'ils l'avaient renvoyée vivre avec ses semblables. Là où est sa place ! »

Hazel prit sa fille par la main et se fraya un chemin dans la foule.

C'était Mathinna. Elle se tenait au milieu d'un groupe de curieux, le menton levé, la bouche entrouverte. Elle avait grandi depuis la dernière fois que Hazel l'avait vue, et elle s'était amincie. Ses pommettes saillaient nettement. Elle avait les lèvres gercées et les cheveux emmêlés. Le bas de sa robe était couvert de boue.

Apparemment indifférente à son environnement, elle regardait autour d'elle tout en caressant d'un air absent les colliers de petits coquillages verts qu'elle portait autour du cou.

« Quelle honte ! s'exclama un homme d'un ton méprisant. Elle est pleine comme une barrique. »

Hazel se rendit compte qu'il avait raison : elle était ivre.

« Mathinna ! » l'appela-t-elle.

La fille se retourna, les sourcils froncés. Puis elle esquissa un petit sourire en coin lorsqu'elle la reconnut.

« Hazel, dit-elle d'une voix traînante. C'est toi. »

Elle chancela légèrement.

« Je les ai toujours, ajouta-t-elle en tapotant ses colliers.

— C'est bien, j'en suis contente ! »

Les badauds observaient leur échange en silence. Les yeux rivés sur Ruby, Mathinna demanda :

« C'est ta fille ?

— Oui. Ruby.

— Ru-by, répéta-t-elle d'une voix chantante avant de lui adresser un large sourire. Bonjour, Ru-by.

— Je te présente Mathinna, dit Hazel à sa fille. Tu lui dis bonjour ?

— Bonjour, souffla timidement Ruby en reculant derrière Hazel.

— Ils t'ont laissée sortir », déclara Mathinna.

Un murmure se propagea dans l'attroupement. Hazel sentit le rouge lui monter aux joues. Les anciens convicts avaient beau être partout, il était mal vu d'en parler en public. Tout en serrant la main de Ruby, elle pointa du doigt un jardin public de l'autre côté de la chaussée.

« On va dans le petit parc, là-bas ?

— D'accord, répondit Mathinna avant de tendre les bras en avant puis sur les côtés, doigts écartés. Faites place ! »

Sans attendre, la foule se fendit en deux. Mathinna s'empressa de traverser la rue à grands pas décidés, Hazel sur les talons. Le regard fixé droit devant elle, Mathinna ignora les gens qui la dévisageaient, la pointaient du doigt et murmuraient derrière leur main.

Une fois qu'elles furent entrées dans le square, Hazel déclara :

« J'ai essayé de te rendre visite à l'orphelinat. Ils ont refusé.

— Je sais.

— Ils te l'ont dit ?

— Non, ils ne m'ont rien dit du tout. Ils m'ont enfermée toute seule dans une pièce. Mais tu avais dit que tu viendrais me voir, et je te fais confiance. »

La gorge de Hazel se noua.

« Combien de temps es-tu restée là-bas ? »

Mathinna remua lentement la tête, comme si elle essayait de se souvenir.

« Je l'ignore. Je n'avais pas de moyen de savoir combien de temps avait passé. »

Elle leva la main et se toucha le crâne.

« Ils m'ont battue. Ils m'ont rasé la tête… et plongée dans de l'eau glacée. Je ne sais pas pourquoi. Ils disaient que j'étais insolente… Peut-être qu'ils avaient raison.

— Oh, Mathinna… Tu n'étais qu'une enfant.

— Oui. »

Sa voix tremblait. Elle baissa les yeux.

Elle l'est toujours, songea Hazel. Le plus gros de l'attroupement s'était dispersé, même si quelques personnes les observaient encore, bouche bée. Elle désigna un banc sous un gommier, disposé dos à la rue.

« Tu t'assieds avec nous une minute ? »

Mathinna opina du chef. Hazel plaça Ruby sur ses genoux et Mathinna s'affala à côté d'elles. Leurs visages étaient mouchetés de lumière, éclairés par les rayons du soleil qui filtraient entre les feuilles tombantes et les fleurs semblables à des pissenlits.

« Quand as-tu quitté l'orphelinat ? s'enquit Hazel.

— Je ne suis pas sûre… Tout ce que je sais, c'est qu'un jour ils m'ont fait sortir et m'ont mise sur un bateau pour l'île Flinders. Mais ce n'était plus pareil, là-bas. Mon beau-père était mort. La grippe, ils ont dit. »

Elle secoua la tête et une larme coula sur sa joue.

« La plupart des gens que je connaissais étaient décédés. Les autres dépérissaient. Et puis, de toute façon, j'avais oublié la langue. J'étais trop… différente. Alors ils m'ont renvoyée ici.

— À la Queen's Orphan School ?

— Oui, pendant un temps. Puis ils m'ont transférée dans un endroit maudit qui s'appelle Oyster Cove. Une ancienne colonie pénitentiaire pour les convicts. Là-bas aussi, tout le monde était malade ou mourant… »

Hazel plongea son regard dans celui, humide, de la fille. Elle sentait elle aussi que ses yeux se remplissaient de larmes.

« Et comment t'es-tu retrouvée ici ?

— Je me suis enfuie. J'ai trouvé un emploi chez une couturière qui tient un troquet en dehors de la ville. Elle me laisse louer une chambre.

— Et tu fais quoi pour elle ?

— Je couds. Je sers du rhum. Je bois du rhum. »

Un petit rire lui échappa.

« Je vais au lit et quand je me lève, le lendemain, je recommence. Les nuits sont longues, mais je dors presque toute la journée. Ça me permet aussi d'éviter… »

Elle fit un geste vers l'autre côté de la rue.

« Les gens sont grossiers.

— J'ai l'habitude. »

Ruby pointa les colliers de Mathinna du doigt.

« Joli. »

Mathinna passa ses doigts le long des coquillages. Elle semblait ravie de changer de sujet.

« C'est ma mère qui les a faits, expliqua-t-elle à Ruby. Et ta mère les a volés à la dame qui me les avait pris. »

Hazel fit une petite grimace.

« Je ne les ai pas vraiment volés, dit-elle à sa fille. Ils n'ont jamais appartenu à… cette personne. »

Mathinna se pencha vers Ruby.

« Tu aimerais en avoir un ? »

Le visage de la fillette s'éclaira et elle tendit la main vers les bijoux.

« Oh, non ! Tu ne devrais pas… »

Hazel ferma les mains autour des doigts de Ruby qui tentait d'agripper un collier. Elle regarda Mathinna par-dessus la tête de sa fille.

« Ils sont à toi, Mathinna.

— Je n'ai pas besoin d'en avoir autant. Ils sont faits pour être partagés. Je n'ai simplement jamais eu quelqu'un à qui en offrir un. »

Elle les secoua légèrement.

« Le souci, c'est qu'ils sont emmêlés. Tu m'aides ?

— J'en veux un, maman », dit Ruby.

Mathinna enleva les colliers de son cou.

« Tu étais la seule personne vraiment gentille avec moi pendant tout le temps que j'ai passé chez les Franklin. »

Le cœur de Hazel se serra. Elle n'avait pas fait grand-chose, pourtant. C'était terrible de se rendre compte que ses gestes dérisoires étaient les seules marques d'affection véritable que Mathinna avait reçues. Elle se remémora la période où la fillette avait erré toute seule dans la propriété, quand les Franklin étaient partis en voyage sans elle.

En baissant les yeux sur les bijoux dans les mains de Mathinna, Hazel prit une grande inspiration.

« Eh bien… je suis devenue plutôt bonne en démêlage. »

Elle tira sur les petites grappes de coquillages jusqu'à ce qu'elles se relâchent et sépara les colliers en trois longs brins. Elle les enroula deux fois autour de sa main avant de les tendre à leur propriétaire.

Après en avoir passé deux, Mathinna enfila le troisième au cou de Ruby et lui montra les coquillages irisés de près.

« J'ai vu ma mère les fabriquer. Elle a utilisé une dent de wallaby pour creuser ces minuscules trous, puis elle a frotté les coquillages avec de l'huile de puffin pour les faire briller. Tu vois ? »

Ruby toucha délicatement un coquillage du bout du doigt.

« Imagine que tu es le fil, lui dit Mathinna. Et que les gens que tu aimes sont les coquillages. Comme ça, ils seront toujours avec toi. »

Comme Mathinna se penchait un peu plus, Hazel sentit l'odeur de l'alcool dans son haleine.

« C'est bon de savoir qu'on est aimé. Tu sais que ta maman t'aime, hein, Ruby ? »

La fillette acquiesça d'un signe de tête et un grand sourire se dessina sur son visage.

Hazel songea à sa propre enfance. On lui avait montré si peu de tendresse… Mathinna et elle avaient toutes les deux dû se contenter des miettes qu'on voulait bien leur jeter.

« Viens avec nous, lui proposa-t-elle impulsivement. On habite à quelques rues d'ici, dans la maison d'un médecin. Il y a une chambre libre. Elle n'est pas bien grande, mais elle serait à toi. Tu pourrais te remettre sur pied… »

Mathinna rit. Un rire qui partait des profondeurs de ses entrailles et remontait dans sa gorge.

« Je suis déjà sur pied, Hazel.

— Mais boire… et rester debout toute la nuit… Tu es trop jeune pour ça, Mathinna. Tu n'es pas destinée à ce genre de vie.

— Oh, je ne sais pas. À quel genre de vie suis-je destinée ? »

Elles gardèrent le silence un instant. Il était difficile de savoir quoi répondre à cela. Hazel écouta les cris des mouettes, les voix des commerçants qui colportaient leurs marchandises non loin de là.

« Si j'étais restée sur Flinders, je serais probablement morte, déclara finalement Mathinna. Si les Franklin m'avaient emmenée à Londres, je m'efforcerais encore d'essayer d'être quelqu'un que je ne serai jamais. Je suis ici, maintenant, et je vis la seule vie qu'on m'a donnée. »

Elle se leva tout à coup, en chancelant un peu.

« Ne t'inquiète pas pour moi, Hazel. Je suis devenue une vagabonde, par la force des choses. Tout ira bien. »

Elle déplia les doigts sur sa poitrine.

« Tu es en moi, comme un anneau dans un tronc d'arbre. Je ne l'oublierai pas. »

Assise sur le banc avec Ruby, Hazel regarda Mathinna descendre la rue. Elle éprouva une profonde tristesse. Elles étaient, toutes les deux, des exilées, arrachées à leur maison et à leur famille. Cependant, Hazel avait chapardé une cuillère en argent et cela lui avait valu ce sort ; Mathinna, elle, n'avait rien fait. Hazel était marquée par la terrible infamie des convicts et le resterait pour de nombreuses années, mais cette marque s'effaçait avec le temps… Elle la sentait déjà s'estomper. Elle pouvait flâner sur le marché, un panier au bras, la main de Ruby dans la sienne, sans que rien ne la distingue des autres passants. Mathinna n'avait pas cette chance. Elle ne pourrait jamais se fondre dans la foule et vaquer à ses occupations sans être l'objet de jugements et de suspicions.

« Elle va où, maman ? s'enquit Ruby.

— Je l'ignore.

— Elle est gentille.

— Oui. »

Ruby toucha les coquillages du collier autour de son cou.

« Tu aimes ton nouveau collier ? »

Quand sa fille hocha la tête, Hazel dit, plus sèchement qu'elle n'en avait eu l'intention :

« Il est spécial. Tu dois en prendre grand soin.

— Oui, je sais. Je le ferai. On peut acheter des cerises, maman ?

— Oui, soupira Hazel en se levant. On peut acheter des cerises. »

Hobart Town,
1843

La première rencontre de l'association des médecins diplômés de Melbourne était prévue pour la mi-février et Dunne avait décidé d'y assister. Le voyage en mer durerait plusieurs jours et il prévoyait de rester sur le continent une semaine entière afin d'assimiler certaines innovations chirurgicales. Pendant son absence, Maeve dormirait dans la petite chambre libre à l'arrière de la maison et gérerait le cabinet avec Hazel. Si des urgences se présentaient et qu'elles ne savaient pas comment procéder, elles enverraient les patients à l'hôpital de la ville.

L'après-midi du départ, il faisait beau. Des nuages dérivaient dans un ciel bleu clair. Des mouettes tournoyaient au-dessus d'eux en poussant des cris plaintifs. Le navire pour Melbourne devait quitter Hobart Town à 15 heures. Le cabinet médical était fermé, comme tous les dimanches, et Hazel avait décidé d'accompagner Dunne jusqu'aux quais, situés à dix minutes à pied du cottage. Au cours du trajet, ils discutèrent du traitement d'un patient, d'un roman de Dickens que lisait

Hazel, dans lequel un personnage était condamné aux travaux forcés, et de la préparation des leçons de Ruby.

« Onze jours, dit Dunne lorsqu'ils furent arrivés à la passerelle d'embarquement. Vous vous en sortirez sans moi ?

— Bien sûr.

— Oui… je suis sûr que tout ira bien, affirma-t-il en serrant sa main dans la sienne. Dites au revoir à Ruby de ma part.

— Je n'y manquerai pas. »

Ils avaient laissé la petite dans le jardin en compagnie de Maeve. Elles construisaient des maisons pour les fées.

Une fois Dunne monté à bord, Hazel alla prendre place sur un banc sur Elizabeth Street Pier et regarda l'équipage du large vaisseau se hâter de relever la passerelle. Comme des feux de forêt sévissaient en dehors de la ville, l'air sentait le bois brûlé. Elle contempla les algues, de la couleur des épinards, sur les galets du rivage et les bateaux qui tanguaient à l'entrée du port. Les rayons du soleil scintillaient sur les vagues, leurs reflets semblables à des étoiles.

Comme souvent lorsqu'elle observait les flots, elle songea à Evangeline, quelque part dans ces profondeurs. Des vers de *La Tempête* lui revinrent en tête : *Par cinq brasses de fond/Repose ton père./Ses os, ce sont le corail*… Dans cette scène, Ariel disait à Ferdinand que son père, qui s'était noyé, avait été transformé par la mer : ses os étaient devenus des coraux ; ses yeux, des perles.

Transformé par la mer. Peut-être était-ce vrai pour chacun d'entre eux…

Quand le navire de Dunne eut largué les amarres, Hazel remonta Campbell Street d'un pas tranquille tout en faisant dans sa tête une liste de tout ce qu'elle devait faire ce jour-là. Une fois rentrée, elle lirait un chapitre d'un ouvrage médical que Dunne lui avait recommandé, puis elle préparerait quelques remèdes à base de plantes séchées. Ensuite, Maeve et elle pourraient emmener Ruby sur le mont Wellington pour un pique-nique : du jambon cru, des œufs durs, du fromage, des pommes… Elles emporteraient le gâteau aux groseilles que Maeve avait confectionné ce matin-là et laissé refroidir sur la table.

Comme elle s'approchait du cottage, Hazel aperçut Maeve à genoux dans le jardin d'herbes médicinales. Cela n'avait rien d'inhabituel de voir son amie cueillir de la menthe, et pourtant quelque chose clochait.

Un frisson la parcourut. Pourquoi Ruby n'était-elle pas là ?

« Maeve ! » appela-t-elle en essayant de garder son calme.

La vieille femme se tourna vers elle, un sourire aux lèvres.

« Ah, te voilà !

— Où est Ruby ? »

Maeve s'accroupit et s'essuya les mains.

« À l'intérieur, avec un ami du docteur Dunne. Je lui ai dit que le docteur était absent, mais il souhaitait la rencontrer. Il était sur le navire quand elle est née. J'ai proposé de préparer du thé mais il m'a demandé une tisane de menthe. »

Elle lui montra un brin de la plante en question.

La peau de Hazel s'était couverte d'un voile de sueur. Elle avait le souffle court.

« Comment s'appelle-t-il ?

— Tuck. Je crois.

— Buck, souffla Hazel. Non, non !

— Oh mon Dieu ! lâcha Maeve en voyant l'expression paniquée de Hazel. Que… »

Hazel monta les marches à toute vitesse et ouvrit brusquement la porte.

« Ruby ? cria-t-elle. Ruby ! »

Personne dans le salon, ni dans la salle d'examen, ni dans la cuisine. Elle ouvrit la porte de la chambre de sa fille à la volée. Vide. Elle regarda dans la chambre de Dunne, puis dans la petite pièce occupée par Maeve. Elle n'entendait plus que sa respiration saccadée. Le martèlement de ses pas.

Maeve, derrière elle, dit :

« Je suis navrée, Hazel, je n'ai…

— Chut », la coupa Hazel en levant un doigt, parfaitement immobile, la tête inclinée tel un chien de chasse. Elle s'approcha de la porte de derrière et regarda au travers de la petite vitre.

Buck était là, à une quinzaine de mètres dans le long jardin, debout à côté de Ruby qui se penchait sur ses maisons de fées. Trop proche. Ses cheveux blond-roux étaient plaqués en arrière, sa barbe taillée grossièrement. Sa chemise et son pantalon avaient l'air propres. Ils lui donnaient même une apparence respectable. Pourtant, il y avait quelque chose d'étrange chez lui, quelque chose d'inquiétant. Il était maigre à faire peur. Décharné. Comme s'il n'avait pas mangé depuis des semaines.

Soudain, il bougea la main et Hazel aperçut l'éclat d'une lame.

« Reste ici », intima-t-elle à Maeve.

Hazel sortit et cria un « Bonjour ! » en s'efforçant d'avoir l'air naturel.

« Viens voir ma nouvelle maison de fées ! » lui lança Ruby en lui faisant signe d'approcher.

Buck la toisait depuis l'autre côté de la pelouse.

Le cœur de Hazel cognait dans sa poitrine alors qu'elle marchait vers eux. Elle avait l'impression d'être une biche dans une clairière, consciente de la présence du chasseur, chaque fibre de son être en alerte. La scène lui apparaissait avec une clarté exacerbée : la nuée d'insectes autour de la lavande, les deux martins-pêcheurs au poitrail orange qui descendaient se poser sur des branches, les petits coquillages verts autour du cou de Ruby. Les ongles crasseux de Buck. Les traces de terre qui bordaient son col.

« Tes cheveux sont encore courts, se moqua-t-il. Et ce pantalon… On dirait un garçon ! »

Reste calme, songea Hazel. *Ne riposte pas*.

« Ça fait un bout de temps, lâcha-t-elle.

— Oui. J'attendais mon heure.

— On m'a dit que vous vous étiez évadé. Ils sont après vous ? »

Il émit un drôle de bruit, comme un ricanement.

« C'est possible. Mais je sais comment disparaître.

— Ça doit être dur là-bas, dans le bush. »

Il vibrait d'une sorte d'énergie frénétique.

« T'as pas idée. T'as déjà mangé du kangourou ? »

Elle secoua la tête. Elle avait entendu des histoires d'ex-convicts et de fugitifs qui vivaient comme des sauvages dans le bush, parmi les serpents, les dingos et les wallabies. *Bushrangers*, on les appelait. Des pirates qui parcouraient les terres plutôt que les mers. Ils attaquaient des fermes et des petits commerces pour voler des chevaux, du rhum et des armes.

« Tu les grilles au-dessus du feu. Attachés à des branches. »

Il écarta largement les bras pour mimer la scène.

« Quand ils sont déjà morts, en général. »

Il rit et Hazel aperçut brièvement ses petites dents grises.

« Parfois, quand on a de la chance, on met la main sur un agneau. »

Buck passa la pointe de son coutelas sur la petite tête de Ruby. Cette dernière, concentrée sur ses constructions en brindilles, ne remarqua rien. Il coupa une boucle de ses cheveux et la tendit à Hazel.

« Tu vois comme c'est facile ? C'est toujours utile d'avoir un couteau bien aiguisé, comme tu le sais. »

Il laissa tomber la boucle dans l'herbe.

Hazel inspira profondément et ses poumons se remplirent d'air. Elle sentit la lavande du jardin et, même si le port était distant de plusieurs pâtés de maisons, l'odeur salée de la mer. Elle tourna la tête vers le cottage et le doux fumet du gâteau aux groseilles envahit ses narines.

« Vous devez avoir faim, fit-elle remarquer. Maeve a justement préparé un gâteau, et nous avons du beurre frais. Vous aviez envie d'une infusion, n'est-ce pas ?

— Ça fait un moment que j'ai rien eu à grailler, c'est vrai. Et j'avoue que je suis assoiffé. Vous avez du sucre ?

— Oui. »

Elle songea aux tirades qu'elle avait dû écouter deux fois par jour à la chapelle des Cascades – assez de sermons pour toute une vie. *Que le méchant abandonne sa voie, et l'homme d'iniquité ses pensées ; qu'il retourne à l'Éternel, qui aura pitié de lui.* Buck avait été un bébé, un jour. Un enfant. Peut-être avait-il été rejeté, trahi, ou battu… Peut-être ne lui avait-on jamais donné une chance. Elle l'ignorait et l'ignorerait toujours. Elle savait en revanche quelles difficultés elle-même avait rencontrées… Il lui aurait été si facile de laisser, comme lui, l'amertume prendre racine dans son cœur et de l'entretenir jusqu'à ce qu'elle s'épanouisse en une fleur vénéneuse.

« Nous croyons au pardon, ici, monsieur Buck, dit-elle.

— Je préfère la vengeance. »

Ruby perçut le changement de ton et leva les yeux.

« Maman ?

— C'est ce qu'elle t'a dit ? lui lança Buck avant de l'agripper par le bras pour la forcer à se lever. Cette fille n'est pas ta mère, petite. »

À ces mots, Hazel ne put retenir une exclamation de surprise. Ruby émit un petit gémissement.

Hazel dut lutter contre l'envie de se jeter sur Buck. Elle avait conscience que ce serait imprudent ; il y avait trop en jeu.

« Tout va bien, Ruby », assura-t-elle d'une voix à peine tremblante.

Buck désigna la maison de la pointe de son couteau.

« Passe devant. »

Lorsqu'ils entrèrent dans la sombre cuisine, Hazel regarda Maeve en haussant les sourcils. Elle vit son amie évaluer la situation : Buck, le coutelas qu'il tenait dans une main, son autre main sur le bras de Ruby…

Hazel essaya de repérer un objet qui pourrait lui servir d'arme. La bouilloire était disposée sur un trépied dans l'âtre. Les couteaux se trouvaient tous dans un tiroir. Les poêles en fonte et les casseroles pendaient à des crochets à l'autre bout de la pièce.

Le regard de Buck passa de l'une à l'autre. Il fixa Hazel et murmura :

« N'y pense même pas. Si tu tentes quoi que ce soit, je lui tranche la gorge. »

Les yeux posés sur la lame dans la main de Buck, Hazel avait conscience de chacune de ses respirations. Maeve se tenait devant la table, les brins de menthe posés derrière elle.

« Maeve, soupira-t-elle. Ta vue n'est vraiment plus ce qu'elle était. Ce n'est pas la bonne plante que tu as cueillie. La menthe est dans une autre partie du jardin, rappelle-toi. »

Elle se tourna vers Buck.

« C'était bien de la menthe que vous désiriez ? Pas de la sauge ? »

Avec un imperceptible mouvement de tête destiné à Hazel, Maeve glissa la menthe dans sa poche.

« Oh mon Dieu ! Où ai-je la tête ? Sois gentille, Hazel, va chercher un peu de menthe, tu veux bien ? Pendant ce temps, je vais démouler le gâteau.

— Non, elle ne sort pas d'ici », décréta Buck.

Une fois que Maeve eut placé le gâteau aux groseilles et la motte de beurre devant lui, il coupa une part avec son long couteau, puis trancha grossièrement un morceau de beurre pour le tartiner. Durant quelques instants, on n'entendit rien d'autre que ses bruits de bouche, mastication et déglutition.

« Je ne voudrais pas me jeter des fleurs, monsieur Buck, mais je sais préparer une très bonne infusion de menthe, lui assura Maeve.

— Je vais boire de l'eau.

— L'eau froide est dans la citerne, dans l'abri de jardin, mais il y a ici celle que j'ai fait bouillir pour la tisane. »

La bouche de Buck tressaillit.

« Allez chercher la menthe, alors. Vous, pas elle », ordonna-t-il en pointant sa lame vers Maeve.

« Et ne pensez même pas une seconde à appeler à l'aide.

— Hazel a raison, je ne vois plus très bien, dit Maeve en passant une main devant son visage. Tout est flou. Pour moi, la menthe ressemble à toutes les autres plantes, j'en ai peur.

— Laissez-moi m'en charger, monsieur Buck. Je sais exactement où elle est et je n'en aurai pas pour longtemps, affirma Hazel avant d'ajouter à voix basse : Vous avez Ruby, pourquoi tenterais-je quoi que ce soit ? »

La fillette posa ses grands yeux marron sur Hazel, qui lui adressa un sourire tremblant.

Sans la quitter des yeux, Buck porta son couteau près de la joue de Ruby et pointa la lame vers sa tempe.

« Fais vite », lança-t-il à Hazel.

Sans attendre, elle prit un bol en terre cuite sur le buffet et sortit. Accroupie dans le petit carré de plantes médicinales, elle cueillit quelques brins de menthe de ses doigts tremblants, puis elle retourna vers le cottage. Vers le buisson aux feuilles tombantes et aux fleurs rose pâle en forme de trompettes qui jouxtait la porte d'entrée.

Une fois l'infusion prête, Maeve en servit une tasse qu'elle tendit à Buck.

« Du sucre ? Ou un peu de miel ?

— Du sucre. »

Elle poussa le pot de sucre devant lui. Il en versa deux grosses cuillérées dans sa tasse et Ruby demanda :

« Je peux en avoir aussi ?

— Non, tu en as déjà eu tout à l'heure, répondit Hazel. Tu aimerais un morceau de gâteau ? »

Ruby hocha la tête.

« Notre menthe est très forte, monsieur Buck, dit Maeve. C'est meilleur avec beaucoup de sucre. Il n'y a rien de plus délicieux qu'une tisane bien sucrée, n'est-ce pas ? »

Buck ajouta deux cuillérées. Il prit une première gorgée, puis vida sa tasse bruyamment. Il se trancha un autre bout du gâteau aux groseilles et l'engloutit à grosses bouchées.

« Je peux jouer avec ma maison de poupées ? demanda Ruby.

— Elle reste ici, gronda Buck.

— C'est dans la pièce adjacente, dit Hazel.

— J'veux garder un œil sur elle. »

Ruby commençait à s'agiter.

« J'en ai assez de rester assise ici.

— Je sais, la rassura Hazel. Notre invité va bientôt partir. »

Buck s'adossa à la chaise.

« Je ne vais nulle part. »

Il leva son couteau devant lui et passa un doigt le long de la lame comme pour vérifier qu'elle était bien affûtée.

Hazel l'examinait attentivement. Ses cheveux fins et ses lèvres brûlées par le soleil. La queue de la sirène noire et rouge sur son avant-bras, dont le reste du corps disparaissait sous sa manche.

Buck se frotta l'œil du doigt puis cligna à plusieurs reprises.

« Vous avez de la viande ? Tant que c'est pas du kangourou. Ça a trop un goût de gibier pour moi. »

Il émit un rire qui ressemblait à un grognement.

Maeve sortit le jambon du cellier et il s'en découpa deux larges tranches qu'il mangea avec les doigts. *Oui*, songea Hazel, *continue comme ça et tu auras bien soif.*

Après avoir englouti une deuxième tasse d'infusion, il en réclama une troisième. Lorsqu'elle la lui tendit, il la vida d'un trait et s'essuya les lèvres du revers de la main.

« J'me disais qu'on pourrait finir c'qu'on avait commencé sur le bateau », lança-t-il à Hazel.

Elle regarda une goutte de transpiration rouler le long de son cou et glisser sous le col de sa chemise.

« Ah oui, vraiment ?

— N'importe quelle chambre fera l'affaire », répondit-il avec un signe de tête vers l'avant de la maison.

De la sueur perlait sur sa lèvre supérieure. Il prit une profonde inspiration, puis une autre. Après avoir plaqué ses cheveux en arrière sur son crâne, il examina ses mains d'un air curieux. Elles luisaient, humides. Il les fixa, les yeux écarquillés comme s'il cherchait à y faire pénétrer davantage de lumière.

« Le souci, monsieur Buck, c'est qu'il est trop tard pour ça.

— Quoi ? »

Il aspira une bouffée d'air.

« Qu'est-ce que… »

Il se leva si brusquement que sa chaise se renversa derrière lui. Ses jambes cédèrent et il s'affaissa contre la table.

« Pas un geste ! » aboya-t-il en brandissant le couteau telle une épée.

« Maman ? chuchota Ruby en levant les yeux vers elle. Il a quoi, le monsieur ?

— Il ne se sent pas très bien. »

Ruby acquiesça d'un signe de tête. Il n'était pas rare de voir des gens mal en point dans cette maison.

« Fais-la sortir, dit Hazel en se tournant vers Maeve.

— Elle va nulle part ! cria Buck, la voix étranglée.

— Je ne veux pas te laisser seule avec lui, répondit Maeve. Il est encore armé.

— Oui, mais regarde-le. Il tient à peine debout. »

Hazel s'approcha. Quand elle tendit le bras et toucha le poignet de Buck, il agita furieusement sa lame vers elle, puis grimaça et s'écroula sur une autre chaise. Son arme lui échappa et tomba sur le sol avec fracas.

Buck secoua la tête comme s'il essayait de se réveiller après une sieste.

« Que… que se passe-t-il ? »

Hazel ramassa le couteau, les yeux rivés sur lui, et en toucha la lame. Bien aiguisée, en effet. Elle le posa sur une étagère.

« Bien, approuva Maeve avant de se tourner vers Ruby. Allons voir au port si on peut trouver des phoques sur les rochers. »

Elle prit la petite fille par la main et la guida hors de la cuisine.

Une fois qu'ils furent seuls, Hazel s'assit en face de Buck, dont les pupilles étaient énormes et la chemise, imbibée de transpiration. Elle reprit le bol en terre cuite sur le buffet à côté d'elle. À l'intérieur, il restait de la menthe et trois longues fleurs rose pastel en forme de clochettes dont la corolle se terminait en petites pointes. Elle posa le récipient sur la table.

« Les guérisseuses et les sages-femmes ont une formule, monsieur Buck. "Chaud comme un lièvre, aveugle comme une chauve-souris, sec comme un os, rouge comme une betterave, fou comme un chapelier." Ça vous dit quelque chose ? »

Il secoua la tête, l'air perdu.

« Eh bien, c'est la description d'une série de symptômes. En commençant par "chaud comme un lièvre". Vous avez chaud, à l'instant, non ?

— C'est une vraie fournaise, ici.

— Non. C'est votre température corporelle qui augmente. Voyons pour "aveugle comme une chauve-souris". » Elle désigna ses yeux à elle.

« Vos pupilles sont dilatées. Votre vision devient floue, n'est-ce pas ? »

Il se frotta les yeux.

« "Sec comme un os"… poursuivit-elle en effleurant sa gorge. Vous êtes assoiffé. »

Il avala sa salive.

« Vous n'êtes pas tout à fait "rouge comme une betterave", mais votre peau s'est quand même bien empourprée. Et finalement, "fou comme un chapelier", eh bien… »

Il faisait visiblement un énorme effort pour sortir de sa torpeur.

« De… quoi… tu parles ? »

Elle inclina le bol vers lui.

« On appelle ces jolies fleurs “trompettes des anges”. Certains nomment aussi cette plante “souffle du diable”, et pour une bonne raison. Nous en avons à côté de la porte d’entrée. Je suis sûre que vous l’avez déjà vue, car c’est une plante assez commune. Il y en a également un buisson dans le jardin du voisin d’en face, et même quelques-uns à la maison du gouverneur. »

Après avoir replacé le récipient sur le buffet, elle reprit :

« Si vous avez de la chance, et je crois qu’il y a suffisamment de poison dans votre organisme pour que ce soit le cas, vous allez délirer avant le début des convulsions. Vous sombrerez probablement dans le coma, puis vous mourrez. Ce sera une bénédiction.

— Sa… sale catin ! éructa-t-il.

— Ne vous faites pas trop de mouron. C’est pas aussi terrible que la noyade, d’après ce que j’ai entendu. Enfin, peut-être que si… »

Elle haussa les épaules.

« Vous avez déjà l’impression de perdre la tête ? Vous avez le souffle court ? »

Il opina du chef, sa pomme d’Adam montait et s’abaissait.

« Ça ne devrait pas prendre longtemps. D’ici demain matin… »

Elle leva les paumes comme pour s’excuser.

« On ne peut vraiment plus rien faire. »

Le buste en avant, il se mit sur pied à grands efforts, mais s’affaissa sur la table en renversant la tasse au passage. Il finit par s'effondrer à côté des débris de céramique.

« Tu le payeras, gronda-t-il.

— Je ne crois pas, monsieur Buck, répliqua Hazel en le regardant droit dans les yeux. Vous vous êtes présenté au cabinet en vous plaignant de maux de ventre. Il s'est avéré que vous aviez ingéré une fleur vénéneuse, probablement pour expérimenter ses effets hallucinatoires. Je ne vous ai pas jugé. Seul Dieu en a le droit. Malheureusement, il n'existe aucun antidote. Tout ce qu'on a pu faire, c'est essayer de vous mettre à l'aise. »

Il rampa vers elle, agrippa sa cheville. Elle se pencha et décrocha ses doigts un à un.

« Vous n'avez pas assez de force pour me maîtriser, monsieur Buck. Plus maintenant. »

Au retour de Maeve et de Ruby, Buck était dans la cabane du jardin. Comme il haletait et salivait, Hazel l'avait soutenu jusqu'à la citerne pour qu'il puisse boire de l'eau fraîche, avant de l'enfermer. Au cours des quelques heures qui suivirent, elles entendirent de temps à autre un bruit saugrenu – des cris ou des pleurs –, qui semblait venir de très loin. La remise avait des murs de grès, et elle était pleine des bûches que Dunne avait coupées pour l'hiver, bien alignées.

Plus tard ce soir-là, Hazel sortit par la porte de derrière et traversa le jardin humide. Elle leva les yeux vers la lune, un croissant jaune dans le ciel violet. Puis elle s'immobilisa devant la cabane et tendit l'oreille. Elle percevait le bourdonnement des insectes dans les broussailles et les piaillements paresseux d'oiseaux sur le point de s'endormir. Aucun son ne provenait de l'intérieur.

Quand Maeve et elle ouvrirent l'abri, le lendemain matin, Buck avait rendu son dernier souffle.

Les autorités classèrent l'affaire sans problème. Buck était un criminel en cavale, après tout. Un homme condamné pour meurtre et un fugitif endurci. Il était de notoriété publique qu'il buvait et se droguait, aussi n'était-il pas surprenant qu'il ait pris une dose excessive d'un hallucinogène qu'on pouvait se procurer facilement.

Deux jours plus tard, deux travailleurs convicts transportèrent le corps de Buck dans une carriole jusqu'à St. David's Park, un jardin à l'anglaise cerné de murs de grès, à l'extrémité duquel se situait le cimetière des prisonniers. Le lieu était entouré d'arbustes et de plantes et on y trouvait entre autres un buisson à la fois ordinaire et charmant dont les jolies fleurs roses avaient une forme de clochette. Buck fut enterré sans cérémonie dans une tombe anonyme.

Hobart Town,
1843

Pendant très longtemps, Hazel avait été rongée par la peur. Depuis le décès de Buck, elle se sentait immensément soulagée, comme si elle avait tué un serpent venimeux qui se cachait sous la maison. Malgré tout, confier à Dunne ce qu'il s'était passé l'effrayait. Elle pouvait vivre avec la vérité, mais elle ne savait pas si lui en serait capable.

« J'ignore quelle sera sa réaction. Il est tellement… vertueux, dit-elle à Maeve.

— Et pas nous ? »

Hazel réfléchit un instant.

« Je dirais que les principes selon lesquels nous vivons sont différents des siens. »

Maeve secoua la tête.

« À mon avis, on ne sait pas précisément quels sont nos principes tant qu'ils n'ont pas été mis à l'épreuve. Tu crains qu'il ne te dénonce aux autorités ?

— Non, non. »

Elle n'avait même pas considéré cette possibilité. Pourtant… se pourrait-il qu'il le fasse ?

« Cet homme n'est pas un saint. Il a falsifié l'acte de naissance, lui fit remarquer Maeve.

— C'est vrai. Mais ça n'a rien à voir avec un meurtre… »

Une semaine plus tard, à l'heure prévue pour l'arrivée du navire en provenance de Melbourne, Hazel attendait Dunne en bas de la passerelle en compagnie de Ruby.

Lorsqu'il les vit, son visage s'éclaira.

« Quelle belle surprise ! »

Il s'accroupit pour étreindre Ruby.

« Alors, tout s'est bien passé en mon absence ?

— J'ai montré mon jardin de fées à un monsieur et il est tombé très malade », répondit Ruby.

Hazel grimaça. Elle n'avait pas songé que Ruby pourrait cracher le morceau aussi vite.

« Ah oui ? Et il se porte mieux, maintenant ?

— Non.

— Oh. »

Il leva les yeux vers Hazel, en quête d'une explication.

« Oui, c'est… une longue histoire, lâcha-t-elle tandis que son cœur battait la chamade. Je suis venue avec le boghei. J'ai pensé que nous pourrions pique-niquer sur le mont Wellington. Est-ce que cela vous plairait ?

— Oui, beaucoup », affirma-t-il.

« À Melbourne, on parle de mettre fin à la transportation pour de bon, lui apprit Dunne. Il y a beaucoup d'éditoriaux à ce sujet dans les journaux. C'est mauvais pour l'image de l'Angleterre dans le reste du monde. »

Ils avaient décidé de s'asseoir sur un large rocher plat et déballé les victuailles devant eux. Le vent tiède de la mer caressait leurs visages, les arbres étaient verts et luxuriants. Des aigles planaient dans le ciel et quelques nuages glissaient à l'horizon. En bas, de longues houles couvraient d'écume les rochers blancs.

« Pensez-vous qu'ils vont le faire ? s'enquit Hazel.

— Oui. Il le faut. Les enfants et les petits-enfants des premiers convicts sont désormais des citoyens bien établis. Ce pays est presque devenu respectable. Il serait sage que la Grande-Bretagne n'oublie pas la rébellion des colonies américaines, avant de perdre ce qu'il lui reste de réputation. »

Hazel lui adressa un sourire distrait. *Vas-y doucement*, se dit-elle à elle-même, *progressivement*. Néanmoins, elle n'avait pas l'habitude de tourner autour du pot. Quand Ruby s'éloigna en quête de branchages pour une nouvelle maison de fée, Hazel se tourna vers lui.

« Il faut que je vous raconte ce qu'il s'est passé.

— Oh… oui, dit-il en s'installant dans une position plus confortable. L'homme qui est tombé malade. »

Elle rassembla son courage et prit une grande inspiration.

« En rentrant du port, il y a dix jours, j'ai trouvé Danny Buck dans le jardin avec Ruby. Il avait un couteau. Il a dit qu'il la tuerait et il a menacé de me violer. »

Il écarquilla les yeux.

« Oh mon Dieu ! Hazel !

— Le buisson à côté du perron, poursuivit-elle. Vous voyez de quoi je parle ? C'est une plante qui s'appelle la trompette des anges.

— Celle avec les fleurs roses.

— Oui. Elles sont toxiques. Une dose trop élevée est fatale.

— Je l'ignorais.

— C'est le cas. Et… ça l'a été. »

Il la regarda dans les yeux.

« Ça l'a été.

— Oui. »

Comme il n'ajoutait rien, elle reprit :

« Nous avons appelé la police et ils l'ont emmené. La plante est un narcotique et les overdoses sont assez fréquentes.

— Je vois. »

Il expira par le nez.

« Mon Dieu », dit-il à nouveau.

Ils gardèrent le silence un instant et regardèrent Ruby. Elle cassait de petites branches en deux puis les organisait en piles. Était-il horrifié ? Consterné ? Hazel n'en avait aucune idée.

« Je ne… » commença-t-elle avant de s'interrompre.

Elle prit quelques secondes pour choisir ses mots avec soin.

« Je n'ai pas de regrets. »

Dunne hocha lentement la tête.

« Je suis soulagée qu'il ne soit plus là. »

Il soupira en passant la main dans ses cheveux.

« Écoutez. Je pense sincèrement que vous… que c'était… incroyablement courageux de votre part. Vous avez compris ce que vous aviez à faire, et vous l'avez fait. Vous avez sauvé la vie de Ruby et la vôtre… Je suis seulement navré de ne pas avoir été là pour vous. »

Il tendit la main, et elle le laissa prendre la sienne. Elle jeta un œil du côté de Ruby, qui cueillait des fleurs, puis revint à Dunne, ses cheveux foncés qui bouclaient autour de ses oreilles, sa barbe soigneusement taillée et ses longs cils sombres. Elle écouta le grondement sourd des vagues qui jaillissaient des grottes au loin.

Timidement, elle fit glisser sa main sur l'avant-bras de Dunne. En se tournant vers elle, il renversa d'un mouvement maladroit l'assiette de fromage et de morceaux de fruits posée entre eux. Elle prit son visage dans ses mains pour l'attirer vers elle. Sous sa barbe, sa peau était chaude. Son souffle avait la fraîcheur de la pomme. Les lèvres de Dunne trouvèrent alors les siennes, puis elle sentit ses mains dans sa courte chevelure. Elle ferma les paupières et inspira son odeur.

« Maman ! On fait un bracelet ? » cria Ruby en courant vers eux, un petit bouquet de pâquerettes en main.

Lorsque Dunne s'écarta d'elle, Hazel se sentit vaciller, comme lorsqu'elle avait posé le pied à terre après des mois de navigation. Désorientée, elle eut l'impression de redécouvrir le monde autour d'elle.

Après avoir tressé une guirlande de pâquerettes, Hazel demeura sur le rocher pendant que Dunne aidait Ruby à construire son village de fées dans la clairière. Tandis que la lumière du soleil s'estompait sur la montagne, Hazel contempla les falaises dentelées, teintées de vert, qui prenaient racine dans la mer. Quel chemin elle avait parcouru pour arriver là ! Des ruelles de Glasgow aux entrailles du négrier, jusqu'à une prison à l'autre bout du monde. Et désormais, elle habitait un cottage en grès, dans une ville pionnière où elle était libre d'exercer son métier. De s'occuper d'un enfant qui avait besoin d'elle. De vivre en paix avec un homme pour lequel il se pourrait bien qu'elle commence à éprouver des sentiments.

Elle songea aux moments qui l'avaient sauvée. La représentation de *La Tempête* dans Kelvingrove Park. *J'étais l'homme de la lune, dans le temps.* Les leçons de lecture d'Evangeline. La générosité inattendue d'Olive et l'amitié de Maeve. La compassion de Dunne. Ruby, le cadeau qui avait guéri son cœur brisé, la promesse d'un avenir meilleur qu'Evangeline n'avait pas pu voir s'accomplir. Peut-être Hazel avait-elle sauvé la vie de Ruby, ou peut-être celle-ci aurait-elle survécu même sans son intervention. Quoi qu'il en soit, Hazel était certaine que Ruby avait transformé la sienne.

Elle commençait à croire qu'elle était à sa place sur cette île belle et terrible, avec ses vastes demeures bâties par des convicts, son bush touffu grouillant d'animaux insolites. Tout en admirant les eucalyptus à l'écorce pelée et au doux feuillage, puis le lichen orange qui se répandait telle de la lave sur les rochers, elle eut le sentiment d'être présente. Enracinée dans cette terre, comme un arbre dressant ses branches vers le ciel, les cernes en elle aussi tangibles et concrets que ses os. Elle se sentait vieille, comme si elle avait déjà vécu une éternité. Elle n'avait pourtant que dix-neuf ans. Le reste de sa vie l'attendait, prêt à se dérouler devant elle comme un ruban.

RUBY

« Si la société n'accepte pas le libre épanouissement de la femme, alors cette société doit être remodelée. »

Dr Elizabeth Blackwell, 1869 ;
médecin britannique,
mentor du Dr Elizabeth Garrett Anderson

St. John's Wood, Londres, 1868

Se procurer l'adresse s'avéra étonnamment facile. Après s'être présentée au Metropolitan Board of Works, près de Trafalgar Square, avec pour toute information son nom complet – Cecil Frederic Whitstone –, Ruby fit du charme à un employé qui, en quelques minutes, sortit un registre des contribuables de Londres et localisa un C. F. Whitstone au 22, Blenheim Road.

« Avocat, lui précisa l'homme. Il vit seul, apparemment. Pas d'acte de mariage ou de naissance lié à son nom. Vous comptez rester longtemps à Londres, mademoiselle Dunne ? »

Ruby était venue en Angleterre pour se former auprès du docteur Elizabeth Garrett, la fondatrice du St. Mary's Dispensary à Marylebone, un lieu où les femmes pauvres pouvaient recevoir des soins médicaux. Ce dispensaire était le premier dans son genre : le personnel se composait uniquement de femmes. Le docteur Garrett, qui n'avait que quatre ans de plus que Ruby, était la première femme à avoir obtenu un diplôme de médecine et de chirurgie en Grande-Bretagne. Peu après l'ouverture de son dispensaire, elle avait passé une annonce dans les journaux londoniens, adressée à des femmes pourvues d'un diplôme universitaire et intéressées par le métier de médecin ou celui d'infirmière. Cinq mois plus tard, l'annonce était parvenue jusqu'à Ruby, publiée dans la *Saturday Review* distribuée à Hobart Town.

Dans sa longue lettre au docteur Garrett, Ruby avait expliqué qu'elle avait grandi avec un père chirurgien et une mère sage-femme, dans une ville pionnière située sur une île, au large du continent australien. On l'avait mise à contribution au cabinet dès l'enfance : elle astiquait les instruments, inventoriait les médicaments et assistait dans la salle d'opération. Le cabinet familial avait suivi la croissance de la ville et son père avait fini par fonder le Warwick Hospital, qui portait le nom du bourg des Midlands dont il venait. Le rêve de Ruby était d'aider un jour son père à gérer le cabinet.

Toutefois, ses parents n'avaient plus rien à lui apprendre. Les compétences médicales de sa mère étaient fondées sur des remèdes traditionnels, établis empiriquement, et non sur le savoir académique. Son père lui avait enseigné l'anatomie et les rudiments de la chirurgie mais, à l'âge de vingt-huit ans, elle désirait désormais obtenir la même éducation formelle que celle qu'il avait reçue au Royal College of Surgeons de Londres. Puisque, en Australie, les écoles de médecine n'acceptaient pas les femmes, l'annonce du docteur Garrett lui était apparue comme une aubaine. Elle souhaitait vivement venir passer trois mois auprès de celle-ci, afin d'apprendre les dernières découvertes et techniques qu'elle mettrait en pratique au Warwick Hospital à son retour.

Le docteur Garrett lui avait répondu : « Je vous trouverai un logement acceptable, vous resterez un an et obtiendrez un diplôme. »

Un mois plus tard, la jeune femme embarquait sur un navire en direction de Londres.

Ruby n'avait jamais rencontré une femme aussi franche, audacieuse et révolutionnaire que le docteur Garrett. En 1862, âgée de vingt-six ans et armée de toute sa détermination, elle était parvenue à s'inscrire à l'école de médecine en jouant sur un point de procédure. Elle avait réussi tous ses examens avant que la Society of Apothecaries pense à interdire aux femmes de les passer. Plus tard, en tant que membre du British Women's Suffrage Committee, elle avait présenté au Parlement plusieurs pétitions réclamant le droit de vote pour les femmes chargées de famille.

Dès l'arrivée de Ruby à Marylebone, Elizabeth Garrett avait donné un exemple de son franc-parler caractéristique.

« La transportation pénale vers la Tasmanie a pris fin il y a seulement quinze ans. Il faut que je vous demande : êtes-vous apparentée à un convict ? »

À ces mots, Ruby avait blêmi. Là d'où elle venait, on n'abordait toujours pas ce sujet librement. Résolue à se montrer aussi directe que le docteur Garrett, elle avait répondu :

« Oui. Ma mère est née à Glasgow et a été envoyée en Australie à l'âge de seize ans. Beaucoup de gens en Tasmanie ont des origines similaires, mais très peu en parlent.

— Ah, la "terrible infamie" de la transportation. J'ai lu qu'ils avaient rebaptisé la Terre de Van Diemen pour faire oublier l'association peu reluisante de l'île avec la criminalité.

— Eh bien, ce n'est pas la raison officielle qu'ils ont donnée, mais… oui.

— Pour quelle infraction votre mère a-t-elle été déportée, si vous me permettez de poser la question ?

— Le vol d'une cuillère en argent. »

Le docteur Garrett poussa un soupir exagéré.

« Voilà pourquoi nous ne pouvons pas laisser les hommes faire les lois. Nous nous retrouvons avec des parodies de justice qui accablent les pauvres, et les femmes. Ces aristocrates qui se donnent des grands airs, affublés de leurs robes noires et de leurs perruques poudrées… ils ne se rendent pas compte. »

Un été, Ruby était partie en vacances à Melbourne. Malgré cette expérience, elle n'avait jamais imaginé qu'une ville aussi vaste et tentaculaire que Londres, avec sa rive nord et sa rive sud reliées par une demi-douzaine de ponts, puisse exister. (Elle fut surprise de découvrir que le pont de la comptine était en réalité parfaitement intact.) Elle logeait dans une pension sur Wimpole Street, où elle partageait une chambre avec une autre protégée du docteur Garrett, une jeune femme du Lake District dont la famille croyait qu'elle travaillait en tant que femme de chambre. En fait, comme le docteur Garrett le lui avait appris à son arrivée, Ruby était la seule étudiante que ses parents encourageaient à devenir médecin.

« J'ai le sentiment que, malgré ses épreuves et ses limites, la vie dans un nouveau monde procure certaines libertés, lui avait dit le docteur Garrett. Les hiérarchies sociales ne sont pas appliquées aussi strictement. Est-ce vrai, d'après vous ?

— Je l'ignore. Comme j'ai toujours vécu là-bas, je ne peux pas comparer.

— Eh bien, maintenant que vous êtes ici, vous pourrez vous faire une idée. »

Durant son temps libre, Ruby explorait la ville, du British Museum à St. Paul's Cathedral, des parcs verdoyants aux salons de thé. Sur le marché en plein air de Covent Garden, elle goûta de la limonade à la fraise et des *fish and chips*. Elle avait vu une représentation de *La Tempête* au Lyceum Theatre et un spectacle de trapèze dans un jardin d'agrément à North Woolwich. Lors de l'une de ces sorties, elle se retrouva devant l'imposante forteresse de la prison de Newgate et se rappela toutes les histoires d'Olive, l'amie de sa mère, qui racontait ce qu'elle avait vécu derrière ses portes : c'était là qu'elle avait rencontré Evangeline, puis toutes deux s'étaient retrouvée condamnées à la transportation, sur le même navire... Une réformatrice quakeresse leur avait donné des bibles et de petits disques en étain qui faisaient office d'étiquettes à porter autour du cou... Ruby en avait d'ailleurs emporté un à Londres, enveloppé dans un vieux mouchoir blanc.

Au cours de sa dernière semaine avec le docteur Garrett, Ruby visita un orphelinat. Lorsqu'elle passa le seuil, sa tête se mit à tourner. Elle n'avait jamais pu vraiment se rappeler ses premières années à la Queen's Orphan School, mais à ce moment-là elle ressentit une sensation de panique si écrasante qu'elle crut qu'elle allait tourner de l'œil.

Le docteur Garrett lui lança un regard curieux.

« Vous n'allez pas bien ?

— Je… je ne sais pas.

— Venez, asseyons-nous un instant. »

Une fois installée sur le canapé du vestibule, Ruby tenta, sur l'insistance du docteur Garrett, de mettre des mots sur les sentiments qui étaient remontés à la surface sans crier gare.

« Votre réaction est tout à fait naturelle, dit le docteur Garrett en lui tapotant la main pour la réconforter. Vous étiez une toute petite fille et on vous avait arrachée à votre mère… Vous comprenez ce qu'éprouve un enfant abandonné et c'est rare, mademoiselle Dunne. C'est l'une des raisons qui vous rendent particulièrement compétente pour travailler auprès des populations vulnérables dans des lieux reculés comme l'Australie. »

Ruby devait embarquer pour la Tasmanie deux jours plus tard. Avant son départ, il lui restait une chose à faire. Voilà qu'elle se trouvait devant la résidence de l'homme dont le mouchoir monogrammé avait voyagé jusqu'en Australie vingt-huit ans plus tôt. Elle s'était promenée dans le quartier à maintes reprises au cours des derniers mois, sans trouver le courage d'aller sonner à sa porte.

La peinture blanc crème de la demeure s'éclaircissait par endroits et s'écaillait sur les corniches. La porte d'entrée vermillon était aussi abîmée et les haies adjacentes au portail semblaient malades. Des mauvaises herbes dépassaient entre les briques de l'allée.

Ruby appuya sur la sonnette et l'entendit tinter à l'intérieur.

Elle dut patienter un moment, nerveuse, avant que la porte s'ouvre sur un homme. Il grimaça, ébloui par la lumière extérieure.

« Oui ? Puis-je vous aider ? »

Trop tard pour se dérober.

« Y aurait-il un M. Whitstone à cette adresse, s'il vous plaît ?

— Oui, c'est moi. »

L'homme devait avoir une petite cinquantaine. Ses tempes grisonnaient. Élancé, il avait des pommettes saillantes et des yeux marron légèrement enfoncés dans leurs orbites. Il avait dû être beau un jour, néanmoins il paraissait désormais plutôt frêle et la peau de son visage rappelait une pêche trop mûre.

Leur ressemblance lui sauta soudain aux yeux, comme si elle observait un objet sous un microscope et que l'image devenait plus nette : la chevelure brune ondulée, les yeux marron et la mince carrure. La forme des lèvres. Et même un geste inconscient, une certaine inclinaison du menton.

« Je m'appelle Ruby Dunne, commença-t-elle, une main posée sur sa poitrine. Vous ne me connaissez pas, mais… »

Elle tira le mouchoir de son sac à main et le lui tendit. Il le déplia pour l'examiner.

« Je crois que vous connaissiez ma… »

Elle déglutit. Au cours de l'année qui venait de s'écouler, elle avait imaginé ce moment de très nombreuses fois, et envisagé chaque scénario possible : il pourrait lui fermer la porte au nez ou nier avoir connu Evangeline, ou peut-être même apprendrait-elle qu'il était décédé, ou avait déménagé…

« La femme qui m'a donné la vie. Evangeline Stokes. »

Il inspira brusquement lorsqu'il entendit ce nom.

« Evangeline, répéta-t-il avant de lever les yeux. Je me souviens d'elle, bien sûr. Elle a brièvement été la gouvernante de mon demi-frère et de ma demi-sœur. Je me suis toujours demandé ce qu'elle était devenue. »

Il marqua une pause, la main sur la poignée de sa porte. Puis il l'ouvrit en grand.

« Aimeriez-vous entrer ? »

Après la rue baignée par le soleil de l'après-midi, la maison paraissait lugubre. M. Whitstone accrocha la pèlerine de Ruby dans le vestibule et la guida vers un salon aux fenêtres encadrées de rideaux en dentelles. La pièce sentait le renfermé, comme si on ne l'avait pas aérée depuis longtemps.

« Voulez-vous vous asseoir ? dit-il en désignant deux fauteuils usés. Comment se porte… votre mère ? »

Elle attendit qu'ils aient pris place pour répondre.

« Elle est morte. Il y a vingt-huit ans.

— Oh, mon Dieu ! Je suis navré de l'apprendre. Même si… c'est arrivé il y a bien longtemps. Vingt-huit ans… »

Il plissa les yeux, comme s'il faisait un calcul.

« Il me semble qu'elle nous a quittés à cette période-là, mais sans doute ai-je tort. Ma mémoire n'est plus ce qu'elle était. »

Un frisson parcourut Ruby. Était-il possible qu'il ne soit pas au courant ?

« Vous avez un accent singulier, reprit-il. Je n'en ai jamais entendu de semblable. »

Elle sourit. Très bien, ils allaient changer de sujet.

« Je viens d'une île au large du continent australien. La Tasmanie, de son nouveau nom. Elle est occupée par les Britanniques. Mon accent vient d'un méli-mélo de dialectes, je suppose. Anglais, irlandais, écossais, gallois… Avant de venir à Londres, je ne me rendais pas compte que c'était étrange. »

Il eut un petit rire.

« Oui, dans cet hémisphère, on reste entre nous, en général. Habitez-vous ici, à présent ?

— Je ne suis ici que pour quelque temps. »

Une domestique bien en chair aux cheveux gris, habillée d'une robe bleue et d'un tablier blanc, se présenta dans l'embrasure de la porte.

« Le thé, monsieur Whitstone ?

— Oui, s'il vous plaît, Agnes. »

Après le départ de la domestique, la conversation dévia et ils discutèrent pendant quelques minutes des changements météorologiques. Il avait plu sans cesse jusqu'au début de cette semaine-là, et depuis le soleil ne cessait de briller, les jonquilles étaient apparues et la glycine fleurissait. L'été serait probablement chaud, compte tenu de l'hiver rigoureux qu'ils avaient enduré. Ruby avait fini par s'habituer à cette façon qu'avaient les Anglais de tourner autour du pot en parlant de la pluie et du beau temps. Malgré tout, elle trouvait encore cet usage déconcertant. En Tasmanie, les conversations avaient tendance à être plus franches.

« Quand rentrez-vous en Australie ? s'enquit-il.

— Le navire lève l'ancre vendredi.

— C'est dommage, vous allez manquer les roses. L'Angleterre est connue pour ses roses, vous savez.

— Nous en avons aussi de très jolies en Tasmanie. »

Agnes réapparut à ce moment-là, chargée d'un plateau en argent sur lequel trônaient une théière, deux tasses en porcelaine, une assiette contenant des tranches de gâteau aux groseilles, ainsi qu'un petit bol de confiture.

« Cette maisonnée est très réduite, dit M. Whitstone tandis que la domestique versait le thé dans les tasses et répartissait les parts de gâteau. Il n'y a plus que nous deux, n'est-ce pas, Agnes ?

— On se débrouille plutôt bien. Mais n'oubliez pas Mme Grimsby. Vous ne voudriez pas de moi derrière les fourneaux, croyez-moi !

— Vous avez raison, n'oublions pas Mme Grimsby. Mais je ne sais pas si elle restera encore avec nous bien longtemps. L'autre matin, je l'ai surprise à ranger les œufs dans la boîte aux lettres.

— Oui, elle est un peu fêlée, maintenant.

— Eh bien, ce que je mange n'a pas tellement d'importance à mes yeux. Et nous ne recevons plus comme par le passé. C'est très calme ici, à présent. Ne trouvez-vous pas, Agnes ?

— Oh oui, c'est le calme plat. »

Une fois seuls, ils gardèrent tous les deux le silence un moment. Ruby examina la pièce. Une grande horloge à pendule ornée de dorures dans un coin, un canapé de brocart délavé, une bibliothèque ouvragée remplie de livres. À droite de leurs fauteuils se trouvait un meuble muni de portes vitrées où étaient exposées des figurines de dames en porcelaine dans des décors bucoliques : elles franchissaient un portillon dans un pré, s'appuyaient contre des arbres ou bien encore se pâmaient devant des fleurs peintes dans des nuances pastel.

« La collection de ma belle-mère », précisa-t-il en suivant son regard.

Des hommages mièvres à un passé mythique, songea Ruby, qui n'exprima toutefois pas cette réflexion à voix haute.

Son père et sa belle-mère s'étaient retirés à la campagne quelques années plus tôt, lui apprit-il. Beatrice, sa demi-sœur, était partie à New York pour devenir comédienne, mais elle avait fini par s'installer dans la petite ville de Schenectady. Quant à son demi-frère, Ned, il avait épousé une héritière plus âgée que lui et déménagé à Piccadilly, où il s'essayait à... quelque chose. L'immobilier, peut-être ?

« J'ai le regret d'avouer que nous avons lamentablement perdu contact, admit-il en versant davantage de thé dans la tasse de Ruby. Bon. Peut-être pourriez-vous me dire ce qui est arrivé à Evangeline... »

Elle but une petite gorgée. Le breuvage était tiède. Elle reposa la tasse.

« J'ignore par où commencer. Que savez-vous, au juste ?

— Peu de choses. Elle n'a travaillé ici que quelques mois, si je me souviens bien. Je suis parti en vacances à Venise et à mon retour, elle n'était plus là. »

Ruby le regarda du coin de l'œil.

« On l'a accusée d'avoir volé la bague que vous lui aviez offerte.

— Oui, ça, je le sais. »

Elle sentit la colère bouillir en elle.

« Vous n'avez jamais... »

Elle s'interrompit brusquement et se mordit la lèvre inférieure.

« Vous n'avez jamais dit aux autorités que vous la lui aviez donnée ? »

Il lâcha un soupir et se frotta la nuque.

« Ma belle-mère savait. Bien sûr qu'elle savait. Avant mon départ pour l'Italie, elle m'avait averti de laisser la gouvernante tranquille. Mais… apparemment, Evangeline est entrée dans une rage folle et a poussé Agnes dans un escalier. Elle n'était donc pas seulement soupçonnée de vol, en réalité, mais accusée de tentative de meurtre.

— Agnes. Votre domestique ?

— Oui. Toujours ici, après toutes ces années. »

Toujours là, dans cette maison. Vivante et en bonne santé. Ruby secoua la tête, consternée.

« Avez-vous tenté de retrouver Evangeline, pour entendre sa version de l'histoire ?

— Eh bien… non. »

Au bord des larmes, Ruby se souvint de ce qu'Olive lui avait révélé, comment Evangeline, en prison, s'accrochait à l'espoir que cet homme viendrait la sauver.

« Elle est restée à Newgate pendant plusieurs mois. Puis on l'a condamnée à la transportation pour quatorze ans et enfermée à bord d'un négrier. Elle a été assassinée par un marin pendant le voyage, un ex-convict. »

Il inspira lentement par le nez.

« Je l'ignorais. C'est vraiment… inconcevable.

— Evangeline était une femme seule, démunie, sans personne pour la défendre. Vous auriez au moins pu témoigner de son caractère. »

Il parut surpris par son audace. Elle-même l'était. Elle s'aperçut que la hardiesse du docteur Garrett avait sans doute déteint sur elle. Il soupira.

« Écoutez. On m'a intimé en des termes on ne peut plus clairs de ne pas intervenir, parce que s'impliquer dans l'affaire aurait été déplacé et que notre famille avait déjà évité le scandale de peu, par ma faute… Ils m'ont dit qu'ils s'en étaient occupés et que je n'avais pas intérêt à mettre de nouveau la pagaille. Si cela peut vous consoler, je me sentais terriblement mal.

— Mais pas suffisamment pour défier votre belle-mère. Vous étiez adulte, pourtant, non ? »

Il lui adressa un faible sourire.

« Vous êtes très… directe, mademoiselle Dunne. »

Subitement, Ruby éprouva une aversion presque physique pour cet homme assis en face d'elle. Après avoir ouvert son réticule, elle en tira un petit disque accroché à un cordon rouge délavé, qu'elle lui présenta.

« Les prisonnières devaient porter ces écussons autour de leur cou sur le navire. Celui-ci appartenait à Evangeline. C'est tout ce que j'ai d'elle. »

Elle le déposa dans la paume de M. Whitstone.

« Avec votre mouchoir », ajouta-t-elle.

Il caressa le disque du doigt avant de le retourner et de plisser les yeux pour déchiffrer le numéro à peine lisible, 171, gravé sur le revers. Puis il leva les yeux.

« Que voulez-vous de moi ? »

Sa voix était presque un murmure.

Ruby écouta le tic-tac de l'horloge. Elle sentait les battements réguliers de son cœur.

« Vous êtes mon père biologique. Vous devez l'avoir compris, depuis tout à l'heure. »

Il la regarda fixement à la lumière ambrée de la lampe. Les mains posées sur son giron, il frottait nerveusement le tissu de son pantalon.

« Vous saviez qu'elle était enceinte, dit-elle. Et vous n'avez rien fait.

— Je ne le savais pas vraiment. Personne n'en a jamais parlé. Mais… pour être honnête, je dois admettre que je… je m'en doutais. »

Il prit une profonde inspiration.

« J'ai bien peur qu'il n'y ait une profonde lâcheté morale dans le caractère de la famille Whitstone. J'espère que vous n'en avez pas hérité.

— Non, je n'en ai pas hérité. »

Un silence tendu s'installa.

« J'ai eu la chance d'être recueillie, finit-elle par déclarer. J'ai des parents qui m'aiment, qui se sont battus pour moi. Je ne veux rien de vous. »

Il hocha lentement la tête.

« Sauf une chose, peut-être… J'aimerais voir la chambre occupée par Evangeline quand elle habitait ici.

— Elle est fermée depuis des années, dit-il avant de se tapoter les lèvres. Mais je peux vous la montrer. Venez. »

Il lui rendit le disque d'étain qu'elle emballa dans le vieux mouchoir avant de le ranger dans son sac. Elle le suivit ensuite dans un long couloir au papier peint à rayures vertes et roses, puis ils tournèrent au coin, vers une porte qui ouvrait sur un escalier étroit. Ils passèrent à côté d'une large cuisine et d'une modeste salle à manger, où une dame menue à la chevelure blanche était assise à table en train d'équeuter des haricots.

Elle les regarda, les yeux plissés derrière ses grosses lunettes rondes.

« Monsieur Whitstone ! s'écria-t-elle. Où avez-vous trouvé Mlle Stokes ? Elle n'est pas autorisée à venir ici, après ce qu'elle a fait !

— Oh, non, non, bredouilla-t-il en levant la main devant lui. Vous faites erreur, madame Grimsby. Cette jeune demoiselle s'appelle Ruby Dunne.

— Je crois que j'ai vu un fantôme », murmura la cuisinière en secouant la tête.

M. Whitstone décocha un regard embarrassé à Ruby. Ils poursuivirent leur chemin et tournèrent dans un autre couloir. Il ouvrit une porte sur la droite. Ruby lui emboîta le pas et pénétra dans une petite chambre.

Les volets de l'unique fenêtre, située en haut d'un mur, étaient clos. Grâce au faible éclairage du couloir, Ruby distingua un lit étroit, sans draps, une table de chevet et une commode, tous couverts d'une couche de poussière. Elle s'assit sur le matelas. Il était plein de bosses.

Evangeline s'était étendue là, dans ce lit. Elle avait marché sur ce sol. Lors de son arrivée dans cette demeure, elle était plus jeune que Ruby et essayait de trouver sa place dans ce monde. Quand elle l'avait quittée, elle était enceinte et terrifiée, sans personne pour l'aider… Ruby songea à toutes les femmes qui se présentaient au Warwick Hospital et au St. Mary's Dispensary. La plupart attendaient un bébé, souffraient de maladies vénériennes, ou bien venaient avec des enfants. Tous les fardeaux liés à la pauvreté et à la condition féminine, comme le formulait le docteur Garrett. Si vous tombiez, il n'y avait personne pour vous rattraper.

En baissant les yeux sur le parquet en pin usé, Ruby songea soudain qu'elle s'était déjà trouvée dans cette chambre. Quand elle n'était rien de plus qu'une pensée, un murmure.

« Voulez-vous bien m'excuser ? dit M. Whitstone. Je n'en ai que pour un instant. »

Elle hocha la tête. L'après-midi touchait à sa fin. Elle souhaitait être de retour à la pension avant la tombée de la nuit. Bien qu'elle redoutât le long voyage en mer, elle avait hâte de rentrer en Tasmanie afin de partager tout ce qu'elle avait appris durant son année à l'étranger.

Ce moment dans la chambre d'Evangeline, elle le savait, n'avait à la fois rien à voir et tout à voir avec le reste de sa vie. Elle allait quitter cette maison transformée, même si personne n'apprenait jamais qu'elle s'y était rendue.

M. Whitstone revint avec une petite boîte en velours bleu. Il la lui tendit et elle l'ouvrit. Là, sur du satin ivoire jauni, se trouvait le rubis dans sa monture en or baroque.

« Quelque peu ternie, je le crains, dit-il. Elle est restée au fond d'un tiroir toutes ces années. Ma belle-mère a insisté pour que je l'offre un jour à mon épouse mais, en fin de compte, je ne me suis jamais marié. »

Ruby sortit la bague de son écrin et l'étudia soigneusement. La pierre était plus grosse qu'elle se l'était imaginé. De la couleur des rideaux de velours ou de la toilette qu'une dame porterait à Noël, elle brillait, comme si elle était liquide.

« Vous devriez être celle qui la sauve de l'ignominie. Vous êtes… ma… fille, après tout. J'aimerais qu'elle vous revienne. »

Elle fit tourner le bijou dans sa main pour admirer la façon dont la gemme captait et réfractait la lumière. Elle imagina Evangeline qui, près de trois décennies auparavant, l'avait elle aussi tenue dans sa main, dans cette même pièce. Elle songea aux mensonges qu'on avait proférés et aux promesses brisées… Comme

Evangeline avait dû se sentir désespérée, comme elle avait dû être malheureuse ! Ruby replaça le bijou dans son écrin de velours bleu puis le referma.

« Je ne peux pas la prendre, répondit-elle en lui tendant l'objet. C'est à vous de porter ce fardeau, pas à moi. »

Il acquiesça d'un signe de tête, l'air accablé, et glissa la petite boîte dans sa poche.

Quelques minutes plus tard, il se tenait dans l'embrasure de la porte d'entrée et elle sur le perron, quand il tira de sa poche plusieurs pièces de monnaie.

« Laissez-moi payer pour votre fiacre.

— Ce n'est pas nécessaire.

— C'est le moins que je puisse faire, vous avez fait tout ce chemin… »

Il lâcha plusieurs shillings dans sa paume.

« Bon. D'accord. »

Elle eut l'impression qu'il essayait de gagner du temps, de la retenir.

« Je tiens à vous dire que… que votre mère était une jeune femme charmante. Et très intelligente. Toujours le nez dans un livre. Il y avait quelque chose de doux chez elle, une sorte de… d'innocence, je suppose.

— Vous lui avez pris cette innocence, mais vous le savez déjà, n'est-ce pas ? »

Ruby n'attendit pas sa réponse. Comme elle descendait les marches, elle remarqua que l'air était frais et sentait la pluie. La douce lumière du début de soirée baignait l'allée en brique, les pavés anciens, la glycine mauve qui grimpait sur un treillis. Une fois au portail, elle empila les pièces de monnaie au sommet d'un poteau de la clôture.

Ruby allait laisser Londres derrière elle et retourner chez elle, auprès de ceux qu'elle aimait. Elle passerait le reste de son existence en Australie, et ses journées seraient bien chargées. Elle aiderait son père à diriger le cabinet, comme il l'avait fait lui-même avec son père, il y avait bien longtemps. Elle allait rencontrer un homme et l'épouser, et ils auraient deux filles, Elizabeth et Evangeline. Toutes les deux fréquenteraient la première école de médecine d'Australie, qui ouvrirait ses portes aux femmes en 1890. Au cours de la dernière année du XIXe siècle, avec neuf autres femmes médecins, elles fonderaient un hôpital réservé aux femmes à Melbourne, le Queen Victoria Hospital for Women.

Ruby ne se faisait aucune illusion au sujet du pays dans lequel elle retournait – cette jeune colonie du bout du monde qui s'était bâtie sur un sol volé et avait étouffé la vie qui y existait déjà, puis s'était épanouie grâce à la main-d'œuvre gratuite des convicts. Elle songea à l'indigène, Mathinna, qui errait dans Hobart Town comme une apparition et tentait en vain de trouver un endroit où elle serait chez elle. Elle songea aux anciennes prisonnières condamnées au silence par leur sentiment de honte, luttant pour effacer la marque de l'infamie – une tache tissée dans la trame même de leur société. Mais elle songea aussi à la remarque du docteur Garrett à propos des hiérarchies sociales. Car, en réalité, Hazel s'était construit en Tasmanie une vie qu'elle n'aurait jamais pu avoir en Grande-Bretagne, où les circonstances de sa naissance auraient probablement déterminé son avenir.

Ruby se retourna pour regarder en arrière. C'était la dernière fois qu'elle verrait cet homme, Cecil

Whitstone, sans qui elle n'existerait pas. C'était ainsi qu'elle se souviendrait de lui : en train d'hésiter sur le seuil de la porte, un pied dehors et l'autre dedans. Il avait tant reçu et pourtant accompli si peu de choses. Si elle revenait dans cinq ans, ou dix, ou vingt, elle saurait où le trouver.

Elle pensa à toutes les femmes qu'elle connaissait à qui on n'avait rien donné, qui avaient été méprisées, mal jugées, et qui avaient dû se battre pour chaque miette. Il y avait ses nombreuses mères : Evangeline, qui lui avait donné la vie, et Hazel, qui l'avait sauvée. Olive et Maeve qui l'avaient nourrie et élevée. Et même le docteur Garrett. Chacune existait en elle, pour toujours. Elles étaient les cernes de cet arbre dont Hazel ne cessait de parler, les coquillages sur son fil.

Ruby adressa un signe de tête à Cecil en guise d'au revoir. Il rentra et ferma la porte derrière lui.

Ruby continua son chemin.

Remerciements

Identifier d'où nous est venue l'idée d'écrire un roman peut être difficile. L'inspiration est aussi souvent consciente qu'inconsciente. Notre imagination est stimulée par une myriade d'événements, de croyances et de philosophies, par l'art, la musique et les films, ainsi que par nos voyages et notre histoire familiale. Ce n'est qu'après avoir terminé *Le Pays au-delà des mers* que je me suis aperçue que j'avais tressé ensemble trois brins de l'histoire de ma vie pour conter ce récit : les six semaines passées en Australie qui m'ont transformée, les mois au cours desquels j'ai interviewé des mères et leurs filles pour un livre sur le féminisme, et mon expérience d'enseignante dans le milieu carcéral.

Quand j'ai appris, alors que j'étudiais en Virginie, que le club Rotary local finançait un programme de bourses pour l'Australie, j'ai sauté sur l'occasion. J'étais fascinée par ce pays depuis que mon père, qui est historien, m'avait donné son exemplaire annoté du livre de Robert Hughes, *La Rive maudite : naissance de l'Australie*, publié en 1986. (Il avait passé une année à enseigner à Melbourne lorsque j'étais à l'université.) Un seul chapitre du livre de six cents pages de Hughes, « Catins, lève-chemise et frères noirs », abordait spécifiquement les expériences des femmes convicts et des Aborigènes. C'était le chapitre qui m'avait le plus intéressée et j'avais envie d'en apprendre plus.

J'étais l'un des quatre « ambassadeurs » du Rotary envoyés dans l'État du Victoria, où j'ai visité des fermes et des usines, rencontré des maires et des célébrités locales, et appris leur argot ainsi que des chants traditionnels. Je suis tombée amoureuse des grands espaces, de l'amabilité désinvolte qui semblait être la caractéristique principale de leur culture, et des oiseaux et des fleurs aux couleurs éclatantes. Les Australiens que j'ai rencontrés étaient ravis de parler de leurs parcs nationaux, de leur esprit pionnier et de leurs crevettes au barbecue, mais se montraient réticents quand il s'agissait de discuter des aspects les plus compliqués de leur histoire. Lorsque je les pressais de parler de race et de classe, ils me réprimandaient doucement.

Par la suite, au milieu des années 1990, ma mère, Christina L. Baker, qui était professeure d'études féministes, a travaillé sur un projet d'histoire orale à l'université du Maine. C'est dans ce cadre qu'elle a interviewé des féministes dites « de la seconde vague », actives dans le mouvement des femmes dans les années 1960, 1970 et 1980. Je m'étais récemment installée à New York, où j'avais rencontré un certain nombre de jeunes femmes qui s'identifiaient comme féministes de la troisième vague, les filles – au sens littéral et figuré – des femmes du projet de ma mère. Ma mère et moi avons alors décidé d'écrire un livre ensemble : *The Conversation Begins: Mothers and Daughters Talk About Living Feminism.*

Cette expérience m'a fait comprendre à quel point il était crucial que les femmes disent la vérité sur leur vie.

Quelques années plus tard, lorsque j'ai entendu parler du peu de ressources dont disposaient les femmes en prison, j'ai élaboré un programme pour enseigner l'écriture autobiographique à l'Edna Mahan Correctional Facility for Women, située à une heure de route de chez moi dans le New Jersey. Ma classe de douze femmes incarcérées sous haute sécurité a rédigé poèmes, essais, chansons et récits. Pour beaucoup d'entre elles, c'était la première fois qu'elles partageaient les aspects les plus douloureux et intimes de leur existence. Elles étaient terrifiées, soulagées, et ardemment sincères. Lorsque je leur ai lu le poème de Maya Angelou qui contient les vers « Vous pouvez me traîner dans la boue/Mais comme la poussière, je m'élèverai », plus d'une détenue a pleuré en s'y retrouvant.

En tant qu'écrivaine, j'ai appris à faire confiance à un frisson particulier, une sorte de sixième sens. Avant de tomber sur l'histoire peu connue des trains des orphelins, écrire sur le passé ne m'avait jamais vraiment intéressée. Pourtant, dès que j'ai entendu parler de cette expérimentation sociale américaine qui avait consisté à envoyer deux cent cinquante enfants, par le train, de la côte est jusque dans le Midwest, j'ai su que j'avais trouvé mon sujet. Les recherches que j'ai effectuées pour le roman *Le Train des orphelins* ont préparé le terrain pour un autre livre à propos de la vie rurale dans l'Amérique de la première moitié du XXe siècle : *Le Monde de Christina*, l'histoire d'une femme ordinaire sur la côte du Maine qui est devenue le sujet du tableau éponyme d'Andrew Wyeth. Ces sauts dans le temps, à différents endroits, m'ont encouragée à créer un récit encore plus ambitieux, placé cette fois-ci un siècle plus tôt et à l'autre bout du monde. Il aborderait les questions que je m'étais posées sur le passé complexe de l'Australie et pour lesquelles je n'avais pas obtenu de réponses satisfaisantes vingt-cinq ans auparavant.

Tandis que je commençais à me plonger dans ce projet, j'ai découvert le site internet du docteur Alison Alexander, une professeure de l'université de Tasmanie à la retraite, qui a écrit ou édité trente-trois livres, dont *The Companion to Tasmanian History*; *Tasmania's Convicts: How Felons Built a Free Society* ; *Repression, Reform & Resilience: A History of the Cascades Female Factory* ; *Convict Lives at the Cascades Female Factory* et *The Ambitions of Jane Franklin* (pour lequel elle a obtenu l'Australian National Biography Award). Ces ouvrages ont été mes premières sources pour ce roman. Le docteur Alexander, elle-même descendante de convicts, est devenue une amie très chère. Elle m'a donné une liste de lectures longue comme le bras et j'ai tout dévoré, des informations sur le système carcéral en Angleterre au XIXe siècle jusqu'aux essais sur les tâches quotidiennes des domestiques convicts, en passant par les romans et les récits documentaires contemporains. Lors de mes voyages en Tasmanie pour mes recherches, elle m'a présentée à des experts, m'a emmenée sur des sites historiques et a répondu à toutes mes questions. Elle m'a ainsi fourni des éclaircissements et des connaissances essentiels. Son charmant mari et elle m'ont invitée à dîner dans leur maison de Hobart à de nombreuses occasions. Et surtout, elle a lu mon manuscrit d'un œil expert et passionné. Je lui suis reconnaissante de sa rigueur, son savoir encyclopédique et sa gentillesse.

Parmi les livres contemporains que j'ai lus à propos des femmes convicts se distinguent : *Abandoned Women: Scottish Convicts Exiled Beyond the Seas* de Lucy Frost ; *Depraved and Disorderly: Female Convicts, Sexuality and Gender in Colonial Australia* de Joy Damousi ; *A Cargo of Women: Susannah Watson and the Convicts of the Princess Royal* de Babette Smith ; *Footsteps and Voices: A Historical Look into the Cascades Female Factory* de Lucy Frost et Christopher Downes ; *Notorious Strumpets and Dangerous Girls* de Phillip Tardif ; *Le Bordel des mers : Le singulier destin des exilées du* Lady Julian de Siân Rees ; *The Tin Ticket: The Heroic Journey of Australia's Convict Women* de Deborah Swiss ; *Convict Places: A Guide to Tasmanian Sites* de Michael Nash ; *To Hell or to Hobart: The Story of an Irish Convict Couple Transported to Tasmania in the 1840s* de Patrick Howard et *Bridget Crack* de Rachel Leary. Les ouvrages que j'ai lus sur l'histoire et la culture australiennes comprennent, entre autres, *In Tasmania: Adventures at the End of the World* de Nicholas Shakespeare ; *30 Days in Sydney: A Wildly Distorted Account* et *Véritable histoire du gang Kelly* de Peter Carey ; *Le Chant des pistes* de Bruce Chatwin et *The Men that God Forgot* de Richard Butler.

Un certain nombre d'articles et d'essais m'ont été également utiles, en particulier « Disrupting the Boundaries: Resistance and Convict Women » de Joy Damousi ; « Women Transported: Myth and Reality » de Gay Hendriksen ; « Whores, Damned Whores, and Female Convicts: Why Our History Does

Early Australian Colonial Women a Grave Injustice » de Riaz Hassan ; « British Humanitarians and Female Convict Transportation: The Voyage Out » de Lucy Frost ; et « Convicts, Thieves, Domestics, and Wives in Colonial Australia: The Rebellious Lives of Ellen Murphy and Jane New » de Caroline Forell. J'ai trouvé une mine d'informations en ligne, comme sur le site Project Gutenberg, Academia.edu, le site du Female Convicts Research Centre (femaleconvicts.org.au), celui de la Cascades Female Factory (femalefactory.org.au) et celui du Tasmanian Aboriginal Centre (tacinc.com.au).

Les romans et récits non romanesques du XIXe siècle que j'ai lus sont, entre autres : *Life of Elizabeth Fry: Compiled from Her Journal* (1855) de Susanna Corder ; *Elizabeth Fry* (1884) de Mrs. E. R. Pitman, *The Broad Arrow: Being Passages from the History of Maida Gwynnham, a Lifer* (1859) de Oliné Keese (pseudonyme de Caroline Leakey) ; *La Justice des hommes* (1874) de Marcus Andrew Hislop Clarke ; *Christine: Or, Woman's Trials and Triumphs* (1856) de Laura Curtis Bullard ; et *The Journals of George Augustus Robinson, Chief Protector, Port Phillip Aboriginal Protectorate, Volume 2* (1840-1841).

Au cours des recherches sur la vie de Mathinna, j'ai trouvé les textes suivants particulièrement précieux : *The Last of the Tasmanians: Or, The Black War of Van Diemen's Land* (1870) de James Bonwick ; la biographie par Jane Franklin du docteur Alexander (mentionnée ci-dessus) ; un roman de Richard Flanagan dont le titre est *Désirer* ; *Tunnerminnerwait and Maulboyheenner: The Involvement of Aboriginal People from Tasmania in Key Events of Early Melbourne* de Clare Land ; « Tasmanian Gothic:

The Art of Tasmania's Forgotten War » de Gregory Lehman ; « Extermination, Extinction, Genocide: British Colonialism and Tasmanian Aborigines » de Shayne Breen ; « In Black and White » de Jared Diamond ; et « From Terror to Genocide: Britain's Tasmanian Penal Colony and Australia's History Wars » de Benjamin Madley. J'ai également été inspirée par des extraits du spectacle « Mathinna » du Bangarra Dance Theatre, chorégraphié par Stephen Page.

Je suis reconnaissante au docteur Gregory Lehman, le Pro Vice-Chancellor of Aboriginal Leadership à l'université de Tasmanie et descendant du peuple Trawlwulwuy établi au nord-est de la Tasmanie, de sa lecture critique des parties concernant Mathinna et l'histoire des Aborigènes de Tasmanie.

Je me suis efforcée d'être exacte quant aux faits historiques mais, au bout du compte, *Le Pays au-delà des mers* est une œuvre fictionnelle. Par exemple, alors que l'histoire familiale de Mathinna est fondée sur les faits, son homologue avait en réalité cinq ans, et non huit, quand les Franklin l'ont emmenée à Hobart Town. Et bien que la question des mouchoirs lâchés aux pieds des femmes convicts par les colons libres soit contestée, j'ai choisi de l'inclure. Le roman a été révisé, entre autres, par le docteur Alexander et le docteur Lehman. Les quelques écarts par rapport au récit historique ont été faits consciemment et pour servir l'intrigue.

Aujourd'hui, environ vingt pour cent des Australiens – près de cinq millions de personnes – descendent des convicts britanniques. Ce n'est cependant que récemment que beaucoup d'Australiens ont commencé à s'approprier le patrimoine des convicts et à assumer l'héritage de la colonisation. Par chance, j'ai effectué mes recherches au bon moment, car un certain nombre de sites historiques et d'expositions muséales sont récents. Bien que les descendants des déportés constituent les trois quarts de la population blanche de Tasmanie, lorsque j'ai visité l'île pour la première fois il y a quelques années, le musée des convicts à la Cascades Female Factory n'existait que depuis trois ans. Les expositions permanentes sur l'histoire, l'art et la culture aborigènes au Tasmanian Museum & Art Gallery avaient ouvert deux semaines auparavant. En plus de ces endroits, j'ai visité Runnymede, à New Town – un site préservé du National Trust, la maison d'un capitaine de baleinier datant des années 1840 –, ainsi que le Hobart Convict Penitentiary, la prison du Richmond Gaol Historic Site, le Maritime Museum of Tasmania et les sites historiques et musées concernant les convicts à Sydney et à Melbourne.

J'ai la chance d'avoir une éditrice, Katherine Nintzel, qui accepte de lire et de corriger plusieurs versions de mon texte et de s'intéresser à tous les détails, même les plus infimes. Au cours de l'écriture de ce roman, elle a été comme un coach pour mon cerveau, toujours à me pousser à creuser plus profondément et à travailler plus dur que jamais auparavant. Je manque de mots pour exprimer combien je lui suis reconnaissante de sa sagesse et sa patience. Un grand merci aussi au reste de l'équipe de William Morrow/HarperCollins pour leur soutien sans faille : Brian Murray, Liate Stehlik, Frank Albanese, Jennifer Hart, Brittani Hilles, Kelly Rudolph, Kaitlin Harri, Amelia Wood, Molly Gendell et Stephanie

Vallejo. À Lisa Sharkey pour ses bons conseils. Eric Simonoff chez WME, Geri Thoma chez Writers House et Julie Barer chez The Book Group ont également été de précieux conseillers.

Bonnie Friedman a lu chaque page du manuscrit plus d'une fois et s'est impliquée si profondément que j'ai eu l'impression d'avoir une véritable alliée, une lectrice qui comprenait ce que j'essayais de faire aussi bien que moi, si ce n'est mieux, et qui m'a encouragée à parvenir à mon but. Amanda Eyre Ward a tout laissé tomber pour me lire dès que j'avais besoin d'un autre regard sur le texte (et elle a rapidement compris que le roman devrait commencer par l'histoire de Mathinna). Anne Burt, Alice Elliott Dark et Matthew Thomas m'ont fait des remarques perspicaces. Carolyn Fagan a été un soutien inestimable à chaque page.

Écrire un roman peut être une expérience solitaire. Mille mercis au Grove Street Gang – un groupe d'auteurs qui inclut Bonnie, Anne, Alice, mais aussi Marina Budhos et Alexandra Enders – pour sa camaraderie. Les écrivains Kristin Hannah, Paula McLain, Meg Wolitzer, Lisa Gornick, Jane Green, Jean Hanff Korelitz, Maureen Connolly, Pamela Redmond, Laurie Albanese, John Veague et Nancy Star ont également été de vrais amis et alliés. Je remercie aussi mon fidèle groupe d'écrivains de Montclair, le groupe de romanciers Word of Mouth (WOM) de New York, ainsi que MoMoLo et KauaiGals (vous vous reconnaîtrez !).

Mes sœurs – Cynthia Baker, Clara Baker et Catherine Baker-Pitts – sont tout pour moi. Elles ont lu les premières ébauches, m'ont aidée à plancher sur les intrigues, et sont mes fidèles partenaires dans l'aventure de la vie.

Toute ma gratitude à mon père, William Baker, sa compagne, Jane Wright, et ma belle-mère Carole Kline pour leur soutien moral. Mes trois fils, Hayden, Will et Eli m'apportent une joie infinie. Et que reste-t-il à dire au sujet de mon mari, David Kline, qui a été avec moi à chaque pas et enrichit ma vie à tous les niveaux ?

Cet ouvrage a été composé et mis en page
par FACOMPO, Lisieux

Imprimé en France par
CPI Bussière
en septembre 2023
N° d'impression : 2073544

#lisez engagé !
www.lisez.com

Pour plus d'information :

Imprimé sur du papier issu de forêts gérées durablement.

Pocket – 92 avenue de France, 75013 PARIS

S33332/01